봄그늘

2

봄그늘 2

1판 1쇄 인쇄   2025년 2월 12일
1판 1쇄 발행   2025년 2월 14일

지은이   김차차

펴낸이   박대일
교정   박지해
편집   이주현 · 이문영 · 임유리 · 이지영 · 임지원
마케팅   임유미

표지 디자인   김차차 · 스튜디오붐빔
내지 디자인   송새연

펴낸곳   파란미디어
출판등록   2004년 9월 14일 제313-2004-00214호

주소   03992 서울시 마포구 동교로23길 14 국제빌딩 6층
전화   02.3141.5589 영업부 070.4616.2012 편집부
팩스   02.6499.5589
전자우편   paranbook@gmail.com
카페   http://cafe.naver.com/paranmedia
인스타그램   @paranmedia

ISBN   979-11-93185-38-4(04810)
              979-11-93185-36-0(전5권)

봄그늘

김차차 장편 소설

2

파란

목차

#16. 미조 저수지

해경 오빠가 내려온 금요일로부터 주말이 지나고도 박우경의 기분은 계속 저조했다. 거기서 월요일이 더 지나 화요일이 될 때까지도.

계기는 알지만 붙잡고 변명을 하는 것도 우스워서 나는 그 애의 그런 기분을 그냥 내버려 뒀다.

다행스럽게도 주말에는 비가 거의 오지 않았다. 그래서 우리는 별다른 대화 없이 내내 일만 했다.

윤태희는 금요일 저녁에 병원에 들렀다 집에 왔고, 수요일까지 긴 휴가를 냈다. 그 애는 더 이상 오빠 방에서 자지 않았다.

그렇게 우리의 사소한 밤이 사라졌다. 그늘막 아래 단둘이 비 내리는 사과원을 멍하니 내다보던 오후도 사라졌다. 엄마의 병원에는 그 애가 아닌 오빠나 해경 오빠의 차를 타고 갔다. 나는 우습게도 전보다 그 애를 더 많이 쳐다보게 됐다.

언제고 조용했던 사과원에서의 일상이 낯설면서도 익숙한 소음으로 가득했다. 윤태희는 말이 많았고, 윤태희와 있으면 해경 오빠도 으레 말이 많아졌다.

그 틈에서 나는 좀 더 자주 웃었다. 박우경이 아예 웃지 않는 것을 대신하듯이.

오빠들은 대놓고 삐쳤느냐고 박우경을 놀려 먹다 반응이 지나치게 무미건조하니 곧 흥미를 잃었다. 저 새끼가 아무리 분위기를 개판 내고 외따로 나돌아도 밥때 되면 와서 먹으니 됐다는 식이었다.

그쪽을 종종 어쩔 줄 모르는 시선으로 바라보는 건 이제 나뿐이다.

신경이 쓰이지 않는다고 한다면 거짓말이지. 그 애는 오로지 나 때문에 이곳에 있었다. 나는 신세를 지는 입장이고. 그러니 당연히 눈치를 볼 수밖에 없다고 되새겨도 사실 난 뻔뻔해서 조금도 그 애의 눈치를 보고 있지 않았다.

그냥, 단지 신경이 쓰였던 것이다. 오랜만에 제 상처를 감추지도 못했던 낯이.

오빠들이 와서 좋았고 눈에 보이는 일의 진전에도 안도했지만 나는 가끔 박우경의 뒷모습을 볼 때마다 아무도 없는 곳에 혼자 덩그러니 남은 것처럼 쓸쓸해졌다. 비 때문에 우리가 일하지 못하던 쓸모없는 날들도 조금씩 그리워졌다.

사과원 일을 마치면 그 애는 저녁도 먹지 않고 우리 사과원을 떠났다. 오빠들도 저녁을 먹은 뒤에는 그 애가 공사 중인 할머니 집으로 갔다.

복도의 마루를 다시 까는 중이랬나. 오빠들 말로는 그 애의 일도 무척이나 바쁘다고 했다. 오래된 집에 벌여 놓은 일은 많은데 사과원 일 때문에 수습은 더디니 여기저기가 엉망이라고.

얘기를 듣고 나도 돕겠다고 했지만 그 애는 그럴 필요 없다고 뚝 자르고는 다른 쪽으로 가 버렸다.

내 손이 느리긴 하니까. 아마 꼴 보기도 싫을 테고⋯⋯. 조금 기가 죽기는 했지만 납득은 됐다.

덕분에 저녁에 쉬는 것은 오로지 나 혼자였다.

나는 병원이며 운전 학원을 다녀오면 하루 중 유일하게 조용한 그 무렵을 아주 소란한 생각들로 보냈다. 가끔은 멈춰 있는 대화 창을 보면서.

우리가 어렸을 땐, 말이 끊어진 대화 창에 언제라도 아무렇지도 않은 척 말을 걸 수 있었다.

꼭 그 애가 먼저가 아니라도 됐다. 이렇게 몸을 잔뜩 사린 채로 눈만 겨우 꺼내 놓고 있는 한심한 꼴이 아니어도 괜찮았다.

무심코 그 애가 올 것처럼 거실에 서서 비 내리는 어두운 사과원을 한동안 내다보던 나는 날 비웃으며 몸을 돌렸다. 머리 한편에서 걸리적거리던 신미진은 박우경의 표정이 안 좋았던 단 며칠만으로도 잠시 말소가 됐다.

한때는 네가 죽어도 거들떠보지도 않을 것처럼 내몰았던 주제에, 이제는 네가 잠깐 내비친 생채기를 지나칠 수가 없었다.

이제 와서 그럴 수 있는 지금의 여유가 같잖고 얄팍했다. 이랬다가, 저랬다가. 변명 아닌 변명 같은 말들이 입 안을 떠돈다. 내가 왜 개한테 변명을 해야 해. 뾰족한 의문은 삼켰다.

사실 내가 서울에서 해경 오빠를 본 건 몇 번 되지 않았다. 윤태희를 통해 바뀐 번호를 알아낸 오빠는 스무 살 무렵의 조금 수상쩍은 나를 무척이나 걱정했다. 정확히는 그런 내가 서울에 혼자 있는 것을.

상경한 후로 제 고향을 등한시하는 쌀쌀맞은 애가 나쁜인 건 아니었다. 그러나 윤태희는 저 대신 서울에 있는 날 좀 들여다봐 달라며 해경 오빠를 내내 들볶았다. 고작 나와 연락이 잘 되지 않는다는 이유였다.

물론 윤태희가 그러지 않더라도 해경 오빠는 날 가끔 떠올리고 염려했을 사람이다. 날 정말 제 여동생처럼 여겼으니까.

그래서 몇 번이나 헛걸음을 하면서도 우리 학교에 찾아와 잠깐이라도 날 보고 갔다. 내내 저를 무시했다는 죄책감에 눈도 제대로 마주치지 못하는 내게 괜찮다고 웃어 주고, 지금은 말하지 않아도 괜찮으니 나중에라도 무슨 일이 생기면 자신에게 말해 달라고만 했다.

그렇게 만나고 헤어지면 내 코트 주머니에나 가방 안에 해경 오빠가 몰래 전해 준 윤태희의 용돈이 있었다. 제 돈으로는 먹을 것이나 선물을 떠안기고.

그러고는 아주 가끔 박우경의 이야기를 꺼냈다.

오빠들이 아는 거라곤 열아홉의 우리가 어느 날 갑자기 남보다 못한 사이가 됐다는 것 정도였다. 자라며 별것도 아닌 일로 크게 싸운 일이 아예 없지는 않아서 둘 다 처음엔 저러다 말겠거니 했다고 한다.

어차피 학교는 똑같이 서울로 갈 테니까, 어느새 다시 달라붙어 있을 거라고. 내게는 박우경 성격에 널 얼마나 떨어트려 놓겠느냐고도 대놓고 말했다.

그러나 우리의 싸움이 여느 때와 같지 않다는 것은 박우경의 이름을 듣는 내 얼굴과, 내 이름을 듣는 박우경의 얼굴로 얼추 짐작이 되었을 것이다.

우리 사이가 마지막으로 비틀렸을 때 오빠들은 둘 다 군대에 있었다. 그리고 그들이 우리의 위화감을 제대로 눈치챘을 땐 이미 우리가 대학에 입학해 청라를 떠난 뒤였다.

아무리 시간이 지나도 다시 왕래하는 것 같지 않으니 어떻게든 다시 붙여 볼까 둘이서 잠깐 궁리를 했을 즈음엔 한 해가 다 지나 있었다고.

종종 서울에 올라와 나랑 해경 오빠를 만나고 내려갔던 윤태희가 대체 왜 이러느냐고 술에 취해 따질 즈음, 스물한 살의 박우경은 군대에 갔다.

봄이었나. 여름이었나. 아. 햇살이 슬슬 성가셨던 5월이었다. 해경 오빠가 보낸 짧은 메시지 한 줄로 그 애의 입대를 알게 되었던 그날.

이후로 동떨어진 시간은 그저 그렇게 갔다. 특별한 사유도 대단한 노력도 없이.

이제는 그 애가 제대한 스물셋 봄을 지나 여름. 나는 여남은 계절을 습관처럼 헤아려 보았다. 불과 수십 일 전에는 언제 다 지나갈까 싶게 아득하던 시간이 지금은 그 애가 없는 순간에도 아쉬웠다.

아무리 신미진을 떠올려도 미련을 부정할 수는 없었다. 나는 그 애 앞에서 언제나 방심한다.

우리가 청라를 떠나면, 시간은 다시 또 그렇게 무단히 흘러가겠지. 나는 고작 일 년이면 학교를 졸업할 테고 운이 좋다면 어딘가 곧장 정박해 별 볼 일 없는 직장인이 되어 있을 것이다.

그 애는 그 좋은 학교를 삼 년은 더 다녀야 했다. 그 뒤엔 제 부모의 바람대로 로스쿨에 가거나 뭐든 번듯하고 근사한 일을 하겠지.

마치 그 사실이 못마땅한 것처럼 속에서 자조가 흘러나왔다. 그러니까 잠깐은 네 시간을 낭비해도 괜찮지 않을까.

너는 어차피 날 만난 적도 없는 것처럼 좋은 삶을 살게 될 테니까. 나 같은 애와는 다르게, 아무런 흠집도 없는 인생을 살 테니까. 그래. 그 여자도 잠깐은 괴롭게 만들고……. 생각처럼 입매가 비틀렸다.

흠집이라는 단어에 습관 같은 모멸감이 남았다. 목구멍 너머로 쓴 물이 넘어갔다.

잠깐이니까. 올해는 고작해야 반년도 남지 않았으니까.

나는 그 애 앞에서 내내 되새기던 사실을 아주 다른 방식으로 되삼켰다. 네가 내 곁에 맴도는 게 괴로워도 그 정도면 '견딜 만한 불행'이라는 양 되뇌던 것이 적나라해졌다.

견뎌야 한다고 가증을 떨던 자리에 욕심이 남았다.

네 곁에 있는 날들이 아무리 사치스러운 기쁨이고 내게는 분에 넘치는 것이라도 결국엔 끝이 있으니 괜찮다고. 잠깐이라면 욕심을 부려도 좋다고.

해를 지나 내년 봄이 올 때까지, 시간을 아무리 더 갉아 내도 우리의 끝은 변하지 않는다.

그러니까 지금은 우리가 다시 헤어질 봄의 그늘 같은 것이다. 그 봄이 제 등 뒤편에나 남긴 그림자였다. 어쩌면 나는 내년에도 청라를 떠나지 못하고 이 그늘에 남아 떠나는 널 바라보겠지만.

그래서 내 그늘진 땅은 그 봄이 다 지날 때까지도 겨울이겠지만.

복도 마루는 다 깔았나 오후 9:40

며칠 전 그대로 멈추어 있던 대화 창에 내 메시지가 새롭게 떴다. 고작 이 한 통을 보내는 데 진이 다 빠지도록 용기가 필요했다는 것이 믿기지 않을 정도로 허무했다. 그러나 여느 때처럼 기다렸다는 듯한 답장은 돌아오지 않았다.

나는 가만히 화면이 꺼질 때까지 빈 화면을 응시하다 윤태희가 아침에 어질러 놓은 거실을 치웠다. 몇 번의 관심 없는 알람이 핸드폰을 울리고 사라졌다. 나는 다시 뻔뻔하게 핸드폰을 들었다.

니가 집에 없으니까 이상해 오후 10:27

고개를 들자 내 얼굴이 거실 창문에 무표정하게 비쳤다. 이렇게 태평한 메시지나 보낸 사람처럼은 보이지 않는 싸늘한 낯짝이다.

나는 긴장하고, 조소하고, 경멸하고, 기대하고, 후회했다. 이런 이상한 애를 좋아하는 박우경이 문득 불쌍했다. 그렇게 거우 2분이 지났다.

이윽고 메시지 끄트머리의 1이 사라졌다.

형들 술 마신다 오후 10:29
씻고 바로 갈게 오후 10:30

차가 오는 소리는 듣지 못했는데 초인종이 울렸다. 곧바로 문을 열자 빗물에 조금 젖은 머리를 털고 있던 그 애가 비딱하게 눈썹을 들었다.

"누구세요도 안 하나, 니는."

"니가 온다 그랬잖아."

"내가 온다 하면 범죄자가 '아 쟨 선약 있네' 카면서 안 오나. 이게 진짜 겁도 없이."

"인터폰으로 니 있는 거 봤다. 됐나."

"어두운데 누가 누군지 어떻게 알고. 밤눈도 존나 어두운
게…….."

내 얼굴을 보자마자 짜증이었다. 그래도 나는 그 애가 온 게
기뻐서 들어오라고 비켜 주었다.

"좀 조심하라고. 진짜."

들어서면서도 짜증이다. 나는 거기에 대꾸하지 않고 물었다.

"니 차는."

"안 들고 왔다. 아까 형들 때문에 맥주 한 모금 마셔서. 음주
운전이잖아."

"……그럼 여까지 어떻게 왔는데?"

"자전거."

어두운 현관 불을 지나 밝은 실내에서 보니 방금 씻고 왔다
는 박우경은 온몸이 쫄딱 젖어 있었다. 바람막이에 달린 후드
를 뒤집어쓰고 왔는지, 그나마 현관에서 빗물을 털던 머리가
멀쩡한 편이었다.

나는 황당해져 뒤늦게 거실 창 너머를 다시 봤다. 비가 거의
다 잦아들었다고 생각했는데, 그 애가 출발할 무렵에는 제법
왔던 모양이다.

"……저렇게 비 오는데 뭐 한다고 오노? 차도 못 타는데."

"그럼 어쩔 건데. 술 마셨는데 존나 촌구석이라 대리도 못
부르고."

"아니, 그러니까 그냥 아예 안 왔으면 되잖아."

"니가 이상하다며."

"……."

"지가 불러 놓고."

대충 덧붙인 그 애가 바람막이를 벗어 복도 벽에 달린 옷걸이에 걸어 두고 화장실로 들어갔다. 그러고는 자기 집처럼 수건을 꺼내 머리에 걸치고 나왔다.

나는 쫓기듯 어설프게 말을 이었다.

"혹시 자전거도 음주 단속 대상 아니가."

"와. 전혀 몰랐네. 어쩔 수 없이 여기서 자고 가야겠다."

"그게 왜 그렇게 되는데."

"니가 음주 자전거 안 된다매."

수건으로 머리를 털며 오빠 방으로 올라가는 뒷모습이 며칠 전처럼 천연덕스러웠다. 정말 아무렇지도 않은 게 아니라 아무렇지도 않은 척이겠지만.

곧 젖은 바지를 오빠의 조거 팬츠로 갈아입고 내려온 박우경이 냉장고를 뒤적거렸다. 정작 이 집에 사는 나는 손님처럼 소파에 뻘쭘하게 앉아 있는 와중이었다.

그 애가 스프라이트 한 병을 들고 시원스레 걸어와 소파에 있던 내 옆에 풀썩 앉았다. 내 무릎 너머로 슥 뻗어 리모컨을 가져간 손이 성의 없이 TV 채널을 휙휙 바꾼다.

"볼 거 없네, 그제."

나는 조용히 고개를 끄덕이며 소파 위에 무릎을 세워 끌어안았다. TV를 분명 보고 있는데 화면이 하나도 안 보였다.

박우경이 없는 게 이상하다고는 했지만, 그 애가 집에 있어 주었던 며칠 동안에도 나는 잔뜩 데면데면하게 굴었다. 그러니까 사실은 얘가 있는 게 도리어 이상하지. 아무래도 너무 가까이 붙어 있는 것 같아 엉덩이를 옆으로 조금 움직이자 그 애는 TV를 보며 픽 웃었다.

TV 때문에 웃는 양 시선은 그쪽을 향해 있지만, 화면에 나오고 있는 건 전혀 우스울 게 없는 홈쇼핑이다. 나는 찝찝하게 물었다.

"……왜."

"걍."

"걍 뭐."

"지가 꼬셔 놓고 내외하는 게 웃겨서."

"……."

맞는 말이라 할 말이 없었다. 박우경은 여전히 내 쪽은 보지도 않고서 음료수를 마저 다 마셨다.

이윽고 홈쇼핑 화면이 렌털 라텍스 매트리스에서 사이판 특가 여행 상품으로 바뀌었다. 밤이라 그런지 야한 것만 나오는 모양이라고 그 애가 가볍게 이죽거렸다. 침대 다음은 신혼여행이냐고.

그러더니 툭 던지듯 묻기를.

"요새 박해경이랑은 잘돼 가나."

얘는 가끔 보면 지껄이는 말에 아무런 맥락이 없다.

어이가 없어 무릎에 턱을 괴고 가만히 저를 쳐다보기만 하자, 박우경이 마치 거울처럼 제 손에 턱을 괸 채 나를 마주 보았다. 유치한 비약을 흘린 것치고는 건조한 낯빛이다. 그 애는 무표정하게 말을 이었다.

"참고로 둘이 잘되면 죽일 거다, 금마."

"……대체 지 혼자 무슨 생각을 하고 사는 건지."

"딱 보면 모르나. 대답이나 해라."

"니네 형이랑 내가 뭘 잘돼."

잘될 거면 진작 잘됐지. 이제 와서……. 내가 중얼거리는 소리에 그 애기 대빈에 삐딱한 표정을 지었다.

그래서 절반은 기가 막히고 절반은 안도가 됐다.

"그래서 뭐. 이제라도 박해경이랑 잘되고 싶다?"

"뭐라 카노."

"아니면 옛날에 진작 박해경이랑 잘됐어야 했다? 존나 서울에서 둘이 잘될 수 있는 기회가 차고 넘쳤다?"

"아 됐다. 알아서 생각해라. 진짜 기도 안 차서……."

"하여튼 둘이 한시도 안 떨어지고 붙어서, 씨발, 뭔 일을 하겠다는 건지 연애를 하겠다는 건지……."

세상 멍청한 불평이다. 내심 바보 같은 안도가 조금 더 커졌다. 그래서 꼴 보기가 싫었다는 건, 실은 보기 싫을 만큼 우릴 봤단 소리니까.

네 외면은 사실 외면이 아니었다는 거니까.

우리 과원 사정을 잘 아는 윤태희나 박우경과는 달리, 우리 집 일이 처음이었던 해경 오빠에겐 그때그때 내 설명이 필요했다.

그러다 보니 자연히 세세한 체크가 필요한 후방 작업에는 오빠와 내가 남아 있게 됐다. 일을 잘 알고 손까지 빠른 사람들에게는 누굴 가르치는 것보다는 당장 시급한 일이나 몰아주는 편이 효율적이었기 때문이다.

윤태희랑 박우경은 일을 해치우는 스타일이 비슷했다. 두 번 세 번 확인해야 안도하는 나와는 달리. 한 번 지나가면 잠시 돌아보는 법도 없었다.

그걸 자기도 잘 아는 주제에 저토록 배알이 꼴려 있는 건 사실 이유가 필요 없기 때문이다. 질투에는 언제나 논리가 없다. 어릴 때처럼 숨기지 못하는 얼굴 대신, 이제는 숨길 필요조차 느끼지 못하는 뻔뻔한 얼굴만 봐도 알 수 있었다.

고작 네가 없는 게 이상하다는 말이 그 애 앞의 잠긴 문을 열어준 것처럼. 오빠들이 온 날부터, 혹은 엄마의 병실에 신미진이 들이닥쳤을 때부터 우리 사이에 패어 있던 작은 강이 마르고 버석한 모래만 남았다. 언제라도 내키면 걸어서 건너갈 수 있을 만큼.

"왜."

"……아니다. 그냥 박우경 진짜 아무 말이나 잘한다 싶어서."

"어. 니도 잘 웃드라. 형이 무슨 말만 하면 웃는다고 자지러지고."

"아 내가 언제."

"니는 박해경이 그렇게 좋나. 형 얼굴만 봐도 좋아 죽겠나."

"……오빠야가 싫을 건 뭐야."

"눈만 마주쳐도 좋아 죽고."

"그럼 내가 은혜도 모르고 니네 형 싫어했으면 좋겠나."

"알 게 뭔데. 방학만 끝나면 서울로 꺼질 새끼."

"그러는 지는 꼭 서울 안 갈 것처럼……."

꼭, 저도 나도 내내 청라에 있을 것처럼 말하는 게 조금 우습다. 휴가가 끝나고 방학이 끝나면 떠나는 우리 형제들과 우리는 다르다는 것처럼…….

내 지적에도 박우경은 턱을 괴어 날 바라보던 그대로 눈을 가늘게 떴다.

"니 옛날부터 박해경 그 새끼만 있으면 내 쪽은 존나 한번 거들떠도 안 보는 거 알제."

"전혀 모르겠는데."

"아니 뭐 그렇다고 그 새끼가 없다고 해서 많이 봐 주는 것도 아니면서."

"박우경 니 때문에 오빠야들까지 분위기 그지 같을 때마다 억지로 눈치 봐 가면서 열심히 웃은 적은 있어도."

"웃기고 있네. 박해경이랑 아예 즈그 둘만의 세상에서 살드만."

그러는 자기는 며칠이 지나는 내내 내가 있는 쪽은 거들떠보지도 않았으면서. 내가 저를 몰래 훔쳐보는 것도 모르고 자기일만 하느라 바빴으면서……. 저야말로 하나도 모르는 주제에.

전부 제가 한 짓이면서.

말도 생각도 하면 할수록 유치해졌다. 그리고 그 애의 말 아래 어린 상처보다 질투가 훨씬 더 커 보일수록, 어쩔 줄 모르고 그 애를 눈으로 좇던 피로감이 점차 사라졌다.

이렇게나 얄팍하고 별 볼 일 없는 기분이 있을 수가.

나는 죄 없는 제 둘째 형을 헐뜯느라 여념이 없는 졸렬한 박우경의 잘난 낯짝을 물끄러미 들여다보았다.

TV에서는 이제 사이판에서 옵션 추가금 없이 즐길 수 있는 보트 투어 따위를 소개하고 있지만, 보고 듣는 사람은 아무도 없었다. 우리가 갈 일 없는 근사한 이국의 여행지에서 누군가 돈을 주고 살 행복 대신, 나는 그 애가 나와 다시 가고 싶어 했던 포항 바다를 생각했다.

우리가 언젠가 우리의 바다에 관해 추억할 것이라곤 호미곶에 불쑥 솟아 있는 거대한 청동색 손뿐이겠지.

나는 천천히 왼손을 뻗어 아직도 잔뜩 모나고 유치한 말만 지껄이는 호구의 입가를 지나 반듯한 턱을 쓸었다. 찌푸리고 있던 그 애의 얼굴이 일변했다.

"……그렇게 하면, 니가 나 보잖아."

"…….'

"내가 해경 오빠랑 있는 거, 니가 싫어하니까…….'

널 좋아하지 않는 척하느라 그랬어. 네게 관심 없는 척하느라, 네 앞에서 딴청이나 피울 이유가 필요해서, 네가 내게 얼마나 중요한지 네게 들키고 싶지 않아서…….

내 유년의 오래된 핑계들을 지나면, 고작해야 네 시선 한 점 다시 받고 싶었던 초조한 내가 있다. 널 좋아해서 조금도 어른이 되지 못한 것처럼.

침묵 속 무심한 시선 위로 사나운 빛이 떠오른 것은 찰나였다. 뜨거운 손이 제 얼굴 위의 내 손을 낚아채듯 움켜쥐었다. 소파로 끌려 내려간 손이 억센 힘에 짓눌렸다. 그와 동시에 다른 손이 내 목뒤를 감싸 당겼다.

힘에 밀려 소파 위에 올려 두었던 내 다리가 아래로 허물어지는 순간 그 애의 입술이 닿았다. 잇새로 내 아랫입술을 깨물며 입을 벌리게 한 박우경이 거칠게 혀를 얽었다. 나는 아무런 요령도 없이 도망치듯 눈을 감고 그 애의 호흡을 받아 삼켰다.

조금도 정신을 차릴 수가 없었다. 혹시 여태 한 거짓말이 다 들키는 건 아닐까. 네게 남자를 많이 만났다고 했는데……. 조금이라도 이런 일에 능숙한 척하고 싶었던 나는 박우경에게 붙잡히지 않은 팔로 그 애의 목을 겨우 껴안았다. 그러나 꼴사납게도 그 애에게 뒤로 떠밀리며 금세 놓쳤다.

쓰러진 내 두 손이 소파의 차갑고 딱딱한 가죽을 가까스로 붙잡았다. 한쪽 손을 겹쳐 짚고 있던 박우경이 내 위로 올라타며 움푹 팬 등허리 아래를 받쳐 제게로 당겼다. 내가 조금도 제게서 도망치지 못하게 하겠다는 듯이.

제 온몸으로 이미 날 위에서 짓누르고 가두었으면서도 여전히 갈급한 손이었다. 닿아 있는 가슴이 신경 쓰여 어깨를 밀어내면 쏟아지는 입맞춤은 더 집요해졌다. 입술과 입술이 잠시 떨어질 때마다, 비틀리고 짓씹힐 때마다 내가 겨우 토해 내는 숨을 그 애가 집착에 가깝게 삼켰다.

사실은 네가 더 이상 내게 신경 쓰지 않을까 봐 겁이 났어. 이제는 그 바보 같은 호구 짓에도 지치고 질렸을까 봐……. 저 아래 묻혀 있던 더 유치한 본심들이 머릿속을 부유했다.

나는, 너랑 조금 더 있고 싶어. 조금만.

이렇게 조금만 더. 같이.

나는 죽을 만큼 용기를 내 두 팔로 그 애의 목을 껴안았다. 잠시 떨어진 입술 위로 그 애의 웃음소리가 흩어졌다. 입술이 몇 번이고 다시 맞붙다 아주 잠깐 깊어졌다. 볼품없이 얕게 헐떡이는 내 숨소리까지도 다 잡아먹은 입술이 천천히 떨어졌다.

입가를 타고 흘러내린 호흡이 입꼬리 끝에 닿는다. 그 애는 입술과 아주 가까운 내 뺨에 입을 맞추며 중얼거렸다.

"다 알면서 갖고 논 거네. 박우경 보라고. 응?"

"……그런 게 아니라…….."

"너무 좋다. 씨발."

"……니는 남이 니 갖고 논 게 좋나."

"어."

"…….."

"니가 아무렇게나 갖고 놀아도 된다. 우리 형은 수단이고 내가 목적이면."

박우경이 거칠게 가라앉은 음성으로 욕설을 중얼거리며 좋다고 날 안았다. 제 무게에 짓눌린 내가 비명을 질러도 아랑곳하지 않고 안는 힘이 버거웠다.

그런 주제에 내 어깨에 파고드는 고개가 연약한 어린애 같은 건 얼마나 모순적인지 모르겠다. 불쌍해서 밀어낼 수도 없게.

"사실은 나도 알거든."

"……."

"니가 우리 형 좋아할 리 없는 거 아는데……. 그냥 다 아는데도, 막상 보고 있으면 헷갈린다. 아나."

"……."

"까 보니까 난 존나 그냥 징검다리 이런 거고, 니 목표는 박해경이넌. 어?"

"내가 해경이 오빠야 좋아하면 미쳤다고 니랑."

"니 서울에서 남자 많이 만났다매. 발랑 까진 게 갑자기 미쳐서 형이랑 동생한테 그럴 수도 있잖아."

어이가 없다.

"또라이 새끼. 내가 그런 쓰레기 같으면 근처도 오지 말았어야지."

"니가 보이는데 니 근처에 어떻게 안 가노."

내 어깨에 얼굴을 묻고 이딴 말을 웅얼거리는 박우경도 황당했다. 그런데도 밀어낼 수가 없었다.

"……그리고 우리 형은 진짜 씨발……. 그 새끼는 진짜 니가한 번 꼬시기만 하면 넘어갈 것 같단 말이야."

"……박우경 니 진짜 미쳤나."

"어."

"……."

"내 진짜 니한테 정신 나간 거 같다."

낯간지럽고 유치한 인정을 내뱉은 것은, 그러고 보니 그렇다는 양 덤덤한 목소리였다.

나는 박우경 밑에 깔린 몸을 바르작거렸다. 내게서 몸을 조금 떨어트린 그 애가 반 뼘도 채 떨어지지 않은 거리에서 똑바로 눈을 마주쳐 왔다. 코끝이 서로 닿을 듯 말 듯 스치는 찰나한숨이 입술 위로 내려앉았다.

시간이 멈춘 것처럼 정적이 흐른 끝에, 그 애가 조심스럽게입을 맞춰 왔다.

"미친놈처럼 니가 앞에 안 보여도 니 생각만 하더라."

"……."

"이제 새벽에 눈만 뜨면, 보고 싶어서 돌아 버릴 것 같더라. 니는 내 생각도 안 할 텐데."

유치하고도 맹목적인 말이 버겁게 쏟아졌다. 귓가를 어루만지는 손이 입맞춤보다도 더 조심스러웠다.

"나 같은 놈 며칠쯤 안 봐도, 넌 아무렇지도 않은데."

"……."

"다 아는데, 나는, 이제 니 안 보면 못 살 것 같다. 어쩌지."

불빛을 등진 그 애의 눈은 검게 가라앉아 나를 비추지 않았다. 최소한의 빛만 파도 위를 일렁이는 밤바다의 물결처럼 파동이 나를 집어삼켰다.

"다시는, 그렇게 못 살 것 같다. 차희야."

살 수 있어. 얼마든. 여태껏 그랬으니까. 우리는 그렇게 더잘 살아왔으니까.

나는 혓바닥 위를 어른거리는 말들을 한 마디도 내뱉지 않고 삼켰다. 네가 언젠가, 저런 애를 좋아한 적이 있나 싶을 때가 오더라도 지금 나는.

"……저수지에 해 뜨는 거 보러 갈래?"

헤프고 어설픈 두 팔을 둘러 그 애의 목을 꽉 껴안았다. 나처럼 발랑 까진 애는 이제 뭘 해도 이상할 게 없다. 네게 어딜 가자고 해도 이상할 게 없었다.

그게 비록 옛날처럼 네 자전거를 타고 어디론가 가고 싶은 보잘것없는 일이라 해도. 아무도 없는 새벽녘 저수지처럼 별것 없는 행선지 따위라 해도…….

"옛날에 우리가 못 본 거 보고 싶다. 우경아."

해가 뜰 때까지 같이 있고 싶었다.

그 애가 어느 겨울밤처럼 웃었다.

우리는 밤새 TV로 영화를 봤다. 그리고 잠깐 짧은 선잠을 잤다.

내 어깨를 살짝 흔들어 깨우는 손에 눈을 떴을 땐 소파에서 그 애의 무릎을 베고 누워 있었다.

볼륨을 낮춰 놓은 TV 소리, 꺼진 불, 커튼을 쳐 놓은 창문, 그 너머의 풀벌레 소리, 내 얼굴을 내려다보던 그 애의 눈. 모든 것이 고요했다. 그리고 전에 없이 평온했다.

가만히 그 애를 올려다보고만 있으니 그 애도 옛날처럼 내 이마를 부드럽게 쓸어 넘겨 주었다. 아닌 척, 모르는 척, 서로의 이름 하나 다정하게 부르기가 어려웠던 평생보다는 우리가 사귀었던 그 짧은 시절에 훨씬 더 가까운 손이었다.

"더 잘래?"

"아니."

"그럼 이제 해 보러 가자."

새벽 4시 50분. 자정부터 쏟아지던 폭우가 그친 직후였다. 왜 잠깐도 자지 않았느냐는 내 물음에, 그 애는 비가 그치면 바로 나가고 싶어서 그랬다고 말했다.

하늘이 흐렸으므로 바깥은 밝아졌다기보다는 단지 어둠이 옅어지기만 했다.

우리는 어두운 현관 앞 넓적한 난간에 잠시 앉아 풋사과 하나를 나누어 한 입씩 번갈아 베어 먹었다. 어릴 때 둘이서 아이스크림 하나를 나누어 먹었던 것처럼.

그러는 사이 어둠이 조금 더 옅어졌다. 사과원 곳곳에 내려앉은 안개가 보였다. 일을 시작하기 좋은 때였다. 그래도 과원 일은 잠시 내팽개치기로 했다.

"가자."

"응."

박우경은 날 뒤에 태우고 자전거를 출발시켰다.

비가 막 그친 여름날 새벽의 한기가 서리처럼 뺨에 달라붙었다. 청회색 안개가 낀 사과원 진입로를 지나 2차선 국도로 들어선 자전거는 물웅덩이를 몇 개나 지나 완만하고 평평한 길에 올라섰다. 밤 내내 자고 일어난 것처럼 기분이 상쾌했다.

"오빠야들 오기 전에 갔다 와야 하는데."

"형들 새벽 3시까지 마셨대."

"그럼 늦게 일어나겠네."

"어. 우리가 더 빨리 올걸."

나는 안개 속에서 결코 해가 보일 것 같지 않은 하늘을 봤다. 일출을 보러 간다는 핑계와는 결코 맞지 않는 날이었다. 저수지를 둘러싼 숲 머리 위로 잔뜩 낀 먹구름과 물 위의 안개 따위를 상상하면 이러려고 밤까지 지새운 우리가 멍청하기까지 했다.

그래도 좋았다. 우리에게 필요한 건 함께 밤을 지새울 핑계였고, 우리가 함께 갈 행선지였고, 우리가 그곳에 다시 있을 이유였으니까.

한 손으로 가볍게 껴안고 있던 그 애의 허리에 나머지 한 손을 감았다. 그 애가 낮게 웃었다.

"간지럽다. 좀 세게 안지."

"싫어."

"싫음 말고."

우리는 안개가 유달리 많은 구간을 띄엄띄엄 지났다. 자전거에 달린 불빛이 국도 변의 녹색 팻말을 코앞까지 다다라서야 언뜻 비추었다. 「청라군 미조면」. 미조면에 들어선 것이다.

국도 양옆의 풍경은 형태를 분간하기도 전에 지나갔다. 그 애가 간간이 이어지는 가로등 불빛으로 도로를 판별해 가며 자전거를 몰았다. 이만 돌아가자는 말은 아무도 하지 않았다.

언젠가 이 길 위에서, 네 등에 얼굴을 묻고 울었던 날이 떠올랐다. 혹은 이대로 너랑, 나랑, 둘이서 사라지고 싶다고…….

복권은 절대 사지 않으면서 언젠가 당첨된다면 당첨금을 어떻게 잘 허비할지 궁리하는 사람처럼, 그 무렵 이후의 나는 가끔 청라가 아닌 어딘가에서 우리 둘만 살아가는 언젠가를 꿈꾸었었다.

너랑 난 막연하게도 어른이 되어 있고, 골치 아픈 일들은 잔뜩 지나가고도 남았을 법한 시간이 지난 후에. 어떤 곳에서.

그게 네게는 스물 이후의 서울이었고, 내게는 세상에 없는 곳이었다. 안개 낀 비닐하우스들을 지나서, 미조 저수지로 가는 길을 지나서, 주곡의 거대한 신도시도 가로질러서 대구로, 그곳에서 기차나 버스를 타고 또 어딘가로. 모르는 곳이 나올 때까지 가다 보면 나오는 곳.

먼 미래에서, 너랑 나만 있는 곳.

"다 왔다."

그럴 수 없으니 우리만 있는 지금의 물가로 만족해야 했다. 물안개가 검은 숲을 가리고, 여름비를 먹고 길게 웃자란 물풀들의 냄새가 나는 장마철 새벽녘의 으슥한 저수지도 네가 있으면 근사하니까.

나는 자전거에서 내려, 자전거를 끌고 걸어가는 박우경의 손을 잡았다. 불 꺼진 카페 건물들의 꼭대기마다 매달린 간판 불빛이 그 애의 웃는 낯을 비추었다.

살인자가 시체를 유기하기 좋은 곳. 불륜하기 좋은 곳. 어떤 비웃음의 언어로 추억을 매몰시켜도 나는 이곳의 기억을 지울 수 없었다. 내가 우리의 미래를 꿈꾸었던 순간을, 혹은 그럴 수 있었던 그 시절의 안온함을 잊을 수 없었다.

그래서 내내 그리워했다. 그날의 우리를. 불빛 한 점 없던 황량한 새벽을.

종종 이곳으로 둘이서 도망쳐 넋 놓고 수면만 바라보았던 시절의 오후를.

"일출 망했다, 그세."

나는 여전히 어두운 하늘을 보며 조용히 물었다. 지평선 위로 먹구름이 길게 이어졌다. 매일같이 새벽하늘을 보았으니 알수 있었다. 해는커녕 일말의 흐릿한 붉은빛도 일곱 시는 넘어야 볼 수 있을 것이다.

그 애가 내 손가락 사이로 제 손을 얽으며 대답했다.

"응. 망했네."

"괜히 밤새웠다, 니."

"괜히 밤새운 거 아닌데. 지금까지 내 계획대로 다 됐다."

"웃기고 있네……."

"계획대로 망한 거지."

나는 작게 비웃었다. 박우경이 진지하게 날 돌아보았다.

"난 원래 망하는 쪽이 더 좋거든."

"별……."

"진짜로. 어릴 때부터 윤차희 니랑 어디 갈 때마다 그랬다."

"……."

30

"그럼 이렇게 다음이 있다이가. 이번에는 망했으니까, 다음에 또 같이 오자고 하면서."

깍지 낀 손에 힘이 꽉 들어오는가 싶더니, 그 애는 제 점퍼 주머니에 내 손을 끌고 가 넣었다.

4년이나 걸려 다시 온 주제에 말은 잘한다.

"다음에 또 일출 보러 오자. 알겠제."

나는 거기에 어떤 말을 대답하는 대신, 그저 손만 그 애의 주머니에 넣어 두고 두 뼘쯤 떨어져 걷던 몸과 몸 사이를 가까이 좁혔다. 어깨인지 팔인지도 모르고 훌쩍 큰 그 애에게 고개를 기대자 박우경이 곧바로 지적했다.

"……야, 이건 너무 가깝다."

"왜. 가까워서 싫나."

"몰라서 묻나. 사람 약 올리는 것도 아니고."

"진짜 모르겠는데."

슬쩍 떨어지는 몸을 그 애가 재빨리 붙잡으며 질책했다.

"발랑 까져 갖고, 가스나……. 옛날부터 이랬다니까? 사람 존나 갖고 놀고."

"……지가 들이대 놓고 내보고 까졌다 카노, 자꾸."

"아무리 봐도 윤차희 니가 내 조종하는 거 맞다. 공주 닌 진짜 남자 갖고 노는 게 보통이 아니……."

"말은 똑바로 해라. 내가 박우경 니를 갖고 노는 게 아니라 니가 자꾸 알아서 와 갖고 혼자 놀고 있는 거다이가. 지보고 나가라고 쫓아내도 못 알아듣고."

"누가 공주 아니랄까 봐…… 윤차희 존나 거만한 거 봐."

"하……."

"지도 뽀뽀 열심히 해 놓고 안 한 척 입도 존나 잘 닦아."

나는 또 공주, 공주거리기 시작한 입을 노려봤다. 누가 봐도 지가 나를 놀리고 있으면서.

"아 싫으면 좀 놓으라니까."

"싫은 게 아니라 이상한 짓 하고 싶어질까 봐 그런 건데. 너무 가까우니까. 나쁜 생각도 좀 들고……."

"내가 밤새 지 다리 베고 잘 땐 뭐 하고."

"와…… 봐라. 지도 안다이가. 이게 다 알면서 갖고 노는 거라니까? 어쩐지 존나 고문 같고 지옥 같드라."

"……방금 니 내보고 고문 같고 지옥 같다 한 거가?"

"아니 뭐 지옥에 있어도 니 정도면 프린세스지……."

그 애에게 잡혀 있던 팔을 놓으라고 툭툭 털자 그 애가 아예 팔목을 타고 올라와 팔꿈치 안쪽을 단단히 잡고서 날 끌고 갔다.

"아저씨가 태희 형보고 맨날 그러잖아. 급할수록 원 스텝 투 스텝 천천히 돌아가야 된다."

"……급할수록 돌아가는 거 좋아하네……. 뭐 얼마나 더 돌라고."

우리 집 머슴살이만 며칠쨴데, 나랑 입술 좀 비비적거렸다고 급속도로 찾은 여유가 우습다. 그 애가 야릇하게 입꼬리를 끌어 올렸다.

"왜, 뭔 짓 하고 싶나."

"……."

"윤차희 니는 어떨지 몰라도 난 진짜 급하거든. 그래서 좀 뺑뺑 더 돌아야 된다."

"……."

"너무 가까우면 내 혼자 머리로 니랑 호텔 갔다가 결혼식장까지 가거든."

"……앞서가는 게 보통이 아니네. 걍 떨어지라. 찝찝하다."

저더러 찝찝하다는 데도 박우경은 나직하게 웃기만 했다. 미끄러지듯 팔 안쪽을 타고 내려간 손이 내 손목을 어루만졌다.

"그래서 기껏 참고 있는데 니가 왔잖아."

"뭐. 다시 떨어지면 된다이가. 뭐가 문젠데."

"그런 게 어딨노."

"니가 힘들다매."

"대가리가 신혼여행 가기 전에 참아 볼게."

때마침 모텔이 나와서 분위기가 조금 이상해졌다. 우리는 말없이 모텔 건물의 휘황찬란한 불빛 아래를 지나 얼마간 더 털레털레 걸었다. 우리가 옛날에 앉았던 돌로 된 벤치는 사라지고 2층짜리 이탈리아 레스토랑 건물이 들어선 곳까지.

적어도 주차장 앞에서 바라보는 저수지 풍경은 얼추 그대로다. 미리 그러기로 한 것처럼 한동안 그곳을 떠나지 못하고 서 있던 우리는, 차 한 대가 중앙선을 타고 도로 한가운데를 쌩하니 지나갈 때까지 그렇게 서 있었다. 그러고는 비로소 빈 국도를 가로질러 데크에 올라갔다.

벤치들이 온통 젖어 있어 앉을 곳이 하나도 없었다. 나는 그 애를 앞서가 저수지가 잘 보이는 난간에 살짝 기대어 섰다.

검은 물을 내려다보자 데크 아래에서 개구리 우는 소리가 요란하게 이어졌다. 조금 떨어진 곳에 자전거를 기대 세운 그 애가 내 옆으로 왔다.

"박우경 니처럼 멍청한 놈이나 걸려들지. 내가 갖고 놀 때까지 누가 기다린다고."

나는 아주 소금 밝아진 하늘을 올려다보며 마지막 양심으로 말해 주었다. 내가 잘 갖고 노는 게 아니라 박우경 네가 되게 멍청해서 그렇다고.

박우경은 선선히 고개를 끄덕였다.

"그럴 수도 있겠네. 내 진짜 니 보고 있으면 되게 멍청해지거든."

"……뭐 좋은 거라고 뿌듯하게도 말하네."

"앞으로 윤차희 니가 딴 놈만 안 건드리면 된다. 알제."

니가 이미 놀고 다닌 건 어쩔 수 없지……. 좀 좆같긴 한데……. 뭐, 그래, 어쩔 수 없지……. 석연찮게 덧붙이며 중얼거리긴 해도 여전히 선선한 태도다.

모름지기 남자는 젊을 때 놀아 봐야 한다고, 난봉꾼 같은 제 아들을 일단 감싸고 보는 어느 정신 나간 할매 같은 말도 이어졌다.

그래, 여자가 어릴 때 좀 놀아 봐야지. 서울에서 잘 놀았다, 윤차희. 하고.

"그래 봤자 그것도 이제 끝이니까."

"누구 맘대로?"

"니가 갖고 노는 등신 새끼 맘대로."

나는 고개를 틀어 박우경을 물끄러미 응시했다. 저렇게 눈치가 없을 수가. 아니면 내가 혹시 키스를 너무 잘한 건가? 잠시혼란이 찾아왔다. 하지만 아무리 생각해도 그런 것 같지는 않았다. 나는 그 애에게 휩쓸리기 바빴으니까.

다만 새삼스럽게도, 그 애가 예전처럼 썩 서툴지 않은 것에기묘한 상상력과 짜증이 치밀었을 뿐.

그런 건 더 생각하기 싫었다. 박우경의 옆얼굴을 지나 우리가 지나온 무인 모텔로 시선을 옮겼다. 살짝만 찌르면 넘어올것도 같은데……. 그렇게 무심코 생각하고는 내 스스로 놀랄때까지.

박우경이 어느새 내가 보는 쪽을 확인하고 날 희한하게 보고있었다.

얼굴에 잔뜩 열이 올랐다. 곧장 도망치듯 몸을 돌리는 날 낚아챈 그 애가 웃으며 반대쪽으로 날 달랑 옮겨 놓았다.

"놔라, 쫌."

"어떻게 놓는데. 놔두면 윤차희 니가 모텔로 내 끌고 가서덮칠 거다이가……. 와 무서워서 절대 못 놓겠다."

"아 헛소리하지 말라고."

"니가 벗으라면 벗어야 되는데. 우짜노."

"미쳤나!"

씩씩대며 품 안에서 버둥거리는 나를 그 애가 꼭 껴안았다. 관자놀이부터 뺨을 타고 자잘한 키스가 흘렀다.

왜 이래. 정신이 하나도 없었다.

"그래도 저런 데서는 안 된다. 알겠제."

누가 뭐랬나? 기가 막혀 달싹거리기만 하던 입술이 그대로 틀어막혔다. 날 데리고 들어가면 그만인 모텔을 지척에 두고, 고작해야 내 입술이나 잘근거리며 깨물고 빨아 삼키는 그 애는 여전히 실속이 없다.

우리는 결국 뿌연 회색의 지평선 위로 옅은 붉은색이 떠오를 때까지 저수지에 있었다. 아무 일도 없이 걷고, 손을 잡고, 키스했다. 그토록 형편없는 데이트가 끝나고 저수지 초입의 커다란 편의점에 나란히 앉아 컵라면을 하나씩 먹을 즈음이었다.

집에 돌아온 윤태희가 감히 박우경이랑 외박을 했느냐고 방방 뛰며 전화를 해 왔다.

"니네 오빠가 때리겠지?"

"응."

"하긴. 맞을 만했다."

맞을 만한 일은 그다지 없었지만, 그 애는 순순히 제 혐의를 수긍했다.

"바른대로 말해라. 느그 지금 어디서 자고 오노."

"여기서 잤는데 뭘 자고 와? 아까 잘 자고 나갔다 온 거다."

"와, 윤차희 니 그걸 지금 말이라고 하나."

"응."

지가 아빠도 아니고……. 들으라는 듯 중얼거린 나는 엄마의 효자손까지 들고 아빠처럼 복도에 버티고 서 있던 윤태희를 지나쳤다. 본인이 많이 마주쳐서 흉내도 잘 내나 보다 하고.

중학교 때부터 어디서 술이나 처마시고 늦게 들어오는 일이 비일비재했던 양아치 주제에, 이제 나이 좀 먹었다고 그 시절 자길 쥐 잡듯 잡던 아빠 흉내를 다 냈다.

나중에 태어날 내 조카가 불쌍했다.

"야, 윤차희!"

"아, 시끄러……."

득달같이 달려와 씩씩대는 것도 아빠와 조금 똑같다. 아마도 들으면 아빠나 윤태희나 썩 좋아하진 않겠지만.

"내는 이거를, 이 방탕한 작태를, 어? 좌시할 수가 없어. 그래. 맞다. 이건 이렇게 넘어가면 절대 안 되는 문제다. 어떻게 된 놈의 가스나가……!"

방탕에 작태에 좌시에, 평소의 윤태희가 전혀 쓸 일 없는 고급 어휘가 급히 더듬는 말 도중에 다 튀어나온 걸로 봐선 적잖게 당황한 게 분명했다. 그렇게 오빠가 효자손을 들고 내게 삿대질하는 사이 박우경이 그 뒤를 유유히 지나 주방으로 갔다.

그걸 따라 시선을 옮기니, 식탁에는 잠이 덜 깼는지 술이 덜 깼는지 모를 해경 오빠가 엎드려 있었다. 꿀물이라도 타 줄까 싶어 주방으로 가려는데 윤태희가 효자손으로 막아섰다.

"가스나 니 지금 느그 오빠야 말을 귓등으로……."

"어, 귓등으로 들었다."

"오빠야가 분명히 말했제. 좌시할 수 없……."

"그래서 지금 앉아서 안 보고 서서 내 보고 있네. 잘한다."

"……."

"좌시가 뭔지는 알제?"

윤태희가 잠시 할 말을 잃은 사이 나는 옆으로 걸음을 옮겼다. 그러나 효자손에 다시 가로막혔다.

"이게 어? 세상 남자 무서운 줄 모르고."

"박우경이 무슨 남자라고."

"저 새끼가 그럼 남자지! 여자가! 저렇게 큰 게!"

주방에서 고개를 슥 내민 박우경이 눈치를 줬다. 왜. 완전 남자였다고 말해서 얻어터지게 해 줄까, 그럼. 눈으로 그렇게 말하자 그제야 '아.' 하고 소리 없는 납득이 돌아온다.

우리가 저 몰래 눈짓을 주고받는 건 볼 새도 없이 윤태희가 효자손으로 제 다른 손바닥을 초조하게 연신 쳐 댔다.

"아 정신 사납다."

작작하라고 효자손을 잡는 데도 아랑곳하지 않던 오빠가 눈을 번뜩했다.

"……아니, 아니지? 씨발, 그러고 보니까 박우경 이 새끼는 피시방 간다고 밤에 나간 새끼가……. 이거 순 계획이었네? 처음부터 다 계획된 거였네? 이 개새끼가……? 와. 그래서 우리한테 족발 사 줬네. 존나 계획적이네."

"형이 저녁 내내 족발 노래를 처불러서 닥치라고 사 준 거잖아요. 존나 있는 거나 대충 처먹지, 읍내까지 가서 사 오라고 뺑이 치게 하고."

"와…… 박해경이랑 내한테 그 집에서 술 맥이고 지는 은근슬쩍 아빠랑 엄마 없는 우리 집으로 몰래 와서 윤차희 니를 빼돌려서……."

"내가 빼돌린다고 쟤가 빼돌려지면 진작 이 집에서 빼돌렸죠."

"어쩐지 아침에 보니까 차도 안 가져갔더라. 아니 밤에 비가 그렇게 왔는데, 와, 그 빗속에 나가면서 말이 되나? 차 안 끌고 간 게. 그래. 내가 그거부터 수상했다니까? 소리 나면 우리한테 들키니까 그칸 거지."

그 애와 오빠의 대화는 전혀 이어지지 않았다. 윤태희가 신경질적으로 식탁을 향해 소리쳤다.

"마, 박해경! 내가 이상하다 했제!"

"아…… 부르지 마라. 골 울린다, 씹새끼야……."

"봤나, 박우갱. 느그 형도 니보고 씹새끼라 칸다이가."

"누가 들어도 형보고 개씹새끼라고 한 건데요."

박우경이 자연스레 '개'를 첨가했다. 윤태희는 미처 듣지 못하고 날 홱 돌아봤다.

"윤차희 니 어디서 잤노. 딱 대라."

"집에서."

"CCTV 대조 확인 자신 있나."

"진짜 지랄이다…… 니 딸내미 서울까지 대학은 어떻게 보냈노. 가슴 아파서."

나는 한숨을 쉬며 빈정거리고는 윤태희를 밀고 주방으로 갔다.

"본다? 내 진짜 CCTV 본다?"

"어. 봐라."

때마침 자기 집처럼 냉장고에서 청포도를 꺼내 먹던 박우경이 고개를 갸웃하며 내 어깨 너머로 물었다.

"근데 형, 그럼 앞으로 집에서는 둘이 같이 자도 돼요?"

"……와…… 니 지금 뭐라 캤노."

"그냥, 듣는데 형 논리가 그래서요. 나가서 자는 게 문제라매."

이 아침에 우리가 밖에서 돌아오는 것만 보고 '외박'에만 꽂혀 있었으니 말의 사각이 생긴 것도 당연했다.

"……우경아, 이건 형이 어이가 없어서 묻는 건데, 혹시 진짜 죽고 싶나."

"그런 게 아님 말고요."

식탁에 고개를 박고 있던 해경 오빠가 조용히 어깨를 들썩이며 웃었다. 윤태희가 욕설을 중얼거리며 효자손으로 해경 오빠의 어깨를 내리쳤다.

해경 오빠가 아예 실성한 것처럼 웃음을 터트렸다.

"아니…… 웃기잖아. 쟤네가 집에서 자면 뭐 못 하나."

"가시나가…… 아무리 그래도 엄마 아빠 다 사는 집에서 그럴 리가……."

"그래서 나갔나 보네. 우리 차희는 착하니까."

"당연히."

"아까 저수지 쪽에서 오던데, 쟤네."

"……이 개새끼가. 모텔만 천지삐까리인 음침한 동네로 애를 데려갔다고?"

청라에는 주말에나 오면서, 정작 여기서 저수지에 있는 카페를 제일 많이 가 본 외향적 인간이 한 말치고는 갑자기 편향된 정보다. 효자손이 박우경의 어깨며 팔을 때렸다.

"아 왜 때려요."

"마, 형이 어? 내 동생이랑 좀 다시 잘 지내보랬지 잡아먹으라 카드나."

"저수지에 일출 보러 간 건데."

"일출, 씨발……. 일출 같은 소리 하네. 장마철에 일출 찾고 자빠졌노. 니 지금 그걸 변명이라고 하나. 날씨가 이렇게 개그지 같은데!"

"네."

변명이라고 한다는 소리다. 박우경의 담담한 인정에 윤태희는 더 화가 났다.

정작 딴생각을 한 건 나고, 박우경은 애처럼 손잡고 쪽쪽거리기나 하는 일에 정신이 죄다 팔려 있었다고 하면 믿을까. 나는 괜한 말을 한 해경 오빠의 얼굴 옆에다 꿀물 한 잔을 신경질적으로 탁 내려놓았다.

결국 박우경은 거실로 도망갔고, 윤태희는 그걸 쫓아갔다. 해경 오빠가 느물거리며 웃고는 몸을 반만 비스듬히 일으켜 꿀물을 홀짝거렸다.

"……윤태희 저 새낀 꼭 니네한테 무슨 일이 있길 바라는 사람 같네."

"오빠야가 윤태희 난리 치라고 자꾸 쓸데없는 말 던지는 거잖아."

해경 오빠에게 지적하자 오빠가 웃었다. 나는 오빠에게 은근슬쩍 잡힌 손을 내려다보며 말했다.

"이렇게 손도 잡고."

"박우경 저 새끼 눈 돌아가는 게 재밌잖아."

"박해경 거기 손 떼라. 처맞기 싫으면……. 아, 씨발, 진짜 형. 지금은 박해경 저 새끼가 껄떡대는데 왜 나만 때려요!"

"봐. 니 좀 만지니까 바로 눈 돌아가잖아. 박우경 저거 진짜 미친놈이라니까……. CCTV 수준 아이가. 완전 모션 인식 카메라……."

"……오빠야. 오빠야는 잠이나 깨라."

"오빠야 속이 너무 아프다. 차희야. 어쩌지."

해경 오빠가 잘생긴 얼굴을 애달프게 찌푸리며 식탁 위에 있던 내 손에 이마를 비비고 박우경 보란 듯 어리광을 부렸다. 난장이었다. 나는 박우경이 주방으로 다시 짜증스레 걸어오는 사이, 윤태희의 효자손을 빼돌렸다. 또다시 주방에서 외박 논쟁이 펼쳐졌다.

"이제 앞으로 내 눈앞에서는 안 된다. 알겠나."

"오. 그럼 형이 눈 감으면 되겠네요."

"다른 데 가서 자는 거 안 되고, 이 새끼가 은근슬쩍 집에 들어와서 같은 층에 자는 것도 안 돼."

"오…… 딴 층에선 되는갑다, 박우경."

"윤차희, 저 새끼가 혼자 자는 거 무섭지 않냐면서 꼬시면 니가 더 무섭다 캐라."

퍽이나 무섭겠다. 셋 다 자기 말만 하고 통하는 말은 한마디도 없으니 듣는 것이 더 피로해졌다.

아무 일도 없었으니 네 동생 망신 좀 작작 시키라고 효자손으로 윤태희를 몇 대 때려 준 나는 결국 청포도 몇 알만 삼키고 집을 나왔다.

그 애가 어떻게 저 난장을 빠져나왔는지 내 뒤로 금세 가깝게 따라붙었다. 그러고는 불시에 내 배를 한 팔로 감아 획 당겼다. 갑자기 뒤로 기울며 놀란 찰나였다.

입가에 입술이 쪽, 하고 붙었다 떨어졌다.

"우리 아무 일도 없었던 거 아니다. 윤차희."

"……."

박우경이 순식간에 내게서 떨어져 창고로 성큼성큼 걸어갔다. 나는 뒤늦게 숨을 토해 냈다.

#17. 말하지 말아 줘

"아 진짜 괜찮다."

"안 괜찮네…… 오빠야, 일단 들어가서 앉아 있어 봐."

"하…… 당 떨어져."

"안 괜찮은 거 맞다이가."

나는 혀를 차며 해경 오빠의 등을 창고로 툭툭 밀었다. 오빠가 마지못해 걸어 들어갔다.

애초에 여기서 이러고 있을 사람이 아닌데. 며칠 전쯤 오빠에게 했던 말이 다시 이어졌다.

"근데 오빠야 진짜 계속 이렇게 우리 집 올 거가. 그냥 한 번씩 바쁠 때 와서 도와주기만 해도 되는데……."

"한 번씩 할 바에야 그냥 안 내려왔지……. 그리고 알잖아, 우리 엄마. 니네 엄마 일이면 껌뻑 죽는 거."

오빠 몰래 미미한 비웃음이 입가를 스치고 지나갔다. 그야 세상 모든 사람 눈에는 그렇게 보이는 사이였다. 어떻게 친자매도 아닌데 저래 사이가 좋노, 하고 동네 할매들도 입을 모아 칭찬하는 자매 같은 사이.

어쨌거나 해경 오빠는 내가 몇 번 쫓아내려 한 뒤로 자기 엄마의 강권을 운운하기 시작했는데, 정작 신미진은 요새도 청라에 없는 날이 더 많았다. 사흘 전에는 대학 병원에 입원한 남동생을 보러 간다고 했고.

그러니까 애당초 감시하는 사람도 없고 강권하는 사람도 없는 선의와 노동이다. 친구 집안일에, 졸업이 코앞인데 하는 시간 낭비.

신미진도 그런 아들을 알았겠지. 어쨌든 둘보다는 셋이 함께 있는 편이 낫다고 생각했을 터였다.

입원한 엄마에게 든든한 언니 행세나 하느라 너희 집에서 공짜로 부려 먹는 내 막내아들 도로 빼 가겠단 소리도 못 하는 실정이었다. 놀랍게도 신미진이 우리 집에 차리는 체면과 성의는 그 정도였다.

게다가 아빠는 집에 거의 없고, 박우경이 말을 들을 리도 없거니와……. 그러니 애꿎은 해경 오빠까지 여기에 방학 내내 처박혀 있게 된 것이다.

박우경과 내가 단둘이 있다는 게 고문 같았겠지. 나는 비틀린 생각을 저 너머로 넘기고 오빠에게 되물었다.

"오빠야 내년에 졸업이면서. 이래 맨날 오면 우짜는데. 공부도 해야지."

"내가 방학 때 이거 좀 한다고 굶어 죽나."

뭘 하든 안 하든 굶어 죽을 일은 없을 사람이 하는 말이라 진정성은 있다. 창고 냉장고에서 스프라이트 한 병을 꺼내 벌컥벌컥 마신 해경 오빠는 이윽고 소파에 널브러지듯 누웠다. 사실은 나중에 굶어 죽기 전에, 당장 이러다 죽겠다는 기색이 역력했다.

일도 잘하고 체력도 좋지만 이렇게 덥고 습한 날씨에는 원체 약한 사람이었다. 집에 돈 많고 머리 좋아 다행이지…… . 나는 수건에 차가운 물을 적셔 해경 오빠의 얼굴 위에 올려 주고 환자를 지켜보듯 그 옆에 쭈그려 앉았다.

"오빠야. 물 더 줄까."

"아니, 당분…… ."

"사탕?"

"오빠야 누룽지랑 계피 맛은 안 먹는 거 알제…… ."

어쨌든 달라는 뜻이다. 누룽지랑 계피 맛 빼고. 나는 엄마가 저혈당 때문에 선반 위 바구니에 챙겨 놓은 사탕들을 뒤적거리다, 메론맛 사탕을 하나 까서 오빠가 애처럼 '아' 벌리는 입에 쏙 던지듯 넣어 주었다.

누워서 사탕을 우물거리는 표정이 만족스럽다. 날 보는 눈에도 비로소 힘이 돌아왔다.

"맛있네. 니 손으로 먹여 줘서 그런가."

"……박우경한테 또 오해받을 소리 하지 말고."

"사실이잖아. 차희 니가 니 손으로 내 입에…… ."

나는 그 옆에 다시 쭈그려 앉으며 아예 오빠의 입을 수건으로 거칠게 틀어막았다. 그러고는 다시 걱정스럽게 말했다.

"어쨌든 진짜 이러다 죽을라. 내일은 오지 마라, 오빠야. 돈도 안 주는데……."

"안 돼……. 자존심 상해……."

"뭐가."

"박우경 저 새끼도 하는데."

"……쟤 나한테 바라는 게 있잖아."

"왜 난 없다고 생각하지?"

실실 웃는 눈이 얄미웠다. 날 놀려 먹을 때 특유의 그 표정이다.

"내가 차희 니 좋아하면 어쩌려고."

"누웠으면 그냥 잠이나 자라, 오빠야. 헛소리 그만하고."

"차희야."

"왜."

"니가 집에 와서 진짜 좋다."

청라에 내려온 게 벌써 열흘은 됐으면서 새삼스러운 감상이다. 얄궂은 미소는 금세 다정한 것으로 변했다. 저도 서울에 있었으면서, 마치 내가 돌아오지 않는 고향에서 기다린 우리 가족같이.

나는 오빠들이 내게 보냈던 수없는 메시지를 떠올렸다. 어디론가 엇나간 동생을 찾듯이 온갖 염려와 서운함과 씁쓸한 감정이 스며 있던 말들.

그러니까 저건, 단지 물리적인 귀향을 의미하는 것만은 아니다. 내가 자기들 곁으로 돌아왔다고 반듯하게 믿는 낯이 말해 주듯이.

나는 시선을 돌렸다.

"……술 마신 윤태희 같아."

"차희야. 오빠는 맨정신으로도 이런 말 잘해."

"이제 술 마신 서울 남자 같아."

해경 오빠는 낮게 웃으며 젖은 수건을 눈 위에 덮었다. 잠깐 낮잠이나 자라고 두고, 나는 박우경에게 갖다줄 물을 챙겼다. 금세 기절했는지 고르게 변한 숨소리가 에어컨 바람 사이로 들렸다. 얼마나 피곤했으면.

저래도 오빠는 매일 꿋꿋이 일곱 시 내지 여덟 시가 되면 과원에 나타났다. 그리고 새벽 네다섯 시쯤 진작 와서 부지런히 일하고 있는 박우경을 보면서 한결같이 질린 얼굴을 했다. 천년의 사랑이라느니 하면서.

막내아들인 박우경은 몰라도 태경 오빠나 해경 오빠는 어릴 적부터 가끔 정신 교육이랍시고 제 아버지의 과원에서 종종 벌받듯 일을 하곤 했다. 덕분에 과원 일에는 꽤 자신이 있다고 했고. 하지만 시일이 지나면 지날수록 오빠는 우리 집 일을 정신없어했다. 거기다 쥐약인 한여름 날씨까지.

체계가 대단한 곳에서 그때그때 자기 책임만 다하면 됐던 것과 우리 집처럼 경계 없이 이 일 저 일 정신없이 오가는 건 궤가 다르긴 하다. 너무 자질구레해서 귀찮은 일도 많았다.

우리 집에도 나름의 체계와 분담이 있었던 적이 있긴 하지만, 오래전 물과 병해가 우리를 휩쓸고 가기 전의 이야기다. 절반만 남은 땅조차 지금은 다 쓰지 못하고 있으니까.

나는 달력을 응시했다. 윤태희도 수요일로 휴가가 끝나 대구로 돌아가고, 엄마의 입원은 생각보다 길어졌다. 그렇게 다시 일요일이다. 엄마가 입원하고 두 번째 주말이 다 지나가는 중이었다.

이번 주말 내내 당직인 윤태희는 오지 못하고, 그래서 셋뿐인 일요일.

가장 위급했던 신장 수치는 투석을 한 번 더 하고 내내 수액을 맞으며 안정을 찾았지만 정작 당뇨 합병증 예후가 그리 좋지 않았다. 엄마의 발 한쪽은 예전처럼 조금씩 절뚝거리며 걷지도 못할 정도가 됐다.

중요한 고비는 다 넘겼고 회복은 시간문제일 뿐이라지만 정작 당장 병실에 붙은 화장실도 가지 못할 정도라 사람이 내내 붙어 있어야 한다. 아빠는 그래서 아예 보름째 병원에서 살고 있었다.

그러면서도 이틀 걸러 엄마가 잠든 밤에나 집에 와서 랜턴 불빛에 의지해 새벽까지 일을 하고, 씻고 옷을 갈아입고 병원에 돌아가 보호자 침대에서 아침에 잠시 눈을 붙이는 식이었다. 내가 간병을 좀 나눠 하겠다 해도 절대 오지 말라 고집을 부리면서.

이제 병원에 가면 조금만 있어도 쫓아내기 일쑤다. 어차피 하루 이틀 만에 퇴원할 것도 아닌데, 차도 없는 가스나가 오며

가며 고생만 한다고. 공부나 하라고. 박우경이 데려다준다고 하면 안 그래도 미안한데 괜한 고생까지 시키지 말라고…….

'옆에서 보고 있으면 네 마음이 아플까 그러시나 보다.'

박우경은 지나가듯 그렇게 말했다. 어쩌면 그럴지도. 아니면 그때 일 때문에……. 그래, 어쩌면 엄마가 내게 그렇게 된 모습을 보이기 싫어했을지도 모르고. 숨이 다 넘어갈 때도 내가 놀란 것 따위를 더 걱정했던 사람이니까.

퉁퉁 붓고 잿빛이 된 얼굴이 마음 아파 조금이라도 울면, 엄마는 내 눈물에 더 울고 싶은 얼굴이 됐다. 아빠가 잠깐 화장실에 가면 내 손을 붙잡고 급히 달래기도 했다.

우리 공주, 엄마 아픈 거 니 때문 아니다. 알제? 이제 아프지도 않다. 그니까 울지 마라. 응? 희야 니가 이래 울면 엄마 마음이 너무 아프다이가…….

엄마는 정말 바보 같다. 나는 버릇처럼 씁쓸한 숨을 삼켰다.

아빠는 새벽녘 잠든 날 건너뛰고 박우경에게만 인수인계를 한 뒤 홀연히 가 버리기도 했다. 얼마나 정신이 없는지, 엊그제는 박우경과 내가 거실 바닥에 아무렇게나 누워 자고 있는 꼴을 보고도 아무 말도 하지 않을 정도였다.

잠결에 눈만 겨우 깜빡이던 내게 마저 자라고 말한 아빠가 박우경을 데리고 현관으로 나가며 무어라 말하던 게 생각났다.

어쩌면 정신이 없어 놓친 게 아니라 박우경을 믿는 걸까. 도리어 그 광경을 윤태희가 봤더라면 난리가 났을 거라는 게 조금 우습다.

나는 잠깐 달력을 보다 웃었다. '니네 아빠 가니까 니네 오빠 왔다'던 박우경의 떫은 말도 생각나서.

"……이제 7월도 다 갔네."

이렇게 흘러가도 정말 괜찮을까. 전부 당연해져도 괜찮을까. 일에 의욕적인 한편으로는 무엇도 속으로 시정할 의욕이 들지 않는 나날이다.

박우경에게 나쁜 맘을 품느라 인생의 여남은 모든 용기를 끌어다 쓴 이후로는 더욱. 어지간한 건 죄다 모른 척하고 싶고, 당장 좋은 것이나 생각하고 싶었다. 미래보다는 그저 가을에 엄마가 웃는 것이나 봤으면 했다.

단지 주위에 휩쓸려 모순 없이 웃고 싶었다. 그 새벽, 박우경을 다시 꾀어낸 것처럼.

나는 소파에 널브러진 해경 오빠를 흘끗 보고, 창고에 이제 막 들어서는 박우경을 응시했다. 그리고 그 애가 괜히 자는 사람에게 시비를 걸지 않게 입구 쪽으로 빠르게 갔다.

물병을 내미니 받으면서도, 그 애의 시선은 내내 못마땅하게 소파에서 기절한 제 형에게 꽂혀 있다.

"공주 닌 맨날천날 저 새끼랑 어디 들어가기만 하면 나올 생각을 안 하네."

"말 좀 조용히……. 오빠야 자고 있다이가. 그리고 누가 들으면 오해할 소리 좀 하지 마라."

"아 존나 안 나와. 안에서 둘이 무슨 짓을 하는지."

형제 아니랄까 봐 가끔 둘은 툭툭 내뱉는 게 비슷했다. 자기들 유리한 대로 얄궂은 비약도 잘하고. 다만 이런 때에는 약간의 차이가 있다.

해경 오빠가 제 동생 약이나 올리는 게 목적이라면, 박우경은 이미 약이 올라 있다는 것 정도.

"오빠야 아프대."

"시랄……."

그 애는 야박하게 중얼거리며 입매를 비틀었다. 그래도 눈치를 주니 소리는 낮췄다.

"뭐 했다고 지 혼자 더위를 처먹노. 술병이겠지."

"왜. 윤태희 대구 가고 나서 오빠야 일 엄청 많이 했잖아. 어쩐지 어제도 좀 비실비실하더니 더위 먹었나 봐. 아까 어지러워하던데."

"점심 먹을 때도 안 됐는데, 아직."

"어차피 비 올 거 같은데 오빠야는 낮잠이나 자게 두자."

"찬물 한 번 뒤집어쓰면 바로 정신 차릴걸. 씻고 오라 해라."

해경 오빠가 그러지 않으면 창고 밖에서 호스를 끌고 와 뿌릴 기세였다.

"아 오빠야 아프다니까."

"니네 오빠는 대구에 있는데 왜 자꾸 저 가짜 오빠 새끼보고 오빠야, 오빠야…… 하 씨발, 됐고, 내 경험상 더위 먹은 건 찬물에 머리 처박으면 바로 낫더라. 아 비켜 봐. 내가 니네 집으로 끌고 갈게."

"미친놈아……. 나나 그렇겠지."

"장담한다."

"언제는 해경이 오빠야 없이 나랑 둘만 있고 싶다매."

"……."

"오빠야 저렇게 두고 오랜만에 둘이 있음 되잖아."

아무렇게나 달래려고 덧붙인 말에 그 애가 할 말을 잃고 멈 칫 날 봤다. 방금 전까지만 해도 잔뜩 불만스럽던 입매가 시원 하게 말려 올라간 건 순간이었다.

"박해경 저 새끼가 뭔 짓을 해도 거슬려서 잊고 있었는데, 잘 생각해 보니 호재네. 미안."

"……."

"역시 공주는 존나 생각의 깊이가 달라서."

"야."

그놈의 공주. 조롱에 지지 않고 어깨를 한 대 쥐어박는데, 그 애가 그대로 내 손을 낚아채 손가락에 자잘한 키스를 남겼 다. 손을 놓으라고 팔을 파닥거리니 아예 팔이 붙잡혔다.

내 뺨까지 키스가 쫓아왔다.

"그래, 밥 먹게 나가자. 저거 쉬게 두고."

"뭘 나가. 오빠야부터 뭐 좀 먹여야지. 아픈데."

"아, 먹인다니 말인데……. 아까 차희가 내 사탕 먹여 줬다. 개새끼야."

"……."

"……."

"근데 니네 뽀뽀하네?"

해경 오빠가 어느새 턱을 괴고 모로 누워 이쪽을 보고 있었다. 할 일 없이 소파에 드러누워 TV나 보는 백수처럼. 박우경과 닮은 낯에 느물거리는 미소가 맺혔다. 나는 뻣뻣하게 고장난 고개를 다시 돌렸다.

이미 해경 오빠가 깨어 있는 걸 알고 있었다는 듯 태연하게 있던 그 애가, 뻔뻔할 지경으로 날 향한 표정을 바꾸었다.

자기는 실수했을 뿐이고, 이보다 무고할 수는 없다는 듯이.

"차희야. 이거 윤태희가 알면 어떻게 될까."

"뭐가 어떻게 돼. 태희 형이 나 죽이고 난 형 죽이겠지."

"개무섭네, 새끼. 근데 니 윤태희한테 처맞느라 느그 형까지 조질 새는 없을 것 같은데……."

"괜찮다. 형은 미리 죽이면 된다."

나는 실없는 그 애의 손아귀에서 팔을 어떻게든 비틀어 빼냈다. 박우경이 못마땅하게 쳐다보는 것을 알지만 해경 오빠가 더 급했다.

"오빠야. 이건 그런 게……."

"그런 게?"

말을 꺼내기 무섭게 할 말이 없어졌다. 그런 게 뭔데. 보인 꼴이 있는데 아니라고 해도 우습고, 뭔가 대단한 사이인 양 맞다고 할 수는 없고. 이도 저도 아닌 말밖에는 떠오르지 않았다.

소파에서 일어난 오빠는 답을 다 알면서 날 놀리듯 고개를 갸웃하고, 박우경은 가만히 내 입을 쳐다보기만 했다. 정적 속에 입술이 바짝 말랐다. 여긴 우리 집이니까 도망갈 수도 없는데.

우리는 아직 이 관계를 소리 내어 규정지은 적이 없었다. 그 애는 내게 무척이나 조심스러우면서도, 특별히 우리 사이에 새로운 정의가 필요하다고 생각하지는 않는 것 같아 보였다. 적어도 당장은.

그러고는 모든 것이 당연하다는 듯 굴었다. 우리가 함께 있는 것이 다시 당연하고, 어쩌면 앞으로도 우리가 함께⋯⋯.

나는 메마른 입술을 짓씹었다. 당연한 것. 어떤 확실성. 무언가의 끝. 그래서 나를 언제나 도망치게 만들었던 단어들.

하다못해 우리는 사과원의 나뭇가지를 칠 때조차 다른 사람들이었다. 내가 한참을 들여다보고 나무에서 무얼 잘라 내야 더 좋을까 생각하는 동안, 박우경은 벌써 전지를 끝내고 다음 나무로 가 있고는 했다.

그 애는 언제나 자기가 원하거나 생각한 것에 확신이 있고, 나는⋯⋯.

그래, 언제나 도망칠 틈이 열려 있지 않으면 숨이 모자라졌다. 그러는 꼴이 형편없음을 알아도 어쩔 수 없었다. 아주 어릴 때부터. 아무리 좋아하지 않는다고 내 스스로를 속여도 그 애를 좋아한다는 것을 어렴풋 알게 되면서부터, 혹은 그 애를 좋아해서는 안 된다는 것을 안 뒤로부터, 언제나.

제가 틀린 답을 써 놓은 걸 알면서도 답지를 확인하기는 싫어하는 어린애처럼.

"……그냥, 윤태희한테 말하지 말라고."

윤태희가 안다 해도 그 입을 또 안간힘으로 틀어막아 도망칠 틈을 만들겠지만, 나는 해경 오빠의 눈을 물끄러미 바라보며 부탁했다.

박우경이 괘씸해도 차마 박우경 앞에서 그 애가 아무것도 아니라는 말을 할 수는 없었다. 그 말 한마디를 뱉지 못해 내 무덤을 내 스스로 파고 있는 기분이었다. 실은 박우경이 없었다면 해경 오빠에게 곧바로 전부 부정해 버렸을 내 비겁함을 알고 있으므로, 발밑의 땅은 더 깊이 꺼져 갔다.

쫓기듯 무언가 더 때우고 넘어갈 말을 찾는데, 해경 오빠가 웃음기가 조금 사라진 얼굴로 먼저 물었다.

"어차피 그런 게 아니라면서. 뭘 말 안 해?"

"애 아니라고 안 했는데."

이번에는 마치 내 대답을 틀어막듯 박우경이 선수 쳐 대꾸했다. 해경 오빠가 코웃음을 쳤다.

"박우경 니는 한국말을 꼭 다 들어 봐야 알겠나. '이건 그런 게.' 다음이 상식적으로 아니라는 건지, 맞다는 건지."

"씨발, 또 이래. 또 방해해."

"저 개새끼는 입만 열면 남 탓이고. 뭐…… 그래, 박우경 저게 그렇게 들이대는데 차희 니가 비명도 안 지르는 걸로 봐서는 그게 지금 니한테 막 놀랍고 경악스러운 일은 아닌 거 같고……. 벌써 좀 새삼스러운? 아, 생각해 보니까 약간 호응도 하는 거 같네? 부끄럽지만 싫지는 않은……."

56

"애 놀리지 마라. 윤차희 도망가니까."

"둘이 막 애칭도 있고. 공주? 우리 차희 윤공주네."

"그건 내가 애 놀린다고 한 거고. 박해경 닌 하지 마라."

남보고는 날 놀리지 말랬다가, 제가 날 놀려 먹은 건 또 순순히 시인한다. 나는 둘 사이에서 열 오른 얼굴을 쓸어내렸다.

"이렇게 진도 뺄 줄 알았으면 그날 걍 윤태희한테 개처맞게 두는 건데."

"개처맞게 됐다이가. 형 니가 내 맞을 때 뭘 했는데."

"근데 차희가, 니가 싫지는 않은 건지 아니면 좋은 건지 아직 모르지 않나?"

해경 오빠가 가볍게 흘린 말에 어영부영 흘러가던 분위기가 멈칫 굳었다. 그 분위기에 구애받지 않는 건 정작 본인뿐이다.

니 이거 혹시 아나? 아, 모르제. 그럼 됐다. 그렇게 대수롭지 않게 묻고 치우는 사람처럼. 오빠가 비스듬히 웃으며 턱을 괴고 그 애를 봤다.

"뭐 좀 붙어서 장난치는 건 좋아도 남들이 아는 진지한 사이가 되는 건 쪽팔리고 싫을 수도 있지."

"······."

"박우경 닌 아니겠지만."

어째 제 동생을 찌르는 건지, 날 찌르는 건지 알 수 없는 말이었다. 윤차희 네가 제대로 말하지 않으면 대신 쟤 등을 떠밀어 버리겠다는 듯이.

박우경이 그런 제 형은 거들떠보지도 않고 무표정한 낯으로 가만히 날 응시했다. 전부 내게 달린 것처럼. 실제로 전부 내게 달린 게 맞기는 했다.

그래서 도망이나 치고 싶은 것이다. 차라리 처음에 뛰쳐나가 버릴걸.

"……오빠야."

나직한 부름에 해경 오빠가 다시 내게로 시선을 돌렸다. 나는 마른 입술을 몇 번이고 달싹이다, 겨우 말했다.

"진짜, 아직은 남들한테 말할 만한, 그런 게 아니니까……."

"……."

"그래서 그래. 그러니까 그냥…… 윤태희한텐 말하지 말아 줘."

'아직은.', 나는 내가 붙인 비겁한 전제를 곱씹었다. 꼭 나중이 있다고 생각하고 있는 척, 박우경더러 들으라는 듯이.

얼마나 우스운지.

해경 오빠가 잠시 미묘한 눈으로 날 바라보았다. 마치 내가 등 뒤에 숨긴 물건이라도 있는 양 들여다보는 눈이 잠시 머릿속을 헤집었다.

그래도 나는 뻔뻔하게 오빠를 마주 보았다. 박우경이 무슨 표정을 짓고 있을지 궁금했다. 웃고 있을까. 만족스럽지는 않겠지만, 그 애는 워낙 내게 기대치가 낮았다.

그때, 아래에서 손이 잡혔다. 이제 나는 아주 형편없는 사기를 친 기분이 됐다. 오빠가 나직하게 웃음을 터트렸다.

"아. 아직은 서로 알아 가는 단계라고?"

"……놀리지 좀 말고."

"니넨 다섯 살에 처음 봤는데도 아직도 알고 싶은 게 있드나."

"어. 존나 많드라."

박우경이 낚아채듯 짧게 대답하고 내 어깨를 잡고 창고에서 그만 내보내려는 것처럼 돌렸다. 나는 그 애의 팔 안에서 다급하게 몸을 돌렸다.

"오빠야, 말 안 할 거제."

"니네 하는 거 보고."

얄궂은 말이다. 그 애와 닮은 잘생긴 낯이 언제 더위를 먹고 골골거렸냐는 듯 새로운 흥미로 반짝거렸다. 나는 한숨을 쉬며 다시 입을 열었다.

"윤태희한테 내가 말할게, 그럼. 됐제."

"오, 윤차희. 패기."

"그니까 내가 윤태희한테 말할 때까지 그 입 좀."

"닥치라고? 너무하네……."

해경 오빠가 소파에서 일어서며 짐짓 기죽은 표정으로 중얼거렸다.

"가스나 니 아깐 우경이 저 새끼한테 오빠야 버려두고 둘만 있자매."

"……내가 언제?"

그 애가 그러고 싶다고 한 걸 대충 달래느라 한 말이 면전에서 돌아온 것이 당혹스러웠다. 이미 열이 올라 있던 얼굴이 더 뜨거워졌다.

"오빠야도 귀 있다. 다 들었다, 차희야."

"아, 진짜······."

"상처 받았다이가."

"받은 김에 죽어도 되는데."

옆에서 박우경이 나직하게 중얼거렸다. 해경 오빠가 엄마의 사탕 바구니에서 사탕을 하나 꺼내 먹으며 내게 받은 상처를 보상받을 방법을 운운했다.

기껏해야 점심때 자기가 좋아하는 회전 초밥집이나 가자고 하면서.

단 박우경은 빼고, 저랑 둘이 있는 끔찍한 형벌을 주겠다고.

"······박우경 니가 사, 저거."

"박해경 쟤 존나 처먹을 텐데."

"니 때문이잖아."

"난 태희 형한테 맞아도 되는데?"

"······."

"니가 안 되는 거잖아. 내가 아니라."

그 애가 웃는 낯으로 내 의표를 찔렀다. 나는 가만히 입을 다물었다.

그래도 괜찮다는 듯, 박우경이 문득 제 지갑을 통째로 건네주었다.

"가서 먹고 싶은 거 다 먹고 온나. 초밥은 니가 더 좋아하니까."

"······이렇게 덥석덥석 다 주지 좀 마라."

"왜."

"내가 박우경 니 뒤통수 치면 어쩔라고."

딴에는 양심에서 나온 말이었다. 난 언제라도 네 뒤통수를 칠 수 있다고. 그 애가 아주 우스운 소리라도 들은 것처럼 웃었다.

"그래도 박해경이랑 바람은 피지 마라."

"……그런 소리 좀 하지 말라고. 되게 이상하게 들린단 말이야."

"징징대도 사탕 까 주지 말고."

제 형과 내가 단둘이 있는 걸 미친놈처럼 싫어하는 주제에 지갑까지 내주며 선선히 웃는 얼굴이 낯설었다. 고작 내가 그 애와의 나중을 생각한다는 이유로.

역시 형편없는 사기를 친 기분이다.

나는 고개를 숙이며 그 애의 지갑을 가만히 만지작거렸다. 해경 오빠가 뒤편에 세워 둔 차를 가지러 간 사이였다. 조용한 정적 속에 그 애가 불쑥 내 고개 아래를 파고들어 키스했다.

아랫입술을 깨물어 금세 내 입을 열게 만들고, 순식간에 숨을 죄다 훔쳐 가는 게 얄궂었다. 나는 가까워지는 차 소리에 바쁘게 어깨를 때렸다. 박우경이 금방 물러나며 웃었다.

웃지나 말지. 저렇게 날 좋아하지나 말지…….

"난 아무 때나 니네 오빠한테 맞아도 괜찮다."

"……니는 왜 자꾸 윤태희한테 맞을 생각만 하노."

한숨이 나왔다. 그 애가 그늘 속에서 내 한숨에 다시 입을 맞추었다. 그리고 이만 나가 보라는 듯 부드럽게 등을 밀었다.

#18. 회전 초밥집

"박우경이 지갑 줬네?"

"응."

빈 시골 국도에서 신호를 기다리며 오빠는 다시 내 무릎을 흘끗 봤다. 가방도 없이 앞치마만 벗고 나온 나는 핸드폰과 그 애의 지갑만 무릎 위에 덜렁 두고 있었다.

시선이 오빠의 눈길을 역으로 좇았다. 운전하는 내내 이상할 정도로 웃음기가 없던 얼굴이 어느새 장난스레 웃고 있었다.

"왜. 차희 니 돈으로는 내한테 사 주지 말라 카드나."

"……쟤 때문에 들켰으니까. 그래서 니가 내라 그랬다."

"상처는 박우경이 아니라 차희 니가 줬는데?"

"뭘 자꾸 상처래."

"아. 이건 그냥 입막음하러 가는 것뿐이다? 나는 오빠야 말고 우경이랑 둘이 너무너무 같이 있고 싶은데?"

"아 쫌."

"존나 눈치 없는 박해경."

잘도 눈치가 없겠다. 한 번씩 너무 빨라 탈이지. 나는 말없이 신호가 바뀐 전방을 턱짓했다.

"오래 살고 볼 일이다 아니야? 저 새끼가 즈그 형 밥 먹는데 돈을 다 주고."

"쟤가 오빠야들한테 족발 사 줬잖아. 저번에."

"그건 윤태희가 뜯어낸 거고."

"그래도……."

"저 새끼 원래 윤태희한텐 꼼짝도 못 했다이가. 즈그 형한테는 개판으로 하면서."

"……그런가? 잘 모르겠는데."

내가 보기에 박우경은 윤태희한테도 언제나 개판으로 말했다. 요즘 부쩍 호구같이 굴긴 했어도 그건 일종의 빌미고 핑계였으니까. 윤태희는 매수된 쪽에 조금 더 가깝고…….

"그것도 모르고, 우리 차희. 박우경이랑 아직도 알아 가는 사이가 맞긴 하네."

"이상하게 요즘 좀 그렇긴 했는데, 원래는."

"원래 그랬다니까?"

"쟤가 왜?"

"몰라서 묻나. 니네 오빠잖아."

"……."

"쬐끄만할 때 어른들한테도 바락바락 대들고 싫은 소리 한

마디도 못 참던 게 윤태희 그 새끼한테는 맨날천날 이 악물고 꼬박꼬박 높임말 쓰던 거 봐라."

"그땐 우리 초등학교 때잖아."

그것도 일이 학년 때였다. 우리가 고작해야 여덟, 아홉 살이 었을 때.

생각해 보면 박우경의 기묘한 존대는 갑자기 하루아침에 바뀐 것이었다. 그 성질머리로 고작 세 살 차이 나는 윤태희에게 그럴 이유가 없는데.

이유를 물으면 어린 윤태희는 실실 웃고, 그보다 자그마한 박우경은 인상을 찌푸리고. 그뿐이었던 이상한 변화.

사실 듣고 있으면 별로 존대 같지도 않은 시건방진 존대라 얼마 지나지 않아 위화감은 사라졌다. 그 희한한 습관이 어쩌다 보니 이렇게 오래도록 남았겠거니 했다. 말끄트머리만 존대지 그 애가 윤태희를 얼마나 우습게 아는데.

"저 새끼 그때 왜 그랬는지 아나."

"몰라. 나한테 말 안 해 주던데."

"윤태희가 그때 저 새끼보고 커서 니랑 결혼하고 싶으면 지한테 잘하라 캤거든."

"……"

할 말을 잃은 입이 멍청하게 벌어졌다. 해경 오빠는 시큰둥한 표정으로 말을 이었다.

"뭐랬더라. '야, 우리 아빠가 희야랑 니랑 반대하는 거 알제. 알면 내한테 잘해라, 알겠나. 잘하면 내가 나중에 느그 결혼할 때

니 편 들어 줄 수도 있으니까…….' 아, 따라 하지도 못하겠네."

"……."

"윤태희 금마는, 초등학교 5학년이 2학년짜리 붙잡고 저딴 말을 했다니까. 진짜 웃긴 새끼. 니네 결혼하면 지가 손윗사람 이니까 앞으로 높임말도 해라 카고. 근데 박우경은 그걸 또 하 드라. 곧이곧대로. 등신 같은 새끼가."

"……아."

"나중에 커서 니랑 결혼할라고."

목 아래부터 열이 올랐다. 부끄러운 짓을 한 사람들은 따로 있는데. 나는 당혹한 얼굴을 쓸어내리며 도망치듯 창밖으로 시 선을 돌렸다.

해경 오빠는 무심한 목소리로 말을 이었다.

"쟨 그때부터 차희 니랑 결혼할 생각이었는데."

"……어릴 때잖아. 지가 뭘 안다고. 나랑 얼굴만 마주치면 괴롭히고 못살게 굴던 게."

"왜? 잘해 주기도 했잖아. 맨날 니 보조 가방이랑 피아노 학 원 가방 들고 기다리고, 우리 아이스크림 먹을 때 니 좋아하는 거 미리 빼놓고. 니 괴롭힌 애 개 패듯이 패서 우리 엄마 학교 에 불려 가고."

"……."

"기억 안 나나."

"……난다. 전부 다."

해경 오빠는 무표정한 얼굴로 입꼬리만 끌어당겨 웃었다.

"그럼 됐네. 그래도 확신이 더 필요하나?"

"무슨 확신."

"니 박우경한테 확신 없잖아."

"……."

"그래서 하는 말인데. 저 개등신 같은 새끼가 그때부터 뒤에선 윤차희 지 거라고 별 같잖은 유세에 건드리면 죽일 것처럼 사방에 지랄이었는데, 웃긴 게 니 앞에선 걷어차일까 봐 제대로 말도 못 하니까."

"……."

"보니까 아직도 그런 거 같고."

확신이 없는 건 언제나 나였다. 돈이 없으면서 말도 안 되게 비싼 물건을 갖고 싶어 하는 사람처럼, 나는 그 덧없는 단어에 약간의 허영심을 섞어 되뇌어 보았다.

살면서 잠깐이나마 느껴 본 확신이라고는 죄다 그 애에게서 온 것만 같은데.

새벽녘 저수지의 어스름한 불빛에 반쯤 잠겨 있던 그 애의 얼굴이 문득 떠올랐다. 어울리지도 않게 조심스럽고, 환희를 억지로 쓰게 곱씹던 찰나의 눈동자. 입술이 말랐다.

그사이 읍내에 들어선 차가 4차선 도로를 몇 번 좌회전해 식당이 늘어선 2차선 도로로 부드럽게 빠졌다. 오빠는 잠깐의 침묵 끝에 말했다.

"이 정도면 내가 우경이 도와준 거 맞나."

"……응."

"배알 꼴리는 거 잘 참았네. 나."

"무슨 배알이 꼴린다고."

"요새 니네 둘 붙어 있는 거 보면 괜히 짜증 나거든. 아. 그래서 놀리고 싶나?"

"……그냥 지 동생 놀리는 게 재밌는 거면서."

"반응이 웃기긴 하지. 뭐, 박우경 저 새낀 진짜 등신 새끼니까, 옆에서 이제 슬슬 도와줘야 된다는 건 아는데."

"안 도와줘도 된다. 알아서 할게."

"오…… 하긴 알아서 잘하드라. 쪽쪽거리고……."

"……오빠야 니 진짜 좀 맞을래."

"아니. 오빠야 아픈 거 싫어하잖아. 알면서."

공영 주차장에 차를 댄 해경 오빠가 가만히 핸들을 톡톡 치다 씩 웃었다.

"혹시 금마가 억지로 만나자고 협박하는 거면 오빠야한테 바로 말하고."

"……박우경 그런 짓 안 한다."

"그런 게 아니라 우경이가 좋으면, 그냥 좋다고 말하고."

"……."

"니 좋을 대로 하고 살아도 된다. 차희야. 태희도 그렇게 생각하니까."

나는 고개를 저을 수 없어 그저 얕게 끄덕였다. 그래. 지금은. 아주 잠깐은 그렇게 살 테니까.

우리는 얼마간 에어컨 바람을 맞으며 오랜만에 뙤약볕이 쏟아지는 바깥을 멍하니 보고 있었다. 비가 올 것 같던 건 착각이었을까. 도무지 내릴 엄두가 나지 않았다.

"……초밥 말고 죽이나 먹자. 오빠야 몸도 안 좋잖아."

"왜. 니 남친 돈 아껴 주려고?"

"뭘 또 그렇게 받아들이노. 오빠야 날것 먹었다가 괜히 탈 날까 봐 그러지……. 아 그리고 남친 아니거든."

"하긴. 아직 아니랬지……. 불쌍한 박우경."

"아 진짜."

"쿨한 척 지갑 던져 줘서 돈도 없는 박우경. 지금쯤 지 혼자 사과나 처먹고 있겠지. 우리 데이트한다고 눈 돌아서 막 손 덜덜 떨면서 존나 10초에 한 번씩 핸드폰 보고."

"대체 누가 그러는데."

"내 동생. 니 남친."

나는 짜증스레 문을 열고 먼저 내렸다. 해경 오빠가 능글거리며 날 따라 내렸다.

"그니까 아직 사귀는 건 아니라고? 윤태희랑 니네 언제 사귈지 내기했는데……."

"됐고 죽이나 먹어라."

"일단 뽀뽀한 것까진 태희한테 말해도 되나."

"초밥을 먹든가."

"좀 참아 볼게."

밉지 않게 웃는 얼굴이 곱씹을수록 얄미웠다. 놀리려면 박우경만 놀리지.

해경 오빠가 아직도 좋아하는 읍내의 회전 초밥집은, 오빠들이 고등학생이었을 때 중학생인 제 동생들을 종종 데리고 와서 초밥을 사 주곤 했던 저렴한 가게였다.

　그전에는 아빠가 윤태희와 나를 데리고 종종 왔다. 엄마가 외갓집에 간 주말이나, 동창회나 계 모임에 가서 셋이서만 저녁을 먹어야 하는 날이면 으레 우리를 차에 태우고.

　엄마는 세상의 모든 날것을 싫어했고, 아빠는 회라면 환장했다. 그리고 윤태희와 나는 대체로 아빠의 입맛을 닮았다.

　그러니까 엄마도 없는데 우리끼리 엄마 때문에 내내 못 먹던 음식이나 먹으러 가자고, 셋이서 그렇게 시답잖은 모의를 꾸미던 기억이 난다. 시작은 항상 그런 식이었다.

　어린 날의 나는 언제나 초밥보다 그 기분이 좋았다. 맛있는 음식을 먹는 순간보다 맛있는 음식을 먹으러 가는 길이 더 좋았다.

　약간은 특별했던 날. 엄마가 없으니까 아빠가 우리를 평소보다 더 신경 써 주는 그런 날. 아주 사소하고 평온한 일탈.

　엄마 대신 조수석에 서로 앉겠다고 우리가 싸우면 아빠는 그때그때 번갈아 가며 우리를 앉혔다. 나를 앉히면 윤태희는 '쟤가 공부 잘한다고 편애한다'고 항의하고, 윤태희를 앉히면 나는 '아들이라고 차별한다'고 항의하는 와중에 아빠가 어떻게 우리를 매번 달랬는지는 모르겠다.

어쨌거나 우리의 원성은 으레 가는 길에 끝났고, 나는 결국 뒷좌석에 앉아서도 언제나 들떠 있었다. 초밥을 좋아하게 된 건 그 시절의 기억 때문이다.

아빠가 좋아하는 어떤 옛날 노래가 나오는 차에서, 티끌만 한 삶의 걱정도 모르고 단지 지나가는 풍경을 들뜬 눈으로 바라보았던 한때.

그댄 봄비를 무척 좋아하나요. 그댄 낙엽 지면, 무슨 생각 하나요. 나는요……. 둘이 걷던 길을 이제는 나 홀로 걷는다는 옛날 노래 가사를 뜻도 모르고 따라 흥얼거리던 어느 어린 날.

그 무렵 아빠는 가끔 학원이 끝난 나를 데리러 왔다가 마지못해 내 옆에 딸려 있던 박우경을 함께 데리고 가기도 했다. 해경 오빠 말에 따르면 이미 그 애가 제멋대로 나랑 결혼하기로 결심했을 적의 일이다.

그 애는 항상 우리 아빠를 약 올리듯 제일 비싼 색의 접시만 골라잡고는 했다. 일찍이 정말 눈치 없다고는 생각했는데, 지금 생각하니 아주 고의적이었다. 제 딴에는 그때부터 자기를 반대하는 아빠가 너무 미워 골려 주고 싶었던 게 분명하니까.

나는 강당 무대에서 내려오자마자 색동저고리를 냅다 패대기치던 여덟 살 박우경을 문득 떠올렸다. 그 전날, 그렇잖아도 질색했던 갑돌이 복장을 강제로 입고 연습하느라 잔뜩 골이 나 있던 그 애는 아빠에게 대뜸 붙잡혀 희한한 잔소리를 듣는 내 내 몹시도 짜증스러운 표정이었다.

선생님이 내게 다른 남자애를 짝지어 주려 하지 않았더라면 애당초 색동저고리 같은 건 죽어도 걸치지 않았을 애였다. 그 땐 자기가 먼저 쪽팔리니까 하기 싫다고 해 놓고, 심보가 더러워서 괜히 나까지 못 하게 훼방을 놓는다고 생각했지만.

노래를 한 번도 제대로 들어 본 적이 없던 그 애는 사실 갑돌이랑 갑순이가 결혼을 하는 줄로만 알았다. '니랑 최재영 금마가 재롱잔치에서 결혼하는 건 꼴같잖아서 눈 뜨고 못 보겠다'고 몇 번이나 짜증 내고 괴롭히던 게 아직도 기억나니까.

그때의 나는 그게 결혼이 아닌 걸 알았지만 정정해 주지는 않았다. 단지 그 애가 그렇게 생각하는 편이 더 괴로울 것 같아서. 그래서 날 아무리 성가시게 해도, 최재영과 내가 손을 잡고 있는 것을 그 애가 도무지 가만히 두고 못 보는 게 이상하게도 기분 좋았다. 이유를 몰라도 그 애가 저 혼자 열받아서 어쩔 줄 모르는 게 재밌었다.

결국 박우경은 우기고 우긴 끝에 최재영의 손에서 그 촌스러운 복장을 다시 갈취했다. 그래 놓고는 정작 연습 내내 비협조적으로만 굴었다.

알고 보니 내용이 다르다느니 재미가 없다느니 온갖 시비를 걸고, 내 머리 위의 족두리를 휙 던져 버리고, 내 치마를 숨기고……. 계속 어이가 없어 웃음이 나왔다. 이제야 그 빤한 이유를 알았다는 게 우스웠다.

고작 아홉 살 때 나랑 결혼하고 싶어 했다는 그 애가, 여덟 살 때도 나랑 결혼하고 싶어 했다는 것을.

아무리 한심하고 쪽팔리고 싫어도 그게 나랑 결혼하는 역할

이라면 반드시 박우경 제가 해야 했던 것이다. 내심 그 결혼이 마음에 들었는데, 정작 결혼을 하지 않는다니 그만 실망하고는 만사가 마음에 들지 않게 됐던 거고.

이미 몹시도 실망스러웠을 박우경에게 아빠의 말은 확인 사살이나 다름없었다. 그렇다면 그때부터 소소한 악의와 약간의 복수심을 품었을 만도 했다. '우갱이 니는 느그 아부지 닮아가 그런지 참 입이 참 고급이네…….' 아빠가 석연찮게 말해도 박우경은 '네. 엄마도 드릅게 닮았다 하더라고요.' 하고 말았다. 그러고는 아주 열심히 새 접시를 내려가며 먹었다.

물론 우리 집에 여유가 있던 시절의 이야기다. 윤태희는 어릴 때부터 워낙 많이 먹었고, 돈 좀 벌었던 아빠는 일찍이 그런 식성 좋은 장남에게 괜히 비싼 음식 먹이는 걸 아까워했다. 좀 싼 곳에 가도 윤태희가 하도 많이 먹어 비싼 값이 나왔으니까.

적어도 우리 집이 물에 잠겼던 그해 여름까지는.

이후로는 잠깐 아까워할 새도 없었다. 마치 우리가 언제 그러고 살았나 싶게.

아빠와 우리가 이 회전 초밥집에 마지막으로 왔던 게 얼마나 오래됐더라……. 나는 턱을 괴고 해경 오빠 옆에 쌓여 가는 접시를 물끄러미 응시하다, 기억과 똑같은 식당 내부를 둘러보았다. 언제나 그렇듯 변한 것은 세월과 사람뿐이다.

이래서 이곳은 오기 싫었는데.

그 여름 아빠는 내 열다섯 이전의 그 사람이 아니었고, 그래서 어느 순간부터는 더 이상 우리에게 기쁨이나 행복이 아니었다. 급격히 기울어 버린 집에서 고등학생이었던 윤태희는 하루가 다르게 엇나갔다. 엄마 몰래 우리끼리 맛있는 걸 먹으러 간다고 눈을 빛내던 그 남자애는 어디에도 남지 않은 것처럼.

그래도 가끔은 혼자서 날 여기로 데려왔다. 놀고는 싶은데 더 이상 용돈이 나올 구석이 없으니 엄마랑 아빠 몰래 별 힘든 아르바이트를 다 하다, 그만 내게 들킨 이후로.

열여섯 봄, 입막음 조로 바라는 게 뭐냐는 윤태희의 건조한 질문에 이 초밥집에 다시 오고 싶다고 했던 건 너무 진부하고 미련한 대답이었을지도 모른다. 실은 옛날로 돌아가고 싶다고. 아빠랑, 오빠랑 그렇게 같이 이곳에 오던 때로. 엄마가 매일같이 울지 않던 때로.

내일이 무섭지 않았던 날들로. 그 애 앞에 있는 게 비참하지 않았던 시절로.

삶에서 그리운 시절 따위는 없었던 시절로.

나는 아무에게도 하지 못할 말을 언제나 머릿속으로나 삼켰다. 하지만 이곳을 말한 것만으로 누군가에게는 뻔한 내용이었을 것이다.

내가 이 가게의 초밥을 사 달라고 한 건 그때 딱 한 번이지만, 윤태희는 그날 이후로 주말이면 독서실에 대뜸 와서 가끔 초밥을 사 주고 갔다. 그리고 집에서 전보다 조금 더 잘 웃어 주었다. 내게만.

어릴 땐 접시를 산처럼 쌓아 놓고 먹었던 주제에, 한 번씩 돈이 충분하지 않을 땐 자긴 벌써 점심을 먹고 왔다고 거짓말도 하면서. 내가 믿지 않아도 우기고, 그렇게 제 동생이 먹는 것을 바보같이 보기나 하고.

해경 오빠는 바로 그 자리에 자주 끼었다. 아마도 윤태희 대신 계산을 해 주고 싶었을 것이다. 언제나 눈치가 빨랐고, 윤태희를 가족보다 더 잘 알았으니까. 윤태희가 일하는 날이면 윤태희 몰래 혼자서 독서실에 잠시 들러 날 이 가게로 데려오기도 했다. 대체 내가 초밥을 얼마나 좋아한다고 생각했으면.

그러나 여덟 살 때 최재영과 내가 손잡고 율동하는 꼴도 잠자코 못 봤던 박우경이, 제 형의 선량한 친절이라고 잘 두고 볼 리 없었다.

덕분에 한동안 넷이서 퍽 사이가 다정하고 좋아서 그런 것처럼 종종 이곳에 나란히 앉아 있고는 했던 것이다. 나는 넷이서 자주 앉던 맞은편 자리를 바라보았다.

자꾸만 실없는 웃음이 새어 나오려 했다. 기분이 저 아래까지 가라앉다가도 문득 그 애가 벌써 14년이나 윤태희에게 존댓말을 써 버렸다는 생각이 들면 어이가 없고 우스워서 어쩔 수가 없었다.

박우경이 고작 아홉 살 때부터 나랑 결혼하고 싶어서 윤태희한테 잘하고 있었다는 게.

"왜. 또 박우경 생각하나. 계속 생각나서 죽겠나."

"아니. 오빠야 생각하고 있는데."

"설마 아직도 때리고 싶은 건 아니제."

"그냥…… 저렇게 잘 먹는데 살은 왜 안 찌나 싶어서 속으로 욕했다."

"윤태희 처먹는 거 비하면 난 뭐. 근데 박우경 돈으로 너무 싼 거 먹었다. 그제. 비싼 데 갈걸."

"싸면 뭐 해. 싼 걸 많이 먹어서 비싼데."

별로 비싸지도 않은 회전 초밥집에서 둘이 먹은 것치고는 많은 금액이 나왔다. 누가 윤태희 친구 아니랄까 봐. 그래도 해경 오빠는 박우경의 카드로 기어코 디저트까지 사 먹겠다고 우겼다.

그리고 사방에 널린 카페들 대신 웬 산속 카페를 금세 검색하더니, 읍내에서 집으로 가는 길에서 정반대 방향으로 차를 몰아 더 멀리 갔다. "윤태희한테 이걸 말할까 말까."를 인질로 잡고서.

대낮에 납치를 당하는 기분이었다. 정신이 하나도 없었다.

나는 결국 떠밀리듯 데이트하는 커플이나 오는 교외 카페에 내렸다. 미적거리며 주문하고 기다리는 사이였다. 해경 오빠가 이제는 진지하게 떨어져서 사진을 찍기 시작했다.

"아, 지금 예쁘다. 고개 오른쪽으로 더 돌려 봐 봐."

"……오빠야, 갑자기 뭐 하노."

"보면 모르나. 사진 찍는다이가."

"아 진짜 취미 안 좋다……."

내 지적에도 해경 오빠는 마치 카페에서 사진을 찍어 주는 남자친구처럼 내 사진을 몇 번 더 찍었다. 전부 박우경에게 보내는 용도인 걸 숨기지도 않았다.

제 동생을 괴롭힐 때마다 곧잘 떠오르는 삐뚜름한 미소가 매

끊했다. 아이러니하지만 박우경이 제 형을 가장 많이 닮은 부분이었다.

"······오빠야 걔 도와준다매."

"지금 도와주고 있는데?"

돌았제 밥만 먹고 온다매 오후 1:37

박해경 그 새끼랑 카페를 왜 가노 나랑도 안 가는 거를 오후 1:37

와 평덕 고개······ 선 넘네 여행 갔나 둘이 오후 1:38

윤차희 밥이나 먹고 오랬지 소개팅하랬나 내가 오후 1:38

아니 생각할수록 빡치네? 나는 혼자 사과 쪼가리나 처먹고 굶고 세상 불쌍하게 기다리고 있는데 윤차희 니는 어떻게 사람이 그래? 오후 1:38

야 윤차희 대답 좀 오후 1:39

아니다 대답은 됐고 걍 빨리 온나 거기서 괜히 앉아서 커피 마신다고 노닥거리지 말고 오후 1:39

초밥도 존나 처먹었어 미친놈이 아 배 터져 죽을 새끼 오후 1:39

"재밌지 않나. 니 갖고 좀 찌르면 이 지랄 하는 게."

해경 오빠가 문득 제 휴대폰 화면을 보여 주며 즐겁게 웃었다. 내 화면과는 달리 욕설과 죽으라는 저주뿐이었다. 욕먹는 게 좋은가. 취미가 왜 저래······. 나는 고개를 저으며 메시지를 썼다.

나 어차피 좀 있다 과외 가야 된다 오후 1:40

다행이네 과외 없었으면 어쩔 뻔했노 바람나서 안 왔을 거 아니야
오후 1:40

니 커피도 샀다 박우경 오후 1:41

내 카드지만 존나 고맙다 지금 출발하나 오후 1:42

시계 보니까 과외 바로 가야 될 거 같네 오빠한테 그냥 가는 길에
내려 달라 할게
　그니까 오늘은 경홍이 아저씨네 안 데려다줘도 된다 니 지갑이랑
커피는 오빠한테 보낼게 오후 1:44

박우경 건너뛰고 오후 1:45

건너뛰는 건 맞는데 오늘 저녁에 같이 있자 오후 1:47

　계속 칼같이 돌아오던 답이 뚝 끊겼다. 그게 의아해 한참을
화면만 노려보는데, 어느새 옆에 와 있던 해경 오빠가 흘끗 내
핸드폰을 보고 중얼거렸다.
　"박우경 죽었네. 좋아서."
　"뭐고, 왜 남의 핸드폰을……."

"니가 박우경한테 정신 다 팔려서, 앞에서 아무리 불러도 못
듣는 거 찍어서 보내 줬거든."

"⋯⋯."

"근데 누나 그 햄이랑 사귀는 거 맞죠."

"뭐?"

"우갱이 햄."

"⋯⋯."

"우, 갱, 이, 형."

변성기에 접어들고도 여전히 맹한 목소리가 또박또박 호칭을
정정했다. 마치 내가 어떤 형인지 못 알아들어 그렇다는 듯이.

얼마 전 날 데리러 왔던 박우경이 유성이를 붙잡고 직접 저
렇게 제 호칭을 정정해 주기는 했다. 매수라도 하듯이 자꾸만
은근슬쩍 먹을 것도 사 주고, 그 성격에 어울리지도 않게 어린
애한테 퍽 친근한 행세를 하면서.

박우경이 언제부터 '우경이 형'이었다고. 문제를 채점하던
내가 어이없는 듯 고개를 들자 제법 되바라진 중1짜리의 표정
이 보인다.

밤톨같이 생긴 게.

"맞네. 사귀네⋯⋯. 맞제. 내가 사귄다 캤제."

"⋯⋯이게 어디서 반말이고."

"아 누나한테 한 거 아니에요. 어쨌든 둘이 사귀는 거 맞잖
아요."

존댓말로 바뀌긴 했어도 내용은 여전히 되바라졌다.

"김유정은 죽어도 둘이 사귀는 거 아니랬는데, 난 계속 죽어
도 사귀는 거 맞는 거 같다 캤거든요."

"……."

"지는 뭐 안 사겼으면 좋겠는갑지……. 김유정 그 형아 좋
아하잖아요. 잘생겼다고. 그 형아가 누나 데리러 오면, 갑자기
지도 마당 나가서 존나 어슬렁거리고. 존나 쪽팔려, 김유정 진
짜."

틈새를 타 제 친누나 흉도 잘 보고. 나이 좀 먹은 척 햄, 햄
하다가 금세 어린 초등학생처럼 형아 하고 변하는 호칭도 우습
다. 나는 웃음을 꾹 참았다.

"나 과외하기 전에 앞머리에 구루푸하고 있는 거 보면 진짜
웃긴데. 누나도 봤죠. 그 햄한테 잘 보일라고 그카는 거."

"유성아. 쌤이 지난 시간에 뭐랬지."

"누나라고 부르지 마라."

"그리고."

"글고 따박따박 쌤이라고 불러라."

"또."

"아니 근데 쌤은 늙어 보이는 게 좋아요? 왜 좋아요? 누나가
더 좋지 않나?"

"나 니 누나 안 해도 젊어."

그러냐는 듯 아이는 석연찮게 대꾸하며 창밖을 흘끗 봤다.

"오늘은 그 햄이 쌤 데리러 안 오나 봐요?"

"문제집 봐라, 김유성. 수업 귓등으로 들으니까 다 틀렸지."

"고새 사랑이 식었는갑다."

남자들은 이래가 안 된다카이……. 앳되고 어설픈 목소리가 제 엄마나 할 말을 중얼거렸다. 나는 코웃음을 치며 숙제를 내주고는 일어섰다.

이대로 운전 학원에 갔다가, 집에 잠깐 들러 아빠가 말한 짐을 갖고 엄마 병원에 갔다가……. 중간중간 버스를 타는 동선을 생각하느라 머리가 바빴다.

이곳은 배차 간격이 기니까, 하나가 꼬이면 그다음도 계속 꼬이게 되어 있었다. 무가당 두유 시킨 건 집에 왔을까? 엄마가 두유라도 먹고 싶댔는데.

그렇게 현관까지 가는 동안, 날 배웅한다는 애는 옆에서 쉬지도 않고 조잘거렸다. 쌤, 근데 남자는 키가 얼마나 커야 돼요? 서울은 진짜로 남자들 키가 더 커요? 아 똑같아요? 거기서 거기라고요? 그럼 쌤 학교 남자들은 어떤데요? 아 여대지. 요새 여자들은 남자가 180은 넘어야 남자로 쳐주죠? 저는 나중에 얼마나 클 거 같아요?

누나. 누나도 키 엄청 큰 남자 좋아하죠? 그 형처럼.

모르고 던진 돌에 맞은 것처럼 현관문을 열던 손이 멈칫했다. '선생님도 그 형 좋아하죠?' 내 귀에는 그게 그렇게 들렸다.

그렇게 뻔하나? 해경 오빠로도 모자라서 중1짜리한테도 다

보일 지경으로……. 답이야 뻔했다.

얼마나 뻔해. 나는 내 스스로 또 불편한 답을 들여다보는 대신 현관 안에 남은 아이에게 손을 흔들며 말을 돌렸다.

"누나라고 부르지 말랬다."

"연하는 어떻게 생각하……."

"그런 건 10년 뒤에 물어보고."

"아 그땐 그 행님이랑 결혼했을 거 아니에요! 여차하믄 깨질 수 있을 때 물어봐야지……."

"진짜 쪼매난 게 웃기지도 않아서……. 누나 갈게. 단어 다 외워 놔."

"앗, 방금 자기가 누나라 캤다."

불리한 지적은 무시할 만하다. 그대로 경홍이 아저씨네 과수원을 나와서 국도까지 짧은 진입로를 올라가는데, 국도 위에 멈춰 있는 익숙한 그 애의 차가 보였다.

그래도 느릿하게 걸어 올라가며 못 본 척하니 클랙슨 소리가 내게 눈치를 줬다.

나는 한숨을 쉬며 그 차에 올라탔다.

"왜 왔노. 나중에 보자니까."

"니 병원 가잖아."

"운전 학원 가는데?"

"암튼."

"내 지금 나오는 건 어떻게 알았는데."

"유성이 금마가 아까 말해 주던데. 수업 다 끝나 간다고."

어쩌다 박우경을 보면 내내 못마땅한 기색이더니, 언제 그렇게 매수가 됐나 싶었다. 윤태희에, 경홍이 아저씨네 막내아들에…….

나는 해경 오빠를 애매하게 떠올리다 그 애를 봤다.

"근데 지네 과수원 앞까지 들어오진 말래. 지 누나가 내 좋아한다고."

"유정이가 니 좋아하는데 왜……. 아."

"즈그 누나 좋은 일 하지 말라던데."

나는 어이가 없어 짧게 웃고 말았다. 박우경은 둑으로 내려가는 길목에서 차를 돌리며 말했다.

"내가 좋대. 윤차희."

"어."

"못 들었나. 다른 여자가 내 좋아한다니까?"

"좋겠다. 중3짜리 여자애가 니 좋아해서."

"왜. 같잖나. 니 지금 중3 무시하나."

"왜. 니는 무시 안 하면 애랑 뭐 어떻게 해 볼라고? 경찰에 잡혀가고 싶나 보지."

"아 미친."

"미쳤지, 그럼. 제정신으로 할 짓이가."

"그게 아니라…… 윤차희 니도 그 나이였던 적 있다이가."

무슨 말을 하려고. 나는 그 애가 전방을 바라보며 말을 고르듯 입술을 달싹이기만 하는 것을 가만히 응시했다. 정적은 긴 듯 길지 않았다.

박우경이 어쩌다 보니 말을 잘못 꺼냈다는 듯 한숨처럼 나직한 소리를 냈다.

"……난 그때도 니가 제일 예뻤다. 하나도 안 같잖고."

"……."

"그러니까 니가 열여섯 살 때 나 좋아한다고 했으면, 그때 난 숨도 못 쉬었을걸."

뻔뻔하게 말하는 것치고는 이쪽을 한번 흘끗 보지도 못하는 얼굴이 후회로 가득했다.

"그러니까, 걔도 어디 사는 누구한텐 그런 애일 수도 있다고. 웬 멍청한 남자애 숨도 못 쉬게 하는 애."

"……."

"니가 나한테 그랬던 것처럼."

어린 날처럼 찰나의 부끄러움이 전이됐다. 우리가 마시는 공기마다 나풀나풀한 감정들이 떠다니듯이.

멈칫하면 어디까지고 더 끌려갈 것만 같다. 나는 퍽 절박하게 입을 열었다.

"……다 커서 이러니까 약간 변태 같다. 니. 그렇게 진지하게 니는 열여섯 살 때가 좋았다느니 뭐니 하니까 좀."

"아 돌았나. 내 니랑 평생 동갑이었거든."

"아니 이상하게 들리는 걸 어떡해."

"존나 분위기를 산산조각 내다 못해 가루로 처만드네."

"아…… 방금 분위기 잡은 거가."

딱하다는 듯 중얼거리자 그 애가 발개진 얼굴로 날 노려보았다. 어릴 땐 저런 얼굴이 보고 싶어서 괜히 약 올린 적도 있다는 게 문득 기억났다. 주변 친구들 누구나 박우경이 날 일방적으로 괴롭히는 줄로만 알았지만.

어깨를 가볍게 들먹이자 신경질적인 손이 내 손을 잡아챘다.

"그냥 나는, 전부 좋았다. 알겠나. 니가 몇 살이든. 내가 몇 살이든."

"……"

"계속 그렇게 좋더라. 한 번이라도 니까짓 거, 나도 그렇게 무시해 보고 싶었는데. 애 주제에 뭘 알겠냐고, 니가 내한테 맨날천날 하던 것처럼 같잖은 애새끼 취급도 한 번은 해 보고 싶었는데."

"……근데."

"근데 그게 죽어도 안 되더라. 좋아한다고 생각하니까."

"……"

"아무리 생각해도 니가 너무 좋으니까, 니가 같잖을 수가 없더라."

야. 거기서 무시까지 했으면 진짜 우리 큰일 났겠네…… 하고 진작 빈정거리려던 입이 결국 아무 말도 못 하고 굳었다. 네가 날 좋아한다고 생각하니까.

그래서 시간이 빨리 가기를 바라게 됐다. 운전 학원도, 병원도, 널 만나기 전에 해야 할 일은 죄다 끝내고, 널 바라보는 게 내가 해야 할 일의 전부인 그런 저녁을 갖고 싶었다.

도무지 철이 없는 애처럼, 아무 생각도 없는 애처럼. 너만 바라볼 수 있는 그런 밤.

나는 잡힌 손안에서 그 애의 손바닥을 긁었다. 신호에 멈춰 선 차 안에서 그 애가 나직하게 웃으며 내 손가락을 하나하나 얽어 쥐었다.

말이 빈곤한 침묵 속에서 감정만이 빠듯하게 들어찬다. 내 기분은 여전히 어쩔 줄 모르고 멀미처럼 울렁이는데.

"……박우경. 이제 내 좋다는 말 좀 그만해라."

"왜."

"그냥 그만 말하라면 좀 그만 말하면 안 되나."

"빨리 저녁 됐으면 좋겠다. 니네 형도 없고, 우리 형도 없이."

그만 말하라니까 금방 태세가 바뀌었다. 막상 바로 알겠다는 식이니 기분이 그리 좋지만은 않았다. 나는 조수석 등받이에 옆머리를 기대어 그 애를 빤히 봤다.

내가 저를 보는 걸 아는지 모르는지, 그 애는 계속 실없이 말을 이었다.

"'어차피 나중에 볼 건데 왜' 해도 그렇다이가. 솔직히 난 아무리 조금 있다 보는 거 알아도 그 조금도 못 참겠다. 아나? 아. 니는 당연히 모르겠지. 니가 뭘 알겠노."

"자문자답 잘하네."

"윤차희 니가 개싸가지라 기대도 안 하거든."

그 애를 보는 눈이 조금 시린 건, 사실 내가 그 애의 말을 너무나 잘 아는 까닭일 터였다. 나중이 아니라 지금이어야 하는 기분. 언제나 함께 있고 싶었던 기분. 아주 오래전부터.

"하여튼 다 니 때문이다."

"뭐가."

"니가 저녁에 같이 있자 한 뒤로 존나 미친놈처럼 시계만 봤다이가…… 아, 박해경 그 새끼가 진짜 존나 나 비웃었어……"

나는 지나가는 창밖의 풍경 속에서, 유일하게 비뀌지 않는 그 애를 바라보았다.

"솔직히 새벽에 일하는 시간도 하나도 안 빠른 거 같다. 걍 니가 못 일어나니까 그러게 두는 거지."

"……응."

"새벽에 눈 뜨면 웬 소풍 가는 유치원 애처럼 일 나갈 시간보다 한참 일찍 깨어 있거든? 그러고 있으면 시간이 존나 드럽게 안 가. 이상하게 내가 기다리는 일마다 존나 시간이 안 가는데, 까 보면 대부분이 윤차희 때문이고."

"어."

"그래. 까 보면 다 니 때문이드라. 좀 있다 니네 과원으로 가서, 니 볼 수 있다고 생각하면 약간 토할 것같이 기분 좋아서."

"쌔빠지게 일이나 해도?"

"응. 가면 니 보니까."

"……"

"그래서 니 만나기 전마다 시간이 안 간다."

그 애는 다시 단조롭게 대꾸했다. 좋아한다는 말 좀 그만하랬더니, 그만하는 척 제가 얼마나 날 좋아하는지만 한참이나 늘어놓은 다음에.

얼른 저녁이 됐으면 좋겠다. 나중이 아니라 지금이었으면 좋겠다. 널 만나기 전마다 시간이 안 간다…….

모든 말이 내가 하지 말라는 '좋아한다'는 말 대신이다. 난 이래도 네가 좋고 저래도 네가 좋다고 오기로 내 머리에 새겨 넣는 모든 애정.

그 맹목성에 차라리 질리기를 바라지만, 언제나 그것이 어렵다. 불가해한 네 애정에 화가 나다가도 결국은.

"……잠깐 키스해 줘, 우경아."

아, 씨발. 옆에서 낮게 새어 나온 욕설과 거의 동시에 도로변에 차가 잠깐 멈추어 섰다. 야, 넌 진짜 왜 그러느냐고 힐난하는 그 애 음성이 내 입술을 삼킨 것도 금방이었다.

미친 게 분명하다고. 제정신 아닌 게 맞다고. 그 애가 날 집어삼키며 헐떡이는 숨과 날 원망하는 모든 말에 동의했다.

나도 저녁이 됐으면 좋겠어. 내가, 미쳐서 널 또 좋아해. 사실은 널 계속 좋아했어. 염치도 없이. 분수도 모르고. 너한테 그딴 짓을 하고도. 미쳐서 그래. 제정신이 아니어서.

돌이킬 수 없는 모든 것에 이가 갈렸다. 남의 일처럼 여전히 어떤 현실감도 없이 과거를 돌아보는 내가 싫었다. 어떻게 그렇게 자존심이 없냐고.

내가 널 얼마나 좋아하는지 적나라하게 드러날수록, 해경 오빠 앞에 내뱉지 못한 모든 말들을 곱씹을수록 내가 혐오스러웠다.

내가 싫은 만큼 네가 좋았다. 그래서, 얼른 저녁이 되었으면
했다.

"……오늘 저녁엔 너희 할머니 집에 갈래."

"……."

"우리 자자, 우경아."

이건 내가, 너보다 더 너를 좋아한다는 의미야.

그 애는 날 운전 학원에 내려 주자마자 부리나케 도망쳤다.
내리기 전만 해도 마치 놓아주면 내가 도망갈 것처럼 내 손을
억지로 붙잡고 있었으면서.

하여간 하는 짓이 웃기지도 않아서…….

나는 연수를 마치고 낡은 운전 학원 건물을 빠져나오며, 그
애가 아까 남긴 메시지를 뒤늦게 읽었다.

도라이 같은 가스나 오후 4:02

코웃음이 새어 나왔다. 정서가 불안한 사람처럼 내 손을 꽉
붙잡고도 강박적으로 핸들을 툭툭 치던 반대편 손끝, 몇 번이
나 내 손을 다시 고쳐 잡던 손바닥의 온기. 시간이 잘 가지 않
는다고 괜히 중얼거리던 욕설과 같은 것.

"……지도 좋다고 그래 놓고선."

그 애는 저녁이 되기 전까지 내 얼굴을 다시 볼 자신이 없어진 게 분명했다. 학원에서 집까지, 집에서 다시 병원까지, 병원에서 다시……. 하긴 저녁의 할머니 집까지 갈 길이 멀기도 하지.

'……와. 꼬시는 타이밍 봐라. 윤차희 존나 못돼 처먹었제.'

자자고 한마디 했다가 그렇게 대뜸 욕을 들어 먹은 것도 어찌 보면 당연했다. 못 참겠다, 중간에 딴 데로 새지 않을 자신이 없다. 박우경이 웬 멍청한 남자애처럼 초조하게 중얼거리던 소리에는 선명한 충동이 스며 있었다.

정작 기회가 있는 족족 바보같이 날려 먹은 쪽은 그 애고, 못돼먹은 충동질을 하는 쪽은 나인데도.

못 참느니 차라리 도망치고 없는 박우경. 나는 그 애가 날 내려 주었던 자리를 지나 아무도 없는 정류장에 앉아 버스를 기다렸다. 그런데 5분도 되지 않아 버스 대신 웬 해경 오빠가 또 왔다.

"……뭐고?"

"몰라, 박우경이 갑자기 집에 쳐들어오드만 빨리 니 병원 데려다주라고 하도 개지랄해서 온 건데."

아까 곧장 집에 가 쉴 거라던 오빠는 말처럼 그새 집에서 씻은 듯 젖은 머리였다. 분명 다시 나오려고 나온 건 아닌 행색이다.

"걔는?"

"아니 또 갑자기 지는 지금 당장 씻어야겠대. 존나 급하대."

"……."

"웃기는 새끼."

도망친 게 아니라, 씻으러 간 거였구나.

어이가 없게도 얼굴에 열이 올랐다. 우리한테 둘이 붙어 있지 좀 말라 눈치를 줬던 게 불과 몇 시간도 지나지 않았는데, 이젠 저 대신 해경 오빠를 보냈다는 게 생각할수록 웃음이 났다.

해경 오빠가 드물게도 날 모자란 애처럼 보면서 혀를 찼다. 나는 오빠를 무시하고 핸드폰을 들었다. 박우경에게 새 메시지가 와 있었다.

걍 박해경 보냈다 하 씨발 존나 싫어 오후 4:44

왜 오후 4:47

니 엄마 병원 가는 길인데 오후 4:47

그게 뭐 오후 4:48

내가 쓰레기처럼 못 참고 대낮부터 니한테 이상한 짓 하면 어카는데……. 오후 4:48

언제는 해경 오빠가 나만 보면 해괴한 수작질만 하는 것처럼 말해 놓고서는 졸지에 제 쪽이 쓰레기라질 않나.

　아니 진짜 씨발…… 니 병원 가는데 건드리면 내 혼자 개쓰레기 패
륜아 같은 새끼 된다이가 니는 진짜 오후 4:49

　건드리든 말든 오후 4:51
　내가 니 쌩까면 되지 오후 4:51

　윤차희 닌 진짜 생각하는 게 양아치다 오후 4:52
　지가 먼저 꼬셔 놓고 뭐? 쌩까? 오후 4:52
　하여튼 박해경이랑 또 딴 데 새지 말고 오후 4:53
　그 새끼 개수작 부리면 알제 오후 4:53
　알겠나 오후 4:53
　윤차희 대답 좀 오후 4:54

　ㅇ 오후 4:55

　병원 가는 길에 자기가 날 데리고 딴 데로 샐 것도 걱정이고,
얼른 자기한테 돌아와야 하는 길에 해경 오빠가 날 데리고 딴
데로 샐 것도 걱정이고.
　그 애는 옛날부터 내가 좋은 것을 숨기지 못할 때마다 온갖
걱정도 사서 했다. 어딘가 남몰래 숨겨 놓고 있던 물건들이 문
이 열리면 와르르 쏟아지듯이.

슬그머니 미소를 숨기며 핸드폰을 가방에 도로 넣는데, 해경 오빠가 문득 말했다.

"윤태희 부를까? 그 새끼 잘하면 내일 쉴 수도 있다던데 병원으로 바로 오라고."

"……오빠야."

"어."

"알면서 일부러 이러제."

"내가 일부러 이러고 싶다고 태희 새끼한테 없던 휴일이 생기나. 차희 니도 참."

"이미 불렀네?"

"어. 사실 아까 창고에서 니네 뽀뽀하는 거 보자마자 바로 불렀는데. 재밌는 거 보라고."

"……"

"……뭐 오늘만 날이가."

금세 실토하는 목소리가 짐짓 뻔뻔하면서도 곤란하게 들렸다. 해경 오빠는 잠깐의 침묵 끝에 중얼거렸다.

"근데 차희 니가 박우경을 그렇게 진지하게 꼬시고 있을 줄은 몰랐지……."

"……"

"알았으면 절대 안 그랬다."

"……그런 게 아니라."

"야. 오빠야가 원래 눈치가 없어서 안 보나. 걍 있는데 안 보지."

"……."

"우리 차희 그렇게 안 봤는데 가스나 진짜 언제 이래 다 커서 발랑 까져 갖고……. 윤태희 알면 울겠노……."

그런 게 아닌 게 아니고 맞아서, 나는 잠시 입을 다물었다. 그러니까 윤태희는 그전에 이미 아무것도 모르고 연차를 내고 퇴근 후 오기로 한 거고, 해경 오빠는 은근슬쩍 우리 비밀이나 들쑤시며 놀려 먹고 싶었던 것이다.

제 형 눈에도 안달하는 박우경과 달리, 항상 맹숭맹숭하게 구는 내가 뒤에서 그럴 줄은 모르고.

해경 오빠가 잘생긴 눈을 굴리다 결국 사과했다.

"……미안하면 지금이라도 윤태희 오지 말라 캐라."

"그 새끼 아까 연차 냈대."

비가 오지 않는 여름날의 오전은 손 하나가 아쉬운 때였다. 쉬는 날에도 부모 과수원 일 거들겠다 오는 아들을 막을 도리는 당연히 없었다.

아까 그렇게 박우경한테 욕을 들어 먹고서도, 어째 속도 없이 제 동생 말을 또 다 들어주고 있나 했지. 해경 오빠는 본인이 망친 것을 알고 있다는 듯 보기 드물게 여기 없는 박우경에게 미안한 표정까지 지어 가며 무어라 해명했다. 나는 그냥 집에서 열심히 씻고 있을 박우경이 불쌍해졌다.

"……오빠야는 이제 박우경한테 죽었다."

"안 그래도 내 오늘 니네 집에서 잘 거다, 그래서."

무슨 일이든 작정한 날일수록 도리어 꼬이기만 하는 일은 익

숙했다. 작정했다는 게 고작 그런 일이라 스스로 한심한 것은
차치하더라도.

그 한심한 한마디에 매달려 있던 내 모든 기이한 용기와 자
괴감이 눈처럼 녹는 느낌은 꿈에서 깨어나는 감각과 조금 닮아
있다.

"……아, 씨발."

그러니까 말끔하게 씻은 박우경이, 우리와 함께 돌아온 윤태
희를 보자마자 내뱉은 첫마디가 저런 욕이었던 것도 무리는 아
니었다. 내가 읍내의 병원 외에는 어디로도 새지 않은 대신 달
고 돌아온 혹이 너무 컸기 때문이겠지.

이 새끼가? 괘씸하다고 윤태희가 저를 쥐어박는 손은 피하지
도 않고, 그 애는 '청라는 왜 또 왔냐'는 질문을 꿋꿋하게 했다.
누가 보면 윤태희가 남의 집 아들이고, 그 애가 이 집 아들인
줄 알고도 남을 태도였다.

"형 이렇게 맨날 놀아도 회사에서 안 짤려요?"

그러고는 그렇게 윤태희에게 뾰족하게 묻다, 정말로 아무것
도 모르는 윤태희의 눈을 보고는 문득 깨닫는 것이다. 더위를
조금도 먹지 않은 것 같은 제 형의 낯짝이야말로 원흉이라는
것을.

나는 박우경이 말없이 박해경을 들이박는 것과, 윤태희가 덧
없이 휘말리는 것까지 한심하게 바라보다 잠시 집을 나왔다.

94

#19. 네 할머니 집 마당의 배롱나무

　나오기 무섭게 가벼운 헛웃음이 흘러나왔다. 진입로로 신미진의 차가 들어오는 것이 보였던 까닭이다. 꼭 날도 어떻게 이렇게.

　"차희야."

　"안녕하세요. 사모님."

　신미진의 시선이 잠시 오빠들의 차를, 그리고 뒤편에 세워 보이지 않는 박우경의 차를 가늠하듯 움직였다. 그러고는 다시 날 바라보며 부드럽게 미소 지었다. 지난번과는 판이한 태도였다.

　"느이 엄마 병원은?"

　"해경 오빠가 아까 데려다줘서 다녀왔어요."

　"차희 네가 고생했네. 새벽부터 일했을 텐데."

　"저만 한 것도 아닌데요, 뭐."

　"이모 이것 좀 도와줄래?"

심박이 기분 나쁘게 튀어 올랐다. 이젠 내가 저를 어찌 부르든, 저는 옛날처럼 하겠다는 태연한 낯이 신경을 긁었다.

나는 가만히 입을 다물고 그 여자가 부르는 트렁크 근처로 가 쇼핑백을 받아 들었다. 근처에 아무도 없으니 오히려 여자를 대하는 게 아무렇지도 않았다.

"이모도 아까까지 대구에 있다 오는 길이야. 근데 말희한테 전화하니까 마침 태희도 오늘 청라 왔다 하고, 그러니까 해경이도 오늘은 이 집에서 자겠다 싶어서."

"……."

"그래서 백화점서 너희 셋이 저녁에 먹을 초밥 좀 사 왔어. 그리고 내일 아침에 일어나서 간단히 먹을 샌드위치랑, 커피랑……."

"……."

"차희 너 옛날부터 초밥 좋아했잖니."

"네. 맞아요. 잘 먹을게요."

나는 해경 오빠와 이미 점심때 초밥을 먹었다는 말 대신, 신미진의 살뜰한 말에 고개를 끄덕였다. 신미진이 다정한 미소 그대로 물었다.

"혹시 안에 우경이도 있니?"

"네."

"하긴. 해경이랑 태희랑 여기 다 있는데 지 혼자 할매 집에서 그놈의 공사나 하고 있으려고……. 혹시 걔가 힘들다 우는 소리 해도 넌 절대 그거 도와주지 마. 돈을 쓰면 썼지, 그 옛날 집에 내내 붙어 무슨 시간 낭빈지 몰라. 차라리 놀 것 같으면 휴학한 김에 남들처럼 배낭여행이라도 가든가⋯⋯."

"그러게요. 아침엔 여기 와서 시간 낭비하고."

내가 덤덤하게 그녀가 지적하지 않고 지나간 것까지 지적해 주자, 그녀는 재밌는 소리를 들은 것처럼 웃었다. 그러고는 그 야말로 제 친구의 어린 딸을 대하듯 샌드위치 쇼핑백 안 샐러 드를 가리키며 이런저런 말을 했다.

해경이 갠 지 말로는 가리는 게 없다는데, 야채를 너무 안 먹어. 차희 느이 오빠랑 똑같다니까? 새벽에 아무리 바빠도 이건 꼭 다 같이 챙겨 먹고. 오빠들 안 먹는다 해도 억지로 좀 먹게 해. 응? 여기 스무디는 냉동실에 잘 넣어 놨다가 오전에 참 대신 먹고⋯⋯.

말들이 피부에 달라붙는 감각을 남겼다. 우리는 한동안 기이하게 시선을 마주한 채로 아무 말 없이 서로를 바라보았다.

그러고는 마치 갈라진 둑이 터지듯, 숨죽인 목소리가 터져 나왔다.

"⋯⋯니네 그냥 그러다 마는 거야. 차희야."

"⋯⋯."

"이렇게, 둘이 고향에 있다 각자 갈 길 가는 거야. 뭘 더 건 드리지도 말고. 서로 들쑤시고 못 볼 꼴 보지도 말고. 그럼 이 모도 말 더 안 할게. 모르는 척할게."

"⋯⋯."

"⋯⋯나 느이 엄마 정말 좋아해, 차희야."

물건을 억지로 욱여넣은 상자처럼, 신미진이 일부러 한껏 진심을 욱여넣은 말도 꼴사나웠다. 나도 모르게 웃음이 터져 나왔다. 쇼핑백을 들고 있는 손이 덜덜 떨렸다. 신미진이 다급히 그런 내 손을 붙잡았다.

"나라고 너한테……."

병 수발로 온 세월을 보내고 있다는 여자의 손은 여전히 고생 한 점 모르는 것처럼 매끄럽고 예뻤다. 분홍색 매니큐어를 바른 손톱이 내 손등을 파고들었다.

"내가, 너 보는 게 마음 편하겠니. 네가 말희 딸인데. 우경이랑 평생 같이 키웠는데……."

이 손이 뺨을 내리치고 내 온몸을 뒤흔들던 기억. 돌변하던 얼굴. 울부짖던 소리. 모든 협박들. 다 널 위한 것이라는 거짓된 위로들. 뒤에서 유령처럼 날 내려다보던 저 여자의 남편.

"그래서 나도 너희 엄마 보면 맘 아파. 그때 그 작은 사고만 생각하면 미안하고 죄스러워……. 너도, 내가 느이 엄마 얼마나 아끼는지 알잖아. 여기서, 이 숨 막히는 동네에서 내 숨통 틔워 주는 건, 말희밖에 없어……. 하루아침에 태경이 아빠 따라 여기 내려와서 살게 된 후로, 나는 평생 그랬어……."

"……."

"내가 죽든 말든 거들떠도 안 볼 것 같은 남편보다, 돈 맡겨 놓은 것처럼 어떻게든 뭐 하나 받아먹으려 얼쩡거리는 내 친정 식구들보다, 진짜 자매처럼……. 말희도, 느이 엄마도 이모한테 늘 그랬어. 우리가 피만 안 섞였지, 어디 같은 핏줄인 식구들보다 못하느냐고."

가장이라고는 한 줌 섞이지 않은 진심이 이토록 역겨울 수도 없을 것이다.

이러니까 저 여자를 믿었겠지. 엄마가 그토록 어이가 없는 꿈을 꿀 수도 있었겠지……. 엄마 눈엔 나처럼 좋은 애가 없고, 그래서 신미진이 이 선한 얼굴로 제 딸을 길가의 쓰레기만도 못하게 보는 날을 도무지 상상도 할 수 없었을 터였다.

나는 가벼운 메스꺼움을 삼켰다. 저 여자를 향해 느끼는 모든 역겨운 감정은, 결국 거울처럼 내게로 돌아오게 되어 있었다. 그러니까 아직은. 나는 비겁하게 점차 가까워지는 기억도 삼켰다.

언제나 그 무렵의 기억들은 무엇으로 건드려도 닿지 않을 지하에 있는 것 같다. 하지만 나는 이미 고장 난 롤러코스터가 무서워 놀이공원 입구에서 돌아서는 사람처럼 항상 헛되이 생각하고 도망쳤다. 머리가 삐걱거렸다.

"……조용히 입 다물고 '약속' 지켜 준 너한테도 고마워."

약속은 저만 지키는 거 아니잖아요. 아줌마. 이전에 내가 던진 말에 대꾸하듯 신미진은 그렇게 말하고 "앞으로도……." 하고 숨을 골랐다. 나는 견디지 못하고 입을 열었다.

"……우리는 서로 평생 미안하다거나, 고맙다고 말할 수 있는 사이가 아니에요. 그렇게 약속해 주셨잖아요."

"……."

"저는 그래서 아줌마가 우리 집에 뭘 적선하시든 하나도 고맙지 않고, 하나도 미안하지 않아요. 갖다주신 것도 하나도 안 먹을 거구요."

"……차희야."

"아줌마가 옛날에 제 입 돈 주고 사셨듯이 저도 그럴 권리 정도는 남았어요."

"……."

"앞으로 박우경 단속은 박우경한테 하세요."

"……너 대체 왜 이렇게 애가 변했니?"

"설마 그대로이길 바라셨어요? 그렇게 저를 끔찍해하셔 놓고선."

"……."

"그때 열아홉 살짜리 데리고 잘 휘두르셨고. 그때 결론도 잘 보셨으니 충분하실 텐데."

"차희야, 내 말은."

"야! 니 밖에서 뭐 하노."

팽팽하던 공기가 일시에 끊어졌다. 벌컥 현관문을 열고 슬리퍼를 끌며 나온 윤태희가 신미진을 보고 반색했다.

"어, 진이 이모 오셨어요."

"응. 태희야."

신미진이 다른 사람처럼 환히 웃으며 윤태희를 봤다. 윤태희는 내게서 쇼핑백을 뺏어 들며 여기 초밥이 어떻다는 둥 잘 안다고 너스레를 떨었다.

나는 가만히 신미진을 바라보았다. 웃는 얼굴에 균열이 가득

했다.

"잘 놀고. 이모 이만 갈게."

"엥. 안에 이모 아들이 둘이나 있는데 하나도 안 보고요?"

"내가 내 아들들 얼굴을 몰라서? 됐어. 새벽부터 또 일해야 하는데 해경이나 너나 술 좀 많이 마시지 말구……. 괜히 느이 동생들까지 형 오빠 따라 많이 마셔."

"아, 그니까요. 박해경이 금마가 항상 문제라니까."

"태희 너도 마찬가지야. 하여간 어릴 때부터 둘이 똑같아."

"어떻게 똑같아요? 언제는 아들 셋 있는 것보다 내가 더 잘생겼다 캤으면서."

"그래. 말희가 어쩌다 너 같은 아들을 낳았는지 모르겠다."

"이거 욕 같은데……."

나는 윤태희에게 짐을 뺏긴 빈손끼리 맞잡고 주무르며 그들을 뒤로하고 집으로 걸어갔다. 이윽고 내가 인사하는 척을 할 새도 없이 신미진이 황급히 집을 떠나는 소리가 났다.

쇼핑백끼리 부딪히는 소리가 가까워졌다.

"와 이카노."

"뭐가."

"좀 이상한데?"

"그니까, 뭐가."

"진이 이모랑."

나는 말없이 현관 앞에 섰다. 윤태희가 눈치 없이 말을 이었다.

"뭐, 하긴 니는 어릴 때부터 해경이네 엄마한텐 좀 뻣뻣하긴 했는데."

"뻣뻣하고 말고 할 게 어딨어."

"엄마 때문에 그카나. 니."

"……."

"아니면……."

"뭔데. 니네. 나가서 안 들어오고……. 웬 먹을 거?"

현관 쪽으로 뒤늦게 나와 본 해경 오빠의 말간 낯에 윤태희도 나도 잠깐 입을 다물었다. 그래도 내가 조금 더 빨리 말했다.

"오빠 엄마가 저녁에 먹을 거 주고 갔어."

"오……. 아, 뭐고. 아까 차희랑 내랑 읍내 가서 초밥 먹었는데."

"윤태희랑 박우경은 안 먹었잖아. 둘이 먹으라 카지 뭐."

"뭐, 그럼 느그 둘만 먹었다고? 우갱이는?"

"몰라. 지 혼자 남아서 뭘 처먹었는지……."

나는 해경 오빠를 지나쳐 소파에 뚱하니 드러누워 있는 박우경에게로 갔다. 온종일 그저 박우경으로만 보이던 얼굴에, 또다시 신미진의 그림자가 졌다.

그 여자를 닮은 눈매, 코의 모양, 매끈한 낯과 무표정한 얼굴…….

그럼에도 불구하고, 뻔뻔하게 고개를 숙인 나는 오빠들이 보지 못하는 잠깐을 빌려 그 애의 뺨에 쪽, 하고 뽀뽀했다.

표정 없이 세상의 온갖 짜증으로 가득했던 냉한 얼굴이 아까의 그 멍청한 남자애 같은 얼굴로 바뀌었다. 신미진은 금세 사라졌다. 내 손을 이리저리 다시 쥐어 보던 얼굴. 내가 좋아 어쩔 줄 모르는, 그 바보 같은 얼굴.

내 바보 같은 박우경.

"……니네 오빠야 세상에서 잠깐만 없애고 싶다. 진짜 존나 잠깐만."

오빠들이 왁자지껄 거실로 돌아오는 소리에 아무 일도 없었다는 듯 떨어지는 나를 그 애가 새치름하게 바라보는 것이 느껴졌다. 그러고는 정말로, 아무 일도 없었다. 거실에 상을 펴 신미진이 사 온 초밥을 펼치고, 해경 오빠는 두 끼 연속 초밥은 싫다며 탕수육을 시켰다.

아무도 보지 않는 TV의 소음 속에 냉장고의 맥주들이 죄다 나와 동이 난 것은 고작 저녁의 일이었다. 박우경은 평소와 달리 맥주를 많이도 마셨다. 그러고는 돼지 새끼처럼 지 혼자 다 처먹었다고 형들에게 욕 좀 들어 먹기 무섭게, 맥주를 더 사 오겠다며 날 잡아끌고 나왔다.

술을 마셨으니 당연히 운전은 못 했다. 우리는 진입로를 걸어 국도로 내려왔다.

해가 긴 여름이었지만 조금 흐린 날이라 늦은 일몰은 진작 저 높은 구름 뒤로 사라졌다.

그래서 사방은 어둡지도, 밝지도 않았다. 고작 저녁 여덟 시 이십 분. 나는 집에서부터 들고나온 캔맥주를 홀짝홀짝 마시며 박우경의 안쪽에 서서 국도를 걸었다.

국도 변에 조금 늦게 핀 개망초꽃들이 시원한 저녁 바람에

흔들렸다. 나는 이미 바람에 꽃대가 꺾여 시들어 가는 꽃송이 하나를 조심스레 톡 꺾었다. 그리고 박우경의 귓가에 꽂아 주었다.

시들었어도 꽃은 꽃이고, 흰 들꽃은 잘생긴 얼굴에 퍽 잘 어울렸다. 보고 있으니 배시시 웃음이 흘러나왔다.

"이쁘다."

"……아, 가스나. 좀 놀리지 마라."

에이 씨발. 발개진 얼굴로 그 애가 욕설을 중얼거리며 이제 볼 만큼 다 봤냐는 듯 꽃을 휙 떼어 냈다.

"별짓을 다 한다……."

혼자 중얼거리는 자괴감은 학예회가 끝나고 갑돌이의 옷을 내팽개치던 그 여덟 살배기 남자애와 닮았다. 쪽팔린 게 세상에서 제일 싫은데, 그래도 나 때문이면 어떻게든 참아 보던 그 치기와 애정.

다들 열심히 마셔서 덩달아 열심히 마셨더니 나도 조금은 취기가 올라 있었다. 신미진과 말했던 게 아까 전 일이 아니라 며칠은 족히 지난 일 같았다.

그리고 그 애도 그 사람의 아들이 아닌 것 같았다.

내 귓가에 흰 들꽃을 꽂아 준 박우경이 사진이라도 찍듯 그런 날 물끄러미 보다 주머니를 뒤적거렸다. 핸드폰으로 사진을 찍으려는 게 분명해 보여서, 나는 서둘러 꽃을 뺐다.

"왜. 니도 이쁜데."

"사진 싫어하는 거 알면서."

"박해경 그 새끼는 되고?"

그 애가 빈정거리며 내게서 도로 개망초꽃을 가져갔다. 그러고는 커다란 손으로 그 작은 꽃을 갖고 뭘 하는지 꼼지락거렸다. 그러든 말든 왼손으로 맥주나 홀짝거리는데, 오른손이 휙 그쪽으로 끌려갔다.

"이거 맞제."

"……."

"아. 아닌가."

약지에 개망초 풀로 어설프게 만든 꽃반지가 끼워져 있었다. 어릴 때 내가 저를 놀려 먹느라 몇 번 만들어 주었던 것처럼.

그 애는 내 손을 통째로 들고 이리저리 살펴보다 소년처럼 웃었다.

"니 손이 이뻐서 그런가. 이따위로 만든 걸 끼워 놔도 이쁘네."

그 애는 부끄러움도 없이 그렇게 중얼거리고는 연약한 꽃반지가 눌리지 않게 조심스럽게 내 손을 쥐고 깍지를 꼈다. 낯이 뜨거웠다. 그게 아무렇지 않은 척 맥주만 계속 미친 듯이 마시고 있으니, 이제 그만 좀 마시라는 핀잔이 날아왔다.

"……박우경 지는 아까 우리 집에 있던 맥주 다 마셨으면서."

"나는 니랑 이렇게 나올라고 일부러 다 마신 거고."

박우경이 덤덤하게 동기를 읊었다.

"맥주 사러 갈라면 맥주가 없어야 된다이가."

나는 핀잔을 돌려주는 대신, 맥주를 강탈해 가는 손에 순순히 물건을 내주었다. 그 애가 남은 맥주를 벌컥벌컥 다 들이켰다. 그리고 쥐고 있던 손으로 캔을 와그작 일그러뜨렸다.

얼마간 우리 사이에는 대화가 없었다. 어슴푸레하던 날이 갑자기 빠르게 깜깜해졌다. 침묵 속에 익숙한 갈림길이 빠르게 찾아왔다. 그 애가 슈퍼가 있는 동네 쪽 대신 제 할머니 집으로 가는 길로 성큼성큼 걸음을 돌려 날 끌고 갔다.

그 애 할머니 집 뒤편으로부터 숲을 스치는 바람 소리가 길 위로 옅게 쏟아졌다. 바람을 인지하자마자 숲의 매미 우는 소리가 바람을 잡아먹었다.

지은 지 40년도 더 넘은 고즈넉한 2층 양옥집과 별채만 남은 한옥. 여름 내내 양지바른 담벼락 위로 만개한 꽃가지가 드리운 그곳.

우리는 담벼락에 자잘하게 핀 진분홍색 꽃 아래를 걸어 대문을 열었다. 그 애가 대문 안으로 들어서기 무섭게 찌그러진 맥주 캔을 마당 어딘가로 던지고 날 담벼락으로 밀어붙였다.

사람이 닫지 않은 대문이 천천히 도로 닫히며 잠기는 소리가 났지만, 아무도 그쪽을 돌아보지는 않았다.

나는 뒤로 밀리고 밀리다 배롱나무 아래까지 밀려났다. 높은 담벼락 바깥에 보이는 것과 달리 안쪽의 꽃가지는 낮은 곳까지 뻗어 있어 우리의 머리를 몇 번이나 스쳤다. 그 애가 신경질적으로 꽃가지를 제 손으로 밀어내고 내 머리를 감쌌다.

그리고 내 키에 맞추어 커다란 등을 구부리고 갈급하게 입술을 붙여 왔다. 아. 이제는 저녁 매미 소리가 머릿속을 가득 채 웠다.

아무것도 생각할 수가 없었다. 자잘한 진분홍색 꽃송이들이 그 애의 머리를 스치며 어깨로 떨어졌다. 그 애가 흰 반팔 티셔 츠를 신경질적으로 벗었다.

발밑으로 떨어진 꽃들이 짓밟혀 잘 관리된 잔디 속으로 사라 지는 것을 찰나처럼 봤다. 나는 다시 내게로 쏟아지는 그 애의 목을, 맨 살갗을 만지며 집요한 입맞춤 아래 헐떡였다.

입술이 내 목을 타고 미끄러졌다. 내 남방 단추를 하나씩 풀 어 내리는 박우경의 손이 떨리고 있었다. 빗장뼈 아래로 자잘 한 키스를 남기며 내려온 그 애가 브래지어 위로 가슴을 움켜 쥐었다.

"……야. 근데 이거 만져도 되나."

"다 만져 놓고 묻나."

"혹시 몰라서."

"……박우경. 제발 입 좀 닥치고 해라."

"알았다."

그 애가 내 핀잔에 씩 웃으며 아래에서 위로 다시 입술을 밀 어붙였다. 아무렇게나 입술이 부대끼다 결국에는 제대로 맞물 려 서로의 숨을 삼켰다.

나는 내 온 힘으로 그 애의 목을 껴안았다. 네 삶에 지나가는 잠깐이라도 좋았다. 언젠가 네가 이날을 기억조차 하지 못하게 된다 해도 좋았다.

나중의 너는 전혀 추억하지 않는 시간 속에, 아주 잊힌 기억의 그늘 속에 산다 해도.

폐부로 그 애의 숨이 아스라이 스몄다. 나는 네 이 숨으로 영원을 살 것처럼 생각했다. 아무리 나이가 들어도 이 숨으로 호흡하는 나는 언제까지고 스물셋이고, 열아홉일 것처럼 스스로를 속이는 허상을 늘어놓으면서.

브래지어를 밀어 올리고 그 아래로 파고든 커다란 손아귀가 눙그런 가슴의 모양을 헤아리듯 부드럽게 맨살을 움켜쥐었다. 엄지를 세워 한가운데 도드라진 것을 짓이기듯 매만지던 박우경이 연거푸 숨을 몰아쉬는 내게서 입술을 떼어 냈다. 그러고는 금세 턱 아래의 연한 살갗을 거칠게 깨물었다. 결국 신음이 터져 나왔다.

첫 신음과 동시에 속옷 안에서 가슴을 움켜쥐고 있던 손아귀의 힘이 조금 우악스러워졌다. 그 애가 저 홀로 중얼거리는 욕설에 한숨이 실렸다. 무언가를 애써 억누르듯이.

박우경이 다시 숨을 들이마시며 귓가로 입술을 미끄러트렸다. 귓불을 잘근잘근 씹으며 빨아당기는 것에는 위악에 가까운 장난기가 어려 있지만, 욕망은 이미 노골적이었다.

내 다리 사이를 그 애의 단단한 다리가 파고들었다. 커다란 손이 내 턱을 움켜쥐고 뒤로 고개를 젖히게 했다.

오로지 남의 힘을 따라 급소를 무방비하게 드러낸 감각이 서늘했다. 금방이라도 박우경이 내 목을 물어뜯으면 목숨이 뜯겨 나갈 것처럼, 그 애에게 내 목숨을 전부 내맡긴 것 기분이었다.

나는 절박하게 그 애의 벗은 등을 그러안았다. 내 모든 약점을 박우경이 아무렇지도 않게 집어삼켰다.

한기처럼 내 목을 타고 그 애의 숨이 흘러내렸다. 내 목구멍 안으로도 그 애의 호흡이 맥동했다. 내 몸의 안과 밖이 모두 그 애의 것처럼 여겨졌다.

나는 눈앞이 보이지 않는 사람처럼 그 애의 눈꺼풀을 어루만지고, 콧대를 쓸어내리고, 반듯한 광대뼈를 매만졌다. 뜨거운 입술이 내 가슴 사이에 내려앉았다.

델 듯 뜨거운 게 그 애 숨인지, 내 감각인지 모르겠다고 생각했다. 브래지어를 다 벗기지 않은 채로 그저 위로 아무렇게나 밀어 올린 박우경이 아이처럼 내 가슴에 매달렸다.

속옷 아래 짓눌린 살을 깨물고, 빨고, 짓씹어 대는 입술이 아까의 갈급함을 그대로 담고 있었다. 커다란 손이 그득 욕심을 실어 내 가슴을 제 입에 받쳐 올렸다. 이젠 무엇이 더 부끄러운지 알 수 없었다.

여기까지 기껏 걸어와 집 안까지 들어가는 시간조차 견디지 못하고 담장에 달라붙어 반쯤 헐벗은 꼴이 된 우리.

살면서 처음으로 내 벗은 모습을 보여 주었던 옛날의 그 남자애.

실내도 아닌 곳에서 속옷을 아예 다 벗은 것만도 못한 꼴로 가슴을 드러낸 나는 겨우 높은 담벼락에 의지해 몸을 숨겼고, 귓가에 꽂은 흰 들꽃 한 송이 견디는 것도 어렵던 박우경은 제 까만 머리와 맨 어깨 위에 잔뜩 떨어진 진분홍색 잔꽃송이

들을 모른 채로 내 가슴에 매달려 있다.

내게서 흐느끼듯 흘러나오는 신음마다 그 애의 손이 집요하게 반응했다. 그래서 더 울고 싶게 만들었다.

어둑한 여름밤은 완전히 어둡지 않았고, 나는 우리의 난잡한 광경을 전부 볼 수도 있었다. 눈을 감고 싶어졌다.

엉덩이 밑까지 덮도록 헐렁하게 큰 내 남방셔츠는 박우경이 단추를 배까지만 끌러 놓아 다 벗기기도 전에 어깨에서 진작 미끄러져 팔꿈치까지 떨어졌고, 햇빛을 가려 주었던 긴소매는 내 손을 잡아먹은 지 오래였다.

"윤차희, 눈 안 뜨나."

"……."

"내 좀 봐 주지."

"……싫다."

가슴 위로 낮은 웃음이 흘렀다. 그 웃음에도 감각이 곤두섰다.

"그래라, 그럼."

"……."

"계속 감고 있든가."

언제까지 눈을 감고 있는지 보겠다는 듯 그 애의 손이 얄궂게 장난을 쳤다. 눈을 감았는데도 반응하는 몸이 부끄러워 자꾸만 뒤로 물러나게 됐다.

기억보다 능숙한 손이 약간의 씁쓸한 감각을 남기는 것은 무시했다. 그 애가 만난 다른 여자애들을 생각할 것도 없이, 사실 지금 아주 능숙해야 하는 건 나였다.

그동안 남자가 아주 많았고, 이런 건 아무것도 아니었다고 내 입으로 아무렇게나 조잘거렸으니까.

"윤차희 니 설마 지금 부끄러운 거 아니제."

"……아닌데."

"맞나."

'맞나' 하고 대충 대꾸하고 마는 것이, 정작 그게 아닌 걸 안다는 투였다. 그 애에게 먼저 자자고 했고, 아깐 쑥스러운 티도 내지 않았으니까 대충 됐다고 생각하면서도 자꾸만 망한 느낌이 들었다.

이미 몸을 기대어 있는 담장으로 더 도망치는 나를 박우경이 제게로 끌어당기고, 내 몸 위로 제 무게를 실었다. 옷 너머 단단한 것이 배를 묵직하게 찔러 왔다.

까만 레깅스 안쪽으로 파고든 손이 이미 눈을 감아 깜깜한 시야를 어지럽게 했다. 흐으, 아, 나는 어리숙한 신음을 애써 삼키며 지기 싫어 그 애의 아래로 손을 뻗었다. 씨발. 아, 씨발. 내 손이 닿기 무섭게 돌변한 목소리가 내 목 아래를 파고들었다.

박우경이 내 엉덩이를 받쳐 올려 다리를 제 허리에 감게 하고는 담벼락에 날 짓누르다시피 밀어붙였다.

그 애의 얼굴을 쥐고 있던 손이 턱선 아래로 미끄러져 도드라진 울대뼈를 어루만졌다. 침이, 숨이 넘어가는 흔적이 손끝에 고스란히 남았다. 잠깐이나마 이긴 기분이 들었다.

배롱나무꽃은 향기가 없는데도 우리의 머리 위로 진분홍색 꽃가지가 흔들릴 때마다 바람결에 향기가 났다. 아주 익숙한 것이었다. 그 애의 비누 냄새. 시간이 아무리 많이 지나도 변하지 않는 고집스러운 그 애의 취향.

제집에서 아무거나 골라 씻은 듯 때때로 달라지는 바디워시 향기 사이마다, 박우경은 돌고 돌아 다시 이 비누 냄새를 몰고 내게로 왔다.

집으로 그렇게 부리나케 가서는, 제가 가장 좋아하는 비누로 씻었겠구나.

나는 그 애에게 한 번도 말하지 않았지만, 이 향기를 언제나 가장 좋아했다. 늦겨울과 초봄 사이, 종종 이르게 피어나는 들꽃을 닮은 잔향.

그 애가 가장 좋아하는 것이니까. 가장 익숙한 것이니까……. 기억은 가끔 형태가 없었다. 대신 그저 이렇게 숨을 한 번 들이마시는 것만으로도 열여섯, 열일곱의 언젠가를 단번에 떠올릴 수도 있었다.

가끔 서랍 깊은 곳에서 튀어나온 작은 물건 하나에 열한 살배기 여자애도 되듯이.

그렇다면, 그래, 어쩌면 지금 삼킨 네 숨으로 평생을 산다는 것도 대단한 허풍은 아니겠지.

"……우경아."

"어."

나는, 이제 도무지 널 잊을 수 있을 것 같지가 않아. 네가 머잖아 날 아주 잊어버리길 바라면서도, 나는 널 잊고 싶지가 않아……. 신미진의 일그러진 얼굴이 스치듯 떠올랐다.

그 여자를 향한 기괴한 앙갚음의 희열. 자괴감. 죄악감. 좌절감. 나조차 몰랐던, 그 모든 음침하게 일그러진 속내에도 불구하고……. 도무지 그 애와의 지금이 행복하다는 걸 부정할 수 없었다. 나는 소리 내어 잇지 못할 말 대신 그 애의 목을 두 팔로 그러안았다.

박우경은 날 번쩍 안아 든 채 집 안으로 성큼성큼 걸어갔다. 내 헐벗은 앞모습이 아무도 없는 이 마당에 보이지 않도록 제 품에 꼭꼭 숨기고, 계단을 올라가 한 손으로 잘도 문을 열었다.

현관의 노란 불빛이 느릿하게 점멸하는 것을 등지고, 어릴 적에는 궁전처럼 길어 보였던 길고 긴 복도를 지나서, 그 애의 할아버지가 생전에 쓰던 서재와 할머니가 백목련을 내다보시던 안방도 지나서, 우리가 어릴 적 낮잠을 자곤 했던 작은방 문이 열렸다.

그 애 할머니는 멋쟁이라 옷이 무척 많아서, 안방이 아닌 이 작은방까지도 한쪽 면 가득 까만 나전 칠기 장롱이 있었다. 그 애는 이 집을 공사하며 할머니의 가구를 많이 정리했지만, 이 방만큼은 옛날 그대로 두었다.

할머니가 안동에서 비싸게 지어다 한 번 쓰지도 않고 모아놓기만 한 온갖 목화솜 이불과 색색의 비단 금침도 매한가지였다. 그 애는 날 그 비단 이불 위에 누이고, 낮은 문갑으로 긴 팔을 뻗어 유리 스탠드를 달깍 켰다.

남방이 반쯤 벗겨진 등에 닿은 비단의 촉감은 아주 잠깐 차갑다가, 금세 내 체온에 제 온도를 빼앗겨 뜨거워졌다. 우리가 태어나기도 전에 유행했을 스탠드의 뿌연 불투명 유리가 꽃처럼 화려한 모양으로 빛을 투과시켰다.

내가 천장에 꽃처럼 펼쳐진 스탠드 불빛을 어른거리는 시야로 바라보는 동안, 그 애는 내 레깅스를 벗기며 왜 하필 이딴 것을 입고 있었느냐고 욕했다. 자꾸만 웃음이 나왔다.

"그럼 일하는데 이런 거 입지 뭘 입노."

나는 엉덩이를 들어 주고, 그 애가 내 발끝으로 레깅스를 다 벗겨 낼 때까지도 웃었다. 거꾸로 말린 레깅스를 진절머리 난다는 듯 홱 던져 버리는 손이 야멸찼다.

"아, 더쩡 없다. 저딴 거 다신 입지 마라."

"왜? 내가 니랑 맨날천날 잘 것도 아닌데."

"……윤차희 진짜 싸가지 없어……."

박우경이 뚱하니 내 납작한 배 위로 웅얼거리며 얼굴을 묻었다. 숨결이 간지러우니 또 웃음이 흘러나온다. 내 배를 잘생긴 콧날로 비비며 점점이 키스를 남기는 박우경의 머리를 쓰다듬자 그 애가 어이가 없다는 듯 물었다.

"니는 니랑 자는 놈이 이렇게 등신 같은데 니는 웃음이 나오나."

"응."

"취향 존나 이상하네."

"그 등신이 박우경 니니까."

그 애가 어스름한 불빛에 반만 드러난 날카로운 얼굴을 들어

114

나를 올려다보았다. 창문이 모두 닫힌 집 안의 정적 속에도 숲의 요란한 매미 소리는 여전한 것을, 고작 그 애의 나직한 숨소리가 덮었다.

"……진짜, 착각하기 싫은데 착각하게 되는 거 알제."

애초에 착각이 아닌 것을 알려 주고 싶지만, 내 진심을 모두 알려 주는 것이야말로 못돼 처먹은 짓이 될 것이다. 나는 말을 돌려 그 애를 놀리듯 다리로 어깨를 밀어내고 씻어야겠다고 말했다.

"니 죽을래, 진짜."

박우경이 잇새로 씹어뱉듯 말하며 내 배를 깨물었다. 그러고는 더 아래로 입술이 내려갔다.

남자를 많이 만났다는 거짓말이 언제 들킬지 몰라 초조해져서, 나는 다시 진지하게 씻고 싶다고 했다.

"개소리 하지 마라, 윤차희."

"……박우경 닌 씻었다매. 나도 씻을래. 생각해 보니까 지금 나만 드럽잖아. 갑자기 하기 싫다."

"니가 뭐가 드럽노."

"아 일단 저리 가 봐 봐."

"싫은데."

"야!"

"왜. 뭐."

그 애가 내 배 위로 올라타며 바지 버클을 풀었다. 아까 먹은 술기운이 이제야 죄다 올라오는 것 같았다. 나는 여자를 얼마나 만났으면 이렇게 자연스럽냐고 못나게 이죽거리는 말이 저절로 나오려는 것을 겨우 삼켰다.

지가 꼬셔 놓고…… . 그 애가 어이없다는 듯 중얼거리며 제 지갑에서 콘돔을 꺼냈다. 준비가 된 건 좋은데, 늘 들고 다녔다는 양 당연하게 튀어나오는 것을 막상 보니 썩 달갑지는 않았다.

그렇게 짜증스러운 와중에도 그걸 마주 보기가 부끄러워서 아래에 깔린 채로 뭉그적거리자 그 애가 짧게 지적해 주었다. 네가 자꾸 그래 봤자 네 가슴 보기만 좋다고.

내가 왜 그랬지. 너한테 왜 자자고 했지. 잠깐 미쳤던 게 틀림없다는 생각이 들었다. 맥주를 얼마 마시지도 않았으면서도 술에 머리가 온통 잠긴 것처럼 토해 내는 숨마다 열이 가득했다.

결국 콘돔은 대체 언제 샀느냐고 바보 같은 물음이 튀어나오고 만 것도, 다 술 때문이다.

여차하면 여자랑 잘 일이 생길 것 같아서 그랬어? 서울에 가서, 내내 그렇게 살았어? 이런 미친 말들까지 내뱉지 않은 것만이 다행이었다.

그러나 그 애는 내가 차마 내뱉지 못한 말을 다 들은 것처럼 잠시 멍한 눈으로 날 내려다보더니 이윽고 흐드러지게 웃었다. 왜. 왜 웃는데…… . 비웃을 만한 짓을 해 놓고서 웃으니 화가 났다. 그 애가 내 관자놀이에 입술을 묻으며 중얼거렸다.

"……니랑 미조 저수지 갔던 날, 그날 샀다."

"왜."

"니 때문에."

"……."

"니가 언제 미쳐서 날 받아 줄지 모르니까. 그래서 나도 호구 새끼처럼 붙어서, 여차하면 이렇게 들러붙으려고."

"……나 지금 미친 거 맞는데. 박우경."

"어, 윤차희 니 변덕 존나 심한 거 안다."

"……."

"그래도 상관없고."

이윽고 그 애가 아주 조심스럽게, 마치 열여덟, 열아홉 그 무렵의 기억처럼 몸을 겹쳐 왔다.

열여덟. 저수지에서의 얄궂은 첫 키스를 제하면 우리의 모든 처음은 이 방이었다. 빈집에 숨어들어 몰래 술을 마시고, 할머니가 한 번도 쓰지 않은 새 금침 위에서 처음으로 키스 이상의 일도 했다. 우리는 꼬박 일 년이 넘도록 이곳에서 몰래 만났으니까.

서로에게 허락되는 것이 많아질수록, 우리 삶의 지분을 나누어 주는 것 같다는 어설픈 착각을 속삭이면서.

나는 한때 박우경에게 내 삶을 다 내어 주고, 그 애의 삶으로 도망치고 싶었다. 차라리 전부 종속되고 싶었다.

그리고 그것으로 그 애의 모든 것을 갖고 싶었다.

처음으로 그 애가 내 옷을 들치었던 날, 덜덜 떠는 손으로 내 가슴 근처도 가지 못한 채 도로 도망가던 것이 떠올랐다. 그 바보 같은 박우경을 떠올리며 웃는 내 입가로, 날 괘씸해하는 입술이 내려앉았다.

아. 그 애가 내 안으로 들어왔다.

"……차희야, 아프면."

"괜찮아."

"아프면, 그만해도 된다."

니가 아픈 게 싫다고 속삭이는 말이 귓가에 달게 남았다. 너는 내게 무슨 짓을 해도 좋다는 말이 혀끝에 소리 없이 맺혀 있다 사라졌다.

나는 여전히 대답 대신 너를 끌어안을 수밖에 없다.

박우경은 아주 조심스럽게 날 안았다. 전등갓 모양대로 꽃처럼 천장에 어슴푸레 피어난 불빛이 흔들렸다.

그 애 머리에 배롱나무 꽃잎이 아직도 붙어 있었다. 나는 그것을 떼어 줄까 하다가, 그저 내 얼굴 위로 떨어지게 두었다.

그 애가 내 뺨에 떨어진 꽃을 보고 꽃처럼 웃었다. 모든 것이 꽃 같았다.

다시는 우리가 우리의 처음일 수 없겠지. 전부일 수도 없겠지. 마지막일 수도 없을 것이다.

행복은 때때로 허무감을 닮았다. 나는 네 품에서 충만하고 허무했다. 울고 신음하면서도 어쩔 수 없이 그때를 생각하게 됐다.

어쩌면, 우리의 평생을 꿈꿀 수도 있었던 그때.

네 앞에서 내 삶의 빈약함을 곱씹던 그 치기 어린 시절조차, 지금의 내가 투기할 만한 좋은 시절이었다는 것을 이제는 알 수 있었다. 나는 그때의 나를 질투했다. 그날들의 우리를 시기했다. 그러고는, 지금 이 순간조차 투기하게 될 미래의 나를 생각하며 조금 울었다.

놀란 박우경이 내 우는 얼굴에 입 맞추며 날 살피는 것에 별수 없이 다시 웃게 될 것이면서도.

"아프냐. 윤차희 니는 제발 좀, 아프면 아프다고."

"안 아파. 하나도."

"그럼 왜."

"좋아서."

"……"

"좋아서 울었어."

내뱉을 수 있는 것이라곤 고작 그런 형편없는 말 한마디였다. 그럼에도 박우경은 결국 관계의 끝에서 거의 이성을 잃었다. 인내가 모두 닳아 거칠하게 마른 음성이 내게 연신 사과하며 날 세게 몰아붙였다.

그 애가 더 깊게 치받고 날 몰아넣을수록 생각이 날아갔다. 이대로 영영 사라지기를 바랄 만큼. 다시는 생각이란 걸 하고 싶지 않을 만큼…….

난폭한 키스 사이로 그 애가 차희야, 하고 내 이름을 부르는 순간만이 다정하고 부드러웠다. 나는 그 애가 차라리 그렇게 다정하지 않기를 바랐다.

차라리 망가뜨려 주기를, 날 아무렇게나 움켜쥐고 뒤흔들다 내버리고, 뒤도 돌아보지 않고 가기를.

그래서, 차라리 나를 편하게 해 주기를.

그러나 박우경은 언제나 내 이기적인 기대를 배반한다. 그 애가 부디 이기적이기를 바라는, 내 이기적인 기대. 하나도 아프지 않은 내 뺨의 곳곳에 제 입술을 부딪치며 아프게 해서 미안하다고 사과하는 박우경이 내 눈에 섧게 비쳤다.

나는 그제야 아직도 내가 울고 있는 것을 깨달았다.

"죽여도 된다. 진짜. 때려도 되고······."

"······아파서 우는 거 아니라고 했다이가."

여자 보는 눈도 드릅게 없지. 멍청한 박우경. 그 애는 내가 아픈 게 아니라고 열 번은 더 말하고서야 환히 웃으며 날 껴안았다. 그럼 좋았던 게 맞냐고 묻는 얼굴이 기대에 차 있어서, 나는 괜히 대답을 해 주지 않았다.

박우경은 개의치 않고 내 벗은 몸이 얼마나 예쁘고 완벽했는지 아부하듯 읊다 얻어맞고는, 안은 채로 몸을 뒤집어 날 제 위에 올려놓고선 꿈을 꾸듯 말했다.

널 너무 좋아한다고.

영영 깨지 않고 싶은 꿈이었다. 나는 멍하니 그 애의 가슴 위에 머리를 올려 두고, 스탠드 불빛이 닿지 않는 어둠 속에 내팽개친 그 애의 핸드폰이 소리 없이 점멸하는 것을 보았다.

박해경

그 애는 내게 정신이 팔려 나 외에는 아무것도 눈에 뵈지 않

는 양 굴었으므로, 결국 전화를 모른 척하는 건 내 잠깐의 욕심
이다.

　나는 박우경이 제 전화를 보지 못하게 다시 입술을 맞추었다.

#20. 입만 열면 거짓말

니네 지금 할머니 집이제 오후 11:05

아닌데 오후 11:07

아까 박우경은 할머니 집 맞다던데? 오후 11:09

알면 왜 물어보노 오후 11:11

오빠야 서운하다 차희야 오후 11:12
울 차희 다 컸다고 이제 입만 열면 거짓말이고 이렇게 뻔뻔하
고…… 오후 11:12
근데 태희가 니네 사귀는 거 눈치 까도 되나 오후 11:13

아 안 사귄다 했제 오후 11:13

좀 있다 갈게 오후 11:13

반사적으로 부정부터 하고 본 말이 못내 가증스럽다. 나는 해경 오빠와의 메시지 창을 닫고 핸드폰을 이불 위에 툭 놓았다. 서랍에서 꺼낸 그 애의 티셔츠 하나만 대충 꿰어 입은 채로, 방 안에 웅크리고 앉은 내 모습이 경대 거울에 비쳤다.

불빛은 여전히 어슴푸레 어둡고, 거울을 바라보는 표정은 그것보다도 더 어두웠다.

박우경은 대체 저런 게 뭐가 이쁘다고.

나는 마치 싫어하는 타인을 마주하듯 거울 속 나를 응시했다. 티셔츠를 입다 도로 헝클어진 머리가 거슬려 다시 깔끔하게 묶어 봐도 날 질시하는 시선은 그대로였다.

어차피 질시는 잠깐의 내 비루한 외양 탓이 아니다. 그제야 비식 웃음이 흘러나왔다.

그 애의 할머니를 기만하는 기분이 든 건 오랜만이다.

할머니의 경대였지만 정작 할머니는 아마도 한 번도 이 앞에 앉아 보시지 않았을 것이다. 이곳은 할머니가 늘 앉아 계시던 안방이 아니었으니까.

안방에는 이보다도 더 값비싸 보이는 경대가 있었고, 그 위에는 언제나 할머니의 향기로운 화장품들이 가지런하게 진열되어 있고는 했다. 항상 텅 비어 있던 이 방의 주인 없는 경대와는 달리.

빈 경대의 거울은 내 키만큼 길고, 위쪽은 둥그런 아치 모양이다. 테두리는 장롱과 똑같은 나전 칠기로 반짝거린다. 내 등 뒤도 마찬가지였으므로. 사실 이 방에서 오래되고 비루한 것이라고는 이 집 손자의 헐렁한 티셔츠 안에 무릎까지 구겨 넣은 나뿐이다.

나머지는 단지 오래되었을 뿐, 전부 좋은 것이니까.

그리고 거울보다 거울의 테두리 따위나 생전 처음 보는 물건처럼 훑고 있는 내 시선은, 어릴 적부터 학습된 도피를 조금 닮았다.

학과 소나무, 해와 폭포, 지도의 등고선을 닮은 산의 모양. 어차피 모든 것은 내가 기억하는 그대로였다. 학은 소나무 위를 날고, 해는 아치 위에서 떠오르고, 폭포는 경대의 서랍 위로 흐른다.

예닐곱 살 무렵의 나는 종종 저토록 작은 그림들이 모여 이렇게나 커다란 물건이 된다는 것이 신기했다.

그리고 그것이 전혀 신기하지 않을 만큼의 시간이 지난 후에도, 이 방에 앉아 그 애를 기다릴 때면 부지런히 학이 날아가는 방향이나 폭포의 끝을 유추하며 시간을 때우고는 했다. 여전히 모든 것이 신기한 어린애처럼.

일곱 살, 열 살, 열두 살, 열여덟 살……. 내 시선이 저 거울의 테두리를, 자개장의 하늘과 땅을 헤아렸던 그 모든 시간.

그리고 장난감을 든 일곱 살배기 남자애가, 할머니 몰래 집 안으로 강아지를 안고 들어오던 열 살의 박우경이, 마실 물 따위를 가져다주던 열여덟의 내 남자 친구가, 그 애가 저 방문을 열고 다시 나타나길 기다리던 나의 잠깐이 켜켜이 쌓인 이 방.

그 잠깐의 시간에도 난 대체 무엇으로부터 도망쳐야 했을까. 어느 날에는 불쑥 차오르던 열등감으로부터, 또 어느 날에는 그 애를 절대 좋아해선 안 된다는 의무감으로부터……

나는 이 방에서 온통 죽어 반짝이는 자개 위에서, 차마 이름을 붙일 수도 없는 내 모든 실패의 흔적을 볼 수 있다. 그 애 할머니의 이야기를 들은 날이면 온종일 멀미처럼 내 속 어딘가를 어지럽히던 죄책감 또한 마찬가지였다.

감나무집 할매 말로는 무형 문화재 장인의 작품이라 값을 매길 수도 없다는 저 경대 위에 왕좌처럼 앉아, 그 애에게 말도 안 되는 공주 행세를 했던 시절에는 무엇도 몰랐겠지.

더 어린 날의 나는 경대 옆 문갑에 가끔 내 요술 봉이나 색칠 놀이를 숨겨 놓았다. 엄마가 어째서 종종 이 집 부엌에서 온종일 일하는지도 모르고 엄마를 기다릴 때면, 고작 잠깐의 무료함도 참기 싫어서.

그리고 이유를 알게 된 이후로는 이 방에 어떤 물건도 남기지 않게 됐다.

분명 열여덟이 되기 전까지는 그랬다.

도둑질을 하듯 몰래 그 애와 사귀게 되고, 아무에게도 말하지 않고서 이 집을 드나들 때마다 멍청하게 두고 가는 물건이 생겨났다. 보조 배터리, 카디건, 단어장, 시계, 고무줄, 우리 집 열쇠, 지갑……

갈 시간이 되면 어리숙하게 가방을 챙겨 그 애의 자전거를 타고 집으로 돌아가기 바빴던 나는, 그다음 날에나 두고 온 물건을 기억해 내고는 했다.

'박우경, 니 내 카디건 가져왔나.'

그리고 그렇게 물어보면, 그 애는 한 번도 '자.' 하고 물건을 내민 적이 없었다. 이전이었다면 내가 묻기도 전에 두고 간 물건을 내밀었을 성미였다. 칠칠치 못한 가시나라고 욕이나 하면서.

'걱정 마라. 챙겨 놨으니까.'
'챙겼으면 가져와야지.'
'두고 간 게 있어야 가지러 온다이가, 니는.'

내게 우산을 갖다주고 싶어서 비가 오길 바랐던 그 애도, 맥주를 사러 간다는 핑계가 필요해서 맥주를 다 마신 그 애도, 언제나 똑같은 박우경이다. 이 방에 홀로 남은 내가 여전히 어리석듯이.

나는 문득 무릎걸음으로 걸어가 경대 옆의 문갑을 열었다. 비어 있으리라 생각한 곳에 눈에 익은 할머니의 화장품 선물 세트 상자가 보였다.

그 애는 언제나 여기에 내가 두고 간 물건들을 숨겨 두곤 했다.

할머니가 십수 년 전에나 명절 선물로 받았을 노란 종이 상자는 이제 색이 다 바래 창백한 상아색이 됐다.

이 상자가 여전히 이곳에 있다는 게 싫고 좋았다. 이걸 여태 껏 그대로 둔 그 애가 싫고 좋았다. 상자 안에는 여전히 아무런 쓸모도 없는 물건들이 들어 있었다.

언젠가 세탁기에 돌리고 내가 가져가지 않은 겨울 장갑 한 짝, 잃어버린 줄 알았던 명찰, 내가 제 문제집 여백에 괜한 낙 서나 했다가 찢어 놓은 페이지, 쓸모없어서 다시 찾지 않은 교 통 카드, 할머니의 경대 거울에 붙이고 갔던 포스트잇, 작고 까 만 꽃이 달린 고무줄.

읍내에서 같이 증명 사진을 찍었던 날 그 애가 작은 봉투에 서 가져갔던 내 사진.

내가 그 애에게 모의고사 때 쓰라고 선물해 주었던, 만 원짜 리 수능 시계.

나는 아직도 초침이 움직이는 까만 시계를 어루만졌다. 그 애가 올해 청라에 내려와 약을 갈아 준 것이다.

이제는 시계보다 약이 비쌀 텐데. 나는 눈물이 나지 않는 눈 으로 조금 울었다.

네 할머니는 제 손으로 똑같은 아이스크림 두 개를 꺼내 주 었던 우리가 언젠가 서로를 좋아하게 될 것을 아셨을까. 교복 을 벗기도 전에 가당찮은 미래를 꿈꾸게 될 것도 아셨을까.

우리가 그렇게 잘못될 것을 알고도, 날 예뻐하셨을까…….

이곳에서의 기억은 언제나 악장이 나뉘는 노래 같다. 박우 경이 피아노로 치던 어떤 소나타의 1악장과 2악장이 다른 노래

같듯이.

우리 우갱이. 우리 희야. 그 애 할머니의 목소리가 있는 기억을 떠올리면 남의 고향 집에 몰래 들어와 포근한 시절을 훔치는 것만 같다가, 이 색 바랜 종이 상자에 기억이 다다르면 오로지 그 애밖에는 떠올리지 못하게 된다.

그 시절 내가 웃을 수 있었던 모든 시간이 이 작은 상자 하나에 들어 있는 것을, 세상에 존재하는 것이라고는 우리뿐인 양 떠들었던 이 방의 시간이 고작 네 싸구려 시계에 남은 것을 부정할 수도 없게 된다.

'난 시계 차고 다니는 거 싫던데. 걸거치잖아. 교실에 시계 다 있는데 뭐 한다고 내 손에 또 차노.'

'그래도 시험 칠 때만 차고 있게 니도 이제 이런 거 사라, 쫌. 칠판 위에 있는 거 볼 때마다 고개 들면 그것도 시간 뺏긴다니까.'

'난 시간 모자란 적 없는데.'

'박우경 재수 없어……'

'공주 니도 안 모자라면서 괜히 남들 다 하니까 차 본 거잖아. 웃기는 가시나. 지도 남들 하는 건 다 할라고.'

'아 됐다. 사지 마라.'

'야, 손목 다시 줘 봐.'

'왜.'

'다시 봐도 시계 존나 못생겼네……'

128

그렇게 성가시고 못생겼다고 해 놓고는, 내가 똑같은 시계를 선물해 주니 그해 내내 차고 다니던 교복 소매 아래 손목이 떠올랐다.

하얀 판, 커다란 숫자, 검은 실리콘 시계 줄. 나는 검은 시계 줄 위로 보이는 그 애의 손목뼈를 좋아했다. 그 손목뼈를 따라서 길쭉한 엄지를 매만지고, 손등의 뼈를 덧그리며 올라가 손등 위에서 깍지를 끼는 것을 좋아했다.

그렇게 그 애의 손을 쥐면 아닌 척 발개지던 귀가 좋았다.

방문 밖에서 그 애가 씻고 나오는 소리가 들렸다. 그 소리에 허공에 멎어 있던 손이 상자를 재빨리 덮고 문갑 안으로 밀어 넣었다. 그리고 문갑을 열어 보지도 않은 것처럼 서둘러 멀어졌다.

나는 그 애가 내가 준 시계를 버리지 않은 것을 알기 전처럼 보이기 위해 거울을 보고 다시 연습했다. 그러고도 자신이 없어서 무료한 사람처럼 핸드폰을 들었다.

10분 내로 니네 안 오면 태희가 박우경 죽인대 오후 11:24

"우경아."

"어."

"우리 오빠가 지금 10분 안에 안 오면 니 죽인대."

10분? 그렇게 되물은 박우경이 수건으로 젖은 머리를 털며 미간을 살짝 찌푸렸다. 여기서 씻은 티를 내지 않으려고 머리

는 감지 않고 몸만 씻은 나와는 달리 머리까지 감은 꼴이 뻔뻔
하다. 어쩨 오래 걸린다 했지.

"그니까 머리 감지 말랬제."

"몸 씻는데 머리를 안 씻으면 어카는데."

"난 참았잖아. 티 나니까."

"가는 길에 마른다."

"잘도 마르겠다……."

혀를 차니 그 애가 수건을 방에 휙 던지고 웃으며 몸을 숙였
다. 네 발로 내 앞에 엎드려 양팔로 날 가두고, 입술을 쪽 맞춰
오는 얼굴이 얄궂었다.

그러다 문득 얼굴이 일변했다. 좋다고 웃을 땐 언제고 가까
워지니 험한 표정이다.

"……야, 윤차희. 니 안에 아무것도 안 입었제."

"브래지어는 다시 입을 건데."

"씨발…… 태희 형이 내 패 죽이기 전에 니가 내 죽이겠다.
이게 돌았나. 브래지어는 다시 입으면, 어? 아래는? 나머지는
안 입고 어딜 가."

"집에 가지……. 그리고 내가 미쳤나. 바지 있다이가."

"니네 집에 박해경도 있는데 씨발, 뭘 안 입는다고 지금?"

"왜 저래. 내가 바지 안에 속옷을 입었는지 안 입었는지 오
빠야가 어떻게 아는데."

"아니, 그리고 내가, 씨발, 내가 지랑 같이 있는데, 어? 꼴랑
티셔츠 하나 걸치고…… 안에 아무것도 안 입고……. 씨발……

사람 죽일라고 이게."

집에 가자마자 다시 씻을 거라고 해도 그 애는 들리지 않는 것처럼 씨근덕거리며 욕실로 돌아갔다가, 내가 이미 챙긴 속옷을 찾지 못하고 돌아왔다.

그러고는 방구석에 제 손으로 던져 두었던 내 레깅스라도 초조하게 내 발에다 다시 꿰어 주려다가, 제 성질처럼 되지 않으니 더 초조한 얼굴이 됐다.

"미친 쫄바지 새끼……. 존나 가위로 다 잘라 버리고 싶네. 개새끼."

"변태가. 다 자르면 진짜 아무것도 못 입는데."

"……아 됐고."

됐다는 얼굴이 아니었다. 무슨 생각을 했는지 순식간에 온 얼굴이 다 발개지는 걸로 봐서는.

"……집에 가자마자 내가 태희 형한테 처맞아 죽든 말든 바로 니는 니 방으로 직행해라. 알겠냐."

"응."

순순히 대꾸하자 잘했다는 듯 뺨 위로 입술이 내려앉았다. 그러고는 내가 티셔츠를 벗고 옷을 갈아입는 동안 담백하게도 등을 돌리고, 윤태희에게서 온 전화를 받았다.

아 그냥 말 좀 하다 보니 그렇게 됐어요. 2층에 인테리어 어떻게 할지 윤차희한테 좀 물어보고. 뭐가 그렇게 오래 걸리냐고? 방마다 바닥 색 벽 색 다 물어보고 다니느라 오래 걸렸는데요. 방이 존나 많잖아요. 윤차희가 말하면 메모도 해야 되잖아요. 아, 받아 적었다고요. 조명 사진 다 보여 줬어요. 왜요. 방마다 다 다른 거 달 건데요.

아 왜요. 쟤한테 물어볼 수도 있지. 몰랐는데 쟤가 감각이 있을 수도 있잖아요. 형은 진짜 날 뭘로 보고…… 존나 개새끼로 본다고요…… 알겠어요, 알겠고. 됐고 맥주 뭐 사 갈까요. 아 취향도 무슨 누룩 쩐내 나는 독일 아재 같아. 씨발. 예. 예. 차희랑 알아서 사 갈게요.

나는 옷을 다 입고 그 옆에 쭈ㄱ녀 앉아 "이제 가자." 하고 작게 말했다. 내 목소리를 들은 윤태희가 다시 뭐라고 욕을 내뱉었지만, 박우경은 기다렸다는 듯 전화를 끊어 버렸다.

"돌았제. 미쳤제. 제정신 아니제. 와. 시간 봐라……. 지금이 몇 시고?"

"열한 시 오십팔 분요."

박우경이 또박또박 대꾸했다. 당연히 오빠는 지금이 몇 시 몇 분인지 궁금해 물어본 것이 아니었으므로 기가 찬 표정을 지었다가, 박우경의 대꾸를 잠깐 곰곰이 곱씹어 봤다.

오십팔? 오십팔…….

"박우갱 이 새끼 지금 나한테 욕한 거 같은데."

"아 형님 기분 탓이겠죠."

그렇게 대꾸하며 그 애가 맥주가 가득 담긴 봉지를 두 개나 떠밀자 윤태희가 얼결에 그것을 받아 들었다. 그사이 박우경은 나를 제 등 뒤로 숨기고.

윤태희가 때려도 저만 때릴 것을 알면서 날 구태여 숨겨 주는 게 웃겼다. 우리 오빤데.

"맥주는 뭘 또 이래 많이 샀노. 지랄 말고 먹고 떨어지라 이거가."

"아. 누가 맥주 못 먹고 죽은 귀신 붙은 것처럼 존나 쪼아서요. 꿈에 나올까 봐 샀어요."

"마, 누가 맥주 찾는다고 그캤나. 남의 집 딸을 데리고 가서, 어? 이 야밤에 어? 걸어서 왔다 갔다 해 봤자 꼴랑 30분 걸리는 길에 세 시간씩 증발되는 게 말이나 되나? 하여간 박우갱 이거는 틈만 나면 어떻게든 해 볼라고……."

"형은 생각하는 게 왜 항상 그래요? 가만 들어 보면 지 혼자 시도 때도 없이 뭘 되게 밝히는데, 사상이 좀 음란한 거 같아요."

"……."

"맨날천날 그런 생각만 하나 봐. 그니까 항상 남도 그럴 거라고 생각하지."

"와, 개새끼가."

양손에 무거운 맥주 봉지만 한가득 든 통에 남는 손이 없었던 윤태희가 결국 박우경을 발로 걷어찼다.

사실 우리가 할머니 집에서 뭘 하고 나왔는지 생각하면 뻔뻔하기 짝이 없는 응수다. 나는 계속 말없이 박우경의 뒤에 멀뚱

멀뚱 서서 복도의 대치를 응시했다.

"맥주를 지 혼자 다 처마셨으면 지 혼자 알아서 사 와야지! 개새끼가 어데 남의 집 딸내미한테 하루 종일 수작질이야! 울 엄마 아빠한테 딸이라고는 저거 하난데! 어!"

"쟤만 하난가. 이 집 아들은 형 말고 뭐 어디 더 있어요? 어데 숨겼대."

"박우갱이 니 진짜 윤차희한테 개짓거리 하기만 해 봐라."

별 웃긴 핑계로 날 데리고 나간 건 박우경이 맞긴 하지만, 그 외는 전부 나였다.

애초에 할머니 집에 가자고 한 것도 나고 뭘 어떻게 해 보려고 한 것도 내 쪽이고 수작질이며 개짓거리도 내게나 어울리는 단어다. 박우경이 나한테 집적거린다고 하는 짓이라는 게 기껏 해야 우리 집 머슴 짓이었는데.

누명을 벗겨 주자니 윤태희에게 이실직고하는 꼴이고, 모른 척 지나가자니 윤태희한테 취조당할 호구가 불쌍했다.

"진짜 윤태희 사상이 음란하다. 사상이."

"이거 봐 봐. 이 새끼 눈 봐 봐. 아주 그냥 욕구가 드글드글 해가!"

서로를 향한 비난이 동시에 튀어나왔다. 그게 우스워 뒤에서 코웃음을 치니 오빠와 그 애가 동시에 날 홱 돌아보았다.

거실에서 감자칩을 씹으며 고개를 빼꼼 내민 해경 오빠가 '둘 다 자기소개 잘하노'라고 비아냥거리는 건 누구 하나 듣지도 못하고.

"그다음이 닌데 뭘 쪼개고 자빠졌노, 가스나야. 윤차희 닌 뒤졌다. 우리 집 통금이 몇 신데!"

"통금 없잖아요. 윤차희 니는 아직도 안 올라갔노. 올라가라."

"올라가라? 완전 즈그 집이네?"

"형 엄마가 항상 내 집처럼 편하게 생각하랬어요."

"니 우리 아빠가……."

"아저씨도 편하게 있으라던데요."

아빠는 박우경더러 '편하게 생각하되 니네 집처럼 생각하지는 말라'고 곧바로 엄마 말을 정정해 주었었다. 그래도 명색이 딸 혼자 지내는 집이라면서.

그러나 저 유리한 대로 아빠 말을 쏙 편집한 박우경이 급기야 내 등을 떠밀었다. 내 얼굴을 마주 보자마자 느물느물 새어 나오는 웃음은 숨기지도 못하고.

바보같이. 저렇게 웃으니까 들키는 건데.

"진짜 형은 의심병 좀 어떻게 해요……. 심각하다. 나중에 결혼하면 의처증 우짤라고 그래요."

"의심? 니가 이래 실실 쪼개는데 뭐, 의심?"

"아니 뭐 지 동생도 못 믿노."

들으라는 듯 혼잣말을 중얼거리니 당연히 매를 벌었다.

"박해갱! 일로 안 오나!"

얼른 이것 좀 받으라고 소리치는데 멀찍이서 구경만 하는 얼굴이 재밌어 보였다. 아무 데나 내려놓으면 좋을 맥주를 무심코 계속 양손에 무겁게 들고서 발길질하는 윤태희나, 꼬시기는 네 동생이 먼저 꼬셨다는 한마디를 못 해서 윤태희에게 고스란히 얻어맞고 있는 박우경이나 어이가 없다. 다른 땐 잘만 피해 놓고 오늘따라 피하지도 않았다.

맞을 만하다는 거야, 뭐야.

심지어 그 얄팍한 혐의로 맞고 있는 게 기쁘다는 티를 감추지도 않아서 매를 더 벌기까지 했다. 그래도 내가 윤태희에게 알리기 싫다고 한 걸 잊지는 않았는지 맞으면서도 틈틈이 내 변호를 보탰다.

"형, 형 동생은 존나 비구니 같아요. 존나 정숙해⋯⋯. 남자 새끼가 열 번 찍으면 도끼만 열 개 부술 애예요."

저걸 변호랍시고 했다.

"아 그니까 니가 열 번은 들이댄단 소리 아니가. 비구니 같은 가시나한테! 이 변태 새끼 진짜 개처맞아야 돼."

"와 뭔 개짓거리나 함 해 보고 처맞고 싶노."

"하긴 뭘 해!"

아무 짓도 안 한 척까지 잘도 하면서.

해경 오빠가 감자칩 봉지를 든 손을 팔랑거리며 자기 쪽으로 넘어오라 손짓했다. 같이 보자는 듯이.

아. 그러고 보니 빨리 올라가랬지.

"마, 윤비구니. 다음은 니라 캤제."

"내 잘 거니까 잔소리는 문자로 보내 놔라."

나는 심드렁 대꾸하고는 해경 오빠의 은근한 눈짓을 쌩하니

136

무시하며 계단으로 올라갔다.

박해경까지 저러는데 잘도 안 들키겠다. 윤태희가 박우경을 쥐 잡듯 잡으면서도 내 쪽은 건성으로 노려보던 것이 도리어 마음에 걸렸다.

앞에선 웬 경상도 가부장 아버지 행세면서, 뒤에선 우리가 언제 사귈지 해경 오빠랑 내기도 했다니.

어차피 뭘 말하든 속 보이는 짓이겠지. 나는 자포자기하듯 망했다고 생각하며 대강 샤워를 끝내고 나왔다. 해경 오빠가 안 순간 망한 거지.

그래도 윤태희가 오늘 오지나 않았으면.

아무도 없는 다른 날이었다면 진작 2층에 따라와 있을 박우경은, 아직도 밑에서 계속 윤태희의 욕을 듣고 있는 것 같았다. 해경 오빠가 얄밉게 몇 마디씩 얹을 때마다 정확히 제 형에게만 욕을 되돌려 주면서. 아직도 저 성질머리로 윤태희에게 잘 보이고 있다니.

2층 거실을 지나가며 그 애가 없는 빈 소파를 흘끗 본 나는 방문을 닫고 들어왔다.

책상 서랍 앞에 쭈그려 앉아 가장 아래 칸을 열어 본 손이 투명한 A4 파일 몇 개를 들추어 냈다. 그 아래 안 쓰는 필통 몇 개가 가지런히 놓여 있었다. 잠깐도 헷갈리지 않고서 초록색 체크무늬 필통을 들어 지퍼를 열자, 아까 그 애 할머니 집에서 본 것과 똑같은 시계가 나왔다.

까만 실리콘 줄, 흰 시계 판, 멋이라고는 조금도 없이 큼지

막하기만 한 숫자.

다른 것이라고는 한참 전에 멈추어 버린 시계 침뿐이다. 내 머리 어딘가가 언제나 이즈음의 시간에 멈춰 있듯이.

나는 멀거니 그것을 내려다보다 손목에 잠깐 차 보았다. 내 물건인데도 남의 물건을 몰래 차 보는 것처럼 감각이 생경했다. 갑자기 정신이 들었다. 서둘러 시계를 끌러 낸 손이 다시 그것을 고스란히 필통 안에 넣고 서랍을 닫았다.

그럼에도 잔해처럼 기억이 남았다.

'설마 이거 니 시계랑 똑같은 거가. 와……. 공주 니 지금 내랑 커플로…….'

'야 절대 아니거든. 이게 제일 싸서 사 주는 거다. 오해하지 마라.'

'이미 오해했다. 윤차희 니 내 좀 좋아하네.'

'제일 싼 거라고.'

'내한테 보통 빠진 게 아니네.'

'안 들리나. 귀먹었나.'

'시계는 결혼할 때 주는 거 아이가.'

'미친놈.'

'맨날 차고 있을게.'

'……됐다. 시험 칠 때나 차라. 못생겼다매.'

'맨날 찰 건데. 존나 가보로 물려줄 건데.'

문갑 속 색 바랜 화장품 상자가 계속 생각났다. 그 안에 가득한 내 흔적들을 보는 순간 목구멍까지 차올랐던 그 애를 향한 헛된 미움이, 어쩌지 못할 애정이 다시 온 머리 안에 가득했다.

윤태희가 우리 사이를 눈치챘다는 것은 잠시 아무것도 아닌 것처럼 여겨질 정도로.

"마, 비구니."

"아 남의 방문 좀 맘대로 열지 말라고."

"가스나 존나 조금 열었는데 지랄이고. 왜. 옷 안 입었나."

"입었다."

내 대꾸에 약간의 틈만 열려 있던 문이 활짝 열렸다. 계단 너머로 아까보다 조금 더 커진 TV 소리가 어렴풋 들려왔다. 둘만 있으면 별 대화도 없는 박우경네 형제 사이를 보여 주듯이.

윤태희는 그들의 소리를 뒤로하고 내 방문을 달칵 닫았다.

"비구니 니 통금 생겼다. 앞으로 밤 열한 시 이후 통행금지다."

"통행금지? 그럼 외박하라고?"

"……그게 왜 그렇게 되지? 집에 재깍재깍 들어오라고."

"윤태희 지가 뭔데."

"박우경도 열한 시 되면 쪼까내고……. 아, 씨발 저 새끼는 열 시부터 금지야."

나는 흘끗 오빠를 올려다보았다. 윤태희는 별 표정도 없이 말을 이었다.

"니네 이제 사귀잖아."

"······아닌데."

"까고 있네."

돌아오는 코웃음이 제법 야멸차다. 나랑 코웃음 치는 게 똑같아 재수 없다고 그 애가 몰래 흉봤던 그 표정이다.

"니네 사귀기 전이면 몰라도 이제 사귀니까. 격식 차리자고."

"안 사귄다니까."

윤태희는 날 무시하고 계속 말했다.

"품위 있게 만나야지. 집안끼리도 아는 사인데. 나중에 결혼을 하든지 안 하든지······. 그래 뭐 안 보이는 데서야 데이트를 백 번 하든 만 번 하든 뽀뽀만 하든 존나 모텔 투어를 하든, 무슨 짓을 하든 니네 알아서들 할 일이긴 한데."

"······."

"우갱이 저 새끼는 니를 너무 좋아한다. 그니까 진도 너무 빨리 빼지 말고. 체한다."

"······."

"우갱이 함부로 갖고 놀지 말고. 저 새끼가 니 좋아한다고 갑질하지 말고."

"······언제는 쟤보고 개짓거리 하지 말라매."

지 여동생처럼 순진한 애도 없다는 듯이 그 유난을 떨어 놓고선, 둘만 남으니 해경 오빠도 하지 않을 말을 줄줄이 한다.

내가 널 모르겠냐는 듯 윤태희의 시선이 빤히 나를 응시했다.

"저런 등신 새끼가 니한테 개짓거릴 우째 하노."

"······알면서 왜 자꾸 패는데?"

"기 죽일라고."

"뭐 한다고."

"느그 혹시 결혼할지도 모르니까. 니 기 죽는 거 못 본다."

윤태희가 당당하게 대꾸했다. 나는 결혼이란 말에 실소하며 무릎을 끌어안았다.

"······잘도 결혼하겠다, 우리가."

"왜. 윤차희 니가 뭐가 딸려서."

"진짜 뻔뻔하다······."

"니도 우리 집 기둥뿌리 뽑아서 결혼하면 되지. 어차피 몇 년 지나면 여기 다 접고 팔 건데."

"그럼 오빠야 니는."

"난 내가 알아서 할게."

"······오빠야 돈 좀 있나."

"왜. 결혼할 때 내 돈까지 뜯어 가게?"

"아 미쳤나."

"아님 말고. 돈 왜?"

"······그냥 돈 있으면 나중에 좀 빌려 달라고. 박우경 돈 챙겨 주고 여기서 쫓아낼 때 쓰게."

윤태희가 혀를 찼다.

"와 벌써 버릴 생각하네. 개쓰레기 같은 가스나."

그 애의 시계가, 멈추지 않은 초침 따위가 계속 생각났다.

"우리 복학하기 전에 줄 거다. 내가 모아 놓은 돈도 좀 있고,

아빠가 월급 주는 것도 있으니까…….”

“그걸 살도 받겠네. 저 새끼가.”

“그냥 지금 이렇게 잠깐 만나는 거야. 아무것도 안 정하고.
어차피 재 서울 가면…….”

“니 저 새끼랑 잤제.”

갑자기 대놓고 묻는 말에 말문이 막혔다. 얼굴이 순식간에
발개졌다.

내가 그러거나 말거나 윤태희는 무심히 말을 이었다.

“둘이 똑같은 비누 냄새 풍기면서 와 놓고 비구니는 지랄.
존나 뻔뻔한 가스나.”

“…….”

“그 새끼가 뭐 억지로 했나?”

“아니.”

“이상한 짓 했나.”

“미쳤나.”

“니한테 함부로 하드나? 니네 오빠야가 지금 내려가서 죽일
까?”

“아. 윤태희, 쫌.”

“아니제.”

“아니지.”

“그럼 대충 튕기고 우갱이 갖고 노는 척도 그만해라. 잠깐은
무슨.”

“…….”

"지도 드럽게 좋아하면서."

윤태희가 혀를 쯧쯧 차며 방을 나갔다. 그야말로 말세라는
듯이.

#21. 처음부터 끝까지

다행스럽게도 자고 일어나 보니 윤태희는 이미 집에 없었다. 그 애도 없고. 밤에 잠깐 내려와 봤을 땐 분명 셋 다 거실 바닥에서 아무렇게나 널브러져 자고 있었는데, 남은 것은 해경 오빠뿐이었다.

나는 해경 오빠만 덩그러니 드러누워 있는 거실을 보며 조금 안도했다. 어차피 어딜 가 버린 게 아니라 밖에서 일하고 있는 것뿐이니 곧 보게 될 테지만, 한순간은 그랬다.

그렇게 안도하고 나서야 나머지가 보였다. 대강 정돈된 거실 테이블, 밤새 켜져 있다 새벽녘에야 꺼진 TV……. 오빠는 언제 자기 혼자 소파로 기어 올라갔는지, 소파에서 배 위에 가지런히 손까지 모아 놓고 자고 있다.

그런 오빠가 웃겨서 사진을 찍어 놓을까 하다가, 그 애가 질투할 것 같아서 관뒀다.

나는 밤늦게까지 뒤척이다 그만 늦잠을 조금 잤다. 그래도 아직 새벽 다섯 시 이십 분 정도였는데, 윤태희랑 박우경은 언제 나갔는지 거실 바닥에서 덮고 잔 이불까지 반듯하게 접혀 있었다. 어지를 줄만 아는 윤태희가 저럴 리는 없으니, 그 애였다.

제 방에서는 가끔 이불이 바닥에 떨어져 있어도 도로 주워 올리지 않는 애가 우리 집에 있으니까 저런 짓을 다 했다. 제대한 지 반년도 안 되어 그런지 군대식으로 반듯하게 각을 잡아 개어 놓은 여름 이불에 나는 조금 웃었다. 이불도 없이 자는 불쌍한 제 형에게나 덮어 주지.

하긴 해경 오빠가 죽어 가는 게 아니고서야 그 애가 그런 친절을 베풀 리 없었다. 어지간해서는 잘 깨지 않는 해경 오빠가 추우면 알아서 깰 것이라 생각했는지, 누가 일부러 에어컨 온도도 너무 많이 낮춰 놓았다.

윤태희도 할 만한 짓이고 박우경도 할 만한 짓이라 범인이 누군지는 정작 알 수 없었다. 그냥 둘이 합의한 내용일지도. 나는 냉골이 된 거실에 혀를 차며 에어컨을 아예 꺼 버렸다.

그러잖아도 허술해서 더위도 잘 먹는데, 냉방병까지 걸리면 어쩌려고.

"오빠야, 안 춥나."

"……개춥다…….”

내가 묻자 잘생긴 얼굴로 반쯤 잠꼬대로 대꾸하는 게 애 같고 불쌍했다. 저렇게 남의 말을 알아듣는 것 같아도 절대로 깨지는 않는다. 해경 오빠는 잠귀가 밝은 듯 어두웠으니까.

"······잠자는 공주 같네."

아니면 투탕카멘 같기도 하고.

나는 결국 바닥에 굴러다니던 오빠 핸드폰으로 사진을 찍었다. 사진 속 오빠의 머리 위에는 왕관 스티커도 붙여 줬다. 가슴팍 위에는 파라오의 홀처럼 크리스마스 지팡이 모양 사탕 스티커를 붙여 주고.

그러고는 그것을 윤태희에게로 전송해 두었다. 그렇게 잠깐 쓸모도 없는 짓을 한가로이 하고 있으니 그제야 잠이 좀 깼다.

싱크대에는 자기 형이 자든 말든 박우경이 믹서기를 돌린 후 씻은 흔적이 있었다. 윤태희는 저런 건강한 걸 질색해서 씻은 컵도 하나였다.

어릴 때부터 엄마가 저런 주스라도 갈아 주면 앞에서는 먹는 척하고 뒤에서는 나한테 몰래 먹였으니까. 몸에 좋은 거니까 너나 많이 먹어라, 하고.

그게 싫어서 인상을 쓰고 있으면 간혹 같이 있던 그 애가 이리 도, 하고 가져갔다.

'맛만 있는데. 하여튼 느그 오빠는 이제 좀 있으면 중학생이면서 편식이 너무 심하지 않나. 우리보다 세 살이나 더 늙었으면서 나잇값도 못하고······.'

'맞제. 윤태희 완전 쓰레기 같다.'

'맞제는 무슨 맞제. 지도 야채 안 먹으면서.'

'······.'

'윤태희가 저러는데 니가 니네 오빠한테 뭘 배우겠노. 오빠나 동생이나 똑같이 노상 편식이나 하겠지.'

'야. 내가 어떻게 윤태희 저거랑 같은데? 난 내 거 먹었는데.'

'가스나 니는 얼굴이나 피라. 누가 사약 먹였나.'

'……'

'하여튼 니네 오빤 공부도 드럽게 못하면 먹는 거나 골고루 좀 잘 먹을 것이지……. 고기 먹을 때 쌈 하나 안 싸 먹고, 시금치 좀 먹였다고 다 늙어가 지랄하고……. 윤씨가 문제다, 문제. 저래 갖고 커서 뭐가 될라고.'

제 할머니처럼 혀를 차고, 우리 엄마가 장남한테 쏟아붓던 잡다한 잔소리를 아무렇게나 따라 하면서 열 살 먹은 박우경이 되바라지게도 중얼거렸다.

그럼 윤태희처럼 공부를 못하지는 않아도, 편식하는 건 똑같은 나는 지레 찔려서 '뭐든 되겠지' 하고 대충 얼버무리는 것이다.

그 애가 있을 땐 윤태희의 주스까지 억지로 마시지 않아도 됐다. 앞에 두고 조용히 오만상을 쓰고 있으면 슥 뻗어 온 손이 알아서 가져갔으니까.

그러다 해경 오빠가 딱 한 번, 저보다 빨리 대신 마셔 준 적이 있었다. 그 뒤로는 내가 주스를 받고 인상을 쓰기도 전에 가져갔다.

학급마다 학생이 몇 명 없어, 반찬을 남김없이 다 먹을 때까지 선생님이 지켜보던 분교 급식 시간에도 그랬다. 그 애는 내가 선생님에게 혼나기 전에, 언제나 내 시금치나 당근, 양파, 맛없는 생선 조림 따위를 대신 먹어 줬다. 먹어 주면서도 못마땅한 듯, 이다음에 크면 꼭 네가 먹으라고 하면서.

그렇게 내가 싫어하는 것 앞에서 뭉그적거리고 있으면, 언제나 그 꼴을 보느니 제가 대신 해 줬다.

윤태희는 뻔뻔하게도 그런 박우경에게 '니 때문에 애 버릇 다 망친다'는 소리나 했고.

사실 뻔뻔하지만 틀린 말은 아니다. 그 애는 확실히 내 버릇을 다 망쳐 놓았다. 그 애가 없으면 멍하니 두리번거리던 내 어린 날을 만들었고, 싫어하지만 먹어야 하는 것을 볼 때마다 평생 저를 떠올리게 만들었다.

편의점 도시락의 작은 당근 조각을 보고 갑자기 그 애가 생각나 반나절이나 울었던 스무 살의 나는, 분명 그 시절을 싣고 난파된 배의 조각 같은 것이었다. 먹지 않으면 살 수 없는데, 먹는 것마다 네가 보여서 도무지 먹고 싶지 않았던 때도 있다.

그리고 이제는 우리 사과원 어디에나 다 자란 그 애가 보인다.

사과나무 옆, 창고 그늘막 아래, 마당의 플라스틱 의자……. 수돗가에서 세수하는 그 애. 파라솔을 펼치는 뒷모습. 배가 고파 산 밑에서 어슬렁거리는 들개를 제집 마당에 사는 개처럼 불러, 티셔츠 끝자락으로 대충 닦은 풋사과를 건네던 손. 길고 양이가 보이면 내가 고양이를 좋아한다고 급히 부르는 목소리.

나중에 잊어야 하는 것이 매일 늘어난다. 그래서 나는 아마도 더 오래 울게 될 것이다. 산 밑의 개를 봐도, 폐가의 고양이를 봐도 그 애를 떠올릴 것이다.

빗속의 그늘막 아래에서 그 애와 나란히 앉아 있었던 여름을, 우리의 긴 유년만큼 잊지 못할 것이다. 잊어야 하지만 잊을 수 없기 때문에, 결국 매일 그 애를 괴롭게 좋아할 것이다.

나는 이미 실패를 경험했고, 그 애에게 졌다.

엄마의 부엌에서도 새벽녘 그 애의 뒷모습을 먼저 떠올릴 만큼……. 미쳤구나. 나는 싱크대에 잠시 멍하니 서 있었다.

그 애가 설거지를 한 게 한참 전의 일인지 다 씻어 엎어 놓은 컵에는 남은 물기가 거의 없었다. 대체 얼마나 일찍 일어나 나갔는지 모르겠다.

윤태희가 그 애를 아무리 개짓거리 못 할 놈으로 봐도, 어제 제 눈을 똑바로 보고 거짓말을 했던 것에는 유감이 없을 리 없었다. 그러니 괜히 더 새벽같이 그 애를 발로 차 데리고 나갔을지도 모르고.

문득 정신이 들었다. 나는 안방 침대 위에 대충 던져 놓은 빨래 더미 속에서 윤태희의 바람막이를 찾아 바쁘게 걸쳤다.

어둑한 거실 창 밖으로 사과원 쪽에서 듬성듬성 밝혀 놓은 불빛이 보인다. 하늘이 낮은 곳부터 어슴푸레 밝아 오는데 새벽안개는 여전히 자욱했다.

나는 여기서 잘 보이지 않는 안개 너머에 있을 그 애를 생각하고 시선을 돌렸다.

해경 오빠 얼굴 옆에 아침으로 먹으라고 두유 세 팩을 두고,

신미진이 어제 갖다준 샌드위치도 내 것까지 두 개 됐다. 오빠는 통상적으로 연료를 많이 잡아먹었다.

잠은 여덟 시에나, 알람이 열 번도 넘게 울리면 깰 것이다. 그 시간도 아주 힘들게 깬다고 했다. 학교 바로 앞에서 자취하는 주제에 3교시보다 빠른 수업은 절대 시간표에 안 넣는다는 사람이니, 우리 집 딸인 나는 미안하기까지 한 사정이었다.

나는 오빠가 남의 집 소파에서 맨몸으로 자는 게 문득 더 불쌍해져서, 나가다 말고 돌아와 이불까지 대충 덮어 주었다. 오빠는 내가 윤태희인 줄 아는지 이제야 덮어 주냐고 윤태희 욕이나 했지만. 실소가 터졌다. 나는 웃으며 집을 나왔다.

마침 창고에 가지러 올 게 있었는지 그쪽에서 나오던 박우경이 나를 발견했다. 계단에 잠깐 멈춰 서서 두유를 마시다 하품이나 하고 있는 나를 한 번 훑어보는 시선이 멀리서도 뚱했다.

그 애가 순식간에 거리를 좁혔다.

"또 두유나 처먹고 있노."

"몸에 좋은 건데."

"안 그래도 비리비리한 게…… 이거 하나 먹고 무슨 일을 해?"

"박우경 지는 뭐 제대로 먹었나."

그 애는 내 항변을 무시하고 꾹 입을 닫은 표정으로 날 내려다봤다. 그리고 윤태희 것이라 내게는 한참 긴 점퍼 소매를 제 두 손으로 둘둘 말아 올려 주면서 중얼거렸다.

"박해경 그 새끼나 좀 깨우지."

"오빠야 잘 자는데 뭐 하러…… . 니도 내 안 깨웠다이가."

"그게 같나."

"그럼 다르나."

"윤차희 닌 오늘 좀…… ."

박우경이 말을 하다 말아서, 나도 되물었다.

"오늘 좀 뭐?"

그 애가 제 얼굴을 몇 번 신경질적으로 쓸어내리더니, 한숨만 푹 쉬었다.

나는 답답해져서 그 애의 운동화 끝을 툭 찼다.

"왜."

"……어제, 했잖아."

"…… ."

"그러니까 혹시 아프거나, 불편하거나…… ."

"…… ."

"……어제 일 생각해 보니까 니가…… . 아니 뭐, 공주 니가, 남자가 존나 많았다는 걸 의심하는 건 아닌데."

의심하는 게 아니라고 해 놓고서는 의심으로 가득한 목소리였다. 그 말에 깔린 일말의 조심스러움이라는 것도, 마치 남의 위조된 업적을 어쩔 수 없이 들추게 된 불편함을 닮아 있었다. 너 남자랑 많이 자 봤다고 자랑했는데 이렇게 아닌 걸 들켜서 어쩌나. 딱 그런 어조.

사실은 네게 남자가 없었으면 좋았겠다는 속 좁은 희망이나마 그 애 목소리에 섞여 있었더라면 차라리 대번에 비웃을 텐데, 그런 것도 아니었다.

그냥 그 애는 내가 제 생각보다 훨씬 더 남자가 없었다는 것을 사실 그대로 알게 됐고, 그래서 관계 후 내가 힘들 것을 걱정하고 있었다.

와중에 내가 거짓말을 들켜 민망해할 것까지도 걱정했다. 그 애가 내 기억보다 훨씬 더 능숙해서 배알이 꼴렸던 나는 뭐가 되나 싶게.

"……그냥, 오랜만이면 아플 거 같더라고. 그리고 어제 좀 많이…….."

"괜찮은데?"

"맞나."

"아무렇지도 않다. 하나도 안 아프다."

어느 정도 둔통은 있었지만, 그렇다고 못 움직일 정도도 아니니 대충 아무렇지도 않은 게 사실이었다. 그러나 그 애는 내 말을 전혀 믿지 않는 눈치라, 나는 아프지 않은 것을 계속 강조했다.

말할수록 얼굴에 열이 올랐다. 반대로 그 애의 날카로운 인상은 다정하게 누그러졌다.

그 격차가 짜증스럽고 무안했다. 나는 몸을 홱 돌려 사과원으로 걸어갔다.

그 애가 내 옆으로 빠르게 따라붙었다.

"아, 윤차희. 우기지 말고, 좀."

"우기는 거 아니라고."

"안 그래도 오늘 늦게까지 자라고 했는데, 왜 벌써 나와 갖고."

"언제."

"문자 보냈다이가. 못 봤나."

"못 봤는데 알 게 뭐고."

"야, 공주. 니 진짜 안 아프나."

그놈의 공주. 한 번만 더 공주라고 부르면 죽여 버리고 싶을 것 같았다.

"니 나오지 말라고 태희 형까지 기껏 더 일찍 깨워서 나온 건데."

윤태희가 쟬 고문하는 게 아니라, 쟤가 윤태희를 고문하고 있는 거였다니.

기가 막혔지만 나는 창고로 들어와 장갑을 끼며 날 계속 걱정스레 살피는 그 애를 외면했다. 못내 자존심이 상했다.

애당초 몇 년간 내 입으로 청라에 소문 낸 가짜 연애들은 죄다 박우경더러 들으라 낸 거였다. 그걸 듣고, 설마 아직도 바보처럼 남은 정이라는 게 있다면 마저 다 떨어지라고.

청라에서 그 애를 다시 만나고, 어디서 많이 굴러먹은 행세나 한 것 또한 똑같았다. 제발 내게 실망하라고.

그런데 이게 뭐야. 처음의 목적 따윈 생각도 안 났다. 나는 갑자기 허위 이력을 내세우다, 허풍이 형편없이 들키고 만 사람처럼 스스로에게 화가 나고 부끄러웠다.

내가 왜 화가 나는지 너무나 잘 알고 있기 때문에 악순환처럼 자존심도 깎여 나갔다.

열아홉, 우리의 처음은 엉망이었다. 그 애는 그날 아파서 우
는 나 때문에 처음부터 끝까지 안절부절못했고, 그건 우리의
어설픈 두 번째나 세 번째도 마찬가지였다. 우리가 어설프게
간 관계의 끝까지도 그랬다.

그 애는 그때 한 번도 제 마음대로 날 몰아붙이거나, 제 성에
찰 만큼 날 안아 본 적이 없었다. 그래도 좋다고 했다. 제대로
하지 않아도, 널 안고 있기만 해도 죽을 것처럼 좋다고. 나도
그랬다. 아파도, 그 애를 안고 있기만 해도 세상을 다 가진 것
처럼 좋았다.

밤새 날 안고 있던 그 애는 제가 너무 커서, 내가 어른이 되
어야 괴롭힐 수 있을 것 같다고 말했다.

그러니까 네가 어른이 되면 그때 다시 나를 허락해 달라고,
마치 청혼이라도 하듯이.

누가 들으면 그 말을 하는 저는 어른인 줄 알았을 것이다. 나
는 그래서 그 애에게 나보다 나이 많은 척 말라 괜한 면박이나
주고, 그 애의 청혼 같은 말이 너무 부끄러워서 한참이나 그 애
품에 얼굴을 묻고 있었다. 약속해 달라고 조르는 말에 겨우 고
개를 끄덕이고.

그것으로 끝이었다. 나는 그 이후로 네가 아닌 누구도 좋아
해 본 적 없었다. 누구와도 함께할 수 없었다. 네가 아니었으니
까. 네가 없어서, 나는 어른도 될 수 없었다.

그런데 너는 아니었다는 게 견딜 수가 없는 것이다. 나는 그

시간에 멈춰 있는데 너는 아니라는 게. 언젠가 내가 아닌 다른 누군가를 좋아했을지 모르는 너를 참을 수 없는 것이다. 내 손으로 너를 짓밟고 버려 놓고서는 얼마나 우습고 수치스러운지. 얼마나 치졸한 기분인지.

그래서 그 견딜 수 없이 수치스러운 속을 거짓말로나마 감추고 싶었는데, 감추지도 못해 분한 것이다.

나는 너뿐이었는데, 너는 아니었다는 게.

남의 속도 모르고, 허세를 들추고, 거짓말을 까발리고, 나만 못나게 해 놓고, 그러면서 저 홀로 다정한 것이 미웠다.

그 애가 가만히 고개를 숙인 내 아래로 제 고개를 더 기울여 집요하게 날 살폈다.

"윤차희."

"……내가 못했으면 못했다고 말로 해라."

"……뭐라고?"

"진짜, 짜증 나게……."

"이거 뭔 말인데."

그렇게 물어봤자 나도 설명할 길이 없었다. 결국 뭐라도 던지고 싶어서 기껏 끼고 있던 장갑이나 바닥에 던졌다.

박우경이 어이없다는 듯 내 장갑을 주워 툭툭 털고 내게 건넸지만, 나는 받지 않고 말을 씹어 뱉었다.

"박우경 니랑 다신 안 잔다."

"아니 씨발, 뭐?"

"다 쌩 거짓말이다. 됐나. 남자 많다는 것도 거짓말이고, 그 남자들이랑 다 잤다는 것도 거짓말이고, 그러니까 니랑 한 번 사는 건 대수도 아니라고 한 거, 대수 맞다. 너무 대수라서, 그래서, 지금 너무 짜증 나니까 니랑 다신……."

"……야. 니 진짜 지금 뭐라는 거고."

"나는, 그때가 마지막이었는데."

"……."

"우리가……."

나는 갑자기 정신을 차린 것처럼 말을 멈췄다. 그 애가 한 번도 보지 못한 표정으로 날 보고 있었다.

황급히 뒤돌아 도망치려는 내 몸을 거칠게 붙잡은 손이 날 다시 돌려세웠다.

"윤차희. 똑바로."

"……."

"말, 똑바로 해."

심장이 쿵쿵 뛰는 소리가 귓전까지 타고 올라왔다. 온 머리가 울렸다. 흔들리는 시야 속에서, 저 홀로 한 점 흔들림 없이 고집스러운 박우경의 눈이 나를 내려다보고 있었다.

"그때?"

"……."

"그때가 마지막이라고?"

뭘 어떻게 말해. 이것보다 더 바보 같을 수도 없을 것이다. 방금 전보다 더 정신이 나갈 수도 없을 것이다…….

나는 멍청하게 입술만 달싹거리다 그 애의 손을 떨쳐 내려

156

손목을 비틀었다. 그러자 손목을 잡고 있던 손이 팔꿈치까지 미끄러지듯 내려와 억센 힘으로 팔 한가운데를 움켜쥐었다.

팔을 내어 준 채 뒤로 물러나던 등도 그 애의 다른 팔에 가로막혔다.

"윤차희."

순식간에 사나워진 그 애의 낯이 가까워졌다. 사람 하나 잡아먹을 것처럼 날 내려다보는 눈이 매서웠다.

"자꾸 도망가지 말고, 말 똑바로 하라고."

"……일단 이거 놓으면."

"니 같으면 니를 놓겠나."

"어."

"말하면 놓고. 안 하면 나도 안 놓고."

"안 놓으면 소리 질러서 우리 오빠야 부를 거다."

"재밌겠네. 당장 해 봐."

"……"

"니네 오빠야한테 들키기 싫은 게 니 사정이지, 내 사정이가."

"야."

"부르라고. 윤태희."

"박우경!"

"……어차피 즈그 오빠가 내 줘 팰까 봐 부르지도 못하면서, 씨발……"

신경질적인 욕설이 스스로 맥 빠진 한숨 사이로 사그라졌다.

그 애가 내 이마 위로 제 이마를 툭 갖다 댔다. 사나운 기세
가 일시에 허물어졌지만, 날 원망하는 기색은 그대로다.

제 옆구리까지 내 팔을 쑥 잡아당겨서는 내 온몸을 껴안아
버리는 팔이 여전히 억셌다. 그리고 버둥거리는 몸을 조금도
움직이지 못하게 꽉 누르고는 날 더 깊이 안아 버린 그 애가 거
칠한 음성으로 물었다.

"아까 한 말 진짜가."

"……."

"서울에서 남자 존나 많았다는 것도 거짓말이고, 그 남자들
이랑 다 잤다는 것도 거짓말이고."

"아니."

"아 윤차희, 제발 지랄하지 말고……."

욕도 애원 같다. 그 애가 내 머리칼에 입술을 묻으며 말을 이
었다.

"……니가 말한 그때가 내가 생각하는 그때 맞나."

"……."

"대답 좀 해 주면 안 되나. 어?"

"……."

"차희야. 윤차희."

짐짓 애틋하게 성까지 떼어 부르는 목소리가 '그때' 같았다.
나는 가까스로 눈을 감았다 떴다.

"그때가 그때면 뭐. 그게 무슨 상관인데. 내가 말한 그때가
니가 생각한 그때든 말든……."

"맞나, 아이가. 대답만 해라. 질문은 단답형인데 존나 서술형으로 돌아가네."

"……맞다. 근데…….."

내가 말을 채 잇기도 전에 그 애의 커다란 손아귀가 내 턱을 움켜쥐고 뒤로 젖혔다. 그대로 위에서 아래로 찍어 누르듯 입술이 집어삼켜졌다. 제가 언제 애틋하게 누그러졌냐는 양 사납기 짝이 없는 키스였다.

기세에 밀려 뒷걸음질 치는 내 몸을 신경질적으로 낚아채듯 당긴 그 애가 날 다른 방향으로 몰았다.

주춤거리는 걸음마다 그 애가 내 위로 더 쏟아졌다. 혀가 얽히고 숨이 가닥까지 꼬여 헐떡거리는데도 사정을 봐줄 생각은 조금도 없는 것처럼.

내 턱을 통째로 움켜쥐었던 손이 뒤통수를 제게로 받쳐 올리듯 움켜쥐었다. 단단한 팔은 내 허리를 집요한 것에 가까운 힘으로 감아 제 몸에서 한 치도 떨어지지 않게 하고, 그렇게 정신없는 키스 속에 몸이 달랑 들렸다.

내가 작업대에 앉아 있고, 그 애는 내 다리 사이에 버티고 서서 날 가둬 놓은 것을 깨달은 순간은 조금 늦되었다. 그러다 숨이 정말로 모자라졌다. 기민하게 그 낌새를 알아챈 박우경이 거칠게 숨을 몰아쉬며 입술을 떨어트렸다.

코끝이 여전히 스치는 거리였다. 잡아먹을 것처럼 달려들어 놓고서는, 날 차마 똑바로 보지도 못하는 내리깐 눈꺼풀이 보였다.

더운 공기 속, 차가운 스테인리스 작업대를 짚고 있던 그 애의 손이 내 오른손을 잡아 무릎 위에 꾹 눌렀다.

"⋯⋯왜, 때리지 말라고?"

"어. 나중에 맞을게."

"왼손으로 때리면 되는데."

그렇게 툭 내뱉자 왼손도 그 애에게 잡혔다. 내 입술, 턱, 그어딘가를 내내 배회하던 그 애의 내리깐 시선이 천천히 내 눈을 향했다.

여전히 날 원망하는 눈이었다. 그런데도 행복에 겨워 어쩔 줄 모르는 얼굴이었다.

하나도 아귀가 들어맞지 않는 애증. 그 애의 자기혐오. 날 왜 원망할까. 왜 원망하면서도 기뻐할까. 나는 사실 답을 알았다. 그러나 여전히 모르고 싶었다.

박우경이 무너지듯 중얼거렸다.

"⋯⋯윤차희 니 진짜 싫다."

"잘됐네. 그니까 우리 다신 자지 말자."

"지랄하지 말라고 했제⋯⋯. 진짜, 니가 너무 좋아서 싫다."

"⋯⋯."

"입만 벌리면 거짓말이나 치고⋯⋯. 존나 사기꾼 같은 가스나."

대뜸 날 욕하고는 비식 웃는 입이 결국에는 유쾌한 쪽으로 빠졌다.

어떻게 저렇게 숨기지도 않지. 나한테 저뿐이었다는 게 기꺼워 죽겠다는 걸⋯⋯. 그 꼴을 보고 있으니 쪽팔려 죽겠다는 생각은 가셨다. 괘씸했다.

"……야. 뭔가 잘못 생각한 것 같은데 나는 절대로 박우경
니 때문에……. 그래서 그렇게 된 게 아니라."

"어. 착각 안 할게."

"아니, 진짜. 내가 대학에서 아무도 안 만난 건……."

"아. 당연히 니가 안 만나 준 거지, 설마 니 좋다는 남자가
하나도 없어서 그랬겠나."

그냥 정말로 너 때문은 아니었다고 하려던 말이, 말문이 막
힌 입 안에 갇혔다. 나 좋다던 사람은 많았다는 말조차, 그게
사실이라도 반박하기가 유치하게 만들어 놓았다.

누가 날 좋아해도, 내가 너처럼 좋아할 수 있는 사람은 아무
도 없어서 그랬다는 고백은 더더욱 할 일이 없을 것이다.

나는, 그냥 먹고살기가 바빠서 그랬어. 연애가 사치라 그랬
어. 그냥 살아가는 것도 힘이 들어서 그랬어. 아르바이트를 하
고, 과외를 하고, 내가 무엇이 되고 싶은지도 모르면서 새벽녘
도서관에 앉아 있느라, 눈을 떴을 때부터 감을 때까지 시간이
하나도 없었어. 그렇게 치열하게 시간을 낭비하지 않으면 다시
주저앉아 버릴 것 같아서.

주저앉으면, 널 다시 생각할 것 같아서…….

말을 내뱉기도 전에 모순이 보였다. 돈이 아무리 썩어 나고
시간이 넘쳐 났어도, 그래서 사람을 만나는 일 따위가 사치가
아니었다 해도 나는 네가 아닌 누군가와 밤을 보내지는 못했을
테니까.

심지어는 내가 그걸 내내 인정하지 못하는 일에도 시간이 필요했다.

나는 내가 이토록 쪽팔린 사고를 치기 전에, 사실은 그 애의 무엇을 가장 질투했는지 안다. 그 애가 서울에서 만났을 어떤 여자, 우리의 열여덟처럼 숨어 만나지 않아도 되었을 연애, 즐거웠을 순간들, 그 모든 것보다도 지나간 네 시간을 시기했다는 것을.

죽어도 널 생각하지 않으려고 했기 때문에 결국에는 너만 생각한 것이나 다름없는 내 시간과, 내가 아니어도 괜찮았던 네 시간은 다르니까.

질투는 정말이지 염치가 없는 감정이다. 나는 그래서 항상 염치가 없는 계집애다.

오기로 수치심 어린 눈물을 참으며 내 두 손을 포개어 움켜쥔 그 애의 오른손을 털어 냈다. 그러나 털어지지 않았고, 박우경은 간단히 내 손을 무릎 위에다 다시금 꾹 누르며 진지하게 말했다.

"당연히 집적대는 새끼들은 많았겠지."

"……."

"애가 이렇게 이쁜데."

어이가 없었다. 그 애는 정확히 나와 눈을 맞추며 말을 이었다.

"그런데도 내가 마지막이네?"

"……."

"처음이고."

162

덧붙인 말은 좀 거만하기까지 했다. 나는 날을 세웠다.

"……그딴 게 뭐가 중요한데?"

"안 중요했지. 방금 전까진. 니 다시 만나고 그딴 건 좆도 안 중요하다고 백날 속으로 염불이나 처외면서 살았으니까."

"……."

"니가 남자를 열 명 만났든 백 명 만났든 존나 그 개 같은 꼬라지 내 눈으로 못 봤으니까 괜찮다고, 씨발……. 근데 윤차희 니가 이제 와서 그게 아니었다고 하면……."

그 애는 잠시 말을 고르다 그냥 어이가 없어진 것처럼 웃었다.

"윤차희. 내가 니한테 사기 당하고 무슨 생각까지 했는지 아나."

"……."

"차라리, 니가 남자를 존나 많이 만나서 다행이라고 생각한 적도 있다. 군대에 갇혀 있을 땐 제일 좆같은 게, 니가 누구랑 만나는 상상이었는데……. 생각해 보면 거기서 제일 무서운 건 니가 누구랑 자는 게 아니라, 누굴 좋아하는 거였거든."

"……."

"나보다."

그럴 수 있을 리가 없었다. 나는 우울하게 눈을 깜빡였다.

"물론 자는 것도 기분 개더럽고 좆같긴 한데, 구역질 몇 번 하면 견딜 수는 있더라고."

"뭐?"

"근데 니가 딴 놈 좋아하는 건 생각만 해도 죽을 거 같더라.

못 참겠더라. 죽고 싶어서."

"······."

"그래서 차라리 잘됐다고 정신 승리도 다 끝냈거든. 남자를 그렇게 많이 만났으면 결국 니가 좋아했던 놈은 그중에 한 놈도 없었다는 거니까. 한두 놈 만나서, 니가 옛날에 나 좋아했던 것처럼 누구 좋아하는 것보다 그게 나으니까. 누가 니한테 특별했던 것보다는, 아무도 특별하지 않아서 그랬다는 게 훨씬 좋으니까."

조심스레 뺨을 어루만지던 손이 귓바퀴 아래를 쓸었다. 어젯밤 그 애가 깨물었던 곳이다.

"그랬는데 아무리 봐도 생각보다 남자가 별로 없었던 것 같아서······ 그게 좋은 거가. 난 이미 니한테 남자가 존나 많았던 걸로 정신 승리 다 했는데······. 새벽에 생각하는데 생각할수록 기분이 좆 같은 거야. 씨발, 얘가 남자를 이렇게 안 만났다고?"

나는 멍하니 시선을 들었다. 어떻게 그 지점에서 화가 났다는 건지 순간 이해가 안 됐다.

"그럼 그냥 전 남친 새끼가 못했던 거일 수도 있다이가. 그런데도 니가 그 못하는 새끼를 많이 좋아했으면? 그러면 어쩌지. 남자가 열 명 스무 명 백 명이 아니라 그 그지 같은 새끼 하나면 어쩌지. 윤차희 니가 아직도 그 개새끼만 좋아해서, 그냥 그 새끼랑 깨진 뒤로 아무도 안 만난 거면 어쩌지······. 존나 밤새 한숨도 못 자고 별생각을 다 했는데."

"······."

"니는 지금, 그때가 마지막이라고?"

"……."

"그러면 씨발……. 그 그지 같은 니 전 남친 새끼가 내다이가. 못했던 새끼……."

오빠들 몰래 입을 맞추었을 때처럼, 박우경의 무표정하던 얼굴이 조금 멍청해 보였다. 원망이 휘발된 자리에는 희한한 감격 같은 것만 남았다.

제가 그 그지 같은 전 남친 새끼가 되어서 기쁘기 한량없는 낯짝이다.

나는 아직도 이렇게 짜증스러운데 저 혼자 행복해하는 것이 싫다. 그래서 자긴 잘하고, 남자라고는 옛날의 저밖에 모르는 나는 못해서 좋다는 건가?

산통을 깨고 싶어졌다. 나는 뾰족하게 물었다.

"……내가 니 말고 남자 모른다는 게 좋나. 니는 여자 좀 만났다고 이긴 기분 들어서? 이제 잘해서?"

"뭐?"

"착각하나 본데, 나는 니가……."

"와. 윤차희, 설마."

"……뭐?"

불길함에 입을 다물었지만 그 애의 눈은 이미 반짝거렸다.

"와 씨발……. 내가 어제 그렇게 잘했나. 어?"

망했다. 작업대를 서둘러 벗어나려 하니 무릎이 그대로 잡혔다. 시간을 해경 오빠 앞으로 돌리고 싶어졌다.

"왜. 내가 니 말고 딴 여자 만났을까 봐? 여자 많았을까 봐?"

"만나든지 말든지."

"하여튼 입만 열면 사기제. 왜. 내가 니 말고 다른 여자 만나는 거 생각만 해도 기분 더럽나. 배알 꼴려 죽겠나."

"저리 가라고, 좀."

"질투 나서 돌아 버릴 거 같나. 어?"

"꺼져. 꺼져 진짜……."

"윤차희 목소리 떨리는 거 봐."

"다신 안 자……."

"아 지랄하지 말라니까."

놀려 먹을 땐 언제고 정색하고 날 끌어안는 힘이 거칠었다. 그 애가 내 머리에 입술을 묻으며 중얼거렸다.

"……니밖에 없었다. 윤차희. 처음부터 끝까지."

품 안에서 멍하니 몸이 늘어졌다. 심장이 다시 터질 것처럼 뛰었다. 그 애는 몇 분이나 더 그렇게 나를 안고 있었다. 사라진 그 애를 찾으러 윤태희가 올 때까지.

"여기서 뭐 하노. 가위 가지러 간 새끼가 가위는 안 가져오고."

"아무것도 아이다."

"……느그 설마 여기서."

"형. 형은 왜 맨날천날 변태 같은 생각만 해요?"

"이 새끼가."

그 애는 이미 다 알고 있는 윤태희를 뻔뻔하게도 변태로 몰며 나갔다. 저야말로 아무것도 모르면서.

나는 온종일 윤태희 눈을 못 마주쳤다. 종일이라고 해 봐야 이제 겨우 정오이기는 했다.

하지만 여름 과원 농사는 아주 일찍 시작하고, 되도록 일찍 일을 끝내 버리는 게 보통이다. 그러고도 남은 일이 있다면 뙤약볕이 가신 선선한 저녁에나 하고, 하루하루 늦춰지는 일이 없도록 사람을 여럿 쓰고.

사방이 산으로 둘러싸인 백운면 백운리는 사과를 재배하기 좋은 서늘한 날씨였지만, 그만큼 태양도 좋았다. 그러니까 여기 살던 누군가가 맨 처음 사과 농사지을 생각을 했겠지. 새벽이면 지금이 여름도 아닌 것처럼 쌀쌀하고, 정오가 넘어가면 해가 사람을 태우는 열대였다.

점심나절이지만 박우경도 윤태희도 벌써 8시간 정도는 일했다. 내가 나온 건 6시간 반 정도 되니까, 그래, 이렇게 괴로운 게 딱 6시간하고도 30분 정도 됐다. 하루가 다 지난 듯 지친 기분이다.

징그러운 햇살 아래 스프링클러가 연신 돌아갔다. 나는 창고와 가까운 사과나무 그늘가에 잠시 쭈그려 앉아 막대기로 땅을 푹푹 쑤시며 오만상을 찌푸렸다.

나무 사이를 유유자적 걸으며 바퀴 달린 바구니를 달달 끌고 오던 해경 오빠가 내 앞을 지나가며 어이없는 목소리로 물었다.

"자희 니 뭐 하노."

"……검사."

아닌 게 아니라 나는 정말 토양 측정기를 들고 있었다. 이미 이걸 들고 과원 한 바퀴를 다 돌았다.

"검사? 땅에 시비 터는 거 아니고?"

"땅이 마음에 안 든다."

그리고 정말 땅도 마음에 안 들었다. 이번 여름은 마른장마라 관수를 가늠하는 것도 토질을 관리하는 것도 까다로웠다.

흙을 이렇게 들여다보고 있는 것도 난생처음이었다. 여름철은 비가 너무 많이 와서 진흙밭이 되는 것도 문제고, 흙이 건조해도 문제였다. 사과가 햇빛에 발개진다고 다 달콤한 건 아니니까.

나는 애당초 땅을 들여다볼 깜냥도 안 됐다. 수치가 이 정도 나왔으니 관수를 어떻게 하고, 퇴비를 어떻게 하고, 석회를 어떻게 하고…… 산성이 어떻고 알칼리성이 어떻고 하는 문제 같은 건 책을 볼 때나 쉽다. 아빠는 바로 알 텐데.

"차희 니 그러고 있으니까 운동회 끝났는데 지 혼자 아쉬워서 집에 안 가고 버티는 초딩 같다. 친구 없는."

"……."

"아…… 꼬라지가 왤케 불쌍하지?"

나는 친구 없는 초등학생처럼 불쌍해 보이지 않기 위해 기계를 들고 일어섰다. 어차피 몇 번을 검사해도 수치는 같다. 이미 땅이 그렇게 되었으니까.

멀찍이 물보라가 솟구치는 허공에 작은 무지개가 떠 있었다. 인위적인 안개비 사이로 빽빽이 들어선 나무들 너머로 잠깐 시선이 닿았다.

그 어딘가에 윤태희도 있고, 박우경도 있다.

우릴 다 아는 윤태희. 윤태희가 다 아는 것도 모르고 얼굴 두꺼운 짓만 골라 하는 박우경. 그 두 명이, 온종일 붙어 있었다.

정말이지 질 나쁜 악몽 같다.

어차피 진 게임이고 결과도 빤히 아는데 하트가 줄지 않아 끝나지 않는 게임을 보고 있는 기분이었다. 캐릭터가 죽는 건 분명 시간 문젠데, 죽지 않아 문제고, 그렇다고 빨리 죽기를 바랄 수도 없는 시점의 희한한 초조함.

우리의 이야기는 이 좁은 사과원에서 공공연해지기 직전이었다.

창고에서 우리가 황급히 떨어지는 꼴도 아마 봤겠지. 윤태희는 말 그대로 다 알았다. 그리고 박우경은 그렇게 얼굴 두껍게 잡아떼는 와중에도, 우리 관계가 들통나든 말든 저는 상관없다는 본색을 미처 다 숨기지 못했다.

윤태희는 제 여동생 체면이나 지켜 주겠다고 그 괘씸한 꼴을 모른 척하지만……. 실은 떨어져 보면 윤태희야말로 아주 뻔뻔하다. 어떻게 저렇게 뻔뻔하지?

물론 윤태희도 제 동생을 보면서 같은 생각을 할 것이다. 저 뻔뻔한 가스나. 비구니는 지랄. 얼굴이 보통 두꺼운 게 아니네…….

박우성도 뻔뻔하지만 윤태희와 내게 비할 바는 못 된다. 어쩌면 뻔뻔한 핏줄은 우리인가 보다. 나는 우울하게 장갑과 마스크를 끼고 해경 오빠 맞은편에 쭈그려 앉았다.

그리고 나무에 칠 약제를 어설프게 추가로 만드는 오빠의 손에서 재료를 하나씩 뺏어 오니 해경 오빠가 손등에 턱을 괴고 날 재밌게 구경하는 것이 느껴졌다.

저 얼굴도 종일 부담스러웠다. 대놓고 말만 안 했지, 느물느물 웃음기가 어린 눈으로 한 번씩 우리를 대놓고 번갈아 보는 게…….

"오빠야."

"왜."

"……아이다."

왜에. 해경 오빠가 웬 초등학생 조카라도 어르고 놀리듯 말끝을 늘리며 내게 되물었다. 아직 조카도 없으면서.

나는 오빠의 얼굴을 물끄러미 보았다. 오빠도 약이 든 양동이 앞에 쭈그려 앉아 있었으므로 우리의 눈높이는 얼추 비슷했다. 그렇지만 눈이 마주치기는 바라지 않았기 때문에, 난 내 손을 바라보던 오빠와 눈이 마주치자마자 황급히 눈을 피했다.

오빠가 이상한 애 보듯 날 보는 게 느껴졌다.

해경 오빠도 어젯밤을 알까. 모를까. 윤태희야 간밤의 뻔뻔함을 보면 걱정할 게 없었다. 박우경이 적반하장으로 항변하는 것에도 덩달아 비구니 운운하며 앞에선 모른 척했으니까, 그 애 형 앞에서도 당연히 매한가지일 것이다.

하지만 우리가 언제 사귀는지 자기들끼리 뒤에서 내기도 했다는데, 꼭 말을 해야만 아는 것도 아니겠지. 박우경이 마음에 들면서 고의로 구박하는 윤태희를 해경 오빠도 어느 정도는 알고 있을 것이다.

그냥 남의 집 아들, 제 친구 동생 기나 괜히 죽이려고 그런다는 걸.

걔한테 갑질하지 말라는 둥, 갖고 놀지 말라는 둥 박우경을 위하고 날 나무라는 말도 뒤에서나 몰래 했다. 앞에서 편들어 주었다가 지 여동생 기죽으면 안 되니까. 그 속을 제일 친한 박해경이 모를 리가 없다.

해경 오빠는 제 입으로도 말하길, 눈치가 없는 게 아니라 있어도 안 보는 사람이었다. 게다가 박우경이 제집에 쳐들어가듯 들어가선 씻는 꼴까지 진작 다 봤으니까……. 하긴, 다 알겠구나. 그 애가 그랬던 날 저녁에, 우리가 미심쩍게 사라졌으니까.

윤태희가 말 한 마디 안 해도. 우리가 점심나절까지 오빠들 앞에서 말 한번 안 섞어도…….

고개를 못 들겠다. 며칠만 참을걸. 맥주 사러 가자는데 쪼르르 따라 나가지나 말걸.

나는 오빠 몰래 내 팔목에 코를 묻고 잠시 킁킁댔다. 어젯밤 그 애 할머니 집에서 처음 씻은 비누 냄새가 혹시나 남았을까 하고는 바보같이. 제 발 저린 꼴이 따로 없었다.

약 때문에 마스크까지 꼈으니 당연히 약 냄새뿐이었다.

"아까부터 진짜 뭐 하노, 니."

해경 오빠가 킁킁대는 날 보고 어이없다는 듯 물었다. 사실 해경 오빠가 어젯밤 일을 안다고 해도 어쩔 수 없고, 모른다 해도 우리 사이를 이미 아니까 큰 의미도 없다.

마스크라도 끼고 있어 다행이다. 하루 종일 아무리 윤태희가 어제 일과 아침 일을 죄다 까먹은 양 굴고 있어도 나는 이 창피를 다 덮기가 어려웠다. 하루만 참을걸. 박우경이 은근슬쩍 할머니 집으로 데리고 갈 때 넘어가지 말걸.

"아까부터 애가 진짜 이상한데."

"……아무것도 아이다."

"뭐가 아인데."

"뭐 말할라 캤는지 까먹었다."

"망했다. 오빠야 이제 니 생각날 때까지 니가 뭐 말할라 캤는지만 생각한다."

나는 다급히 수습했다.

"그냥 숙취 괜찮냐고……. 오빠야 점심 먹겠나, 그래 갖고."

"맥주 먹고 무슨 술병."

"그래도 점심때는 좀 따뜻한 국물 있는 걸로 먹자. 삼계탕 같은 거. 오빠야 요새 너무 무리해서……."

"차희야."

"어?"

"괜찮다. 모르는 척해 줄게."

해경 오빠가 부드럽게 말을 잘랐다. 내가 아무렇게나 모면하려는 게 불쌍한 것처럼. 가까스로 눈을 마주하자 무표정한 얼굴이 눈에 들어왔다. 오빠의 기분을 알기 힘들었다.

그렇게 혼란스럽게 보고 있는데, 해경 오빠가 툭 던지듯 말했다.

"오빠야는 진짜 아무 생각도 없다."

"……."

"니도 이제 다 키웠고……."

"……오빠야가 언제 내 키웠는데?"

"기억 안 나나. 윤태희가 니 우는 거 귀찮다고 버리고 가도 오빠야는 꼬박꼬박 니 울지 마라 달래고, 어디 가면 업고 다닌 거."

"……."

"그래도 안 놀릴게."

"……."

"윤태희한테도 말 안 하고."

그게 무슨 소용이야. 막대기로 양동이를 휘젓던 손이 느려졌다. 무릎에 고개를 박으니 내 손에서 막대기를 부드럽게 가져가는 손이 느껴졌다. 해경 오빠는 그 뒤로 약을 대신 섞으며 아무 말도 하지 않았다.

"이거 내 혼자 할 거다. 오지 마라. 알겠나."

"내가 스토커가."

나는 해경 오빠가 뭐라 반박할 새도 주지 않고 혼합한 약제를 통에 챙겨 쫓기듯 창고에서 나왔다. 그런데 꼭 때를 맞춘 것처럼 그 애가, 그 뒤로 윤태희가 보였다.

둘 나 양반은 못 됐다. 반사적으로 내 손에 들린 짐을 보고 들어 주려는 박우경을 보고 마치 그 애가 날 때릴 것처럼 흠칫하고 있으니, 윤태희가 내 속을 알 만하다는 듯 그 애 앞을 가로막으며 왔다.

그 애가 오빠 뒤에서 눈으로 물었다. '뭔데?' 나는 휙 고개를 돌렸다. 그 애의 웃는 낯이 보일 듯 말 듯 했다.

다들 날 놀리고 있다. 여기가 우리 집만 아니면 뛰쳐나가는 건데. 윤태희가 시큰둥하게 내가 든 통으로 손을 뻗으며 물었다.

"약?"

"저쪽에 아직 다 안 해서."

"어데."

"뭐 말로 하면 지가 아나."

"가스나 존나 틱틱대네. 즈그 오빠한테 말하는 본새 하고는."

"간다."

나는 윤태희에게 약통을 넘겨주지 않고, 마치 그게 뺏기면 큰일 나는 귀중한 물건이라도 되는 것처럼 옆으로 숨기며 빠르게 걸었다.

"매가리도 없는 기 뭘 혼자 해. 그냥 둘이서 같이 빨리 하자. 우갱이 닌 드가서 좀 쉬어라."

"형, 제가 할게요."

"됐다. 윤차희! 같이 가자고."

"아 가라고. 저리 가라고."

"하여간 니는…… 엄마랑 아빠가 니를 잘못 키웠다. 공주, 공주 하니까 진짜 지가 공준 줄 아노……."

"이 땡볕에 일 혼자 한다고 도망가는 공주도 있나."

"공주가 더워서 맛이 갔는갑지. 마, 비구니."

"윤태희 닥치라…… 진짜……."

나는 너무 빨리 걸어서 벗겨질 지경인 밀짚모자를 한 손으로 꾹 누르고 도망쳤다.

#22. 열여덟, 8월의 도서관

"야."

"왜."

"그냥."

어쩐 오늘은 반나절이나 얌전하다 했다. 이런 건 대꾸할 가치도 없다. 나는 수학 문제집에서 눈도 떼지 않은 채로 비어 있던 귀에 이어폰을 꽂았다. 그 애가 제가 있는 쪽은 끼지 말라고 제멋대로 하나 빼 두었던 것이다.

일시에 음악이 귓가를 가득 채웠다. 그래도 아무런 말도 없이 소음처럼 차단하자니 애를 문전 박대 하는 것 같았다. 나는 그 애가 보는 둥 마는 둥 대강 독해집 페이지를 넘기는 사이로 손을 뻗어 귀퉁이에 이유를 작게 썼다.

방해.

보지는 않아도 코웃음을 치고 있을 그 애가 상상됐다. 그 밑에 '경고 2회' 하고 덧붙여 쓰는데 그대로 손이 잡혔다. 샤프를 들고 있던 내 손을 통째로 쥔 그 애가 내 샤프로 아무렇게나 글자를 썼다.

윤차희 남의 책에 낙서함. 사람 무시함. 싸가지 없음. 개못됐음. 경고 4회.

나는 기가 차서 그 애를 봤다. 이래도 네가 이겼냐는 표정이다. 결국 이렇게 자기를 보지 않았느냐고.

아무런 말 없이 손만 빼내겠다고 이리저리 비틀고 있으니 박우경이 숫제 팔목째 쥐어 날 당겼다. 다른 손이 스스럼없이 다가와 내 오른쪽 귀에서 이어폰을 빼 갔다.

그 애의 손끝이 내 귓바퀴를 스치는가 싶더니, 이어폰을 쥔 손이 귓불을 뻔뻔하게 매만졌다. 차가운 에어컨 바람에 식어 있던 살갗에 열이 조금 올랐다.

못된 게 누군데. 나는 그 애 손을 찰싹 때려 내쫓았다. 부끄러운 것을 들키기 싫었다. 박우경이 얄궂게 웃음을 터트렸다.

"이 정도는 해야 방해지."

"아 박우경 진짜 방해돼……. 걍 도로 집에 가라. 공부도 제대로 안 하면서."

"싫다. 타 죽을 일 있나, 지금 나가게."

"나가서 타 죽기 싫으면 입 닥치라. 이제."

"가시나 지가 뭔데. 니가 도서관 주인이가. 혼자 전세 냈나. 니가 뭔데."

"유치해."

"니가 더 유치하다."

둘 다 유치했다. 박우경에게만 휩쓸리면 이런 식이었다.

나는 더 상대하지 않고 어느새 가까이 붙어 있던 몸을 홱 떼어 냈다.

8월 초 시골 도서관에서 학습실을 이용하는 사람이라고는 우리뿐이었다. 그러니까 실은 누구의 눈치도 볼 필요가 없다는 걸 잘 알면서도, 이런 식으로 우리가 붙어 있는 것이 못내 신경 쓰였다. 그 애와 함께 있으면 어디에서나 그랬듯.

그 애가 가만히 미간을 찌푸렸다.

"왜 또."

"바깥이잖아."

"지금 아무도 없는데?"

그 말에 나는 아예 자리에서 일어났다. 책을 챙겨 한 칸 옆으로 옮겨 놓자 그 애는 골이 난 기색을 숨기지도 않고 내 책을 도로 제 옆에다 당겨 놓았다.

고집스러운 얼굴이 나를 향했다. 그래도 나는 한 칸 떨어진 곳에 앉았다.

그리고 빈 책상 위에 턱을 괸 채로 박우경을 무표정하게 보고 있으니 결국 그 애가 짜증스레 한숨을 뱉으며 책을 내 쪽으로 홱 밀어 주었다. 그 애는 언젠가부터 내 고집을 못 이겼다.

"불륜도 이렇게는 안 하겠네."

빈정거리거나 말거나 나는 내 쪽으로 책을 더 끌어당겨 아까 보던 페이지를 폈다. 서운해하는 얼굴을 보면 불쌍할까 싶어 그쪽을 보지도 않았다.

"드럽고 치사하다."

"내가 말했제. 밖에서 티 내지 말라고."

"윤차희. 니는 내가 부끄럽나."

"부끄럽다."

"씨발 상처야."

들으라는 듯 시무룩한 목소리였다. 벌써 마음이 좀 안 좋았다.

"니 자꾸 이러면 내 진짜 니 혼자 버리고 간다."

"그래. 좀 가라."

"씨발, 또 상처네."

마음이 더 안 좋아졌다. 바늘로 가슴 어딘가를 콕콕 찌르는 것처럼. 나 들으라고 일부러 저러는 걸 알지만 내가 봐도 나는 못됐다.

그래도 그것을 고칠 필요는 없었다. 못됐기라도 해야지. 벽이 무너질 때마다 벽돌을 다시 쌓고, 선이 흐려질 때마다 선을 지켜야 하는 건 저 해맑은 부잣집 아들놈이 아니라 나였다.

공부만 죽어라 해야 하는 쪽도 나고, 머리가 덜 좋은 쪽도 나다. 나는 다시 박우경이 불쌍하지 않아졌다.

"밤에 윤차희 니 혼자 있다 귀신 나오면."

"뭔 개소린데. 안 나온다."

"확실하나."

"한 번도 못 봤다."

"그때 니 친구는 봤다면서. 화장실에서."

"윤지 걔 원래 좀 허언증 있다. 박우경 니는 언제 적 이야기를 하는 거고."

"우리 초딩 때."

누가 그걸 몰라서 물었나. 실없는 말에 헛웃음이 터져 나왔다. 그 애는 뻔뻔해 보일 정도로 진지하게 이어 물었다.

"니는 여기가 원래 공동묘지였다는 것도 못 들었나. 벌써 기억도 안 나는 갑지?"

"웃기고 있네. 그때 지 입으로 최재영한테 '전신만신 논밭인데 뜬금없이 여기만 공동묘지냐'면서 개등신이라 욕해 놓고."

"기억력 존나 좋네. 윤차희."

그래서 유감이라는 투다. 나는 이 실없고 멍청한 대화에 더는 휩쓸리지 않으려고 일부러 샤프를 열심히 움직였다. 딱히 손으로 적어 가며 풀이를 할 필요도 없는 공식인데 그러고 있으니 내가 한결 더 바보가 된 것처럼 느껴졌다.

이게 다 박우경 때문이다.

"이제 대꾸도 안 하나."

분명 눈은 문제집을 향해 있는데, 그 애가 짐짓 시무룩한 척 책상에 엎드려 버린 꼴이 자꾸만 보였다. 내가 저를 쳐다볼 때까지 저도 나를 보겠다는 듯 빤히 쳐다보는 시선이 느껴졌다.

아마도 생긴 것 때문에 거의 노려보는 것 같겠지. 나는 결국 한숨을 쉬며 그 애 쪽으로 고개를 홱 돌렸다.

날 보고 있던 사나운 눈매가 스르르 허물어졌다.

"내 진짜 가라고?"

눈이 마주치기 무섭게 그 애가 기다렸다는 듯 물었다. 내가 보기 전까지는 날 노려보고 있었던 게 분명한 눈인데, 어울리지도 않게 불쌍한 척은.

나는 입을 꾹 다물었다. 휩쓸리지 말아야지.

"차희야."

예전에는 절대로 그럴 수 없는 사이에 이름이 불린 것처럼 소름 끼쳐 죽겠다는 내색이나 열심히 했던 게, 벌써 아무렇지도 않다. 그 애가 무뚝뚝하게 붙여 부르던 내 성을 이름에서 떼어 내도.

박우경이 이렇게 다정하게 내 이름을 불러도.

아니다. 실은 아무렇지도 않은 게 아니었다. 너는 내게 있어 가장 당연하면서도 가장 당연할 수 없는 무언가였으므로.

그 애는 우리가 사귀어도 무엇 하나 변한 게 없는 것처럼 '윤차희' 하고 날 부르다가도, 가끔 저렇게 얼굴을 바꾸었다. 아주 뻔뻔하고 다정하게.

그래서 '차희야' 하고 그 애가 부드럽게 날 불러올 때면, 가끔은 그 애에게 처음으로 내 이름이 불린 것처럼 가슴이 뛰었다. 속 어딘가가 간지러웠다. 못 견디게 부끄럽기도 했다.

"차희야."

대답하지 않으면 날 다시 부르는 목소리가 좋았다. 어떤 날은 일부러 대답하지 않고 기다릴 만큼.

방금 전까지 내가 앉아 있던 빈자리로 그 애의 왼팔이 길게 뻗어 왔다. 어차피 쫓아내도 안 가면서, 내 입으로 그러지 말라는 소리를 듣고 싶을 뿐인 것이다.

사귄다고 해서 박우경이 내게 대단한 것을 바라지는 않았다. 딱히 변태처럼 굴지도 않았다. 내 귀나 팔목 안쪽 따위는 아무렇지도 않게 매만지게 되었으면서, 여름 햇볕에 교복 밑 속옷 끈이 비치는 것조차 보기 민망해하는 애였다.

그렇게 이전과 달라진 것이 아무것도 없는 것 같다가, 때때로 둘만 남아 침묵 속에 앉아 있노라면 모든 것이 달라진 것 같았다.

소리 없는 공기. 야릇한 충동. 마주치는 눈. 위화감 어린 숨.

내미는 손. 굵은 손마디와 가지런한 손등 뼈.

나는 미련할 정도로 사랑에 빠진 눈을 가까스로 그 애의 손에서 거두면서도, 결국 충동적으로 손을 뻗었다.

겨우 제 손이나 잡아 달라는 건데.

"잡았다, 윤차희."

물에 물감이 번져 가듯 그 애의 얼굴에도 미소가 번져 나갔다. 내가 그 애에게 입힌 색이었다.

"……말은 바로 해라. 내가 니 불쌍해서 잡아 준 건데."

"내가 그러라고 유도했으니까 내가 잡은 거지."

우리는 경쟁하듯 말했다. 도서관 책상에 엎드린 그 애의 머리 위로 에어컨 바람이 순환하며 잠시 머리칼이 날렸다. 조금

흐트러졌지만 완벽했다. 날 보는 눈이 초승달을 닮았다.

그래. 어쩌면 네가 날 움직였는지도. 결국 네 손을 잡게 하고, 널 좋아하게 만들고, 얄팍하고도 고집 센 내 자존감과 끊임없이 싸우게 만들고, 끝내는 아무래도 좋은 바보로 만들고.

이렇게 전부 네게 전가해 버리면 편할까. 전부 네 탓이라고.

나는 거울처럼 열여덟의 그 애를 보고 엎드렸다. 왼팔을 책 위로 아무렇게나 뻗어 고개를 괴고, 오른손은 우스꽝스러울 만큼 애틋하게 그 애의 손을 쥔 채로. 느리게 눈을 깜빡일 때마다 그 애의 손가락이 하나씩 얽혔다. 에어컨 바람이 서늘하게 우리의 뺨 위를 간지럽혔다.

아무리 널 원망해도 결국 이 기분은 내 것인데. 널 좋아하는 마음도, 네가 보고 싶은 기분도.

눈을 감자 그 애가 고개를 조금 당겨 내 손끝에 입을 맞추었다. 나는 나른한 기분 속에서도 일말의 의무감을 잊지 않고 주절거렸다.

"……우경아. 밖에선 이러지 말라니까."

"아까부터 되게 바깥 좋아하네. 지붕도 있고 벽도 있는데 뭐가 바깥인데."

그러고는 아예 손끝을 잇새로 깨물었다. 그래도 제 이름을 그렇게 부른 것이 마음에 드는지 내 손바닥에 입술을 묻으며 중얼거렸다.

"다시 불러 봐, 차희야."

실수였는데. 나는 온 얼굴이 발개진 채로 감은 눈을 팔에 대고 숨겼다.

어른들 앞에서 가식 떨 때나 놀려 먹을 때 그렇게 불렀던 그 애의 이름이 나 혼자 입 안으로 부르고 부르다 익숙해져서 어느샌가 튀어나와 버릴 때가 있다.

내가 미처 알지도 못했던 애정을 덧입고.

"뭘 부르라고."

"안다이가. 우경아, 하고."

"바깥이라서 좀 그런데."

"아까는 불렀으면서."

"그건 실수고."

박우경의 할머니 집이 아니면 아무리 지붕과 벽이 있어도 우리의 바깥이었다. 바깥이란 곧 불안과 동의어다. 언제든 다른 누군가가 들이닥칠 수 있는 곳.

차라리 아무도 없는 길을 둘이서 걸을 때면 모를까, 이런 곳은 퇴로도 없다.

내게 있어 연애는 같은 장소가 달라지는 것이었다. 혼자 있을 때 아무렇지 않던 곳도 그 애와 함께 있으면 마치 막다른 골목처럼 여겨졌다. 당당하지가 않았다.

나는 그 꼴이 도둑이 제 발 저린 꼴과 다르지 않다는 것을 안다. 계산할 돈도 없으면서 욕심내서는 안 될 좋은 물건을 몰래 움켜쥐고는 가게를 나와 도망친 사람처럼.

이런 기분이 아닌 연애를 나는 감히 상상할 수도 없었다. 그 애가 아닌 누군가를 좋아하고 함께 있는 것은 생각할 수가 없기 때문이었다. 그래서 결국에는 내 스스로에게 죄를 짓는 기분이었다. 내 삶을 유일하게, 조금이라도 비굴한 형태로 만드는 게 무엇인지 알면서도 결코 놓지 못하니까.

널 좋아하는 게 불안을 닮아 있을 때부터 알았어야 했다. 아니라는 걸 알면서도 네 이름을 수없이 삼키었을 때부터.

그러나 가장 중요한 것을 알게 되는 건 언제나 가장 늦은 때였다.

"차희야."

"왜."

"니는 나중에 서울 가면 진짜 내랑 같이 살아야겠다. 어쩔 수 없네."

아무리 눈치를 줘도 누구 머릿속은 하루하루가 꽃밭인 모양이다. 누가 부잣집 막내아들 아니랄까 봐.

나는 떨떠름하게 말했다.

"내가 왜 니랑 같이 사는데."

"가시나가 바깥에서는 이렇게 손도 못 잡게 하니까. 같이 살면 잡게 해 주겠지."

"지금 잡고 있는 건 뭔데."

"동정심을 자극하고 유도한 결과."

"그래서 니는 내랑 같이 살면서 하고 싶은 게 꼴랑 손잡는 거가. 꿈도 대단하다."

"실망했나."

"아 뭐라 카노."

"윤차희 좀 실망한 거 같은데? 손잡는 거 이상을 원한다?"

"니 소원이겠지."

'이상'이라고 할 만한 것은 사실 우리가 사귀기로 했던 날에 얼추 했다. 심지어 가장 먼저 입을 맞췄던 것은 나였다. 두 번째 키스도 그 애 할머니의 나전칠기장 아래에서 했다.

그래도 시시할 건 하나도 없다는 듯이 그 애가 내 손에 입술을 댄 채로 배시시 웃었다. 다 자란 어른처럼 때때로 낯설기까지 하던 얼굴에 소년 같은 미소가 떠올랐다.

"어, 맞다. 내 소원이다."

순순히 인정하니 도리어 이쪽만 부끄러웠다. 열이 올라 뜨거워진 내 손을 꽉 잡고는, 그대로 뒤집어 손등에 가볍게 입술을 맞춘 그 애가 내 눈을 똑바로 보고 말했다.

"그니까 내 소원 하나만 들어주라. 차희야."

"싫은데."

"듣기도 전에 싫다 카노. 존나 만사 부정적인 가시나."

"뭐. 어차피 집적거리고 싶다는 거 아이가."

"아니. 서울에 같이 가자고."

나는 눈썹을 조금 들었다. 그게 왜? 어차피 그 애도, 나도 모두 서울에 있는 학교에 갈 터였다.

박우경은 그런 게 아니라는 듯이 사나운 눈매를 조금 찌푸리더니 다시 힘주어 말했다.

"같이."

"……같이, 뭐?"

"같이 가서, 같이 있자고."

"……."

"둘이서."

그냥 네가 서울에 가고, 내가 서울에 가는 게 아니라. 그래서 그냥 그곳에 있는 게 아니라, 둘이 있자고.

"이미 그러기로 했잖아. 내가 대학 어디 가고 싶어 하는지도 알고."

나는 애써 아무렇지 않게 말했다. 박우경이 조금 약한 힘으로 내 팔목을 책상에 눌러 고정했다.

"그런 거 말고."

"……."

"니 아직 약속 안 했다. 알제."

더는 웃지 않는 눈이었다. 네가 속으로 하는 생각 따위는 전부 알고 있다는 듯이.

차라리 계속 꽃밭에나 있지. 나는 그 애가 말하는 약속이라는 단어가 불편했다. 그 애에게 약속할 수 없다고 말하는 것이 불편하고, 한 번 약속해 버리면 언젠가 사기꾼이나 되고 말 것이 불편했다.

우리가 서울에 함께 가는 것은 그저 목적지가 같은 것이다.

하지만 그 애는 서울에서 우리가 함께 있기를 원했다. 비단 오늘 툭 튀어나오고 만 말처럼, 둘이서 같이 살자는 대단한 전제가 아니라도.

"대학 가면 어떻게 될 줄 알고."

"뭐가 어떻게 되는데."

"모르지. 니가 나중에 다른 여자 좋아하게 될 수도 있고."

"말이 좀 지랄 맞네?"

"뭐가 지랄인데."

"지금 니 붙잡고 제발 서울 가서도 같이 있자고 빌빌대는 새끼한테 그딴 식으로 책임 전가를 하겠다고?"

"……딱히 빌빌대고 있는 것 같지는 않은데."

나는 날 잡아먹을 듯 사납게 노려보는 눈을 조용히 지적하며 책상 위에 누였던 몸을 조금 일으켰다. 그러나 그 애가 내 팔을 끌어당겨 다시 저를 보게 했다.

"촌구석이라 눈에 뵈는 게 없어서 내가 좋을 수도 있는 거고. 어떻게 될지 모르는데 굳이 벌써부터 약속까지 할 필요는 없잖아. 여자가 얼마나 많은데."

"필요가 없다고."

박우경은 가늘게 뜬 눈으로 날 훑어보는가 싶더니 문득 웃었다.

"차희야."

"……."

"니가 이러니까 필요가 있는 건데."

숨이 조금 조여들었다.

"나중에 다른 새끼 못 만날까 봐 밑밥 까는 거다이가. 이거."

"……."

"와…… 가시나 존나 야심 차노."

긴장했던 게 우스울 정도로 힘이 탁 풀렸다. 어이가 없어 찌푸린 눈으로 보고만 있자 그 애가 틀린 맞춤법이라도 정정해주듯 또박또박 말했다.

"니가 아무리 그래도 박우경보다 니 좋아할 새끼 없다. 알겠나."

진짜 웃기지도 않아서.

"그니까 대학 가서 남자들 잴 필요도 없다. 공부 잘하는 놈들은 짠 것처럼 다 못생겼다이가."

"니는."

"그래서 내가 빛이 나겠지. 공부를 잘하는데 잘생겼으니까. 존나 충격적일걸."

"하……."

"니 내랑 사귀다가 공부만 잘하고 못생긴 놈 만날 수 있을 것 같나."

"못 만날 건 뭐고."

나는 떫은 표정으로 팔을 슬쩍 비틀어 빼냈다. 그 애는 내 가벼운 대꾸에 잔뜩 충격을 받고 중얼거렸다.

"윤차희 니는 계산이 안 되나. 그런 새끼들이 심지어 나보다 니를 좋아하지도 않는다고."

"어."

"대답 뭐고. 영혼이 없는데."

"나중에 나랑 헤어지면 못생겼는데 날 별로 좋아하지도 않는 남자를 만나라고. 알겠다."

"야. 얘기가 왜 그렇게 되노."

"아 내가 서울에 가서 누굴 만나든 걍 좀 내비 둬라."

"니가 딴 놈을 만난다는데 내가 그걸 어떻게 걍 내비 두는데."

"이거 니랑 나중에 헤어졌을 때 얘기 아이가."

"아……."

박우경이 도무지 나랑 말이 안 통한다는 듯 이마를 짚었다. 그리고는 내가 앉았던 자리에 풀썩 앉아 정신 차리라는 듯 어깨를 짚었다.

"차희야."

아까와 달리 웬 모자란 애를 부르는 듯한 친절한 음성이다. 나는 가만히 눈썹만 들었다.

"못생긴 놈은 안 된다."

"……."

"멍청한 놈도 안 되고."

"……."

"내보다 니를 덜 좋아하는 놈도 안 되고."

"그러면."

"니는 내 빼고 다 안 된다. 윤차희."

"그럼 니랑 헤어지고 나서 어쩌라고."

"나랑 헤어지는 것도 안 된다."

그 애 손이 갑자기 내 오른손을 가져갔다. 맥없이 뺏긴 새끼손가락이 그 애의 새끼손가락에 유치하게도 감겼다.

"그러니까 약속했다. 계속 나랑 있기로."

동의하지도 않았는데 '누구 집 딸내민지 똑똑하다'는 칭찬이 돌아왔다.

나는 내 손을 가만히 내려다보았다. 등 떠밀리듯 약속된 억지스러운 미래에 기대가 고개를 쳐든 건 누구에게도 말할 수 없는 비밀이었다.

나는 저녁에 아빠에게서 전화가 올 때까지 잠깐의 꿈속에 떠다니듯 그 애와 내가 서울에서 함께 사는 모습을 상상했다. 또 방해하면 죽인다고 그 애에게 엄포를 놓고선, 이어폰을 꽂고 인강을 보는 내내 그런 생각이나 했다.

그 애와 같이 자취방을 나와 편의점에서 맥주를 사거나, 주말이면 붙어 앉아 작은 노트북 화면으로 영화를 같이 보거나, 세제가 떨어지면 같이 마트에 가거나 하는 것.

그러나 아빠의 전화는 평소와 달랐다. 고작 어디 있느냐는 질문에나 대강 대답할 준비를 했던 나는 조금 정신없이 가방을 챙겨 도서관을 나왔다. 외할아버지가 돌아가셨다고 했다.

으레 그렇듯 정신이 사나울 때면 꿈은 봄날의 아지랑이처럼 가장 먼저 잊히는 법이었다.

"뭐 얼마나 문상을 올 끼라꼬 4일장을 하노. 마 후딱 3일장 치르고 치아 뿌지. 돈이 어딨다고."

"……"

"하여간 이말희 느그 큰오빠 허세 하나는 알아주야 된다, 진짜. 장례가 뭐 어데 땅 파서 돈 나오면 치르는 줄 아나. 하루만 더 늘려도 상조 회사가 얼마나 돈을 더 받아 처묵는데. 막상 부주 받아 보고 장례비 좀 모자라다 싶으면 갖은 핑계로 돈 한 푼 안 낼 끼면서, 뭐 얼마나 부주를 더 끌어다 모을 끼라고 저카는지."

"……"

"그러고도 꼴에 장남이라고. 꼴에. 처음부터 끝까지 병수발 다 든 처형들도 가만있는데, 명색이 잘난 꼬추 달린 귀한 장남이라믄서 즈그 아버지 죽는 날까지 지가 병원을 가면 몇 번이나 갔다고 이제 와 가 장남 행세고?"

"……"

"사위인 내도 꼬박꼬박 달마다 장인어른 문병은 간 거를 느그 오빠는 설 때도 바쁘다고 안 왔제, 추석 때도 바쁘다고 안 왔제, 할배 할매 제사도 창신이한테 미뤄 뿌고. 부모가 죽든가 말든가 관심도 없더만 돌아가셨다고 돈 걷을 때 되니까 별 지랄을 다 한다."

"……"

"정작 지는 여기저기서 돈 떼먹고 튀어가 변변히 부를 사람도 없으면서 뭘? 상갓집에 지가 돈 떼먹은 놈 쫓아올까 봐 무섭지도 않은갑지."

"태희 아빠, 마 그만하이소."

아빠가 큰 외삼촌의 험담을 하는 내내 가만히 듣고만 있던 조수석의 엄마가 자그마한 소리로 한마디 했다. 때마침 좌회전 신호에 바쁘게 핸들을 돌리던 아빠가 한 박자 늦게 코웃음을 쳤다. 아주 야멸찬 소리였다.

"왜. 그런 것도 오빠라고 아직도 편들고 싶나, 니는."

"편드는 게 아이고."

"그 인간 속셈이야 뻔하지. 그래, 장례 4일장 해가 조문객이 많으면 뭐. 그게 지랑 무슨 상관이고? 와 봤자 전부 처형들 보러 오는 사람들이고 사위들 지인인데 지가 만다꼬 이래라저래라 숟가락을 얹겠냐고."

"......."

"내가 장담하는데, 그 인간 분명히 밤에 빈소 지키다 창신이랑 대전 형님 몰래 부주 빼돌릴 끼다. 내가 그 꼴을 가만히 두고 보나 봐라."

"......아무리 그래도 설마 아부지가 돌아가셨는데 그카겠나. 태희 아빠, 이제 제발 좀."

"금마한테 돈 떼먹힌 게 우리뿐가? 부산 형님에 대전 형님에 광주 형님까지 합하면 빌려 간 돈이 다 얼마고. 집집마다 떼먹은 돈이 다 얼마냐고."

엄마가 겨우 낸 목소리가 낮게 꺼져 들어가고 대신 아빠의 성난 음성이 트럭 안을 가득 메웠다. 아빠는 오랜만에 큰 외삼촌을 보는 일로 아까부터 잔뜩 흥분해 있었다.

"즈그 형제들 좋은 시절 다 갈아가 고시 공부 10년이나 했으면 됐지. 은혜를 갚아도 모자랄 판에 지 혼자 좋은 대학 나왔다고 집안 식구들 말만 하면 따박따박 무시하고, 10년 공부하면서 사법 고시 1차 한 번 붙었던 거 갖고 지가 판검사가 될 거였네, 국회의원 누구랑 P대 법대 동기였네, 인맥으로 사업을 하네 말만 번지르르 하고."

"이제 그만 좀 하라 캤제."

"사업한다고 농사하는 즈그 부모부터 우리 아부지까지 무시하더만 결국 그래 살아가 지금 가진 게 뭐가 있노? 즈그 아버지 초상집에 부를 인맥이 대체 어데 남았노? 그 인간이 그래서 지금 하는 일이 뭔데?"

"태희 아빠."

"집에서 주식할 돈은 있고 우리가 다 죽어 가도 우리한테 갚을 돈은 없고. 그래 살 만하면 왜 안 갚노? 느그 집이 착해서 그렇지 다른 집이었으면 그 새끼는 벌써 명절에 칼 맞았다."

"태희 아빠!"

비명에 가까운 소리였다. 아빠는 아랑곳하지 않고 찌푸린 눈으로 정면을 노려보았다. 나는 트럭 앞좌석에서 아빠와 엄마 사이에 갇힌 죄수처럼 앉아 무릎만 보았다.

"느그 오빠는 지 때문에 즈그 누나나 여동생이 남편한테 이혼당해도 눈 하나 깜빡 안 할 인간이다. 그런데 지 막내 여동생은 즈그 오빠 욕했다고 아직도 남편한테 이래 소리를 지르네."

"제발 그만 좀 하라고! 욕을 해도 내가 한다 안 카나!"

"느그 오빠가 돈 돌려주면 그만하께! 내 이자 한 푼 안 바란다. 십 년 전 돈만 갚아 봐라. 그러면 제발 느그 오빠야 욕 좀 해 달라 캐도 안 한다. 됐나."

"그래, 우리 오빠야가 당신 돈 떼묵었다. 그래서 내가 윤준영이 니 노예처럼 산다이가!"

"이말희!"

"참말로 지랄도 지랄도, 다른 날에 실컷 지랄하세요, 윤준영씨. 초상이 났는데 하루도 못 참나. 내가 평생 우리 친정 욕 다 들어 먹고 살 테니까 오늘만 참으라는 건데 그게 그래 어렵드나?"

"내가 언제 말희 니 친정 욕하데? 내가 언제 장인어른을 욕했나, 장모님을 욕하드나."

"이게 욕이 아니면 뭔데?"

큰 외삼촌의 일은 꼬박 10년 전, 그러니까 내가 갓 초등학생이 되었던 여덟 살 즈음의 일이다. 우리 집이 친척의 호소에 얼마간 돈을 내어 줄 만했던 시절의 이야기. 그 시절 큰 외삼촌은 잘나가던 사업이 잠깐 어려워졌다고 아빠에게서 몇백씩 야금야금 필요한 급전을 융통했다.

실제로는 사업이 완전히 무너지기 직전이었으면서 '잠깐 수금이 늦어졌을 뿐 금방 갚을 것이고 이자도 후하게 칠 것'이라며. 그러니 부디 장남의 체면을 생각해서 말희와 형제자매들에게는 제발 말하지 말아 달라고 부탁까지 하고는.

대단한 이자를 약속받았지만 아빠는 외삼촌에게 세 번째로 돈을 빌려주었을 무렵 이미 본전도 돌아오지 않으리라는 것을 알았다고 했다. 그렇게 알고도 다섯 번을 빌려준 돈이 딱 2천만 원이었다.

아빠는 그것이 아주 큰 돈은 아니라 생각하고, 부탁을 받은 대로 입도 다물었다. 큰 외삼촌을 위한 것이 아니라 엄마가 알면 괜히 신경 쓰고 미안해할까 봐. 그리고 돌아오지 못할 돈이 대체 제 오빠에게서 언제쯤 돌아오나 전전긍긍할까 봐. 할 만큼 해 줬고 더 내어 주지 않으면 되니까.

그리고 다시는 큰 외삼촌의 전화를 받지 않았다.

엄마야 그것을 알 리 없었다. 아빠가 처가 일에 밑 빠진 독이라며 갑자기 선을 긋고 인색하게 구는 이유도 알지 못했다.

그때는 외할아버지도 외할머니도 모두 건강했으므로, 외가의 일이라고 해 봐야 기어코 집에다 손을 벌리게 된 큰 외삼촌뿐이었다. '지금 잠시 어려울 뿐이고, 잠깐 현금이 막혀 잃기에는 지나치게 좋은 사업이니 이 기회에 투자를 하는 셈 치고 빌려 달라'던 당당한 말이 '제발 살려 달라'는 말처럼 변하기까지 얼마나 시간이 필요했을까.

장남 사랑이 지극했던 외할머니는 큰 외삼촌이 그렇게 애걸하기도 전에, 다른 자식들 몰래 시골집이며 논밭이며 신도시에서 월세를 받고 있던 작은 아파트를 담보로 잡고 평생 농사해 모은 돈을 내주었다.

똑똑한 장남에 대한 신뢰도 대단했으므로 어렵지 않은 헌신이었다.

그러니까 그렇게 믿었던 아들의 손에서 돈이 순식간에 동난 뒤에는, 아마도 장남의 애원에 어쩔 줄을 모르게 되었을 것이다. 이미 들어간 것이 있는데 이대로 사업이 망하면 아들의 인생도, 자신과 남편의 노후도 죄다 주저앉게 생겼으므로.

고로 외할머니가 울며불며 딸들과 막내아들에게 전화를 돌리기 시작한 것도 별수 없는 선택이었다. 금세 들키는 거짓 핑계나 댄 것도 집안의 기둥이 이런 일로 누나와 동생들에게 체면을 구기지 않기를 바라서였을 것이다.

그런 외할머니였으니 큰 외삼촌을 위해 자신이 이미 대출을 잔뜩 내어 준 것은 당연하게도 차마 말하지 못했다. 그 시골집은 둘째 사위가 새로 지어 준 것이었다. 그리고 노후에 이런저런 병원과 가까이 살겠다며 소형 아파트를 살 때는 큰딸과 넷째 딸과 막내딸과 막내아들이 돈을 보태 주었다.

큰 외삼촌이 그것을 이미 죄다 털어먹은 걸 전혀 알지 못했던 엄마는 그때까지도 똑똑한 큰오빠를 어느 정도는 믿었다. 어쨌거나 큰 외삼촌은 그 집안에서 아주 오래도록 유일한 자랑거리로 여겨졌으므로.

그런 오빠가 보통 어려운 것도 아니고, 죽을 지경이라는데. 급한 불만 끄면 아무런 지장도 없다는데.

무엇보다 다 늙은 친정 엄마가 저렇게나 사정했다. 큰오빠의 일이 곧 친정 엄마의 일이었다. 그저 큰오빠가 사정했다면 모를까 늙은 엄마가 여섯 딸과 다섯 사위에게 매일 전화를 돌리며 눈물로 사정한다는데.

엄마는 8남매 중 일곱째, 막내딸이었다. '혹시나 이번에는 아들일까 봐' 한 번 낳아 본 딸. 외할머니와의 나이 차이도 마

흔 살 가까이 났다. 엄마는 외할머니의 죽는소리에 잔뜩 마음
이 약해져서 아빠가 없을 때면 부엌에 홀로 서서 남몰래 울었다.

집에 돈이 없는 것도 아닌데, 우리한테 이래 여유가 있는데
처가에 돈 천 빌려 주는 게 그래 아깝나. 늙은 장모가 저렇게
막냇사위한테 울며불며 애걸복걸하는데, 어? 지 마누라가 우스
우니까 저카지, 내가 지한테 귀했으면 우리 엄마한테 저따위로
하겠나…….

그 무렵 엄마는 내가 바로 옆에 있는 것도 잊고 종종 그렇게
중얼거리고는 했다. 너무 소심해 아빠 앞에서는 차마 말하지도
못하면서.

그럴 때면 나도 아빠가 잠깐은 미웠다. 아빠가 그냥 돈을 줘
버리면 엄마가 울지 않을 텐데. 외할머니는 어린 내 눈에도 언
제나 연약하고 가여워 보였고, 거무스름하게 주름진 손을 모아
쥔 것이 무력해 보였다.

누구나 쉽게 해칠 수 있는 사람처럼 웅크리고 눈물을 뚝뚝
떨어트릴 때면 대단히 괴롭힘을 당하는 것처럼 보이기도 했다.
저를 도와주지 않는 것이 곧 저를 괴롭히는 일이라는 듯. 그래
서 아빠는 꼭 외할머니를 괴롭히는 사람처럼 보였다.

그런 식으로 사이에 선을 긋고 조용한 피해 의식이 생기면
없던 용기도 생기기 마련이었다. 그렇게 속이 뒤틀린 엄마에게
대고 외할머니가 이번에야말로 죽어 버리겠다는 소리를 했다.

억지로 외면하고, 도리가 없다 하고, 태희 아빠가 허락하지
않는다는 핑계를 대며 겨우 시간을 끌었던 엄마는 결국 견디지

못했다. 아빠가 없는 사이 외할머니가 찾아와 막내딸에게 무릎까지 꿇고 비는 것에 속수무책으로 무너졌다.

촌에서 오래도록 고생해 일찍 허리가 굽었던 할머니는 무릎을 꿇자 마치 구겨진 작은 짐처럼 보였다.

큰 외삼촌이 수원의 어느 모텔 방에서 번개탄을 피우고 자살을 시도했다고 했다.

'제발, 말희야. 느그 오빠 한 번만 살리도. 어? 엄마가 이래 니한테 무릎 꿇고 비께. 진짜 저러다 사람 죽는다. 니 느그 오빠 죽게 내삘끼가. 사람 하나 살린다 생각하고, 말희야, 그래도 혈육이고 느그 딸내미들한테는 하나밖에 없는 오빠야 아이가.'

'엄마…….'

'창석이, 느그 오빠 창석이 진짜 불쌍한 아다. 아가 그래 똑똑한데, 순전히 부모 잘못 만나가 빚도 못 보고 고시 공부도 제대로 못하고 살다가 늦게라도 뭐 좀 해 볼끼라고 서두르다 저칸 거 아이가.'

'태희 아빠랑, 태희 아빠랑 얘기해 봐야 돼요.'

'느그가 돈이 없는 것도 아니고, 과수원이 이래 큰데 7천만 원 융통하는 게 뭐가 어렵겠노. 창석이가 금방 메꿔 넣어 줄 낀데. 그게 아니라도 느그 한 해 농사 지으면 돈을 얼마나 버는데! 벼농사 밭농사나 하는 니 친정이랑 억을 버는 니 남편이 같나. 지금 당장 현금이 급한 것도

아이다이가.'

'엄마, 그게 요새나 그런 거지…….'

'윤 서방이 원래는 지 처가에 얼마나 잘했노. 쪼잔한 사람도 아이니까는 막상 니가 대출 좀 받았다 하면 그냥 잘했다 칼 끼다.'

'…….'

'사람이 죽는다 카는데 돈이 문제가. 일단 사람부터 살리고 봐야지. 어? 이번 고비만 넘기면 다 잘 풀릴 거고, 말희 느그 돈은 창석이가 진짜 이자 잘 쳐서 돌려줄 테이까는……. 말희야, 되겠제. 응? 이러다 느그 엄마가 먼저 죽겠다. 진짜 이러다 죽겠다. 진짜 내가 아침에, 그 전화를 받고 얼마나 기가 막혔으면…… 저절로 눈이 농약에 가드라. 그거를 내 손에다 몇 번이나 쥐었다가 놨다가.'

'엄마!'

'그래. 내가 너무 오래 살아서 자식들한테 구걸이나 하고 댕기고 이 우세를 당하고 사는 거지, 싫어가.'

'그런 말이 어딨어요. 엄마. 어떻게 자식 앞에서 그런 소리를 해요.'

'말희야. 진짜, 창석이 죽으면 내도 죽을란다. 저 불쌍한 놈 저래 자살해 뿌면 내도 그날로 농약 먹고 느그 오빠 따라갈란다…….'

엄마의 속에 똬리를 틀고 있던 용기는 아주 비밀스러웠다.

200

아빠가 안다면 절대로 돕게 해 줄 리 없다 생각했으니 당연했다. 엄마는 그렇게 아빠에게 아무런 말도 하지 않고 외할머니가 바라는 일을 해냈다.

외할머니의 울음을 먹고 자라난 오기가 어린 날의 내 손을 잡고, 읍내로 향하는 버스에 올라탄다. 그때 엄마는 본인의 오기와 외할머니의 절박함의 줄에 묶인 인형 같았다.

어쩌면 부모가 가장 원하지 않았던 마지막 딸이라는 '말희'라는 이름의 태생적 부채감 때문이었을까.

아니면 다른 형제들이 부모를 끝내 외면하는 마지막에 저는 외면하지 않는 것으로 뒤늦게 막내딸의 쓸모를 인정받고 싶었을까? 그것도 아니라면 단지 외할머니가 늙고 구부러진 몸으로 더는 불쌍해지지 않기를 바라서였을까.

그저 엄마를 덜 사랑하는 외할머니를, 우리 엄마는 너무 많이 사랑해서였을까.

무엇이 됐든 엄마는 결코 아무것도 후회하지 않을 것처럼 농협에 들어서서 대출 창구에 앉아 상담을 받고 사인을 했다.

그렇게 아빠가 엄마 명의로 돌려놓았던 전원주택 부지로 엄마가 7천만 원의 융자를 받는 내내, 여덟 살의 나는 옆에 걸려 있던 보험 전단지 따위를 모두 읽었다. 자궁경부암에 걸리는 건 너무 싸네……. 태평하게 그런 생각을 했던 것도 같다. 만약 나중에 병에 걸리면 비싸고 진단도 잘 나오는 병에 걸려야지, 하고. 엄마가 더는 아빠 몰래 울지 않아도 될 것 같아서였다.

엄마의 그 모습이 얼마나 이 일이 옳다는 확신에 차 있었는지.

그로부터 하루만 지나면 엄마가 내내 후회하게 될 일이었다. 세 인생 전체가 남편에게 밑지고 들어가는 것처럼 여겨지게 될 일이기도 했다.

이후로 내내 큰오빠를 죽이고 싶어 할 만큼 원망하게 될 일이었다. 잠깐의 그런 마음은 언제나 공명심의 앞모습과 이기심의 뒷모습을 닮았으니까.

남을 위한 헌신은 결국 누군가를 향한 이기심인 법이다. 그것이 자신이든, 다른 누구든.

짐짓 정의로운 애정을 닮은 것만 같았던 엄마의 마음이 아빠에게는 이기적인 것이었듯이. 그래서 결국은 엄마 자신에게 잔인한 것이었듯이.

나는 아직도 외할머니가 우리 집 현관에서 무릎을 꿇고 가엽게 웅크려 울던 모습을 기억한다. 내뱉는 모든 말이 절절한 사랑이었다. 오로지 큰 외삼촌만을 위한.

그때 그 외할머니의 헌신적인 몸을 일으켜 뒤돌게 하면 엄마에게는 단지 이기적인 그림자만이 남을 것이다.

그리고 엄마는, 결코 그 이기적인 그림자를 직시하고 싶지 않은 것이다. 큰 외삼촌을 비난하는 아빠를 통해서, 과거의 사실을 통해서, 스스로의 기억을 통해서.

"……내가 뭔 말을 못 하겠다. 말을."

병원의 좁은 주차장을 빙빙 돌다 겨우 자리를 찾은 아빠는 주차하기 무섭게 문을 벌컥 열고 내려, 뒤도 돌아보지 않고 장례식장으로 먼저 가 버렸다. 8월의 무더운 공기가 에어컨 바람에 서늘해져 있던 트럭 내부를 어지럽혔다.

조수석의 엄마가 멍하니 앉아 창밖을 응시했다. 앞좌석 한가운데 여전히 앉아 있던 나는 엄마가 잡아 오는 손에 가만히 손을 내주었다. 조금 있다 엄마가 조용히 흐느꼈다. 아빠, 하고.

우리 아빠가 아니라, 엄마의 아빠를 부르는 소리였다.

"행님 말씀대로 4일장을 하면, 출상까지 빈소에 누가 붙어서 3일 밤낮으로 일을 다 합니까?"

"이미 하기로 한 거믄 하기로 한 거다. 빈소도 그렇게 잡았고. 딸내미가 여섯인데 왜 몬하노? 돌아가면서 하면 한 번씩 편하게 쉬기도 하긋네."

"행님이 하실 거 아이면 그래 말씀하시면 안 되지요. 여기 안 바쁜 사람이 어딨습니까? 우리가 부동산을 4일씩 닫을 수도 없고, 요 태희 엄마랑 태희 아빠도 휴일 없이 노상 과수원에 붙어 있어야 되는 사람들 아입니까. 당장 내일이고 모레고 잔금 치르는 손님들도 계신데, 다대포에서 여까지 왔다 갔다 할 생각만 해도 기가 차구마."

"요즘 세상에 그거 뭐 고속도로 타면 얼마나 걸린다고."

"대전 행님네랑 광주 행님네도 겨우 하루 빼가 온 건데, 그럼 뭐 당장 내일부터 큰 처형이랑 둘째 처형이 저 연세에 낮에 붙어서 음식이나 나를 낍니까?"

빈소에 와도 대화는 차에서 들은 내용과 별로 다르지 않았다. 비용. 시간. 부산에서 급히 온 이모부는 아빠보다 더 사나운 표정이었다. 큰 외삼촌과 나이 차이가 그 지경으로 나지 않았다면 금방이라도 멱살을 잡아 흔들 것처럼.

막냇사위인 아빠는 말 한 마디 없이 큰 외삼촌의 맞은편에 싸늘하게 앉아 있었다.

그러나 큰 외삼촌은 언제나 그랬듯 낯이 아주 두꺼웠고, 돈 이야기가 나오면 할아버지의 영정을 가리켰다. 죽은 아버지 앞에서 어떻게 이런 말을 하냐고.

안 좋은 분위기는 한 시간, 두 시간이 지나도 마찬가지였다. 이모와 이모부들이 하나둘 빈소로 들어왔다.

아들 둘과 사위 다섯. 딸이 여섯이지만 큰 이모부는 내가 태어나기도 전에 돌아가셨다. 그렇게 남자 일곱이 전부 모여 앉은 테이블 위로 적나라한 돈 이야기가 오가기 시작했다.

그리고 이모들은 그 소리가 들리지 않는 척했다. 혈육끼리는 그런 이야기를 하는 게 아니라는 듯이.

조문객이 아직 없는 한산한 빈소에서 이모 몇 명은 외할아버지의 영정 사진 밑에서 눈물을 조금씩 닦으며 앉아 있고, 이따금 감정이 북받친 것처럼 오열하기도 했다. 가장 어린 엄마와 막내 외숙모는 상조 회사 직원이 있는 주방에서 같이 일했다. 이따 저녁에는 아주 많은 사람들이 올 거라고.

나는 엄마가 시키는 대로 빈소의 구석진 곳에 앉아 문제집을 펼쳤다. 눈에 들어오는 건 아무것도 없었다.

그 애가 아까 도서관에서 했던 말이 며칠은 지난 일처럼 느껴졌다. 계속 같이 있자는 말, 잡아 오던 손, 그 애가 날 바라보던 순간 귓가에서 흘러나오던 음악 소리.

부드럽게 불러 주던 내 이름.

"차희야."

나는 막연하게 떠돌던 시선을 들었다. 광주에서 온 넷째 이모였다. 눈가가 발갛지만 표정은 밝았다.

"울 똑순이. 공부해야 되는 애가 이래 붙잡혀 있어가 우야노."

"아니에요. 여기서도 할 수 있는데요, 뭐."

"공주야. 나중에 혹시 누가 니보고 음식 좀 나르라 칼 수도 있으이 미리 저쪽으로 좀 더 숨어 있어라. 알겠제."

나는 작게 웃었다. 넷째 이모는 그저 명절날 모인 친척처럼 대학생인 사촌 언니들 이야기를 꺼내 놓았다.

아마도 멍하니 홀로 앉아 있는 나를 염려했기 때문일 것이다. 큰 외삼촌이 있으니, 우리가 오는 길에 아빠와 엄마 사이에 무언가 일이 있었으리라 생각하고.

그러는 와중에도 가끔 외삼촌들과 이모부들이 모인 곳에서 언성이 높아졌다.

나중에 다 갚게 되어 있다는 둥, 소득세며 건강보험료 때문에 주식은 함부로 팔 수 없다는 둥, 그러나 상황이 몹시도 순조로우니 아무도 걱정할 것이 없다는 내용의 일장 연설 사이로 광주 이모부가 험하게 욕설을 내뱉었다.

"신경 쓰지 마라. 저거는 화난 것도 아이다."

"……네."

"순대 좀 먹을래? 이모야가 갖다 주까?"

"아니에요. 괜찮아요."

"니가 이래 안 먹으니까 애볐지. 고3까지는 무조건 살찌 가
믄서 공부하는 기라."

이모는 내 대답과 상관없이 자리에서 일어섰다. 그러다 문득
빈소 출입구 쪽을 보고는 '어?' 하고 짤막한 감탄사를 흘렸다.

"뭐꼬, 혜영아!"

"말선아."

잠깐 영정 앞에 절하고 빈소 구석을 향해 곧장 걸어오는 중
년의 여자가 보였다. 단발머리를 한쪽 귀로 넘기고, 무릎 아래
까지 일자로 떨어지는 검은 원피스를 잘 차려입은 우리 큰 고
모였다.

넷째 이모와 큰 고모는 중고등학교를 함께 나온 동갑내기 동
창이다. 큰 고모는 살짝 미소를 띠고 내 곁에 앉았다. 그리고 테
이블 위로 넷째 이모와 다정하게 손을 붙잡고 환담을 나누었다.

"내는 이래 다 늙었는데 니는 하나도 안 늙었네, 윤혜영이.
이야. 니는 아직도 아가씨 같다, 야."

"아가씨는 개뿔. 보자마자 아부도 잘한다. 그래해 봐야 줄
것도 없거든?"

"가만 보자, 그러고 보니 차희가 영판 어릴 때 니네?"

"얘 태어났을 때 안 그래도 우리 집에서 다들 그캤다. 내 많

206

이 닮았다고."

고모는 수줍게 말했다.

"그래도 희야가 훨씬 이쁘지."

"아이, 진짜. 같이 앉아 있는 거 보믄 고모랑 조카가 아니라 엄마랑 딸이라 캐도 믿겠다. 차희가 제부보다 니를 닮았네."

"근가."

넷째 이모는 고개를 열성적으로 끄덕이며 자기 등 뒤의 커다란 거울을 보라고 가리켰다. 무심코 이모의 손을 따라 향한 눈이 거울 속 큰 고모와 나를 번갈아 응시했다.

우리는 정말로 닮아 있었다. 잘 컸다, 이쁘다, 명절처럼 조카를 향한 다정한 말들이 의례처럼 몇 마디 쏟아지고는 다시 사그라졌다.

얼른 문제집이나 마저 보라며 나를 놔준 고모와 이모는 다시 대화를 이었다.

"광주 그 먼 데서 우째 바로 여까지 왔노."

"안 그래도 일 있어가 우리 신랑이랑 대구 가던 길에 딱 전화 받았다이가. 에휴, 올해는 못 넘긴다, 못 넘긴다 병원에서 캐샀트만 결국."

"그래도 주무시는 중에 돌아가셨다니 다행이지. 고통스럽게 돌아가신 것도 아이고. 오래 고생하셨다 아이가."

평생 고생만 하셨는데 지금은 편해지셨겠지. 이제는 어머니가 걱정이겠다. 남들은 호상이다 캐도, 두 분 금슬이 워낙 좋으셨으니 충격이 크실 텐데…….

초상집에서 흔히 오가는 말들 속에 나는 문제집 페이지를 한 장씩 넘겼다. 이윽고 넷째 이모가 이모부의 부름에 일어나고, 큰 고모는 조용히 소리를 죽여 물었다.

"희야, 엄마는?"

"잠깐 화장실 가셨나 봐요."

"아까부터 말희가 안 보이네. 준영이는 저 있는데."

"아빠 불러 드릴까요?"

큰 고모는 아빠와 이모부들이 앉아 있는 곳을 흘끗 보고는 골치 아프다는 듯 고개를 절레절레 저었다.

"됐다. 조금 더 앉아 있다 니네 엄마나 슬쩍 보고 가 봐야지. 초상집에 사돈이 오래 있어 봐야 걸거치고."

"넷째 이모가 가지 말라고 하셨잖아요."

"말선이는 나중에 따로 보지, 뭐. 출상까지 청라에 있을 거라니까. 희야."

"네."

"아빠 술 너무 안 마시게 니가 나중에 잔소리 좀 해리. 알겠제? 느그 큰외삼촌이 저래 버티고 있어가……. 저 꼴 보고 화가 안 나면 사람도 아니겠지마는, 그래도 할배 돌아가신 당일에 자식들끼리 싸움이 나가 되겠나. 사위도 자식인데."

"네."

"애는 아직 니밖에 안 왔나? 외갓집 사촌들은?"

"학원 끝나고 온대요. 언니들이랑 오빠들은 지금 오고 있고요."

"학원 그게 뭐시라꼬. 할배 돌아가셨는데 바로 좀 오지. 그래 봐야 공부는 느그 외갓집에서 우리 희야가 제일 잘할 건데. 그쟈."

"아니에요."

"니는 진짜 잘될 끼다. 희야. 부모가 안 시켜도 공부도 이래 잘하고, 이래 이쁘고, 이래 착하고."

자장가처럼 느릿한 소리였다. 내 무릎을 토닥거리며 다정한 말을 외운 고모는, 곧 내 무릎을 꼭 쥐고 나직하게 말했다.

"그니까 니 혼자서 너무 슬퍼하지 마라. 희야."

"······."

"아빠도, 엄마도 사는 게 미운 거지 서로가 미운 게 아니니까. 다 잘될 거니까."

"······네."

조용히 속을 파고드는 소리였다. 대놓고 말하지는 않아도 짐작은 한다는 듯. 부드러운 얼굴에서 동생 부부 사이에 낀 고등학생 조카를 향한 염려가 느껴졌다. 겨우 고개를 끄덕이니 고모가 빙그레 웃었다.

"어차피 니 좀 있다 대학 가면 저것들끼리 지지고 볶고 살든가 말든가 볼 일도 없다. 솔직히 저러는 사람들치고 이혼하는 인간들도 없드라."

나도 조금 웃었다.

"느그 아부지가 말본새는 가끔 그캐도, 어릴 때부터 느그 엄마를 얼마나 좋아했는지 아나."

"잘 모르겠어요. 아빠 친구들은 그렇다던데."

"아빠가 원래 어떤 사람이었는지는 딸인 니가 잘 안다이가. 사과원 좀 나아지면, 준영이랑 말희도 언제 저캤냐는 듯이 옛 날처럼 살 끼다."

언제 저랬냐는 듯이 옛날처럼.

나는 큰 고모의 그 말이 마치 허황된 꿈의 제목인 것처럼 곱 씹어 보았다.

열다섯에 그랬듯이. 사과원이 좀 나아지면, 내년부터는……

막연한 미래를 향한 말들이 쳇바퀴처럼 우리 집을 도는 가운 데 나는 열여덟이 됐다.

우리는 나아졌지만, 조금도 나아지지 않았다.

열다섯 추석, 초상집 같던 그 명절날. 가장 지독했던 여름이 지난 뒤였다. 엄격한 시댁 때문에 명절날 친정에 오는 법이 별 로 없었던 큰 고모는, 그날따라 고모부 없이 혼자 와서 다른 고 모들과 이틀을 꼬박 일하고 갔다.

사과원은 여름이 다 지난 그때도 수해의 흔적으로 온통 쑥대 밭이었고, 아빠와 엄마는 여전히 정신이 나가 있었다.

우리는 명절 음식 대신 큰 고모가 대구 교동 시장에서 사 온 전과 작은 고모가 청라 읍내에서 사 온 흰 절편 한 상자를 명절 내내 나눠 먹었다.

그날도 아빠랑 엄마는 싸웠다. 가끔은 이유도 변변찮았다. 아까 큰누나 앞에서 그런 말은 왜 했느냐고, 그러는 당신은 현 수 엄마 앞에서 왜 그런 소리를 했느냐고.

싸우기 위한 싸움이었다. 아무것도 아닌 일이 때로는 죽을 것 같은 일이 됐다. 앞에서 날아온 가시 달린 말에 제 몸이 긁히면 돌을 집어 드는 식이었다.

모두가 잠든 밤, 뒷마당에서 아빠와 엄마가 싸우는 소리를 가만히 듣고 서 있던 나를 그때도 큰 고모가 발견했다.

'조금만 슬퍼하고, 더 슬퍼하지 마라. 희야.'

지금은 하나도 슬프지 않아요. 그냥 나중에도 우리가 이러고 있을 게 슬픈 거예요. 시간이 아무리 흘러도 아무것도 나아진 게 없을까 봐 무서운 거예요. 제자리가 무서워요. 결국은 서로 떨어지는 게 더 낫다고 생각하게 될까 봐. '우리'가 어디에도 남지 않게 될까 봐. 더는 예전처럼…….

나는 단 한 마디도 늘어놓지 못한 채, 그저 슬프지 않다고 대답했다. 큰 고모는 내 대답에도 손을 한 번 꽉 쥐었다.

'어차피 다 괜찮아질 건데, 너무 많이 슬퍼하면 낭비잖아. 맞제.'

슬픔에도 낭비가 있다는 것을 그때 배웠다. 너무 슬픈 일이 있어도, 너무 슬퍼하지 않아도 된다는 것도 배웠다.

어차피 다 괜찮아진다는 것을 믿을 수는 없지만, 괜찮아지지 않는다 해도 어떤 슬픔은 낭비다. 내가 그 애와의 끝을 생각해도 가끔은 슬프기보다 무기력한 것처럼.

"저 근데 하나도 안 슬퍼요. 고모."

소리치고 미워하는 가운데 홀로 남는 것에는 이골이 났다. 무기력하게 버티다 보면 시간도 갔다. 외갓집에는 손녀가 넘쳐 났으므로, 외할아버지와 특별한 추억도 없었다.

그 집에서는 딸이 낳은 딸만큼 발에 채고 흔한 것도 없으니까. 외할머니는 한때 날 키워 주기도 했던 사람이지만, 외할아버지에게 난 아무것도 아닌 손녀였다.

큰 고모가 그래, 하고 내 어깨를 톡톡 두드리고는 일어났다. 엄마가 빈소로 돌아온 까닭이다.

나는 큰 고모를 따라 조문객들 뒤로 보이는 엄마를 보았다가, 그 뒤로 보이는 그 애를 발견하고 미간을 조금 찌푸렸다.

널따란 빈소에서 한눈에 날 찾은 그 애가 눈썹을 비딱하게 들었다. 그 표정은 뭐냐는 듯 잠시 불만을 숨기지 않았던 얼굴이 이내 장소를 인식한 듯 차분해졌다.

조금 웃음이 나올 뻔했다. 부모님을 따라온 모양이다. 제가 우리 외할아버지랑 대체 무슨 상관이 있다고.

그 애는 아까 도서관에서 보았던 차림 그대로였다. 나는 모른 척 고개를 돌리다, 신발을 벗고 있는 박우경 뒤로 그 애의 부모가 들어서는 것을 보았다.

말희야, 하고 엄마를 부르는 그 애의 엄마가 사라진 자리에 그 애의 아빠가 갑자기 우두커니 남았다. 빈소로 들어서는 사람도, 나가는 사람도 아닌 것처럼 신발장 옆에 애매하게 멈추

212

어 서서.

표정이 아주 이상했다. 시선은 오로지 이쪽을 향하고 있었다. 그러나 날 보는 것은 아니었다. 나는 나도 모르게 내 주위를 둘러보았다. 일부러 외진 곳에 앉아 있었으므로 이곳에 쳐다볼 만한 것이라고는 나뿐이었다.

내 시선이 그 애의 아빠가 바라보는 방향을 따라 근처까지 다시 거슬러 왔다.

아.

가늘게 뜬 시야에 큰 고모의 뒷모습이 잡혔다.

"희야, 고모 급하게 일이 생겨서."

"엄마는……."

"내일 오전에 다시 올게."

큰 고모부는 고모가 친정은 물론이고 본인 집 외의 일에 마음 쓰는 걸 몹시도 싫어하는 사람이었다. 고모가 자기 집 밖에서 하루가 넘는 시간을 할애한다는 것도 대단한 곤욕을 감수하는 일이다.

나는 이해가 되지 않았다. 갑자기 허둥지둥 내 옆에 두었던 가방을 챙기는 손이 다급하고 초조해 보였다.

큰 고모가 그대로 빈소를 황망하게 떠났다. 박우경이 그런 큰 고모를 지나쳐 교차하듯 내가 앉아 있던 곳으로 왔지만, 나는 그 애의 아빠가 떠나는 고모를 멍하니 바라보는 광경에서 눈을 뗄 수 없었다.

"왜, 뭐 보는데."

"아니…… 아무것도 아니다."

표정을 정리하며 그 애에게로 고개를 돌리는 찰나, 빈소의 출입구를 바라보는 그 애의 엄마가 보였다.

그때 마치 내 시선을 눈치챈 것처럼 그 애의 엄마가 이쪽을 보았다. 예의 친절한 그 미소가 그녀의 입가를 스치는가 싶더니, 엄마의 뒤를 따라 주방으로 사라졌다.

"니는 어떻게 장례식장에서도 공부할 생각이나 하노."

"……엄마가 신경 쓰지 말고 하래."

나는 박우경에게 대강 대답하며 어느새 그 애의 아빠가 사라진 출입구를 보았다. 빈소 안을 둘러보아도 보이지 않았다. 무언가 걸리적거리던 머리로 언젠가 아빠가 했던 말이 떠올랐다.

하긴 그 애의 할머니가 큰 고모를 무척 예뻐했다고 했지. 나는 어림짐작으로 그 애의 아빠와 큰 고모가 엇비슷한 나이가 아닐까 생각했다.

좁은 동네니 당연히 초등학교 때부터 내내 잘 알고 지낸 사이일 테고, 우리 집이야 그 애의 집과 할아버지 때부터 연관이 있었다.

그러나 반가운 인사는 없었다. 나는 도망치듯 빈소를 떠났던 큰 고모를 떠올렸다. 고운 얼굴이 드물게 일그러졌던 것도.

"맞다. 엄마가 절하랬다. 나 갔다 올게."

"그래."

다른 조문객들이 줄지어 들어오는 입구를 다시 바라봐도 그 애의 아빠는 없었다. 나는 곧 무관심해졌다. 줄곧 점잖았던 대전 이모부가 갑자기 큰 소리를 내더니 빈소를 나가 버린 까닭이다.

습관처럼 아빠의 손에 들린 소주잔과 앞에 놓인 빈 병들을 보게 됐다. 벌써 얼마나 마신 거지, 하고 헤아리면서.

엄마에게는 분명 견디기 힘든 꼴이겠지. 하지만 아빠 옆에는 속이 다 뒤집힌 표정으로 연거푸 술을 마시는 막내 외삼촌이 앉아 있었다.

시선을 옮기자 큰 외삼촌이 영정 앞에서 조문객과 맞절을 하고, 엄숙한 상주의 얼굴로 인사를 주고받다 문득 재밌는 소리를 들은 양 아주 기분 좋게 소리 내어 웃는 것이 보였다. 그는 조금도 슬퍼 보이지 않았다.

어쩌면 큰 외삼촌은 아무리 헛돈을 써도, 슬픔만은 낭비하지 않는 사람일 것이다.

흔히들 이야기하는 '사람은 저렇게 살아야 잘 산다'라는 말에서, '저렇게 사는' 사람.

제 편의를 위해 남의 인생을 망쳐도 상관없는 사람.

그 화기애애한 대화 뒤에서 기다리고 있던 박우경이 이내 외할아버지의 영정에 대고 절하고, 큰 외삼촌에게도 꾸벅 인사하고는 돌아왔다.

그러고는 퍽 뻔뻔해 보이기까지 하는 표정으로 근처에 지나가던 상조 회사 직원에게 자기가 식사할 상을 차려 달라고 했다. 내게도 묻기에 먹지 않는다고 했다.

"배고파서."

"……지가 뭔데 손님 행세야?"

"그럼 내가 손님이지, 가족이가."

"니는 여태까지 밥도 안 먹고 뭐 했는데."

"여기 따라올라고 개진상 부렸다."

"여기 와서 뭐 할라고."

"그냥. 윤차희 니 잠깐 볼라고."

금세 상이 차려졌다. 말처럼 날 보러 온 것보다는, 식사나 하러 온 것에 가까운 모양새다.

잘도 먹네. 나는 그 애가 밥이며 시락국을 시원스레 퍼먹다 보쌈을 집어 먹는 것을 멍하니 지켜보다, 문득 배가 고파져서 그 애의 젓가락을 뺏어 보쌈을 몇 점 먹었다.

그 애가 그럴 줄 알았다는 듯 보는 게 느껴졌지만 아무래도 좋은 기분이 됐다.

"니는 여태까지 밥도 안 먹고 뭐 했노."

같은 질문이 되돌아왔다. 나더러 들으라고 혀까지 쯧쯧 차면서.

"……그러게. 밥이나 먹을걸."

나는 보쌈을 우물우물 씹으며 그 애의 어깨 너머로 멀찍이 보이는 아빠를 흘긋 응시했다. 빈 병이 아까보다 늘어나 있었다.

곧바로 시선을 조금 돌리자 다시 그 애가 보였다. 마치 시야를 가득 메운 것처럼. 정신이 나간 것처럼 기분이 바뀌었다. 속이 간지러웠다.

숟가락을 든 손에 비스듬히 턱을 괸 그 애가 옅게 웃었다. 나는 사실 이 순간에도 네가 얼른 돌아갔으면 하는데.

술에 취한 아빠나 다른 이모부가 결국 큰 외삼촌의 개소리를 못 참고 달려들기 전에, 조문객들이 듬성듬성 앉아 있는 밤에 다같이 모여 앉아 할아버지의 돈 몇 천을 두고 조각 내며 싸우다 울기 전에.

그 꼴을, 너나 네 부모가 보기 전에.

"내 잘 왔제."

"뭐가."

"니 밥도 맥이고."

나는 아주 잠깐 큰 외삼촌처럼 소리 내 웃을 뻔했다. 아마 대단한 패륜아 같아 보였겠지.

"응."

"뭐?"

"잘 왔다고."

"……."

"와 줘서 고마워. 우경아."

제가 잘 왔냐고 물어 놓고는, 정작 내가 잘 왔다고 말할 줄은 몰랐던 모양인지 그 애의 낯이 기쁘게 변했다. 아주 작고 희미한 미소였다.

그 애는 이내 무표정하게 얼굴을 가다듬고 국을 떠먹었다. 나도 젓가락을 들었다. 우리는 말없이 식사했다. 상 아래에서 무릎과 무릎이 닿았다.

도서관처럼 손을 잡고 싶었다. 이곳이 다시 아무도 없는 8월 한낮의 도서관이었으면 했다. 그럼 그 애가 성가시다고 구박하지 않을 텐데.

얼마 지나지 않아 그 애는 밥을 다 먹고 집으로 돌아갔다. 흰 비닐로 싼 상 위에서 일회용 접시들이 사라졌다. 나는 그 애가 새벽에 심심해지면 보라며 제멋대로 주고 간 책 한 권을 앞으로 끌어왔다.

표지 위에 아무렇게나 붙은 바코드 스티커 위쪽에는 주인의 이름이 있다. 「백운면민 도서관, 에밀 아자르《자기 앞의 생》*」 언젠가 감상문을 쓴다고 이미 읽은 책이었다.

빨간 인덱스 플래그 스티커 몇 개가 이상하게도 책장 위쪽과 아래쪽 여기저기에 붙어 있었다. 나는 햇빛에 색이 누렇게 바랜 흰 양장 책등을 매만지다 그 부분을 잡고 책을 펼쳤다.

인덱스 플래그 스티커가 붙어 있는 줄이 가장 먼저 눈에 띄었다.

「넌 정말 내가 본 아이들 중 제일 예쁘구나.」

이전에 읽었던 책인데도 처음 보는 글처럼 낯선 부분이었다. 한눈에 봐도 그리 중요한 부분은 아니었기 때문이다.

나는 잠깐 숨 쉬는 것도 잊고 그 줄을 보다가, 설마 하고는 수십 페이지 뒤의 인덱스 스티커를 잡았다. 역시나 스티커 바로 옆의 문장이 눈에 띄었다.

....
* 에밀 아자르, 《자기 앞의 생》, 용경식 옮김, 문학동네, 2013

「우리가 결혼해서 뭘 어쩌겠니?」

「고통을 서로 나눠 가질 수 있잖아요. 젠장. 다들 그러려고 결혼을 하는 거래요.」

헛웃음이 흘러나왔다. 다음 스티커가 붙어 있는 곳으로 책장이 스무 페이지 남짓 넘어갔다.

「너는 다른 아이들과는 다르단다. 빅토르야. 난 항상 알고 있었단다.」

8월의 도서관 유리 너머, 매미 우는 소리가 잠시 귓가를 울렸다. 나는 책상에 엎드려 잠시 낮잠을 자고 일어난 것처럼 멍하니 외할아버지의 빈소를 돌아보았다.

매미 소리는 금세 둘째 이모의 우는 소리로 바뀌었다. 나는 그 애에게 처음으로 받은 청혼을 어른들로부터 숨기듯 책가방 안으로 집어넣었다.

#23. 손해 보는 장사

"왜 또."

— 전화 존나 예의 바르게 받네. 윤차희, 니 내일 또 재시험이라고?

"어."

— 와, 그럼 벌써 세 번째 아니가. 어떻게 도로 주행을 두 번이나 떨어지지?

"어."

— 바본가? 윤차희 니 바보가?

"어."

어쩌라고. 윤태희 니가 바보니까 니 동생도 바보겠지.

나는 오빠가 괜히 전화해 쓸데없는 시비나 걸 때면 으레 그랬듯 시큰둥한 태도로 일관했다.

'세상에는 도로 주행 시험을 여러 번 떨어지는 사람이 네 생각보다 많다'는 당연한 사실로 구구절절 항변하는 건 별로 의미가 없다. 윤태희는 그냥 날 놀려 먹을 구실을 하나 더 찾아낸 것뿐이니까.

그리고 나는 조금 자책 중이기도 했다. 머리랑 손이 따로 노는 것처럼 마지막 좌회전 구간을 우회전했던 순간이 자꾸만 생각났기 때문이다.

좀 멍청한 건 분명했다. 박우경의 그 부담스러운 차로 연습할 때도 잘만 해 놓고.

— 잘 좀 해라. 가스나 니 도로 주행 또 떨어지면 쪽팔려서 못 산다.

"쪽팔려도 내가 쪽팔리지, 오빠야 니가 왜 쪽팔리는데."

— 아 인간들이 니가 내 닮아서 그런 줄 안다이가. 내가 운전을 얼마나 잘하는데.

어이가 없다.

"내 면허 따는 거 아무도 관심 없거든."

— 하. 안 그래도 머리에 든 것도 없고 가진 건 얼굴밖에 없는데.

"자랑이다. 진짜 대답할 가치가 없노…….."

— 한 다섯 번 더 치면 붙겠나?

"그냥 영원히 붙지 말라고 저주를 하지, 왜."

— 야. 니는 머리도 좋은 게 왜 꼭 그런 거만 엄마를 닮아 갖고, 희한하게 핸들만 잡으면 뭔가 좀 띨띨하이……. 아, 시바. 잘못 말했다. 이거 엄마한테 이르지 마리.

"다 일러야지."

— 죽는다, 진짜.

분명 해경 오빠가 서울로 올라가기 전에 차를 사기로 했지만, 어째 면허를 따는 일이 너무 지난했다. 곧 엄마가 퇴원할 텐데. 병원을 오갈 일도 예전보다 더 잦을 것이다. 또 버스나 태워야 하나?

엄마는 상태가 호전된 것과 별개로 아직도 스스로 거동하는 게 다소 불편했다.

본인은 괜찮다고, 혼자 있어도 된다고 매번 호언장담하지만 아빠가 어쩌다 한 번 자리를 비울 때마다 어김없이 사고가 났다. 화장실에 가느라 낙상하거나, 식판을 갖다 놓거나 물을 떠오는 길에 넘어지거나.

이제는 정말로 그럴 정도가 아니래도 아빠는 엄마를 못 믿었다. 그러니 아직도 병실에 내내 붙어 있는 것이고.

퉁퉁 부은 몸을 아빠가 씻겨 주는 것이 새삼 부끄럽다고, 아빠가 없는 사이 혼자 샤워실에 가 씻으려다 미끄러져 큰일이 날 뻔한 적도 있다.

그랬으면 아빠 말고 저를 부르면 됐을 것 아니냐고 나무라도, 별일 없었으니 됐다며 웃기나 했다. 분명 '쟤가 힘든 일이 얼마나 많은데 저까지 보태겠느냐'는 미련한 생각이나 했겠지.

엄마는 자기 때문에 나를 청라에 내려오게 한 것만으로도 죄인처럼 생각했다. 그리고 자신이 나 때문에 쓰러졌던 것조차도 내게 대역죄를 지은 양 여겼다.

제 딸을 마음 아프게 해서, 죄책감 느끼게 해서.

남들 같았으면 아빠가 아닌 딸이 보호자 노릇을 할 병원에서, 엄마가 기를 쓰고 날 몰아낸 것도 그것 때문이다. 그날 그렇게 쓰러지고 본인이 어떻게, 얼마나 더 아프게 되었는지를 딸이 절대로 보지 못하기만을 바라서.

아빠가 아침부터 밤까지 내내 병원을 지키다 하루걸러 야간 작업을 하기 위해 과원으로 돌아오는 것도. 그렇게 늦게까지 일하다 창고에 있는 작은 간이침대에서 잠깐 눈만 붙이고는, 엄마가 아침을 먹기 전에 병원으로 가는 것도.

비록 엄마가 그러기를 바란 것은 아니지만 어쨌거나 아빠는 엄마를 믿지 못했으니까.

그런 아빠까지도 내 눈치를 봤다. 본인은 밤도 낮도 없이 살면서 고작 내 죄책감이 지나칠까 봐.

그러니까 나도 이토록 아등바등 기를 쓸 수밖에 없는 거였다.

벌써 8월 중순이었다. 나는 습관처럼 창고의 달력과 시계를 번갈아 보던 눈을 가까스로 거두었다.

자꾸만 시간을 앞뒤로 헤아리는 습관은 오래된 타성에 가깝다. 그래서 나는 어릴 때부터 무슨 일을 해도 쫓기듯 했다.

어쩌다 무얼 잘해도 더 앞의 일을 보느라 정신이 없었고, 무얼 못한다 싶으면 앞도 보고 뒤도 보느라 정신이 없어졌다. 무엇을 잘하든 못하든 앞으로만 나아가는 박우경과는 늘 정반대였다.

확신을 모르는 사람에게는 걱정과 의심이 숨 쉬는 일과 다르지 않다. 지겨워도 떼어 낼 수 없다.

다시 바쁘게 손이 움직였다. 입으로는 블루투스 이어폰 너머 윤태희에게 연신 건성으로 대꾸를 건네면서.

— 그래서 지금 집이가.

"어."

— 일도 다했는데 니 남친이랑 잠깐 미조 저수지 나가서 밥 먹고 커피나 마시고 온나. 오빠야가 돈 보내 줄게.

"됐다. 돈 아껴라. 땡땡이치면서 힘들게 번 돈인데……."

— 이제 남친 아니라고는 안 하네? 공식?

"아빠한테 일러바치면 진짜 죽일 거다."

— 갖고 놀 생각 접었는갑지? 이제 다 튕겼나.

"누가 뭘 갖고 놀아."

— 니. 박우갱이.

이어폰 너머에서 어릴 때처럼 낄낄거리는 소리가 들렸다. 내가 갖고 놀 깜냥이나 됐으면 여기까지도 안 왔지. 창고에서 저온 저장고로 통하는 무거운 문을 밀며 비스듬히 입매만 기울여 자조하는데, 귓가의 웃음이 뚝 끊어졌다.

다시 다른 사람처럼 무뚝뚝한 음성이 물었다.

— 우갱이는. 갔나?

"씻고 있다."

— 와……. 어차피 다 들켰다 이거가? 즈그 오빠야가 이렇게 두 눈 시퍼렇게 뜨고 살아 있는데 이제 집에서 막, 어? 대놓고 박우경 샤워를 시키겠다?

224

"오빠야 니가 니 입으로 걔한테 우리 집에서 아무 때나 씻으랬잖아, 저번에."

― 그땐 니가 비구니였다이가.

"……."

― 지금은 전혀 아니지. 가스나 존나 발랑 까져 갖고.

"해경이 오빠야도 있는데 무슨."

― 박해경 아까 간 거 다 안다.

점심시간에 나한테 전화나 하고 있는 이유를 알 만했다. 차라리 집에서 나가라고. 나는 조금 소리 내 웃을 뻔했다.

잠깐만 차를 타고 저수지 쪽으로 나가면 온갖 무인 모텔이 다 있는데, 우리가 밖에만 나가면 별일 하지 않을 줄 아는 게 좀 우스워서.

"……뭐가 됐든 방금 전에야 과원 일 끝난 거 알면서 왜 트집인데?"

― 일 끝났는데 금마가 우리 집에서 왜 씻냐고. 금마는 금마 집 가서 씻으면 되지.

"땀 너무 많이 흘려서."

― 땀 많이 흘렸다고 씻으면 뭐 하노? 즈그 집에 가면 또 땀 삘삘 처흘리고 있을 낀데. 핑계 존나 오졌다.

누구를 닮아 이러는지도 알 만한 부분이었다.

"과원 쪽만 끝났고 아직 작업 남았거든. 오후에 같이 창고 작업할 거다."

― 창고?

"됐나, 이제. 집에 바로 못 가니까 여기서 씻지."

— 새벽부터 쌔빠지게 사과밭에서 일해 놓고 오후에 뭔 창고에서 또 일을 해?

이제 윤태희는 잔소리의 방향을 바꾸었다. 나는 눈을 꾹 감았다.

— 니는 제발 일 좀 만들어 하지 말고 공부나 해라. 내년에 복학 안 할 끼가. 취직 안 할 끼가.

"오빠야 니는 전화 끊고 일이나 해라. 점심시간 왜케 긴데? 놀라고 회사 가나."

— 아니 나는 진짜 이해가 안 된다니까? 아빠가 시키지도 않은 일을 자꾸 뭘 한다고 하는데. 시키는 일만 딱딱 하라고. 딱딱. 어차피 아빠가 나무들 많이 버려 놨더만.

"그거 버려도 할 일 많다. 끊자."

— 야. 윤차희.

나는 전화를 끊어 버렸다. 그리고 어질러진 빈 궤짝을 옆으로 밀어내며 서늘한 창고 안까지 걸어갔다.

저온 저장고에 있는 작년 사과가 이제야 슬슬 바닥을 보이고 있었다. 본래대로라면 봄에 진작 동이 나야 했다. 아직 여름이지만, 여름 사과를 재배하는 근처 사과원에서는 벌써 이번 해 첫 출하를 끝마치고도 남은 시점이었으므로.

우리 집 부사는 언제나 공기가 쌀쌀해질 즈음에나 수확을 개시한다. 그리고 세상이 낙엽과 겨울을 바라볼 때 출하한다.

겨울 사과는 언제나 그랬다. 동네에서 가장 늦게 꽃피우고,

가장 늦게까지 수고로웠다. 돈도 가장 늦게 벌었지.

그래서 사과꽃은 부사 꽃이 제일 예쁘고, 사과도 부사가 제일 맛있는 거라고 했다. 가장 오래 기다려 먹는 것이니까.

어디까지나 부사를 키우는 사람들의 말에 따르면 그랬다. 아빠와 엄마. 그리고 할아버지.

우리 집은 할아버지 때부터 단골인 오래된 고객들을 위해 더이른 시기에 수확하는 홍로나 시나노 골드 품종도 재배하기는 했지만, 결코 비중이 많지는 않았다.

어릴 땐 어쩌다 우리 집이 저런 게으름뱅이만 죽어라 키우게됐을까 종종 생각했다. 우리 집은 왜 모든 것이 느릴까도 생각했다.

그리고 다 자라 저온 저장고를 돌아보는 지금에 와서도, 여전히 똑같은 생각을 한다.

다른 집이 벌써부터 햇사과를 출하하는 때에도 우리 집은 여태 작년 겨울 사과를 떠안고 있으므로.

작년은 대단한 풍년이었다. 그리고 대단한 풍년은 으레 엄청난 가격 폭락을 불렀다. 사과는 그 전년의 절반도 값을 받지 못했다고 했다.

아빠는 바득바득 이를 갈면서도 엄마의 건강이 좋지 않으니, 늘 하던 것처럼 재고를 남겨 이래저래 힘들게 소매하는 것은 그만두자고 했다.

그러나 온갖 공을 들여 거둔 상등품까지 마치 낙과처럼 헐값조차 매기지 못한 채 수매에 떠넘기는 것을 엄마는 용납하지 못했다. 풍년이니 그리 떠넘길 재고도 워낙 많았다.

엄마는 시장 앞에 트럭을 대놓고 자기 혼자 장사를 하는 한이 있어도 그럴 수는 없다고 아빠와 사흘 내내 싸워 끝내 이겼다. 그리고 그 많은 사과를 남겨 부지런히 일했다. 조금이라도 더 벌겠다고 몸을 갉아먹으며.

사과원 일에서 아빠만 고집쟁이가 아니었다는 사실은 내게 생경하지만, 돌이켜 생각해 보면 엄마는 늘 그럴 만한 사람이었다.

자식 밑에 들어가는 것이 아니면 돈 몇 푼에도 악착같았고 사과는 자식처럼 사랑했다. 일 년 내내 애지중지 키워 놓은 것을 가치 없이 내던진다는 것은 엄마에게 있을 수 없는 일이었겠지.

그러니 근처 도로변에 파란 천막을 크게 쳐 놓고, 혼자 그 아래 덩그러니 앉아서는 아주 오래도록 지나가는 차들을 바라보았으리라.

읍내로 통하는 4차선 국도, 혹은 그저 마을 어귀나 저수지로 향하는 길목마다 드문드문 천막을 세워 놓았던 다른 사과원들이 진작 사과 직판장 플래카드를 내렸을 때까지도.

그렇게 온 청라가 겨울이 되었을 무렵까지도.

나는 엄마의 지난 늦가을을 알 수 있었다. 가장 늦게 수확했으니 가장 늦게 천막을 치고, 끝내는 아무도 남지 않은 추운 길목에 홀로 고집스레 남았을 엄마를.

그곳에서 저수지로 놀러 가는 차들을 바라보면서 엄마는 어떤 생각을 했을까. 그 허무한 풍년의 사과를 온통 쌓아 두고서.

우리가 아주 어렸던 날에는, 그리고 엄마가 젊었던 날에는 종종 노란 승합차가 그 앞에 멈추고는 했다. 늦가을, 오후면 엄마는 언제나 그곳에 있었기 때문이다.

달려가면 여왕도 왕비도, 무엇도 아닌 엄마가 공주를 맞아 주었다. 조금 있으면 합기도 학원 승합차에서 내린 엄마의 왕자도 왔다.

저수지로 드라이브를 가던 사람들이 가끔 내려 사과를 사 가는 동안, 혹은 그런 사람들이 오기만을 기다리는 동안 엄마는 언제나 기다림이 지루한 우리를 달래었다. 그래도 우리 태희랑 차희가 있어서 엄마는 하나도 지루하지 않다고 하면서.

어린 아들이, 딸이 그곳에서 사과원으로 달려가는 뒷모습을 웃으며 바라보았던 젊은 날의 엄마는 어느새 나이 들고 온통 아픈 몸으로 변했다. 아들은 화를 내며 가 버리고는 더 이상 오지 않고, 서울에 있는 딸은 전화를 받는 일도 드물었다.

그렇게 혼자였다. 엄마는 그런 아들도 딸도 언젠가는 남편의 좋은 차에 태우고, 어딘가 좋은 곳을 찾아 떠났던 때가 있었노라고 생각했을까?

우리에게도 저런 때가 있었노라고. 그러고는 지나가는 차들과 지나가는 세월을 응시하면서…….

8년 전 사과원으로 밀려들었던 물에 현실이 여전히 휩쓸려 간다.

엄마는 직판장을 오래도록 열어 두었고, 결국 그것으로도 되지 않아 트럭에 사과를 잔뜩 싣고 나가 시장 근처나 4차선 국도 갓길에 세워 온종일 직접 장사를 했다.

직판장이라면 모를까, 떠돌듯 트럭을 세워 놓고 사과를 파는 일을 창피하게 여겼던 아빠는 운반과 운전만 할 뿐 장사는 돕지 않았다. 그마저도 엄마가 빌고 빌어야 해 주었다. 아빠에게는 '그러게 이 고생 말고 다 넘기자니까' 하고 할 말이 있었으니까.

그렇게 온종일 홀로 장사를 하고 돌아오면 밤까지 창고에서 사과를 포장했다. 그마저도 끝나면 키보드를 한참이나 서툴게 쳐 가며 블로그에 글을 올렸다. 전부 악착같았다. 그렇게 겨우 내보낸 끝이 지금이었다.

나는 일찍이 햇사과를 출하한 사과원들이 벌써부터 저마다 직판장을 차려 놓은 것을 볼 때마다 마음이 조급해졌다.

비교할 거리가 못 된다는 건 안다. 그럼에도 그들을 지나칠 때마다 우리에게 쓸모없이 남은 사과를, 그리고 작년 겨울의 엄마를 생각하지 않을 수 없었다.

도무지 자신이 없었다. 올해라도 괜찮아야 했는데 아무래도 그럴 것 같지가 않아서. 엄마의 실망이 정해진 수순인 것만 같아서.

사과가 담긴 궤짝들을 수레에 싣고 낑낑대며 입구 가까이로 끌고 간 나는 그 일을 고작 몇 번 반복하고는 그 자리에 쭈그려 앉아 헉헉거렸다.

그래도 새벽부터 일한 그 애에게 이런 일까지 시키고 싶지는 않았다. 그렇게 억지로 일어나 저장고 제일 안쪽까지 몇 번을 더 왔다 갔다 했을까.

내내 더운 바깥에 있다가 갑자기 추운 곳에 들어와 계속 힘을 쓴 까닭인지 부쩍 한기가 들고 어지러워, 나는 사과를 옮겨 두는 일만 일단락하고 저장고를 나왔다.

창고는 훨씬 따뜻했지만 커다란 선풍기 바람을 타고 에어컨의 서늘한 공기가 곳곳을 돌아다녔다. 결국 창고에서도 얼마 있지 못하고 나왔다.

한여름 문을 나서는 순간이면 으레 그렇듯 일시에 매미 소리가 온 귓가를 울리고, 순식간에 더운 공기가 살갗에 달라붙었다.

나는 멍하니 창고 앞에다 나란히 둔 플라스틱 의자에 앉아 과수원을 바라보았다.

여름날 아지랑이에 사과나무들의 모습이 미세하게 일렁거렸다. 수능까지 남은 날을 헤아리던 고등학생처럼, 나는 그 애가 이 과수원에서 더는 보이지 않게 될 날을 잠시 헤아려 보았다. 얼른 그날이 지나가길 바랐다가. 또 아주 오래도록 그날이 오지 않기를 바랐다가.

하지만 진심은 언제나 뻔한 것이다. 옳고 그름과는 전혀 상관없고.

나무 사이를 걸어와 내 손목을 잡던 그 애가 뜨거운 땅에서 피어오른 아지랑이처럼 흔들리다 사라졌다. 나는 눈을 잠시 감았다가 떴다.

그리고 무거운 몸을 일으켜 타성처럼 주변 집기를 정리하고, 우리가 흙 위에서 신었던 장화를 챙겨 들고 수돗가로 갔다. 그렇게 장화를 씻는 와중에 집에서 그 애가 나오는 소리가 들렸다.

뻔하고 그른 진심. 일의 다음 따위를 보지 않을 때의 나는 언제나 그렇다.

문이 열리면 그 애가 내게로 걸어오는 소리가 점차 가까워지기를 기대한다. 그 애가 내 어깨에 손을 얹거나, 내 앞에 저도 앉아 실없는 말이나 내뱉을 순간을 대단한 순간처럼 고대한다.

나는 언제나 그 애를 기대했다. 그게 얼마나 한심한 일인지 스스로에게조차 설명할 길이 없어도.

걸음이 가까워졌다. 가슴이 뛰었다. 내 머리 위로 드리운 그 애의 그림자에서 향기가 났다. 내가 매일 쓰는 바디워시 냄새였다. 다른 가족들은 아무도 쓰지 않는.

나는 그 애가 일부러 2층에서 씻고 온 것을 알았다. 귀가 뜨거워졌다.

"내 장화 줘 봐."

"됐다."

"아, 좀 줘 봐."

"벌써 다했는데."

"그럼 네 거 줘 봐."

"됐다니까."

가슴은 뛰었지만 실랑이는 시답잖았다. 그 애는 결국 수돗가에 서서 휴대폰으로 잠시 딴청을 부리는가 싶더니, 아무래도 오후 작업 전에 뭘 좀 먹으러 가야겠다고 주장하기 시작했다. 나는 바쁘니 혼자 가라고 했다가 또 야박한 애 취급이나 받았고.

그러느라 너무 늦게 알았다. 내가 헹구던 장화 안쪽에 뱀이 들어가 있는 것을.

　악! 별안간 내가 소리를 지르며 수돗가에서 멀리 도망치자, 그 옆에서 맛집이나 검색하고 있던 박우경이 영문도 모르고 내가 던진 호스에 약간의 물세례를 당했다.

　얼굴에 온통 뒤집어쓴 물을 앞머리와 함께 손으로 대충 사납게 닦아 넘긴 그 애가 내 쪽을 한 번 노려보았다가 수돗가를 다시 봤다.

　내가 던져 놓은 노란 장화에서 뱀이 기어 나오고 있었다.

　다시 내 쪽을 바라보는 그 애의 눈에 약간 한심해하는 기색이 서렸다. 그것보다 더 거슬리는 건 웃을 듯 말 듯 한 그 애의 입술 모양이었지만.

　"꼴랑 이거 때문에?"

　"야, 박우경. 박우경……."

　"그만 부르고 다시 일로 온나."

　"박우경, 일단 그거 잡아 봐 봐."

　"니 나이가 몇 살인데."

　"스물셋. 됐제. 이제 잡아라."

　"애가 초등학교 수준에서 발전이 없노."

　혀를 차는 소리에도 자존심이 상하기는커녕 뒷걸음질만 쳐졌다.

　"그래도 도망치는 속도는 옛날보다 더 빨라졌네. 존나 지 혼자 살겠다고."

그 애가 뭐라고 하든 나는 슬그머니 더 멀어졌다. 박우경이 주변을 이리저리 둘러보는가 싶더니 막대기를 툭 집어 들고는 뱀이 가는 쪽을 바라보며 물었다.

"도망치면서 내 생각은 안 나드나."

"니는 뱀이 안 무섭잖아. 난 무섭고. 그럼 도망쳐도 되는 거 아니가."

"이게 독사면?"

"독사 아니잖아."

"알면 도망가지 마라. 아저씨도 말했잖아. 뱀보다 무서운 건?"

사람.

나는 반사적으로 아홉 살처럼 입 모양으로만 대꾸했다. 그야말로 옛기억에 떠밀려서.

대체 언제 적 말인지도 모르겠다. 아마도 그 애도 아빠가 날 타이르는 소리나 들었을 것이다. 수도 없이 그랬으니까.

뱀은 시골 어디에나 있다. 그 사실이 가장 날 괴롭게 할 정도로 평화로웠던 유년 시절에는, 아빠도 수십 번씩 같은 말로 딸을 가르치는 여유를 알았다.

'희야, 뱀보다 무서운 게 뭐고?'

'사람.'

아빠가 가르치고 싶었던 게 뱀을 무서워할 필요가 없다는 것인지, 사람이 무섭다는 것인지는 알 수 없었다. 어쩌면 둘 다일지도 모르지.

그러나 나는 이렇게 다 자라서도 뱀이 무서웠다. 사실은 사람이 훨씬 더 무섭다는 것을 알면서도.

"좀 봐라, 윤차희. 눈 감지 말고."

"아, 싫어……."

"또 뱀 나오면 어쩔 건데."

또 나오면 박우경 니가 잡든가. 그 말이 혀끝에서 붙잡혀 내려왔다. 제가 없을 땐 어쩔 거냐고 묻는 얼굴이 빤히 보여서.

"……아빠가 잡겠지."

"아빠 없으면."

나도 없고, 너희 아빠도 없으면.

"니도 잡을 줄 알아야지."

그 애의 말은 단순한 부재를 가리켰다. 그 애가 집으로 돌아가고 나 혼자 있을 때. 우리가 단지 사과원 안에서 멀리 있을 때. 하지만 내게는 그 애의 부재가 영원한 것처럼 느껴졌다.

나는 그 애가 모르는 끝을 전제로 이 우스꽝스러운 연애를 시작했다. 그리고 한순간의 행복에 취해 벼랑으로 걸어가고 있었다.

별것도 없는데 혼자 거창하기도 하지. 그럼에도 내게는 벌써 아득한 벼랑 같았다. 우리는 시간이 등을 떠미는 대로 그곳을 향해 부지런히 걷다가 하나는 아래로 떨어지고 하나는 위에 남아 다시는 서로를 볼 수 없는 것이다.

"윤차희. 보고 있나."

"……볼게."

아빠도 없고 너도 없을 때 뱀이 나오면, 내가 알아서 해 볼게. 네가 없을 때. 내가 혼자 있을 때…….

되새기면 문득 가슴이 조였다. 나는 또 습관처럼 시간을 헤아린다. 이 여름이 지나면. 가을도, 겨울도 지나면. 해가 바뀌면. 네가 서울로 떠나면.

내가 청라를 떠나지 않으면.

그래.

"삽 있으면 좋고, 급하면 일단 막대기나 지팡이 같은 걸 어디서 대충 주워 들고 와서……. 야. 윤차희. 보고 있나."

"아 보고 있다, 보고 있다."

"닌 힘이 약하니까 좀 높게 들어야 된다. 알겠제. 들고, 뱀 대가리를 존나 세게 내려쳐. 이렇게."

"……."

"알겠나."

결심은 보잘것없었다. 나는 그 애가 막대기를 높이 들어 올리는 순간 눈을 감고 말았다. 그냥 뱀이 나오면, 먹기 싫은 야채가 있으면 네게 죄다 한심하게 떠밀고 살면 안 될까. 네가 계속 옆에 있으면 안 될까……. 한순간 거품이 차오르듯 아주 바보 같은 생각이 떠올랐다가 꺼져 들어갔다.

나는 겨우 실눈을 뜬 채로 중얼거렸다.

"……그냥 소방서에 신고하면 안 되나."

"윤차희 니 때문에 불났는데 못 끄면 어칼래."

"말이 되는 소릴 해라."

"봤제. 이 새끼 기절한 거."

나는 미동도 없는 뱀을 찜찜하게 바라보았다. 기절이 아니라 죽은 것처럼 보였기 때문이다.

싫고 무서운 거지 죽기를 바란 적은 없었으므로 미심쩍은 눈으로 박우경을 보자, 그 애가 내 시선을 다른 의미로 해석하고는 덧붙였다.

"만약 니가 뱀을 죽이고 싶으면 이 정도로 치면 안 된다. 머리가 터져 죽을 때까지……."

"안 죽일게, 평생 안 죽일게."

그 애는 내 맹세에 고개를 절레절레 흔들며 창고 앞으로 걸어가 삽을 한 자루 가져왔다. 기절한 뱀이 삽 위로 가지런히 옮겨졌다. 나는 그 애에게 말하는 것치고는 드물게도 아주 간곡한 어조로 부탁했다.

"멀리 델따 놓고 온나. 그래도 죽이지는 말고."

"옆에서 구경만 해 놓고 이래라저래라 잘 하노."

"아. 박우경 니가 대단하니까 어쩔 수 없지."

아닌 척 조금 우쭐해진 얼굴이 또 웃을 듯 말 듯 했다. 그러더니 언제 그랬냐는 듯 무표정해졌다.

"니 뭐 해 줄 건데. 내 이거 하면."

어차피 하려던 일이면서.

"……걍 저기 좀 갔다 오면 되잖아. 뭘 또 받을라 카노."

"그럼 니가 갈래?"

나는 콧잔등을 찡그렸다. 오가는 수고 때문이 아니라, 가는 길에 뱀이 의식을 되찾을 것이 무서웠기 때문이다.

방범용 CCTV가 달린 곳을 이리저리 둘러보고 있자 그 애가 뱀 쪽을 가볍게 턱짓했다. 과연 네게 그러고 있을 시간이 있냐는 양 무던한 재촉이었다. 나는 최대한 뱀이 잠든 삽 위를 바라보지 않으려 노력하면서 박우경에게로 머뭇머뭇 다가갔다.

아. 그 애가 다시 웃었다. 내가 무슨 짓을 할지 훤히 안다는 듯이.

나는 조심스레 그 애 앞에서 발돋움을 해 키스했다. 사실은 키스라고 부를 수도 없을 만큼 접촉은 짧았고 심지어 입에 하려던 것이 잘못 닿아 입가로 비켜 갔지만.

"······장사를 너무 많이 남겨 먹으면서 하네. 윤차희."

햇살을 등지고 선 그 애가 얄궂게 한 번 웃고는, 멀어지는 내 얼굴 위로 빠르게 고개를 내려 쪽 뽀뽀했다.

"내가 좀 손해 보는 장사긴 한데."

"······."

"그래도 니가 시키면 해야지."

뱀 깰라. 나는 멍청하게 발개진 얼굴을 돌리며 더 멍청한 말을 중얼거렸다. 빨리 좀 가라고.

아빠와 엄마의 손길이 오래도록 닿지 않은 창고는 올여름 내내 엉망이었다.

돌이켜 보면 우리는 대충 물건을 창고로 욱여넣거나 그 안에서 물건을 꺼내 쓰고는 다시는 제자리에 돌려놓지 않는 방식으로만 일했다. 그렇게만 일해도 모든 일이 촉박하고 너무 고되었기 때문이다.

나는 물론이고 일머리가 꽤 있는 박우경조차도 숙련된 일꾼은 아니다. 그 애야 요령도 힘도 있으니 눈치껏 알아서 잘할 뿐이었다. 매주 금요일 밤이면 청라로 오는 윤태희도 마찬가지였다. 해경 오빠는 어쩌다 재수 없게 차출된 가련한 부잣집 도련님이니, 말할 것도 없었다.

그러니 어수룩한 톱니바퀴 몇 개로 어떻게든 일을 굴러가게 하는 것만도 힘겨웠다. 최대 네 명인 일꾼이 이 창고에서 실질적인 유용함을 느끼는 건 소파 정도였으니, 나머지는 가끔 알바도 아닌 것처럼 여겨졌다.

하지만 이제 곧 엄마도 아빠도 돌아올 테니까. 게다가 다음 달에는 당장 우리도 홍로를 수확할 터였다. 우리 사과원을 죄다 뒤덮은 부사만큼은 아니어도.

올해는 추석이 늦게 돌아왔다. 덕분에 오랜만에 우리 집도 대목에 딱 맞추어 가을 사과를 낼 수 있게 되었다. 미리 환경을 정리해 둔다면 좋을 것 같았다.

그래서 엄마가 나 몰래 이곳을 치운다고 절뚝거리며 돌아다니는 꼴을 보지 않을 수만 있다면.

그렇게 저녁까지 집기를 치우고, 전에 잘못 치웠던 집기를 끄집어내고, 분류를 다시 하고, 끝도 없이 짐을 옮겼다. 그 애가 아빠의 오래된 컴퓨터로 틀어 놓은 플레이 리스트가 몇 번이고 지겹게 반복될 때까지.

가끔은 우리의 손이 스쳤다. 무거운 짐을 끌고 가던 내 손을 툭 밀어내고 대신 자리하는 그 애의 손으로. 그 애에게 이따금 물잔을 건네는 내 손으로.

또 가끔은 멀리서 눈이 마주쳤다. 노래가 하나 끝날 무렵이면 찾아드는 잠깐의 정적마다 그 애가 나를, 내가 그 애를 보았다.

다시 그 애가 있는 저녁이었다. 8월은 청라조차 해가 길었다. 아직도 주변이 퍽 밝았으므로, 나는 씻고 나오라는 박우경의 말에 점심때와 달리 군말 없이 샤워를 하고 집을 나왔다.

사과밭 어귀에서 우리 집을 등지고 앉아 날 기다리던 그 애가 파란 플라스틱 의자에 드러누운 자세 그대로 고개만 뒤로 젖혀 날 보았다. 아까 뱀을 잡았던 수돗가에서 다시 세수를 한 모양인지 앞머리가 조금 젖어 있었다.

농기구나 공구를 잠깐 올려놓을 때 말고는 이제 더 이상 쓰지 않는 테이블 위에 올려놓은 다리가 그 애를 아주 거만하고 느긋한 사람처럼 보이게 했다.

아빠가 몇 해 전 초록색 페인트로 덧칠한 저 나무 테이블은 태풍에 망가진 파라솔을 떼 놓아 퍽 볼품없었고 먼지만 잔뜩 쌓여 있었다. 테이블과 깨끗하게 짝을 맞추었던 벤치도 진작 망가져 소각된 지 오래였다.

그리고 그 애가 사과원을 내다보는 자리에 갖다 둔 저 파란 플라스틱 의자라면, 본래 무엇과도 어울리지 않았다.

그러나 이상하게도 그 애에게는 항상 어울렸다. 저런 파란 플라스틱 의자 따위가 아닌 무엇이라도. 어디에 있어도. 볼품 없이 낡는다는 게 어떤 것인지 평생 알지 못할 것처럼 삶이 확고해 보였다. 언제나.

그래서 나는 가끔씩 결코 내가 될 수 없는 무엇을 바라보듯 그 애를 보았다.

시기도 선망도 될 수 없는 아득함으로. 그저 바라보기만 해도 족한 것처럼. 혹은 영영 보아도 만족스럽지 못할 것처럼.

"……박우경. 가자."

"아. 못 일어나겠다."

내가 나온 걸 보고도 미동 없이 앉아 있던 박우경에게서 천연덕스러운 대꾸가 돌아왔다. 나는 가만히 코웃음을 쳤다. 그래도 그 애가 뻔뻔하게 사과를 들지 않은 손을 흔들었다. 제 손을 잡아 일으켜 달라는 듯이.

대치는 잠깐이었다. 나는 산 위로 해가 넘어가는 것을 흘끗 보고서 그 애를 데리러 갔다. 박우경은 여전히 제자리에서 짐짓 게으른 태도로 사과를 몇 입 베어 물고 있었다.

꼬박 일주일 전 창고의 낡은 냉장고 서랍을 가득 채웠던 겨울 사과는 그 애와 해경 오빠가 부지런히 먹어 치워 이제 거의 남지 않았다.

이따 밤에 저장고에서 조금 더 꺼내 놓아야지. 그렇게 생각하며 나는 박우경이 머리를 젖혀 놓은 쪽에 섰다. 그리고 부드럽게 그 애의 턱을 움켜쥐고 몸을 조금 숙였다.

이곳은 마당의 정원수에 살짝 가려 사과밭 어귀를 찍는 CCTV에서도 보이지 않았다. 나는 그것을 잘 알고 있었다. 그래서 그 애가 이곳에서 나를 기다렸다는 사실도.

박우경은 제가 금세 사과를 먹은 탓인지 내 키스에서 살짝 고개를 비틀어 빠져나가는가 싶더니, 이내 손안의 사과를 던지고 내 뒤통수를 붙잡았다.

그 애의 입술에서 사과 맛이 났다. 그 애는 내게서 치약 맛이 난다고 했다. 우리는 조금 웃었다. 서로의 숨이 진득하게 뒤엉키는 대신 몇 번이고 내 입술에 가볍게 닿는 감촉이 경쾌했다.

나는 그 애의 머리 위로 숙였던 몸을 다시 일으켰다. 그러나 내 팔을 잡아챈 그 애가 날 제 무릎 위에 끌고 가 앉혔다.

허리를 끌어안는 팔이 담백했던 입맞춤과 달리 집요했다. 내 목을 파고드는 그 애의 얼굴에서 수돗가의 비누 냄새가 났다. 목선을 타고 내려간 입술이 우묵하게 팬 빗장뼈 위에 물처럼 고였다.

나는 그 애에게서 더 이상 내 바디워시 냄새가 나지 않는 것이 문득 아쉬워졌다.

"좋은 냄새 난다. 윤차희."

깊게 숨을 들이마신 그 애가 낮게 가라앉은 음성으로 속삭였다. 그 애의 입술이 닿은 피부의 아주 작은 부분으로부터 온몸으로 파동이 번져 나갔다.

등을 쓸어내리는 커다란 손이 좋았다. 내 엉덩이 뒤를 받친 손이 아주 가볍게 지분거리다 충동을 견디듯 도망쳐 허리를 감싸 쥐는 것도.

지는 노을이 비스듬히 드리운 그늘이 그 애의 얼굴 위를 느리게 지나갔다. 그 애의 코는 작은 산이고, 그 애의 눈은 작은 바다다. 노을이 그 애의 바다에 비쳤다. 해가 그 애의 산을 넘어 떨어졌다.

"나 운전 연습해야 되는데."

"나중에."

"공부도 해야 되는데."

"나중에."

조금만 있다가. 그 애의 고개가 내 가슴을 파고들었다.

금세 갈아입은 옷 위로 한숨처럼 더운 숨이 터져 나왔다. 그 애의 입술이 천 위에 달라붙었다. 그리고 제 숨을 도로 거두듯 깊이 숨을 들이마셨다. 마치 내 심장에서 공기를 가져가는 것 같았다.

끝내 충동처럼 내 가슴을 거칠게 움켜쥐었던 그 애가 가까스로 날 떼어 냈다. 나도 가까스로 그 애의 무릎에서 몸을 일으켰다. 우리는 발그스름해진 얼굴을 서로에게서 돌렸다.

"……나 진짜 잘 참네."

박우경이 나직한 침음 끝에 뻔뻔하게도 자화자찬했다. 나는 아무 일도 없었던 양 아까처럼 코웃음을 치고 마당을 가로질렀다.

지는 해의 어스름한 빛이 내 발랑 까진 낯짝을 아빠의 CCTV

에 일러바치지 않아 다행이었다.

　우리는 아무렇지 않게 그 애의 차에 올라타 최재영의 집으로
갔다. 박우경이 최재영도 없는 최재영의 집에 들어가 인사하고
는 제 친구가 버려 둔 차 키를 받아 나왔다. 내가 자꾸 도로 주
행에서 떨어지니 좀 비슷한 차를 타고 운전해야겠다고.
　도로 주행 경로는 이제 다 외웠다. 그 애의 차로도 몇 번이나
연습했고, 두 번째 시험마저 떨어지기 전에는 윤태희에게 등
떠밀려 순서대로 경로를 다 돌아 보기도 했다.
　"핸들에서 좀 떨어져라."
　"멀면 불안한데."
　"난 니가 그렇게 붙어 있는 게 불안하다. 차희야."
　우리 사과원을 벗어나면 그 애의 말씨는 문득 다정해진다.
　나는 새삼스럽게 낯부끄러운 기분을 외면하듯 사이드미러를
흘끗 보았다. 이제 막 4차선 국도로 올라온 차 뒤로 어둑한 시
골길이 멀어졌다.
　"저기 공원묘지로 좌회전하는 곳에서 유턴."
　"안다."
　"이래 잘하는데 왜 자꾸 떨어지노."
　"실전만 되면 못하니까."
　그 애가 조금 웃었다.

처음 떨어졌을 때만 해도 반나절은 놀려 먹더니, 두 번이나 떨어지니 이제 놀리지도 않는다. 커다란 트럭이 옆을 지나갈 때마다 바보처럼 멈칫 얼어붙는 나를 보고도 나무라지 않고.

내가 운전하는 내내 윤태희가 얼마나 많은 욕설을 내 귓가에 대고 쏟아 냈는지 생각하면 대단한 인내였다.

"세 번만 더 돌고 밥 먹으러 가자."

"응."

"초밥 먹을까."

"니 초밥 별로 안 좋아하잖아. 다른 거 먹자."

"이제 좋아하는데."

입맛이 바뀌었나? 그럴 수도 있었다. 나는 우리의 공백을 생각하며 말없이 고개를 끄덕였다.

박우경은 코스가 끝난 지점에서 나와 자리를 바꿔 타고 읍내로 차를 몰았다. 그 애의 차와 달리 시야가 낮게 잡히는 차창 너머로 익숙한 사물들이 지나간다.

푸른 어둠이 내려앉은 소나무 숲을 따라 교외의 식당들이 듬성듬성 나타났다. 그 애의 자전거를 타고 달렸던 길은 이 길과 완전히 반대였지만, 나는 그때처럼 아주 먼 곳까지 가고 싶은 충동을 느꼈다.

그리고 그 충동을 꺼내어 놓는 대신, 기어를 잡은 그 애의 손을 잡았다.

"초밥 말고, 파스타나 먹자."

니가 지겹도록 나한테 노래를 불렀던 그거. 밀가루도 별로 안 좋아하는 주제에, 그냥 나랑 데이트하는 기분이나 내고 싶어서 가자던 그런 시시한 곳.

"와. 이거 데이트가."

"아니가, 그럼."

나는 우리가 그저 식사나 하는 것이라고 우기는 대신 되물었다. 그 애의 손을 잡았던 내 손이 역으로 뒤집혀 커다란 손아귀 안에 갇혔다.

차희야. 응. 우리 사귀는 거네? 그래. 맞제. 응, 사귀는 거다.

바보 같은 대화가 오갔다. 그 애는 마치 네 죄를 인정하느냐고 묻듯 '우리 사이를 인정하느냐'고 내게 거듭 물었다.

사귀지 않아도 데이트는 할 수 있다는 더 우스꽝스러운 대꾸는 나오지 않았다. 나는 내가 이 순간도 아주 오래 후회하게 될 것을 알았다.

그래도 괜찮았다.

이렇게 계절이 다 지나간 끝에, 너랑 나는 아무것도 아니었다고 우기는 것이야말로 아주 뻔뻔하고 얄궂은 기만이 될 테니까. 그래. 어쩌면 우리의 시간이 어떤 형체를 가져도 될 것이다.

그게 끝내 실패할 것이라도 괜찮았다. 괜찮을 것이다. 우리는 아직 어리니까. 그래. 마치 결혼이라도 하게 될 것처럼 심각하게 굴지 않아도 됐다.

그러니까 전부 다 지레 밀어내지 않아도 되었다. 지금은 네 손을 잡아도 되는 것이다. 결국 잠깐이니까, 결국 내가 널 놓아줄 것이니까.

누구나 잠시 웃고 울며 지나가는 어린 날의 조잡한 연애 정
도라면.

나는 비겁한 변명을 주워 삼켰다. 그저 사귀고, 실패하고,
헤어질 수도 있는 것이라고. 우리가 맨 처음에 그랬던 것처럼.
내가 어느 날 갑자기 아무런 이유도 없이, 네게 아주 못되게 굴
었던 것처럼…….

그냥 그렇게, 한 번 더 그럴 수도 있는 거였다. 네가 아무리
날 좋아하더라도. 내가 아무리 널 좋아하더라도.

너는 재수 없게 웬 이상한 여자애한테 두 번이나 덴 애가 될
테고, 나는 그저 그 이상한 여자애가 될 테고.

나는 네 첫 번째 실패였고 머잖아 두 번째 실패가 될 예정이
었다. 그렇다고 해도 명확한 이름을 갖고 싶었다.

나중에 네가 날 욕할 이름이 있었으면 했다. 아무것도 모른
채로. 내가 네게 무엇을 숨겼는지도 모른 채로. 내가 널 좋아해
서 무슨 짓까지 할 수 있었는지, 너는 영영 알지 못하는 채로.

그리고 나도 언젠가 되새길 단어가 있기를 바랐다.

내가 네 이상한 두 번째 여자 친구였다고.

"차희야."

"응."

"행복하게 해 줄게."

너는 네 말대로 언제나 손해 보는 장사만 한다. 날 벌써 행복
하게 만들고 만 것도 모르고.

나는 그 다정한 말에 멀뚱멀뚱 대꾸도 하고 있지 않다가, 저

멀리 보이는 모텔에나 들어가자고 했다. 그 애가 잘못 들었다는 듯 되물었다.

"뭐, 어디?"

"저기. 람세스 모텔."

마침 지붕에 피라미드가 있어 단연 눈에 띄는 건물이었다. 내가 가리킨 쪽을 흘끗 본 박우경이 탄식했다.

"아, 람세스는 지랄……."

그 애는 나더러 못된 게 발랑 까지기까지 했다고 욕하기 시작했다. 귓가가 온통 벌게져 있었다. 화가 나 그런 게 아니라는 것은 잘 알 수 있었다. 그래도 차는 어떤 모텔에도 멈추지 않았다.

박우경이 쫓기듯 운전하며 내게 말했다. 밥 먹고, 잠깐 호수공원도 걷고, 원래 약속한 대로 집에 같이 가서 공부도 하고, 맥주도 마시고.

그러고 나서 하자고. 어떻게든 오늘 나랑 하기로 한 일은 다 하고 싶다는 거였다.

"뭘 하자고?"

나는 그 애의 마지막 말을 전혀 알아듣지 못한 양 물었다. 때마침 신호등에 차가 멈춰 섰다. 기다렸다는 듯 핸들에서 떨어진 손이 얼굴을 초조하게 쓸어내렸다.

"니는 서울에서 남자도 한 번 안 만나 본 게, 어?"

"남자랑 안 잤다고 했지 안 만났다고는 안 했는데."

그 애가 나직하게 욕을 중얼거렸다.

"씨발……. 더 짜증 나네……. 됐고, 니는 대학 가서 대체 무슨 친구들을 어떻게 사귀고 다녔길래, 어? 그따구로 입만 발랑 까졌노."

"하자고 한 건 니다이가, 박우경."

"봐라, 알면서 물어본 거 맞다이가. 아니 진짜 씨발……. 남은 진지하게 고백하는데 거따 대고 모텔?"

"하고 싶어서 그랬는데."

"……."

"그게 뭐 잘못됐나."

"윤차희. 니 머리 어케 된 거 아이가."

"좋아서."

그냥, 니가 좋아서. 내가 뒤를 잇지 못한 말은 내 입을 틀어막은 그 애의 입 안으로 소리 없이 사라졌다.

우리는 한산한 국도 위에서 신호등이 두어 번 더 바뀌도록 키스했다. 끝내 어떤 긴 클랙슨 소리가 그 애를 정신 차리게 할 때까지.

콘돔 없나? 아니, 있는데. 그 애가 차를 출발시키며 무심코 대답하고는 또 얼굴을 왈칵 일그러뜨렸다. 내가 서울에서 친구를 잘못 사귄 게 분명하다고 여기는 눈치였다.

"지금 재영이 차가 아니라 니 차였으면 지금 하는 건데. 그치, 우경아."

"와……. 가스나 사람 갖고 노는 거 봐라. 절대 안 할 거면서."

그러는 저도 그런 짓은 절대 하지 않을 거면서.

박우경은 본인의 평가대로 참을성이 좋았다. 나는 그 애를 괜히 들쑤시고 싶던 얄궂은 기분을 곧 잊고, 맛있게 저녁을 먹었다. 우리의 첫 데이트였다.

그렇게 읍내에서 돌아와 최재영이 없는 최재영의 집에다 최재영의 차를 반납한 우리는, 편의점에 들러 맥주도 두 캔씩 골랐다. 그 애는 한 캔씩만 마시자고 했지만 세계 맥주는 반드시 네 개 단위로만 사야 한다는 내 알뜰한 주장 때문이었다.

넓게 펼쳐진 산과 산 사이에 갇힌 동네는 이런 한여름에도 밤이 되면 공기가 서늘하게 내려왔다. 여름은 여름이니 좀 움직이면 더워지는 건 매한가지였지만, 그래도 바깥바람을 맞으며 늘어져 있기에는 좋은 날씨다.

정자, 평상, 혹은 지금 우리가 드러누운 그 애의 할머니 집 별채 툇마루 같은 곳에서.

장지문을 활짝 열어 놓고는 그 안에서 자그마한 교자상까지 펼쳐 두고 건성으로 각자 공부를 하던 우리는 결국 툇마루에 나란히 배를 깔고 엎드려 누웠다.

숲에서 쏟아지는 매미 소리가 귓가를 가득 메웠다. 그 사이마다 먼 곳의 개구리들이, 정원에 내려앉은 새들이 종종 울었다.

고등학생 때처럼 공부하는 사람 옆에서 게임이나 할 것 같던 그 애는 의외로 딴청을 부리지 않고 책만 열심히 들여다보고 있었다.

반대로 나는 맥주를 마시며 괜히 박우경의 영어책만 흘끗거렸다. 책장을 넘길 때만 움직이는 길쭉한 손가락이 피아노 건반 위를 노닐던 기억도 잠깐은 떠올렸다.

그 애는 여전히 제 책에 손도 대지 않는다. 그저 눈으로만 훑고 그렇게 외워 버리는 것으로 공부는 끝이다. 옛날에는 대단히 재수 없다 여겼던 그 애의 습관이 '여전하다'는 단어를 덧씌우자 아주 달갑고 반가운 것이 됐다. 얄팍하기도 하지.

여전한 것. 여전하지 않은 것.

내가 아는 것. 내가 모르는 것.

지금의 박우경은 그때의 박우경과는 조금 다른 사람이다. 세상에서 가장 익숙한 듯하면서도, 한때는 그랬다는 이유로 작은 비틀림에도 가장 익숙하지 못한 존재가 됐다.

나는 결국 공부에 흥미를 잃고 엎드린 그대로 턱을 괴었다. 빤히 그 애만 바라보고 있자, 옆에서도 반듯한 미간이 슬슬 꿈틀거리는 것이 보였다.

"……뭘 보는데."

"그냥. 박우경 니 공부하는 거 구경했는데."

책에서 고개를 떼지 않은 채 그 애가 내게 묻고 내 시시한 대꾸에 고개를 들었다.

밤바다의 물처럼 그 애의 눈이 일렁거렸다. 마치 책을 보는 내내 그런 눈이었다는 듯이. 날 기다리기만 한 것처럼.

나는 조금 목이 타서 옆에 두었던 맥주를 마셨다. 그렇게 몇 모금 넘기기 무섭게 그 애의 손이 지루한 우리의 책들을 가로

질러 왔다.

박우경의 손이 내게서 맥주를 가져갔다. 그렇게 가져가 대체 어떻게 두었는지 툇마루 아래로 캔이 굴러떨어지는 소리가 이어졌지만 내다볼 수는 없었다.

그 애의 입술이 내 입술이 무엇도 되지 않는 양 가볍게 지나쳐 어깨로 떨어졌다.

배롱나무에 매달린 자주색 꽃들은 가을을 향해 시들어 가고 있지만 우리는 그날 이후 이 집에서 몇 번이나 몸을 더 섞었다. 이제는 당연한 호흡처럼 내 팔도 그 애를 향했다. 마주 안으려고. 그 애가 당장 내게서 원하는 건 뭐든 주려고. 그 애를 보려고⋯⋯.

그렇게 몸을 뒤집어 그 애를 안고 바로 누우려는 찰나였다.

박우경이 내 등을 내리누르며 나를 도로 엎드리게 하고 그 위에 올라탔다. 당황한 사이 품이 넓은 티셔츠가 끝자락이 아래에서부터 들쳐졌다.

드러난 배에 반질반질한 마루가 닿았다. 그 사이를 커다란 손이 파고들어 왔다. 불씨가 튀어 오르듯 열이 올랐다. 등이 드러난 것은 그보다 더 빨랐다.

허리부터 움푹 팬 골을 따라 브래지어 후크 아래로 들어온 그 애의 손이 그것을 잡아당겼다. 그리고 잇새로 물어뜯듯 잠긴 쪽을 열었다. 나는 조급하게 그 애를 불렀다.

"박우경, 우경아⋯⋯."

"왜."

마치 바쁜 와중에 내가 말을 걸었다는 투였다.

"나, 너무……. 기분이, 이상한데."

"싫나."

"이상하다니까."

"아. 싫은 게 아니라."

"이상하다 캤다이가."

"맞나."

맞장구는 건성이었다. 네가 싫은 게 아니면 됐다는 양. 왜 내 말을 못 알아듣느냐고, 바보냐고, 이런 건 부끄럽다고, 못 참겠다고, 차라리 니 앞에서 발가벗고 다 보여 주는 게 낫겠다고 나는 쫓기듯 쏘아붙였다. 머리 어딘가가 녹아내리는 것만 같아서 사실 내가 무슨 말을 어떻게 지껄이고 있는지도 알 수 없었다.

싫다고 했으면 그만했을 텐데. 그 애가 나더러 들으라는 듯 중얼거리고는 낮게 웃었다.

"그렇게 다 보여 주고 싶으면 이따가 보여 주든가."

"지금은……."

"견뎌."

정말로 괜찮지 않은 건 아니었다. 괜찮았다. 그런데 괜찮지 않은 것도 같았다.

여전히 그 애의 얼굴이 보이지 않았다. 느낄 수 있는 것이라고는 내 몸에 닿는 그 애의 손과 시선뿐이었고, 아, 입술도 있었다. 목뒤가 깨물렸다. 생경한 감각이었다. 낯선 쾌락이 조금 무서웠다. 나는 몸을 웅크리며 새어 나오는 신음을 삼켰다.

봄그늘 2   253

앞쪽에만 남아 있던 속옷이 결국 위로 밀려 올라갔다. 마루에 짓눌려 뭉그러진 가슴을 그 애의 손이 기어코 움켜쥐었다.

이런 일은 아무것도 아닌 양 차에서 그 애를 놀려 먹었던 게 후회됐다. 모든 것이 어설프다는 생각이 들었다. 그 애 말처럼 입만 살아서. 이제는 부끄러움을 이기기가 어려웠다.

미끄러지듯 등을 타고 내려간 입술이 내 피부를 물고 핥았다. 마치 깨지기 쉬운 것을 다루듯. 그렇게 짧은 반바지가 벗겨져 나갔다.

내 허리를 위로 들게 한 다른 손이 아래를 파고들었다. 부드러웠다.

"차희야."

그 애는 마치 아이를 달래듯 내 이름을 부르면서, 손으로는 내 몸에 이런 짓을 했다.

싫은 것도, 무서운 것도 아니면서 왜 이러느냐고 놀리듯 묻는 목소리가 미웠다. 너무 미워서, 형체가 있는 작은 물건으로 만들어서 영원히 갖고 싶었다. 계속 꺼내 보고 미워하고 싶었다. 내 이름이 닿는 자리마다 감각이 새롭게 차올랐다.

무엇이라도 붙잡으려고 마루를 긁어내리던 손이 그 애의 책을 잡았다. 왼쪽으로 어두운 양옥 본채의 벽과 마당이 보였다. 오른쪽으로 별채의 밝은 방이 보였다. 어느 쪽을 봐도 정신이 나갈 것 같아 차라리 마루에 머리를 박았다. 어깻죽지에 걸린 옷과 속옷이 지금 내 몸에 걸친 전부였다.

우리가 있는 곳은 사랑방 앞에 펼쳐진 대청마루가 아닌 안방에 딸린 툇마루였다. 설령 누가 앞에 오더라도 결코 이쪽을 들여다볼 수 없었다. 마을에서 외떨어진 집이라 누구도 앞을 지나다니지 않았고, 박우경이 사람을 부르지 않으면 누구도 일부러 오지 않았다.

그러니까 누군가에게 이런 꼴을 보이게 될까 무서운 것은 아니었다.

"들리면 어카는데……."

"매미가 울잖아."

우리의 언어가 잠깐 사라진 귓가에 매미 우는 소리가 가득 들어찼다. 내 머릿속 생각조차 들리지 않을 정도로. 그러나 깨달음은 아주 짧았다.

그 애가 뒤에서 밀려 들어왔다. 치받는 힘에 떠밀려 무너지려는 몸을 그 애가 붙잡았다.

"우경아, 나, 입, 막아 줘."

흐느끼며 겨우 말하자 너는 매미도 못 믿냐는 핀잔이 돌아왔다. 아주 다정한 어조였다. 내 몸을 사납게 파고드는 제 몸과는 별개로.

박우경의 책을 움켜쥐었던 손이 미끄러져 종이를 찢었다. 목 아래에서부터 부드럽게 쓸어 올려 내 턱을 움켜쥔 그 애가 마루에 처박고 있던 고개를 조금 들게 했다.

뒤뜰로 이어지는 작은 길이 보였다. 그 길을 아주 오래전에 지나다녔을 사람들을 굳이 떠올리고 싶지는 않았다. 대부분 박우경의 조상들일 테니까.

고개를 돌려 할머니가 마당에 옮겨 놓은 분재들을 보고 싶지도 않았다. 우리의 추억도 궁금하지 않았다.

지금은. 단지.

턱을 움켜쥐었던 손이 조금 더 올라와 내 양 뺨을 한 손으로 쥐었다. 고개가 조금씩 더 들려 올라가는 것을 상체가 뒤따랐다. 그렇게 네 발로 엎드리게 된 순간 내 가장 깊은 안까지 그 애가 들어왔다.

때때로 갑자기, 모든 것이 완전해지듯이.

그 애의 커다란 손이 내 입을 틀어막았다. 이제야 부탁을 들어준 박우경이 미웠다. 때늦은 흐느낌이 전부 그 애의 손에 가로막혀 내게로 돌아왔다.

별채에서 흘러나온 빛이 눈에 고였다. 시야는 절반만 환해졌다. 명암을 나누는 경계가 흐릿했다. 귓가에서 그 애의 신음 소리가 거칠게 끊어졌다.

생각이 사라졌다. 더는 아무것도 생각할 수 없었다. 등 뒤로 그 애의 단단한 가슴이 닿았다.

키스하고 싶어. 우경아. 작게 중얼거린 말에 치받히는 그대로 고개가 비틀렸다. 내몰리고 잡아먹히는 것에 가까운 키스였다. 네가 바라면 나는 전부 내어 줄 수 있었다. 네가 전부 가져가도 좋았다.

욕심에 눈이 먼 네가 좋았다. 이토록 아무런 여유가 없는 것이 좋았다.

나는 네가 좋았다. 이상하게도 지금은 그 사실이 슬프지 않았다.

#24. 첫 차

　드디어 면허를 땄다. 이제 나흘 뒤면 서울로 올라가는 해경 오빠는 당장 대구로 중고차를 보러 가자고 성화였다. 너희는 약간 좀 멍청하고 어수룩하니까 내가 있을 때 같이 봐야 한다면서.

　곁에서 그 말을 들은 박우경은 퍽 되바라지게 비웃었다. 그리고 뒤로는 날 몰래 빼내어 우리 둘만 갔으면 좋겠다는 뻔한 본심을 말했다.

　해경 오빠라고 박우경을 모를 리 없었다. 그냥 떠나기 전에 자기 동생을 좀 더 놀리고 싶은 거지.

　오빠는 박우경이 내 앞에만 있으면 세상에서 가장 뻔하고 멍청한 놈처럼 보인다고 했다. 지난 4월부터 그 애가 내게 해 준 일을 생각하면 아주 틀린 감상은 아니다. 불쌍하기 짝이 없지.

　어차피 박우경이 바라는 대로 해경 오빠를 따돌려도 대구에 가면 윤태희가 있었다.

저번 달부터 면허도 없던 제 동생을 붙잡아 놓고 얼마나 미리 극성이었는데. 내가 어디 가서 혹시 사기라도 당하고 오지 않을지, 사고 차량이나 덥석 사 오지는 않을지, 세상 물정 모르는 바보 취급이 끝도 없었다.

물론 내가 그럴 수도 있기는 했다. 그래도 여러 번 듣다 보면 이제 그만 입을 닥쳤으면 싶은 것도 어쩔 수 없었다. 저렇게 잔소리가 끝도 없다니. 나중에 윤태희가 낳을 애가 불쌍했다.

어쨌거나 요는 네가 공부나 잘하지, 작정하고 헛바닥에 기름칠한 인간들을 어찌 이겨 먹겠냐는 것이다. 내가 아직도 제 뒤나 졸졸 쫓아다니던 일곱 살배기 유치원생인 줄 아는 양.

그러더니 결국에는 저 없이 가서 사기나 당하고 오면 가만두지 않겠다는 으름장도 놨다. 지가 가만두지 않으면 뭐 어쩔 건데……. 나는 너무 황당해서 그렇게 중얼거릴 수밖에 없었다. 그러나 윤태희는 아주 당당하게 말했다.

'니 차 안 사 줄 거다.'
'뭐라카노. 내 차 내 돈으로 사는데 오빠야 니가 뭘 안 사 준다고…….'

무심코 빳빳하게 대꾸하고 나서야 실수라는 것을 알았다. 차를 사 줄 생각이었다니. 하긴 효자는 효자답게 생각이 다 있었을 터였다. 애당초 청라에서 내 차는 일단 엄마 때문에 필요한 것이었으니까.

'마. 비구니 니만 탈 것도 아니고 엄마도 타야 되는데 개꾸진 거 사가 되겠나.'

'아 좀. 비구니라 카지 말라고…… . 글고 나도 돈 있는데.'

'그니까. 그걸로 개꾸진 거밖에 못 산다이가.'

'……'

'맞나, 아이가.'

그건 맞다. 나는 침묵으로 긍정했다.

'물주 입회하에 사야 되겠나, 안 사야 되겠나.'

'사야 되겠네…… . 근데 보태 주는 거까진 좋은데 아예 사 주는 건 좀 그렇다. 나도 학교 다니면서 모은 돈 있긴 있다니까.'

'니 돈은 니 쓸라고 모은 건데, 뒀다가 나중에 복학하면 써라. 서울에서.'

'그럼 오빠야 니 돈은.'

'내 돈도 내 쓸라고 모은 거지. 그래서 내가 쓰고 싶은 데다가 쓴다이가.'

진짜 바보가 누군지 모를 일이었다. 나는 고마운 한편으로, 이런 남자를 여자들이 얼마나 싫어할까 생각해 보았다.

'근데 오빠야. 있다이가.'

'뭐가 있는데.'

'여자들은 오빠야 같은 효자 싫어한디.'

'어쩌라고.'

'참고하라고. 나중에 여자 생기면 니 가족한테 너무 잘하지 마라.'

'지 가족한테도 못하는 놈이 생판 남인 여자랑 결혼해서 잘도 챙기고 살겠네. 내 알아서 한다.'

그러시겠지. 윤태희는 본인이 얼마나 잘생겼는지, 가만있어도 본인 사진이 어디까지 퍼져서 자꾸만 소개팅이 들어온다고 자랑스레 늘어놓았다. 아빠가 자기한테 물려준 거라고는 껍데기뿐이라고.

별 허황된 소리라 생각했지만 그게 사실이라 쳐도 사진 보고 들어오는 거지, 효자라 들어오는 건 아니지 않나? 도망가면 모를까.

'글고 학교도 때리치고 농사나 지을라고 내려온 가스나가 말은 잘하네.'

'난 다르지……. 스무 살 때부터 지금까지 몇 년 동안 집에 아무것도 해 준 게 없다이가.'

'그 나이는 원래 집구석에 무슨 지랄이 나든 아무것도 안 해도 되는 나이다. 윤차희 니가 뭘 잘못한 게 아니라.'

'오빠야는 제대하자마자…….'

'내랑 비교하지 말고. 그렇게 자기보다 잘난 사람만 우
러러보면서 비교하면서 살면 힘들다.'

'그럴 의도는 전혀 없었는데. 윤태희. 전혀 아니다.'

'내가 장남이다이가. 닌 아니고.'

이런 대화는 언제나 윤태희가 대단한 가부장처럼 말하는 것
으로 끝났다. 정작 크는 내내 장남이라고 대접받은 것도 없었
으면서.

아빠랑 엄마는 일찍이 윤태희가 책상에 앉아 있는 재주가 없
는 것을 알았고, 별로 해 줄 건 없지만 행복하게나 자라라고 밖
에 풀어놓기만 했다. 잘하던 운동도 돈이 많이 들어가기 시작
하니 알아서 관뒀다. 제 동생이 공부를 좀 잘하니 재한테 돈이
많이 들어갈 거라고 지레짐작하고는.

윤태희가 나보다 우리 집 돈을 더 많이 잡아먹은 것이라고는
오로지 식비뿐이었다. 먹는 것 하나는 정말 많이 먹어서.

"오늘 차 보고 나서 뭐 먹지."

그건 윤태희의 제일 친한 친구인 해경 오빠도 다르지 않았
다. 오빠도 틈나면 먹는 얘기만 했다.

"아. 이랏샤이마세 가까?"

"오마카세겠지."

조용히 운전하던 박우경이 지적했다. 분명 똑똑한 오빠인데
어쩌다 윤태희랑 제일 친해졌나 생각해 보면, 둘은 저런 부분
이 좀 닮았다.

"마, 니는 P대씩이나 갔으면 남이 개떡같이 말해도 찰떡같이 알아들어야 하는 거 아니가."

"그럼 느그 학교는 형 니같이 개떡같이 말하라고 가르치나."

"이 새끼 학교 헛다녔노."

본인의 실수에도 도리어 박우경을 비난한 해경 오빠가 룸 미러로 뒷좌석에 있는 나를 보더니 금세 다정하게 돌변한 얼굴로 물었다.

"차희야. 니 가 봤나."

"아니. 안 가 봤다. 그거 뭐 엄청 비싼 거 아니가."

"다 비싸진 않드라. 우리 차희 운전면허 세 번이나 떨어지고 네 번 만에 붙었는데 좋은 거 먹고 기념해야지. 오빠야가 사 줄게."

"오빠야…… 내가 몇 번 떨어졌는지 그렇게 횟수까지 안 세 아려 줘도 되거든."

"우리 차희 세 번째 떨어지고 주차장에서 빡 쳐서 울었다매."

사람이 아무리 잘생겨도 저렇게 실실거리면 얄미웠다. 나는 조수석 헤드레스트에 관자놀이를 기댄 채 날 돌아보는 해경 오빠를 빤히 노려보다 박우경에게로 시선을 돌렸다.

"야. 박우경."

"뭐. 내가 말 안 했다."

이름이 불리기 무섭게 박우경이 스스로를 변호했다. 그럼 윤태희겠지. 도로 주행 시험이 끝나자마자 남의 속도 모르고 신나게 전화를 걸어서는……. 그래도 운다고 한 적은 없는데.

"오빠야, 나는 운 게 아니라…… 너무 화가 나서."

"어, 그래서. 화가 나서."

"아……. 진짜……. 내가 아무리 생각해도 너무 열받아서 잠깐 눈물이 고였던 거거든."

"어. 긍까 울었다고, 우리 차희."

"오빠야 입 좀 때려도 되나."

"안 된다. 어딜 손대노."

맞을 건 제 형인데 그 애가 지레 막았다.

"니가 이 새끼 입을 왜 만지는데."

"뭘 만져. 때린다 캤는데."

"딴 남자 입을 왜 만지냐고."

기가 막혔다. 그런데도 룸 미러로 뒤를 노려보는 그 애나 조수석에서 날 실실대며 쳐다보는 오빠나 저렇게 닮은 얼굴로 저렇게 다른 것이 문득 좀 우스웠다. 결국 짜증이 나려다 말았다. 나는 슬며시 웃고 말았다.

그러자 해경 오빠가 알 만하다는 듯 나랑 박우경을 한 번씩 번갈아 보고는 짜증스레 고개를 저었다.

"어쨌든 윤차희 면허 따고 차 사는 기념으로 술 한 잔씩 해야 안 되나. 네 번이나 떨어졌는데."

"아 쫌 세아리지 말라고. 글고 네 번이 아니라 세 번 떨어졌거든."

"와, 세 번. 운전 천재네."

"저녁에 술 먹으면 운전은."

박우경이 눈살을 찌푸리며 물었다. 해경 오빠가 휴대폰을 들여다보며 시큰둥하게 대꾸했다.

"운전은 우리 우경이가 혼자 술 안 처먹고 알아서 잘하겠지?"

"오빠야. 그럼 내 차는? 그것도 청라까지 끌고 와야 되는데…… 오빠야가 내 대신 운전해 준다매."

"아 맞네. 니 면허 딴 기념인데 니가 못 마시는 것도 이상하긴 하다. 그럼 윤태희 집에서 자자. 아침에 넘어오면 된다이가."

"그래."

그렇게 윤태희도 모르는 사이 거취가 결정됐다. 해경 오빠는 윤태희에게 사후 통보라도 하는지 휴대폰을 들어 메시지를 몇 개 보냈다. 그리고 갑자기 제 동생을 타박할 거리가 생각났는지 운전석을 휙 돌아보았다.

"마, 박우경 니는 니 여자 친구가 초밥을 그래 좋아하는데 여태까지 이라카세 한 번을 안 데려갔노."

"이라카세……. 지 좆대로 부르네, 진짜. 걍 계속 이랏샤이마세라 캐라."

"그래도 이제 네 글자 중에서 두 글자는 맞잖아. 글고 오빠야, 내가 안 나가는데 박우경이 뭘 데려가노."

나는 대충 한 번씩 편을 들어 주고 고개를 돌렸다. 시선이 창밖으로 지나가는 표지판을 따라갔다.

「안녕히 가십시오. 청라군」

이렇게 청라를 벗어나는 건 오랜만이었다. 차를 타고 조금 멀리 나가 보는 것도.

서울에서 내려온 지도 몇 달이나 됐지만, 윤태희가 사는 집에 가 보는 건 아예 처음이었다. 그리고 이렇게 넷이서 만나 먹고 떠드는 건, 어쩌면 오늘이 마지막이 될 수도 있을 것이다.

해경 오빠는 나흘 후면 청라를 떠난다. 나는 오빠가 다시 돌아올 우리의 겨울이 어떨지 아직 알 수 없었다. 내 희망은 내년 봄을 가리키고 있어도.

첫 번째 연애는 아무도 모르게 우리 둘 사이만 떠돌다 사라졌지만, 이번에는 오빠들이 알았다. 아빠도, 엄마도 어렴풋이는 알았다. 그러니 이 두 번째의 다음은 없을 것이다. 지금처럼 그저 몇 년 사이가 소원했던 친구 행세를 할 수도 없을 것이다.

그렇다면 이렇게 다 같이 노는 순간도 다시는 만날 수 없겠지. 나는 문득 해경 오빠가 좀 애틋해졌다.

그런 마음으로 오빠를 눈에 담으려는 찰나였다. 오빠가 갑자기 느물거리며 말했다.

아.

"그래서 니가 이 새끼 여자 친구는 맞고?"

"……."

"우리 차희 부정 안 하네?"

"누가 느그 차흰데. 우리 차희, 우리 차희, 아까부터 존나 들기 싫네, 아."

"이제 잡아뗄 거 다 뗐나. 어?"

찌르는 곳도 윤태희랑 꼭 똑같은 부분을 찌른다. 나는 한숨을 쉬며 대답할 가치도 못 느낀다는 양 고개를 돌리고 무안한 속내를 감추었다. 자주 말을 바꾸는 사람이면 으레 느낄 법한.

사실 오빠 입장에서는 뻔한 일을 내내 덮어놓고 모른 척해 준 것이기는 했다. 박해경 눈에야 그때나 지금이나 내가 같아 보이겠지.

하지만 지금의 나는 그 애와의 조잡한 연애에 유치할 정도로 푹 빠져 있었다.

그때와는 다르게.

"……어. 다 잡아뗐다."

놀려 먹으면서도 내가 이렇게 순순히 대꾸할 줄은 몰랐는지 해경 오빠가 잠시 눈을 크게 뜨더니 그 애를 툭 쳤다.

"마, 느그 공주가 이제 다 잡아뗐대."

"어. 안다."

"좋다고 웃기는."

전방을 바라보는 그 애의 얼굴이 희미하게 웃는 것이 보였다. 행복해 보였다. 그 애가 행복해 보여서 나도 문득 행복했다.

깃털처럼 간지러운 한숨이 목을 타고 넘어갔다. 우리는 두 번이나 사귀었지만, 다른 누구 앞에서도 그 사실을 인정한 적은 없었다. 최소한 내 자의로는.

지난달 해경 오빠에게 미련하게 늘어놓았던 부정은 결코 거

짓이 아니었다. 그때의 나는 정말로 시작이 영영 없을 것이라 생각했다. 시작이 없으면 엉망진창인 끝도 다시는 없을 것이라 고만 여겼다. 실수는 이미 어린 시절로 족했으니까.

그 애는 아무것도 모르니 그것을 실수라 여기지도 않겠지. 하지만 나는 달랐다. 내게는 다시 실수하지 않을 책임이 있었다.

그럼에도.

사실 박우경이 우리 엄마의 목숨을 구해 주었던 일은 그 애를 더 이상 야멸차게 밀어내지 않아도 되는 좋은 핑계고 변명이 되었더랬다. 이건 내 스스로 인정할 수밖에 없는 일이다.

네가 우리 엄마를 살려 주었는데 내가 널 어떻게 쫓아내겠느냐고. 우리 집 상황이 이런데 어떻게 네 도움을 받지 않겠느냐고…….

내가 너와 함께 있는 일에는 언제나 불가항력적인 이유가 필요했다. 그래서 단지 그런 핑계만을 절박하게 붙잡았던 것이다. 용기를 낼 수 있는 것도 고작 거기까지였다.

몸으로는 그 애를 마주 안고 손을 잡고 입을 맞추면서, 확실한 언어로부터는 도망치는 것. 우리는 아무것도 아니었으니 우리에게는 아무것도 남지 않으리라고 믿는 것.

그렇게 단지 지금 이 순간 너랑 함께 있는 것. 거기까지만 해도 분명 내 삶의 모든 용기가 필요했었다.

얼마 전까지는.

네 호의, 헌신, 어리석은 애정에 일방적으로 기대어 이 한 해가 지나고 나서도, 나는 원래 어떤 이름으로도 이 시절을 그리워할 수 없었다. 나는 네게 무엇도 아니었고, 너 또한 내게 그렇다고 여겨야만 견딜 수 있을 것 같았으니까.

그러니 아마도 무엇을 그리워하는지도 모른 채 내내 이 시절을 돌아보았겠지. 너와의 1년으로 다른 몇 년을 견디며 산다 해도. 나는 아마 무엇도 아닌 것을 그리워하느라 시간을 허비했을 것이다.

이제는 그러지 않을 수 있었다.

가끔은 끝이 있는 게 더 좋을 수도 있다는 걸 알았으니까. 우리가 '헤어졌다'고 명확히 말할 수 있는 미래가 더 낫다는 걸 알았으니까. 네 빈자리를 명분도 없이 좇는 것보다.

상실감을 상실감이라 부를 수조차 없을 그때의 슬픔보다.

그렇게 지금이 완전해졌다.

나는 지금 완전하게 행복했다.

"밥은 내가 살게. 차는 우리 오빠야가 사 주니까."

"이야, 윤태희가 니한테 우리 오빠야 소리를 다 듣고……. 세상 오래 살고 볼 일이다. 그제. 차 한 대 사 주고 드디어 듣네."

"돈이 좋긴 하지."

퍽 같잖은 새침을 떨자 해경 오빠가 퍽 애달프게 뒤로 손을 뻗더니 내 손을 잡았다.

"원래 니 오빠야 소리는 내 건데."

"아, 씨발, 박해경 니 지금 어딜 손대노."

전방에서 차마 눈을 뗄 수 없는 박우경이 핸들을 잡아 뜯을 듯 잡고는 욕했다. 저럴수록 오빠가 내 손을 저 보란 듯이 더 세게 잡는 것도 모르고.

"씨발. 손 놔라. 놓으라고."

"차희야, 오빠야 봐 봐."

"박해경 지가 뭔데. 뭐 되나?"

박우경이 기가 찬 듯 사납게 코웃음을 쳤다. 억울하면 너도 빨리 태어나지 그랬느냐고 해경 오빠가 비웃듯 말하고는 내 손을 꽉 잡았다.

"그래도 고맙다. 차희야. 윤태희 금마는 차까지 사 주고 듣는 소리를 오빠야는 공짜로 평생 들었다이가."

"돈 마이 굳었네, 오빠야."

"다 커서 이렇게 오마카세도 사 주고."

"근데, 그 메뉴만 좀 바꿔 봐 봐."

"좀 싼 걸로?"

"아니. 우경이 해산물 별로 안 좋아하니까."

"와……."

오빠가 내 손을 툭 놓았다. 그리고 박우경에게 이상한 목소리로 내 흉내를 냈다.

"마, 들었나. '우리 우경이 해산물 별로 안 좋아한다.' 와. 우리 우경이래."

"아 진짜…… 내가 언제 그렇게 요사스럽게 말했는데? 언제 우리 우경이랬냐고."

"그래, 그럼 한우나 먹자. 니 남자 친구 때문에 우리는 억지로 소고기 먹는 거니까 계산은 이 새끼 시키면 된다."

박우경은 그래도 엄마가 입원한 이후로 아빠한테 일당이나 꼬박꼬박 받았지만, 해경 오빠는 아예 무상으로 봉사나 하라고 청라까지 불려 온 사람이었다. 그러니 오빠에게 커피 한 잔 얻어먹는 것도 부담스러운 게 사실이었다.

하지만 선뜻 사 주는 게 부담스러울 정도로 너무 많이 먹기도 하니까……. 윤태희라도 없으면 모를까.

나는 어쩔 수 없다는 듯 박우경을 보았다. 그 애가 걱정 말라는 듯 룸 미러로 어깨를 으쓱해 보였다.

우리는 대형 중고차 매매 빌딩 앞에서 윤태희를 만났다. 청라에서 온 우리야 고속도로에서 내린 후로는 여기까지 금방이었지만, 그 넓고 막히는 대구 시내 한가운데를 내내 가로질러 온 윤태희의 낯에는 피곤과 짜증이 그득했다. 이렇게 일찍 퇴근한 만큼 일찍부터 출근했던 까닭이기도 할 테고.

주차장에서 우리를 발견하기 무섭게 깨끗이 걷어 냈지만.

그 윤태희도 이르게 시작한 사회생활 몇 년에 저런 기술이 생겼다. 나는 알아차리지 못한 척 반갑게 웃었다.

"오빠야."

"왔나."

오빠는 그렇게 인사하면서도 쟤가 뭘 잘못 먹었나 싶은 눈으

270

로 웃는 날 바라보는 기색이 역력했다.

"형이 애 차 사 준다면서요."

"어."

그게 끝이었다. 네 엄마 생각해서, 네 동생 생각해서 개고생해 번 돈을 내어 주다니 너도 참 효자라는 칭찬을 누구 하나라도 할 법했는데, 아무도 그런 좋은 말을 꺼내지 않았다.

그럼 나라도 해야 하나? 자기들끼리 박수 치는 것 같겠지만……. 그렇게 고민하는 찰나였다.

가타부타 설명할 필요도, 유세를 부릴 필요도 없다는 듯 윤태희가 앞장섰다. 박해경과 그 애가 왜 형제인지, 윤태희와 박해경이 왜 친구인지 알 만했다.

"좋겠네."

"좋긴 하지. 공짜니까."

미안해서 그렇지. 윤태희가 나중에 결혼할 때, 그대로 다 돌려줘야지. 효자인 윤태희 때문에 속상할 새언니한테도 아주 잘해 줘야지…….

"아니, 니 말고 태희 형."

"윤태희가 왜?"

"태희 형은 니한테 뭐든 해 줄 수 있다이가. 가족이니까."

"……."

"좋겠다 싶어서."

나는 무어라 대답하면 좋을지 알지 못한 채 잠깐 입술만 달싹이다 말했다.

"본인 생각은 좀 다를걸."

"근가."

"윤태희가 얼마나 불쌍한데. 니는 다 봐 놓고 그것도 모르나."

박우경이 피식 웃고는 에스컬레이터로 먼저 올라가라는 듯 내 등을 부드럽게 밀었다.

오빠들이 몇 층에 가야 한다며 앞에서 자기들끼리 떠드는 사이, 나는 뒤로 손을 뻗어 아주 잠깐 그 애의 손을 잡았다가 에스컬레이터가 끝날 무렵 놓아주었다.

내 옆으로 온 그 애가 제 손을 몇 번 움켜쥐었다 펴는 것이 보였다. 마치 잠깐 내게 잡혔던 감각을 기억하듯이.

"니네 연애는 나중에 하고 좀 빨리 온나. "

"간다."

사무실 몇 개가 있는 복도를 지나니 중고차로 가득한 거대한 주차장이 나왔다. 이런 층이 몇 개나 더 있다는 윤태희의 말에 기함한 나와 달리, 오빠들은 본인들 차를 사는 양 잔뜩 신이 났다. 둘이서만 오고 싶어 했던 박우경까지도.

"마, 박해경. 이거 어떤데."

"어. 가격 대비 괜찮네……. 근데 키로 수가 좀 많다 아니야?"

"형. 한 3만 키로 밑으로 보면 돼요?"

"쟤 장거리 운전할 일도 별로 없는데, 차라리 키로 수가 좀 많고 차가 더 좋은 게 안 낫나? 글고 좀 커야지. 혹시 사고 나도 안전하게."

"한 6만 밑으로 볼게요. 그럼."

"그래."

박우경이 고개를 주억거리고 멀어졌다. 어느새 그 애보다 더 멀리 간 해경 오빠가 외쳤다. 연식은! 윤태희도 반대쪽에서 소리쳤다. 5년! 그렇게 남자들 셋이 짠 듯이 사방으로 흩어진 가운데 나만 뭘 어떻게 봐야 할지도 모르고 멀뚱멀뚱 남았다. 자기들이 보는 게 내 차라는 사실이나, 혹은 내 존재를 기억이나 하나 싶어졌지만 어쨌거나 셋의 분업은 확실했다.

놀이공원에서 길을 잃으면 괜히 나돌아 다니지 말고 그냥 그 자리에 가만있으라던 어릴 적 아빠의 당부처럼, 나는 결국 이 언저리나 도는 게 낫겠다고 생각했다. 어차피 윤태희 돈인데, 뭐.

처음부터 내가 필요했던 것이라고는 그저 바퀴가 달린 차였다. 그게 어떤 차인지는 여태껏 한 번도 중요한 적이 없었다. 생긴 게 어떻든, 무슨 색이든, 기능이 어떻든, 얼마나 옛날 것이고 또 얼마나 요즘 것이든.

단지 엄마가 버스를 몇 번이나 갈아타고, 버스 손잡이를 잡고 불안하게 비틀거리고, 절뚝거리며 걷지 않으면 됐다. 내가 그걸 보지 않을 수만 있으면.

나는 바로 옆에 있던 경차 문을 열고 괜히 한번 타 보고, 그 옆에 있는 또 다른 소형차를 한번 타 보았다. 차창에 붙어 있는 정보를 좀 아는 척 들여다보기도 했다.

이렇게 시간이나 때우면 다들 돌아오겠지. 실은 자그마한 핸들에 손을 올려 보자 나도 조금 들떴다. 그렇게 앉아서 주변의 차들을 이리저리 둘러보던 나는, 문득 맞은편에 있는 흰색 소형 SUV를 유심히 보았다.

그래. 저렇게 흰색도 괜찮겠다. 그 애 차처럼.

"윤차희, 여기 숨어서 뭐 하노."

"아 깜짝이야."

"사람 놀라게 갑자기 사라진 게 누군데."

먼저 뿔뿔이 흩어졌던 게 누군데.

조수석 문을 열고 비딱한 눈으로 내부를 이리저리 살펴본 박우경이 다시 운전석의 날 흘끗 보더니 내 옆에 올라탔다.

차가 좀 작기도 하고 몸이 크기도 해서, 그 애는 조수석에 앉았다기보다는 남이 그 애를 억지로 구겨 넣은 것처럼 불편해 보였다. 곧장 조수석 의자를 제일 뒤까지 탁 밀고 앉으며 그 애가 불만스레 중얼거렸다.

"존나 좁네."

좌석을 제일 뒤까지 밀어도 긴 다리를 편히 뻗지 못하니 구부러진 무릎이 변속기 쪽으로 툭 불거져 나왔다.

문득 저 무릎 사이에 내 몸이 단단히 묶여 있었던 순간이 떠올랐다. 창고 구석에 숨은 의자, 그 애 할머니 집 별채의 마루에 앉아 제 다리 사이에 서 있는 날 가두고는 날 올려다보던 눈.

그 시선. 마디가 긴 손가락. 다정하고 무례한 손길. 내 가슴 위의 입술.

나는 고개를 돌렸다. 열기는 도리어 한기를 닮았다.

"난 괜찮은데."

"니는 요만하니까."

"166이 뭐가 작은데. 이 정도면 걍 여자 둘이 타긴 괜찮지."

"그래, 니 크다."

내게 건성으로 대꾸한 박우경이 괜히 차를 툭툭 만졌다. 햇빛 가리개를 내렸다가, 암레스트를 한번 들어 봤다가, 기어를 중립으로 넘겨 봤다가.

"박우경, 정신 사납다."

"닌 이 차가 마음에 드나."

"아니. 그냥 좀 앉아서 쉴라고 탔는데."

그렇다고 마음에 안 들지도 않았다. 나는 핸들을 톡톡 두드리다 물었다.

"그래도 이 정도면 괜찮은 것 같지 않나."

"아줌마는 높은 차가 차라리 타기 편하실걸. 안 그래도 아직 움직이시는 거 불편한데."

"아."

"이렇게 차체 낮으면 오히려 앉았다 일어나기 힘들다."

박우경이 퍽 진지하게 말했다. 나는 조금 놀라 그 애를 보았다. 그러자 못마땅한 듯 비뚜름하게 들린 눈매가 날 향했다.

"왜?"

"아니 그냥. 니가 우리 엄마 그렇게 생각한 게 신기해서."

"애초에 아줌마 때문에 사는 거다이가."

대수도 아니라는 투였다. 그 애는 손목시계를 흘끗 내려다보고는 차들 너머 오빠들이 있는 쪽을 내다보듯 창밖을 보았다.

"차 사면 또 뭐 할 건데. 엄마 병원 말고."

"확실히 이동이 자유로워지기는 하니까…… 신도시 쪽에서 과외를 여러 개 잡을까 싶은데. 저녁에 하면 과원 일에도 지장 없고. 괜찮제."

"괜찮네."

"그게 좀 시원찮으면 겨울에는 아예 산검 쪽에서 일 알아볼라고. 이제 집에서 출퇴근할 수 있으니까."

"산검?"

턱을 괸 채 창밖의 다른 차들을 바라보던 박우경의 얼굴이 내게로 느리게 돌아왔다. 그리고 마치 잘못 들은 양 물었다.

"공단?"

"어. 지윤이가 그러는데 걔네 회사 공장에서 방학 때만 일할 수도 있다 카드라. 일이 좀 힘들어서 그런지 요새 사람이 워낙 부족해서. 그 대신 돈은 좀 많이 주던데, 뭐. 잘됐제. 그렇게 많이 줘도 다들 일을 안 한대."

"……."

"과외는 최대한 주말로 다 밀어 넣으면 병행할 수 있으니까. 겨울이라 과원 일은 아빠 혼자 쉬엄쉬엄해도 되고, 택배 작업은 밤에 내가 와서 아빠랑 같이……."

"니 미친 거 아니가."

박우경에게서 날카로운 음성이 튀어나왔다. 나는 그 애가 대번에 내게 화가 나 버린 것을 알았다. 내가 너무 편하게 털어놓고 만 것도.

"야. 니는 지금 니가 하는 말이, 말이 된다고 생각하나."

"안 될 건 뭐고."

"윤차희 니 진짜……."

거칠게 얼굴을 쓸어내린 그 애가 금세 차분하게 가라앉힌 목소리로 말을 이었다.

"대충 살다 치울라고?"

아. 목소리만 차분했다.

"빨리 죽고 싶어서 환장했나. 존나 하는 짓마다 맥아리도 없는 게, 니 몸이 할 수 있는 만큼만 생각해야지, 그게 무슨……."

"우경아."

"아니 씨발, 이거 봐. 팔뚝이 한 줌도 안 되는 게. 어이가 없다."

내 팔을 가져가 손아귀로 세게 쥐어 본 그 애가 욕설을 중얼거렸다. 이것도 팔이라고 달고 있다고. 나는 조금 웃을 뻔했다. 제 손이 남들보다 큰 건 생각도 못 하는 모양이었다.

"니가 산검에서 무슨 일을 어떻게 하는데. 몸이 이런데 무슨 공장에서 일하고, 밤에 사과원에서 뭘 또 하고, 주말에는 또 무슨 지랄을 한다 카냐고. 말이 되는 소리를 해라."

"서울에서도 원래 그렇게 살았다."

"……."

"그렇게 살아서 버텼고."

그래서 네가 없어도 살았고.

"그렇게 살아도 지금까지 괜찮았고."

어차피 휴학하고 이렇게 청라로 내려오기 전에도, 내게는 빈 시간 같은 게 없었다. 수업이 없으면 늘 도서관에 있거나 일을 했다.

대단한 이유가 있어서는 아니었다. 전액 장학금을 받고 대학을 갔으니 남들처럼 등록금이 부담되었던 것도 아니었고. 대신 성적은 악착같이 유지해야 했지만.

그럼에도 그 이외의 모든 것에는 돈이 들었다. 삶의 모든 것이. 아주 자질구레한 것부터.

부모의 그늘에서는 상상하지도 못했던 그 모든 것들.

그때의 나는 서울에 맨몸으로 던져진 것처럼 생활했다. 하마터면 집이 넘어갈 뻔한 직후였다. 엄마랑 아빠가 내게 해 줄 수 있는 것이라고는 무엇도 없었다.

서울로 올라가기 전날, 큰 고모에게 급히 80만 원을 겨우 빌려 온 엄마는 일단 이걸로 고시원에서 잠시만 버티면 다음 달에 아빠랑 또 돈을 보내 주겠다며 울었다. 또? 다음에는 대체 어디서 빌려서 주려고. 남에게 손을 벌리는 일에는 신물이 났다.

어쩌면 압류를 당할지도 모른다고 차마 계좌로 받지도 못한 5만 원권 16장을 지갑에 넣고 그다음 날 서울로 올라간 나는, 이후로 청라에 거의 돌아오지 않았다. 엄마의 연락도 잘 받지 않았다. 아빠가 보내 주려는 돈도 받지 않았다.

빚. 그 끔찍한 빚. 나는 박우경의 부모를 생각했다. 내 부모가 결국 박우경의 부모에게 지고 만 빚을 생각했다.

초등학교 때부터 엄마가 차곡차곡 명절 용돈을 모아 주었던 계좌를 없앴다. 그렇게 집에서 내게 어떤 돈도 보낼 수 없게 했다.

그 순간만큼은 어떤 빚의 일부가 되는 것조차 역겨워 견딜 수가 없었으니까.

고로 내가 대학에 입학해 가장 먼저 해야 했던 일은, 당장 그 다음 달 고시원 월세를 버는 일이었다.

어떤 일이든 가릴 겨를이 없었으므로 가장 빨리 연락을 주었던 곳으로 달려갔다. 하는 일이 서빙이든 설거지든 상관없었다. 카페에 잠시 앉을 돈도 없었으므로 대학에서 기껏 사귄 친구들로부터도 도망 다녔다.

어차피 시간이 없었으니 잘된 거였지. 첫 달 월세와 고작 10만 원짜리 보증금을 내고 나니, 전공 교재를 죄다 중고로 사고도 내내 걷고 끼니를 굶어야 했다.

점심나절에 학식 한 끼를 먹고 밤늦게까지 일하고 나면 신물이 올라왔다. 마지막에는 그마저도 먹지 못한 게 사나흘은 됐다.

그달 말 생리대를 사고 지갑에 남은 8천 원을 보면서, 그 애가 지금쯤 어떻게 지낼까 내내 생각했던 나를 처음으로 비웃었다. 걔가 졸업식에서 그렇게 멀쩡한 걸 보았으면서. 내가 보이지도 않는 양 제 친구들과 웃고 있던 것을.

피로는 편리했다. 침대 하나로 꽉 찬 고시원 방에 기진맥진해 쓰러질 때마다 나는 박우경을 잊어 갔다. 그리고 내가 그 애에게 지껄였던 모든 못된 말을 잊어 갔다.

말도 안 되게 사소한 일로 갑자기 그 애가 떠올라 숨이 막힐 때 외에는. 울지 않으면 견딜 수 없는 순간 외에는.

그래. 가끔 정말로 너를 잊었다고 착각할 수 있을 만큼은.

삼 년간 내 생활은 아주 느리게 나아졌다. 사는 곳이 조금씩 나아졌고, 버는 돈이 나아졌고, 하는 일이 조금씩 덜 힘들어졌다. 돈이 조금씩 모이는 만큼. 더는 여건이 좋지 않은 일을 급히 하지 않아도 되었으니까……. 그러다 어느 순간에는 얼추 괜찮은 궤도에 올랐다.

그렇게 상황이 괜찮다는 것을 알아도 내가 변할 필요는 없다고 생각했다. 삶이 아주 작은 틈도 없이 버거우면 그 애를 생각할 틈도 없다는 것을 배웠으므로, 나는 마치 타성처럼 잠시도 게을러지지 못했다.

그 애를 다시 생각하게 될까 봐.

다음번에는 월세를 몇만 원이라도 줄여 보겠다고 보증금을 더 모으고, 고작 공동 현관 출입구에 비밀번호가 걸린 원룸이라면 창가에 변태가 종종 서 있던 낡은 연립주택 1층보다 무섭지 않을 것 같아 돈을 모았다.

그렇게 살다가 언젠가는 짧은 어학연수도 가 보고 싶었다. 가끔은 다른 애들처럼 학원도 다니고 싶었다.

내게 커피를 자주 사 주었던 친구에게 나도 커피를 자주 사 줄 수 있는 친구가 되고 싶었다. 여느 괜찮은 집에서 해 주는 지원을 나도 받는 것처럼.

고작. 그런 이유로도 내내 악착같이 살았다. 집에서 함께 쓸

생활비라면, 엄마의 병원비라면 그것보다 더할 수도 있었다.

나는 내년에도 청라에 있어야 하니까.

물론 박우경에게는 할 수 없는 말이었다.

"우경아."

"됐다. 니 알아서 해라."

"……니 지금 뭐 하는데."

"니네 아버지한테 전화."

나는 급히 그 애의 손에서 휴대폰을 뺏었다. 화면 상단에 정말로 아빠의 전화번호가 떠 있었다. 나는 벌써 신호가 가고 있는 전화를 황급히 끊었다. 그 애가 내 손을 바라보며 빈정거렸다.

"아저씨가 존나 좋아하겠제. 하나 있는 딸내미 주 7일 24시간 갈아서 그걸로 먹고살면."

"우리 집 상황이……."

"차희야. 제발 니 생각 좀 해라."

"……."

"내 생각까지 하라고는 안 할 테니까."

제 휴대폰을 되찾을 것처럼 뻗어 온 손이, 휴대폰 대신 내 손을 잡았다.

"아줌마 그렇게 된 거 니 탓 아니고, 아저씨가 하는 일마다 재수 드럽게 없는 것도 니 탓 아니다이가. 태희 형이 저따위로 효자인 것도 니 탓 아니고."

"……."

"니 지금도 이러고 살잖아. 여기 와서. 니가 여기서 뭘 더 어떻게 해야 되는데."

"우경아."

"안 그래도 등신 같은 게, 지금 그러고 사는 꼴도 못 보겠어서 이렇게 붙어 있는데, 씨발. 도대체 뭘 더하겠다고……."

언젠가 네 부모와 상관없이 살라던 저수지의 목소리가 떠올랐다.

　'너무 내 생각만 하는 건데, 그건.'

　'나는 원래 니 생각만 한다. 몰랐나.'

　'……'

　'느그 집 생각은 좆도 안 하고.'

너는 너대로 살라고.

나는 입 안으로 나직한 실소를 삼켰다. 적어도 엄마가 그렇게 된 건 내 잘못이 맞았다.

오랜만에 신미진의 스카프가 떠올랐다. 엄마가 그렇게 쓰러진 후로 돌려줄 수도 없게 되어 현관 앞에 며칠이고 덩그러니 있다가, 지금은 안방 화장대 위에나 놓여 있는 그 값비싸고 쓸모없는 물건.

무엇이 문제였고 무엇이 먼저였는지를 따지는 건 의미가 없다. 사람이 물건을 두고는.

그러니 물건을 탓할 필요도 없다. 물건은 어떤 일도 할 수 없었다.

잘못은 언제나 사람이 했다.

"……근데 있다이가."

"뭐."

"박우경 니 내한테 집적거릴라고 우리 집에 붙어 있는 거 아니었나."

"……."

"그게 아니라 그냥 내가 등신이고 불쌍해서 그런 거면."

박우경은 잠시 할 말을 잃은 듯 입술만 덧없이 달싹거렸다. 동정. 연민. 내 대단한 자존심이 지금 이 순간 얼마나 살아 있는지를 가늠하는 눈치였다.

실은 그냥 네가 내 생각보다도 더한 호구라는 뜻일 뿐인데.

네 손을 다시 잡은 순간 자존심 같은 건 진작에 다 사라졌다. 그리고 '우리'를 인정한 순간 흔적조차 남지 않았다.

"……당연히 둘 다지. 내가 니한테 그마이 들이댔는데 지금 그것도 몰라서 묻나."

"뭐. 그럼 등신 같은 가스나한테 집적거리고 싶었던 거라고?"

"대충은 그렇긴 한데."

"동정은."

"……존나 니 사는 꼴이 등신처럼 답답했다는 거지, 동정했다는 건 아인데."

와중에도 내가 그 단어를 싫어할까 봐 슬그머니 도망 다니는 꼴이 우스웠다. 귀여웠다. 안아 주고 싶었다.

"그게 그거 아니가."

"몰라."

"박우경 니가 모르면 누가 아는데."

"아 모른다고."

이름이야 뭐가 됐든 다 내가 널 좋아해서 이런 거라고. 그 애는 그렇게 우기며 내 손을 잡았다.

손가락 사이마다 그 애의 단단한 손가락이 파고들어 깍지를 꼈다. 나는 그 손을 말없이 마주 잡아 주었다.

괜찮다고. 자존심 같은 건 상하지 않았다고.

고맙다고.

"……그때까지 니랑 사귀면, 공장은 안 갈게."

나는 반쯤 장난처럼 말했다. 하지만 전부 진심이었다. 네가 싫어하는 일은 안 할게. 너무 고생스럽게 살려 들지도 않을게. 네가 내 옆에 있는 동안에는.

애정, 연민, 동정, 이제는 무엇이든 좋았다. 네가 나 때문에 마음이 아파 내어놓는 것이라면 무엇이든 내팽개치지 않고, 끌어당겨 안고 싶었다. 내가 네 눈에 가장 한심해 보이는 순간조차도.

네 말대로 전부, 날 좋아해서 그런 것을 아니까.

"……와, 윤차희. '그때까지'? 지랑 내가 사귄 지 며칠이나 됐다고."

"오늘까지 좋다고 사귀다가 내일 갑자기 드럽게 싸우고 헤어질 수도 있는 게 남자랑 여잔데, 모르는 일 아이가."

"니는 진짜 야부리 터는 거만 보면 벌써 남자 한 50명 만났다."

"그때 가서 니 하는 거 보고 가든가 말든가 할게."

"가스나 존나 거만하네, 진짜."

"그리고 만약 꼭 가야 되더라도……."

우리가 헤어지고, 난 꼭 가야 하더라도. 아주 단순히 비튼 말이었지만 그 애에게는 그저 내가 새로운 현실에 등 떠밀리는 꼴을 떠올리게 할 뿐이었다.

가만히 인상을 찌푸리고 무얼 가늠하는 듯한 눈으로 정면을 바라보던 박우경이 날 세상 골칫덩이처럼 바라보았다.

그러고는 더 골치 아픈 일이라도 떠오른 양 고개를 돌렸다. 부사 출하 뒤를 생각했을까? 아니면 겨울의 한산한 과원과 천장까지 가득 메운 저장고 따위를 생각했을지도 모른다.

"그래야만 해도, 사실 난 진짜 괜찮거든. 우경아."

"니 말 못 믿겠는데."

"아니, 진짜로 괜찮다. 그런 일 전에도 해 봤으니까."

"……."

"이제 니 생각처럼 공부나 좀 할 줄 알지, 몸 쓰는 일은 하나도 못 하던 그런 애도 아니고. 박우경. 니 내 삼 년이나 못 봤다 이가."

그냥 네 생각처럼 내가 나약하지 않다는 말을 해 주고 싶었다. 그러니까 내가 너 없는 곳에서 무슨 일을 하게 되더라도 걱정하지 않아도 된다고.

네게 내내 상처나 준 이상한 여자 때문에 마음 아플 필요는 없다고. 그 마음은 우리가 만나는 동안에만 달라고.

박우경은 멍하니 날 바라보다 제 무릎으로 시선을 떨어트렸다.

"······그런 일 많이 했나."

"응."

"내 말은, 진짜로."

"진짜로."

"그 삼 년 동안."

내가, 너 못 보는 동안.

그 애가 그렇게 아주 천천히 되뇌었다. 날 다시 바라보는 그 애의 눈에 파르라니 냉기가 떠올라 있었다.

무심코 말문이 막혔다. 그 찰나, 박우경의 휴대폰이 울렸다.

우리 아빠였다.

"네, 아저씨."

그러기 무섭게 내 휴대폰에는 해경 오빠의 전화가 걸려 왔다. 아마도 나랑 박우경을 찾고 있겠지. 나는 박우경을 두고 일단 차에서 내렸다.

네. 네······. 금세 차에서 내린 그 애가 아빠에게 대꾸하며 내 뒤를 따라왔다. 둘만 있는 게 아니라 형들도 같이 있다는 시큰둥한 해명 뒤로 여느 때처럼 아빠에게 툴툴대는 말들이 뒤따랐다. 자기가 무슨 도둑놈이냐고, 윤차희 걜 뭐 어떻게 하냐고.

뭘 어떻게 하긴 했으면서.

알겠어요. 윤차희 바가지 안 쓰게 할게요. 네. 촌에서 검은 차는 좀 아니죠. 네, 그니까 흙먼지 묻을 일이 그렇게 많은데. 네. 아……. 근데 왜 내가 잔소리 듣는 거 같지? 아저씨 이거 윤차희가 들어야 되는 거 아니에요? 아 걔는 듣기 싫어한다고요. 네. 그건 그렇죠. 아저씨 근데 저도 잔소리 싫어하는데요…….

— 차희야, 니 어디라고?

"여기. 아까 오빠야가 내 버리고 간 곳."

— 내가 니를 언제 버리고 갔다고.

"빨간 SUV 보이제."

박우경이 아빠랑 통화하는 소리를 듣느라 정작 해경 오빠의 전화를 계속 흘려들은 나는 그제야 빨간 SUV를 지나 팔을 열심히 흔들었다.

아까 그 애의 표정이 머릿속에서 사라지지 않았다. 나는 아빠의 전화를 끊은 박우경이 내 옆에 온 것을 느끼면서도 그쪽으로는 시선을 주지 않은 채 해경 오빠에게 웃어 보였다.

"오빠야가 저쪽에서 괜찮은 거 몇 개 봐 났거든."

"맞나."

"아, 사진 볼래?"

"여기까지 왔는데 직접 보면 되지. 같이 가서 보자."

"박우경, 니는 뭐 안 봤나."

"딱히."

아까의 들뜬 기색이 사라진 목소리였다. 오빠가 의아한 듯 그 애를 흘끗 보고는 날 보고 물었다.

"왜. 이 새끼 골라 온 게 다 별로드나."

"아니. 다 괜찮은데 좀 비싸서."

오빠는 고개를 가볍게 갸웃하더니 이윽고 윤태희에게서 온 전화를 받으며 날 차와 차 사이로 밀었다.

"마, 윤태희 니 어딘데. 어. 어…… 3층? 졸라 웃긴 새끼네. 지 혼자 언제 거까지 간 거고."

"……."

"어. 그럼 우리가 글로 가까?"

나는 그 애를 잠시 돌아보았다. 제 형 뒤에서 걸어오면서 전시된 차들을 보고 있는 옆얼굴이 무표정했다.

아까 방심하고 만 것이 후회됐다. 벌써 겨울에 있을 일 따위를 말하는 게 아니었는데.

나는 지나간 4월을 떠올렸다. 그 애가 처음 우리 과수원으로 올라와서는 돌아가지 않았던 날.

그날을 두고 한때는 네가 아직도 날 미워해서 그런 것이라고 생각했다. 어떻게든 날 꼬여 내서 잠깐 갖고 놀다 버리려는 게 아닐까. 시답잖은 보복이라도 하려고. 서울 가기 전에 그냥 한 번 자고 싶어서.

시간이 조금 더 지난 후에는 네가 날 여전히 좋아하기 때문에 그런 것을 알았다. 그냥 같이 있고 싶어서, 날 더 보고 싶어서.

그리고 지금은.

그저 내가 고생하는 게 싫어서 그랬다는 것을 알았다.

제게 그렇게 못되게 굴었던 내가 안쓰러워서. 그 괘씸한 애가 혼자 어쩔 줄 모르고 고생하는 게 불쌍해서.

그러지 않고는 견딜 수 없을 만큼, 네가 날 너무 좋아해서.

내가 고생하는 게 싫어 네 여유를 전부 주었는데, 나는 네게 더한 고생을 하겠다고 했다. 나는 희미한 실소를 흘렸다.

네가 없어도 나는 괜찮으리란 말이 아니라, 제발 내게서 눈을 떼지 말아 달라고 말한 셈이었구나. 날 계속 불쌍히 여기고 네게서 떨어트리지 말라고.

날 계속 생각해 달라고. 마음 아파하라고.

좋아해 달라고.

"난 이 정도가 좋은데."

이렇게 자그마한 게 딱 좋았다. 주차하기도 편하고. 윤태희 돈도 덜 쓰고.

물론 주차 연습이라면 박우경과 근처 등산로 앞 공영 주차장에서 수십 번도 더 했다. 그 크고 비싼 차로 내가 주차 연습 따위나 하고 싶어 했을 리 없으니 당연히 강제였다.

그 애는 내가 후방 카메라도 없는 옛날 차를 사게 될 거라 생각했는지 주차 화면도 보지 못하게 했다. 붙잡혀 있는 내내 딱 미칠 지경이라고 생각했다. 덕분에 그 큰 차를 주차하는 일이 아주 손에 익어 버리기는 했지만.

그래도 별 이상한 실수로 도로 주행은 세 번이나 떨어졌지.

나는 아직 자신이 없었다.

"비구니 니는 운전하는 니 입장만 생각하나. 뒤에 타는 사람은?"

"내가 뒤에 사람 태울 일이 뭐가 있다고……. 옆에 엄마나 타지."

"왜 없노. 지금도 탔잖아. 내랑 박해경."

해경 오빠가 어깨를 으쓱하며 그건 그렇다고 장단을 맞췄다.

"좁긴 하네."

"뒷좌석이니까……."

"오빠야들 무릎 닿는다. 차희야."

닿는 것이야 이제 내 눈에도 보였다. 그리고 내 바로 뒤에 탄 윤태희가 처음부터 무릎으로 등받이를 툭툭 쳐 대니 모를 수도 없었다.

하지만 뒷좌석이란 게 원래 그렇지 않나? 얼마 정도는 본인들이 크고 긴 탓이었다.

"……오빠야들이 내 차를 뭘 얼마나 탄다고. 둘 다 청라에 있지도 않으면서."

"내 없어도 아빠 있잖아. 박우갱이도 있고. 다 같이 오리 불고기라도 무러 가면 우짤래."

"아 오리 고기 먹으러 가면서 내 차를 왜 타냐고."

"타야지, 안 탈 끼가. 니가 눈 뜨고 움직이는 매 순간 이 차랑 붙어 있어야지. 느그 오빠가 개같이 일해서 번 돈으로 사 준 건데."

"아니, 내가 계속 말했다이가. 개같이 일해서 번 돈 좀 아끼라고."

몇 대 전에 타 보았던 차는 윤태희가 제일 마음에 들어 했지만 내 생각보다 비싸 이것저것 말도 안 되는 트집을 잡고 퇴짜를 놓았다. 내 예산보다 훨씬 좋은 차를 사게 된 것까진 좋았지만 그 선에서라도 몇백이나마 아끼고 싶었다.

이후로 오빠들은 둘이서 작정한 양 역으로 트집을 잡고 있었다.

박우경은 여전히 별말이 없었다. 다만 넷이서 무슨 차를 타 볼 때마다 꼭 조수석에 탔다. 본인이 조수석에 타겠다고 어린 애처럼 옥신각신하는 오빠들을 유유히 지나쳐서는.

꼴에 남자 친구라고 유세 부리는 것 좀 보라고 오빠들이 흉을 봐도 들은 척도 안 했다. 차 얘기를 할 때나 오빠들에게 몇 마디 얹고, 그냥 그렇게 내 옆에 계속 있었다. 나는 박우경이 내 쪽을 보지 않을 때에만 그 애의 얼굴을 흘끗거렸다.

어쨌든 우리는 그렇게 몇 대를 더 타 보았다. 윤태희는 아주 고집스러웠고, 해경 오빠는 '니네 오빠 돈이니까 니네 오빠 마음대로 하게 둬라'는 축이었다.

이런 게 박우경에게는 정말로 부러운 일이었을까? 나는 그 애의 속을 알아도, 다 아는 것 같지가 않았다. 내게 호구나 잡히고 싶은 게 이해가 되지도 않았다. 지금 그만큼 잡힌 것으로는 모자라서?

만약 내가 너라면 이런 염치 없는 여자애는 싫을 텐데.

떠들썩한 대화 속에 아까의 찝찝한 기분이 쓸려 갔다. 마지막에는 윤태희가 가장 마음에 들어 했던 차를 탔다.

오빠들은 들떠서 저들끼리 운전석에 번갈아 타 보느라 문을 몇 번이나 열고 닫았다. 그러는 사이 우리는 덩그러니 뒷좌석에 나란히 앉아 있고.

그 애가 문득 말했다.

"태희 형 이 차 하겠네. 맞제."

"어……. 하여간 고집은."

"피는 못 속이는가 보지."

"……."

"뭘 못 속여? 느그 내 욕했제."

고집. 피. 나직하지만 약간의 뼈가 있는 말이었다. 그리고 그것에 반응한 건 내가 아니라 운전석에 다시 타고 있던 윤태희였다.

"형. 궁금한 게 있는데."

"바른대로 말해라."

"형은 평소 때 무슨 죄를 그렇게 많이 짓고 다녀서, 뒤에서 누가 뭔 말만 하면 자기 욕인 줄 아는 거예요?"

"죽일까, 진짜."

"걍 욕먹을 짓을 안 하면 되지 않나."

박우경이 심드렁하니 중얼거리는 것으로 받아쳤다. 해경 오빠가 옆에서 대체 누구를 편드는 건지도 모를 태도로 중얼거렸다.

"걍 둬라, 저 새끼 죽이면 니 동생 비구니 된다이가. 아, 맞다. 아까 내가 말했나? 오늘 저 새끼가 한우 산대."

292

"오…… 그럼 저렇게 처맞을 말을 해도 안 처맞는 수가 있지. 계속해라, 박우갱이."

"둘이서 뭘 얼마나 처먹을라고."

결국 윤태희의 고집대로 우리는 중형 SUV를 계약했다. 사무실이 좁아 해경 오빠와 박우경은 밖에서 전시된 차나 계속 구경하며 기다리기로 했고, 나는 사무실에서 윤태희 옆에 얌전히 앉아 사인이나 했다.

그러는 내내 윤태희는 딜러에게서 새 타이어부터 발 매트, 선팅, 블랙박스까지 아주 자연스럽게 얻어 냈다.

"근데 뭔데, 니네. 싸웠나."

고로 뜬금없는 질문이었다. 딜러가 잠깐 자리를 비운 사이, 어울리지도 않게 정수기에서 따뜻한 율무차를 타 온 윤태희가 너도 먹겠냐는 말 한 마디 없이 대뜸 그렇게 물었다.

나는 그 손에 들린 종이컵을 물끄러미 보다 되물었다.

"오빠야 니는 니 혼자 먹나."

"공주 니가 타 무라. 지는 손이 없나, 발이 없나."

"아, 좀. 밖에서 공주라 카지 말라 캤제."

"안에서는 불러도 되는갑지?"

"……"

"아…… 안에선 즈그끼리 황제인 척하고 밖에서는 황제 아니라 왕인 척하는 거. 그거. 아 그거 뭐지. 자기들끼리 모여서 몰래 정신 승리하는 거."

"하……."

"조선 시대. 맞제."

"고려 때."

"아! 외왕내제. 그래, 그거처럼. 우리 집도 외왕내제 하자고?"

"……."

"근데 와 씨발, 윤태희가 이걸 아네. 좆됐다…… 공부도 안 했는데 사람이 이마이 똑똑하네."

나는 어이가 없어 숨을 툭 흘렸다. 공부도 못했으면서 저런 건 언제 주워듣고 기억해서.

"윤차희 니 몰랐제."

"알았거든. 어이가 없어서 내비 둔 거지."

"웃기고 있네. 까먹었으면서."

"아니, 누가 지 여동생을 고려 왕이랑 비교하냐고."

"그래서. 왜 싸웠는데."

내가 말을 돌린 수고가 무색하게도 윤태희가 다시 본론으로 돌아왔다.

"안 싸웠다."

"지랄. 박우갱이랑 분위기 좆 같드만."

"그냥 내가 마음에 안 드나 보지."

"그럴 수 있지. 윤차희 니 하는 짓 마음에 안 드는 게 어데 한두 개겠나."

"……오빠야 니는 누구 편이고?"

"싸울라면 일단 한우는 먹고 나서 싸워라."

"힘내라고?"

"아니. 내 고기 먹어야 되니까."

어이가 없어 뭐라 한마디 말하려는 순간 직원이 돌아왔다.

"사장님, 일단은 다 됐거든요. 자동차 등록소 좀 있으면 문 닫으니까이 동생분이랑 좀 빨리 가셔야 됩니데이."

"몇 층인데요."

"엘리베이터 타고 3층 가셔 가지고, 그냥 왼쪽으로 쭉 가시면 됩니더. 글고 타이어랑 블랙박스는 지금 막 다 됐다 카는데 선팅은 사장님이 오늘 저녁에나 할 수 있다 카거든요. 나가서 저녁 좀 묵고 차 찾으러 올랍니까."

"알겠습니다. 아, 그리고 얘 코일 매트 꼭 챙겨 주시고요. 혹시나 까묵지 마시고."

"하이고, 내 안 까묵는다 안 카나. 담 주에 택배로 보낸다니까. 거참 젊은 분이 의심이 이래 많아 가지고서야."

"오빠야 들었나. 또 의심이 많대."

알 바도 아니란 듯 까딱 인사한 윤태희가 내 등을 떠밀며 사무실에서 나왔다. 바깥에서 기다리고 있던 해경 오빠가 박우경을 끌고 와서는 싱글거리며 차 산 것을 축하한다고 했다. 청라에 내려올 때마다 얻어 타야겠다고.

제 형이 그냥 한 말도 못마땅한 그 애는 해경 오빠를 짜증스레 보고는, 본인도 그동안 태워 준 값을 받기는 받아야겠다고 했다. 이제 네가 내 기사 노릇 좀 해야겠다고.

말 한마디가 주는 안도란 때때로 이토록 우스운 것이다. 나는 오빠들 뒤에서 그 애의 팔을 몰래 잡았다. 박우경에게서 한숨이 흘러나왔다. 문득 괜히 붙잡은 것 같아 손을 살짝 떨어트리자 그 애가 내 손을 잡았다.

"화 안 났다."

"……누가 묻드나."

"응. 니 손이 묻더라."

상처에 살이 차오르듯 그 애의 말이 약간의 불안을 덮었다.

"저거 봐라, 윤태희. 니 있는데 둘이 손잡아 대는 꼬라지 봐봐."

"박우갱이. 니 드디어 개돌았나."

"형 동생이 잡아도 된다 캤는데요."

근방에는 좀처럼 뭘 먹을 곳이 없어서, 우리는 윤태희의 차를 타고 얼마간 이동했다.

실상 거리는 얼마 되지 않았는데 차가 너무 막혀 길 위에 갇혀 있었던 시간이 좀 됐다. 오빠들은 이제 배가 고프다고 성화였다.

와중에 해경 오빠는 갑자기 급하게 볼일이 생각났다고 백화점으로 차를 돌리자고 했고, 당연하게도 한창 배가 고픈 윤태희나 제 형 때문에 귀찮아지는 것이 싫은 박우경은 아주 냉담하게 반응했다.

나는 해경 오빠 편을 들었다. 백화점에서 은근슬쩍 시간을 좀 허비하게 하면 거기서 대충 끼니를 때우고 싶어지지 않을까 해서.

윤태희는 배고픈 걸 죽어도 못 참았다. 그리고 백화점에서 아무리 비싼 것을 사 먹어 봐야 저 대식가들에게 한우를 먹이는 것만 못할 테고.

"그래서 뭐. 백화점에 볼일이 뭐라고?"

"1층 가서 형이 준 시곗줄 좀 줄이고, 1층 간 김에 캔들 좀 고르고."

"니 장난치나, 지금. 청라에서 아무 금은방에나 들어가서 진작 줄이면 됐을 거를 여까지 왔다고?"

"아 이게 돈이 얼마짜린데."

"캔들은 또 뭔데."

"서울 집 올라가서 쓸 거. 장마철에 한참 비워 놨다이가. 꿉 꿉한 냄새 난다."

"아 그럼 인터넷에서 시키든가."

"향기 맡아 보고 사야지."

"도라이 같은 새끼가 드럽게 뽀시랍네, 진짜."

오빠들 뒤통수나 보며 웃고 있자 옆에서 걷던 그 애가 뭘 또 웃느냐고 핀잔을 주었다. 내가 해경 오빠를 보고 웃는 일 따위가 아직도 거슬릴 만한 일이라는 듯이.

이제는 아주 자연스럽게 손이 잡혔다. 에스컬레이터에서 손등끼리 몇 번 스친 것만으로도.

제 손에 힘을 조금만 풀어도 내가 도망가리라고 생각하는 것처럼, 내 손가락마다 그 애의 손가락이 깊이 얽혀 왔다.

사람이 많았다. 나는 초등학교 저학년 때 이후로 남들 앞에서 그 애의 손을 잡아 본 적이 없었다. 우리가 잔 것을 이미 아는 오빠들 앞에서도 손 한 번 잡는 게 부끄러웠을 정도로.

이 층이 끝날 때까지만 참아야지. 그러고는 못 놓았다. 그럼 1층에 갈 때까지만 참아야지. 그래도 무얼 할 수가 없었다. 나는 결국 지나가는 사람들 속에서 우리가 잡은 손을 어떻게 하지 못하고 그냥 두었다.

스쳐 가는 사람들, 우리가 누군지도 모르고 영영 관심도 없을 어떤 시선들로부터 잠깐 자유롭기 위해 널 놓아 버리는 일이 아주 어리석은 일인 것만 같아서.

그렇게 오빠들이 시계 매장으로 들어간 사이 우리는 마치 데이트를 나온 사람들처럼 1층을 돌아다녔다. 그 애의 손에 이끌려 향수를 몇 개 시향해 보고, 향초를 구경하다 낮은 유리장 안의 시계들을 지나쳤다.

그러다 박우경이 잠시 멈춰 섰다. 검은 가죽 줄로 된 단조로운 디자인의 시계 앞이었다.

"왜. 그게 이쁘나."

나는 별생각 없이 박우경이 이미 손목에 차고 있는 값비싼 시계와 진열장 안의 시계를 한 번씩 번갈아 보고는 그 애에게 물었다.

꽤 좋아 보이는 남자 시계였지만 고작해야 수십만 원짜리였다. 언젠가 대학 친구가 제 남자 친구에게 사 줄 거라고 백화점에서 들여다보던 브랜드에서 나온. 당연하게도 그 애가 이미 가진 것과는 비교도 되지 않았다.

그러고 보니 네 생일에는 무얼 사 줘야 하지? 퍽 한가로운 생각이 지나갔다.

그 애의 생일은 11월 초였다. 어릴 적 나는 그 애의 생일이 몹시도 불만이었다. 기껏 이른 봄에 태어나서는, 늦가을에야 겨우 태어난 그 애와 똑같은 나이인 게 억울해서.

내 물음에도 얼마간 대답이 없던 박우경이 날 씩 웃으며 돌아보았다.

"기억 나. 윤차희 니 내한테 시계 사 줬던 거."

"……아."

"이렇게 검은 줄에 시계 판 하얗고, 동그란 거였는데."

"언제 적 일인데, 그게."

"몇 년 안 됐는데."

"그리고 그게 이런 거랑 비교가 되나."

"왜. 똑같은 시계잖아."

나는 그 애 할머니 문갑 속에서 여전히 초침이 움직이고 있을 그 애의 수능 시계를 생각해 보았다. 그리고 여전히 내 방 책상 서랍 안에서 멈추어 있는 똑같은 모양의 시계도.

손끝에 닿던 검은 실리콘 줄의 촉감이 생생했다.

"겨우 만 원짜린데."

"응."

그 애가 그게 뭐 어떻냐는 듯 비식 웃었다. 나는 고개를 돌렸다. 그리고 문갑 속 시계 따위는 모르는 척 물었다.

"버렸제."

"어."

순간 뭐라 할 말을 잃고 입술만 달싹거리고 있는데, 그 애가 조용히 말했다.

"윤차희 니한테 개같이 차였을 때 다 버렸다."

"맞나."

잘했네. 나는 그 애의 거짓말에 그저 그렇게 대꾸해 주었다.

다시 진열장 속의 시계를 들여다보았다. 만약 네 생일에 이 시계를 사 주면, 너는 얼마나 이 시계를 찰 수 있게 될까. 네가 가진 것에 비해 그렇게 좋지 못한 것이라도, 내가 주었다는 이유로 너는 다시 행복해할까.

그리고 이것을 내내 또 버리지 못하게 될까.

내다 버린 양 제 할머니의 오래된 문갑 속에 숨기고, 시간이 흐른 만큼 시계가 멈추면 약을 갈아 주면서…….

나는 고개를 돌렸다.

"이제 거의 다 됐겠다. 오빠야들 있는 쪽으로 돌아가자."

"저기 오네."

오빠들이 오고 있었다. 나는 다시 입꼬리를 끌어 올렸다. 무심코 눈여겨보았던 시계의 모양이나 가격 같은 건 애써 생각하지 않으려 하면서.

"느그는 앞에서 기다린다 캐 놓고 어디까지 가 있노."

"오빠야 캔들 산대서 먼저 구경하다가."

"뭐 좋은 거 있드나."

"어, 저쪽에……."

나는 해경 오빠 쪽으로 가서 향초 이야기나 하려 했지만 그 애의 손이 날 놓지 않아 여의치가 않았다.

병이다, 병. 해경 오빠가 그렇게 중얼거리고 박우경이 붙잡은 쪽을 지나 반대편으로 걸어왔다. 그러다 문득.

"어, 저거."

"뭐?"

"박우경 전 여친 아닌가?"

그 애가 오빠처럼 뒤를 돌아보았다. 얼굴을 확인한 모양인지 깍지를 끼고 있던 손이 멈칫 당황하는 게 느껴졌다. 그러나 그 애의 당혹감 따위는 처음부터 중요하지 않았다.

일순간 등줄기가 딱딱하게 굳었다.

"우갱이 전 여친? 누구. 어디."

"씨발…… 누가 전 여친이에요."

"버버리."

"단발?"

"어. 단발. 쟤가 갠데. 우리 집에 찾아왔다던 개. 윤태희 니도 읍내에서 한 번 봤다이가. 우경이랑 쟤 같이 있는 거."

"내가? 언제."

"니 군대 가기 전에, 여름 방학 때."

"아. 그때. 기억난다."

"쟤랑 사귀고 대학도 못 갈까 봐 엄마가 그때 존나 박우경 잡고 난리였는데. 진짜 집에서 정신병 걸리는 줄 알았다니까."

"생긴 건 예쁘네."

그러니까 이모가 그랬을 만도 하다고. 윤태희가 들으라는 듯 중얼거리며 우리를 놀렸다. 박우경이 거칠게 욕설을 몇 마디 내뱉고는 제 형을 죽일 듯 쏘아붙였다.

"박해경 니 미쳤나. 사귄 적도 없는데 누구 마음대로 전 여친인데."

"맞다이가."

"차희야, 니도 봐 봐. 박우갱이 전 여친 어떻게 생겼는지 봐 놔야지."

"동창인데 뭐, 안 봐도 잘 알겠지."

나는 윤태희의 말처럼 그 여자애의 얼굴을 보지 않아도 잘 알았다. 전여친 같은 게 아니었다는 것도.

내가 한때 그 여자애를 아주 부러워했다는 것도. 그리고.

"야. 저쪽으로 걸어온다."

"박우갱이 숨겨야 되는 거 아이가."

"아 뭘 숨겨요, 진짜. 도라인가."

나는 고개를 조금 돌렸다. 내가 등지고 섰던 먼 곳에서 코너를 돌아 우리가 서 있는 건너편 통로로 걸어가는 문다혜가 한눈에 보였다. 밝은 백화점 조명 아래 그때와 똑같은 단발머리가 목 근처에서 찰랑거렸다.

여전히 단발머리가 예쁜 애였다.

문다혜는 그렇게 걸어가다 몸을 틀어 어느 화장품 매장에 들어섰다. 나는 황급히 고개를 돌렸다. 이곳에서 최대한 빨리 도망치고 싶어 박우경의 손을 끌어당겼으나, 그 애는 오빠들의 다정한 조롱 속에 내 앞에서 별 의미도 없는 해명을 늘어놓느라 바빴다. 미안하게도 제대로 들리는 말은 하나도 없었다.

제발. 제발, 쟤가 날 보기 전에 이곳을 나가자고, 도망치자고, 목구멍을 빠져나오지 못하는 소리가 골을 울렸다.

그 순간 멀리서 시선이 느껴졌다.

"윤차희, 니가 제일 잘 안다이가. 내가 쟤랑 아무 일도 없었던 거. 와, 씨발 진짜 오해하는 거 아니제."

화장품 매장에서 문다혜도 우리를 발견했다. 나는 그런 문다혜를 보았다. 공기가 사라진 것처럼 일순간 소음도 사라졌다.

우습게도, 박우경이 아닌 나부터 찾아낸 커다란 눈이 아주 잠시 박우경을 향하고, 오빠들을 보았다가, 마지막으로 우리가 잡고 있는 손을 향했다. 다시 내 눈을 바라보는 그 여자애의 눈에 떠오른 것은 아니꼬운 기색도, 해묵은 질투와 시기도, 무심함도, 힐난도 아니었다.

오로지 의아함이었다.

어떻게 너는 아직도 그럴 수 있냐는 듯이.

그 가벼운 눈길에 잊고 있던 수치심이 불처럼 일어났다.

나는 박우경의 단단한 손으로부터 내 손을 비틀어 빼냈다. 금방이라도 손끝이 떨리고, 그걸 박우경이 알게 될 것만 같아서.

'윤차희. 나 사실 어제, 독서실 근처에서 니 봤는데.'

'……'

'말 들어 보니까……. 니가 곤란할 것 같아서 바로 신고는 못 했다. 그래도 영상은 찍었거든. 니가 혹시 그 아줌마 신고하고 싶을까 봐.'

'……들었다고?'

'어. 다 들었다.'

'……'

'니가 맞는 것도…… 봤고.'

그 말을 다 들었다고. 그 꼴을 다 봤다고. 덤덤하게 말하며 내게 제 휴대폰을 보라고 건네던 여자애의 눈에는 더 이상 박우경에 대한 마음이 없었다.

내가 늘 부러워했듯이 예쁘고, 똑똑하고, 좋은 애였다.

'부모 갖고 협박하는 거, 그거 정상 아니다이가. 지금 니네 집 사정도 안 좋다매. 외할머니 당장 죽을 수도 있다면서.'

'……'

'니네 엄마랑 걔네 엄마랑 잘 안다면서. 친하다매. 어떻게 걔네 엄마는.'

'문다혜.'

'오해하지 마라. 우경이 때문에 내가 니 별로 안 좋아하긴 했는데, 솔직히 지금도 윤차희 니 되게 별론데…….
그래도 이건 아니다이가. 남자 그게 다 뭔데? 경찰에 신
고하면 안 되나.'
　　'다혜야. 부탁 하나만 할게.'
　　'뭔데.'
　　'이거, 니 핸드폰에서 지워 줘.'

　　이윽고 문다혜가 내게서 시선을 돌렸다. 속이 울렁거렸다.
화장품 매장에서 아무것도 사지 않고 백화점 출구 쪽으로 걸어
가는 당당한 뒷모습이 보였다.

　　'아니다. 부탁 하나만 더 할게. 아무한테도 말하지 말
아 주라. 제발 부탁할게.'
　　'야.'
　　'내가 빌게. 우경이한테는…….'
　　'다 몰라도 우경이는 알아야 되는 거 아니가? 즈그 엄
마 그렇게 미친 거.'
　　'걔는 몰라도 된다. 평생 몰라도 되니까.'
　　'윤차희.'
　　'그게 조건이거든. 내가 걔 팔았거든.'
　　'…….'
　　'다, 아줌마 말대로 하기로 했고. 그러니까.'
　　'윤차희 니 지금 뭐 드라마 찍나.'

'그랬으면 좋았을 건데. 아니라서……. 내가, 아니라
서…… 이렇게 부탁 좀 할게. 제발.'

'……'

'제발 우경이한테 말하지 마. 니가 본 거. 니가 들은 거.
제발. 아무한테도……'

"윤차희."

그날의 비굴한 목소리가 멀어졌다. 바닥에 주저앉은 나를 아
주 생경하고 불쌍하게 내려다보던 그 여자애의 얼굴도.

"윤차희 질투 장난 없네. 박우갱이 니 조심해라."

그러게. 나는 다시 내 손을 잡아 오는 그 애의 손을 가까스로
마주 잡았다. 쟤랑 아무 사이도 아니었다. 아무 일도 없었다. 그
렇게 거듭 말하는 애의 목소리에 우스꽝스러운 기분이 들었다.

그래. 나도 아무 일도 없었어.

우리는 아무 일도 없었어.

#25. 사람은 항상 거짓말을 한다

어느덧 9월이었다. 길어야 이삼 주면 될 거라던 입원이 여름 내내 이어진 끝이었다. 엄마가 드디어 퇴원했다.

정확히 말하면 퇴원한 것은 아니다. 아직 퇴원 수속을 밟지 않았을 테니까. 아빠가 함께 있으니 내가 엄마를 데리러 갈 필요도 없는데, 괜히 가만히 기다리기가 어려웠다.

아침부터 잔뜩 들뜨다 걱정하고, 염려하다 다시 설레기를 반복했던 나는 오전 내내 일도 제대로 하지 못했다. 잠을 조금 설쳤기 때문일지도 몰랐다.

근래 엉망이었던 집은 어제 밤늦게까지 치워 놓았다. 그래도 엄마 눈에는 치울 게 보이겠지만, 어쨌거나 겉보기에는 완벽할 정도로. 창고도 이 정도면 훌륭했다.

"유치원에서 엄마 기다리는 유치원생 같다. 니."

그런 날 아침부터 지켜본 박우경의 품평은 이랬다. 유치원에서 자기 엄마가 제일 늦게 온 애.

나는 그래 보일 만도 하다 싶어 조금 웃었다. 죄책감이 동반된 것만 제하면 얼추 비슷했으니까.

"오랜만에 집에 오는 거잖아. 우리 엄마는 어릴 때 결혼하고 평생 이 집에서만 살았으니까……. 기껏해야 한 번씩 외갓집 가서 며칠 자고 오고, 그게 단데."

"그랬지."

"몸도 그런데 생판 남이랑 몇 달씩 같이 병실 쓰고 살면서 얼마나 불편했을까 싶어서."

병실 바닥에 보호자용 간이 침상을 꺼내 놓고 잠깐 눈을 붙였을 아빠도 마찬가지였다.

어려서 죽은 형 대신 장남이라고 떠받들려 자란 아빠는 살면서 그렇게 남 시중만 들며 지내 본 게 처음이었다. 윤태희나 내가 어릴 때나 엄마랑 같이 따라다니며 뒤치다꺼리를 좀 했지.

엄마는 그것만 해도 고생스러웠던 평생을 전부 보상받는 기분이라고 했다. 나는 그 말이 아주 호구처럼 들렸다.

'보상은 무슨. 남는 게 너무 없는 장사 아니가.'

'하이고, 어데 뭐 장사할라고 결혼하나. 부부 사이에 뭐가 남니 안 남니 계산해 쌌그로.'

'요새는 다들 그러던데.'

'그라믄 굳이 결혼할 이유가 없지.'

'그럼 왜 하는데.'

'그냥 둘이 살면서 같이 기쁘고, 같이 힘들라고.'

'⋯⋯.'

'부모는 떠나고 형제는 흩어지고 인생은 기니까.'

좋아했으니까. 그때는 사랑했으니까. 약간은 상투적인 대답과 당연한 후회를 기대했던 나는 조금 멍해졌다.

부모는 떠나고, 형제는 흩어지고, 인생은 기니까. 그 긴 인생 속에서 둘이서 같이 기쁘고 같이 힘들려고.

먼 옛날의 청혼이 떠올랐다. 장례식장에서 내게 내밀었던 책. 빨간 인덱스 스티커. 서로 고통을 나눠 가질 수 있기 때문에 다들 결혼하는 거라던 책 속의 말.

내게 고통을 나누자고 했던 그 애.

'언제는 아빠가 좋다고 쫓아다닌 거에 완전 속았다매.'

'속기야 속았지. 근데 결혼하기 전에는 다 그렇다. 좋아하니까 당연히 서로 좋은 모습만 보여 주고 싶지. 일부러 속일라고 속이는 게 아니라.'

'그러다 결혼하면 잘 보일 필요도 없어지고. 그래서 남자들은 다 사기꾼이라매.'

'누가 그라드노.'

'아빠가 옛날에 아빠 입으로 그랬다. 남자 조심하라고.'

기억 속에서 엄마는 조금 웃었다.

'뭐 느그 아빠만 내를 속였겠나. 내도 느그 아빠 마이
속였지.'

'뭘.'

'봐 봐. 저 인간이 내 쫓아다닐 때, 이런 피곤한 아지매
를 어데 상상이나 했겠나.'

'엄마가 뭘 속였다고. 고생해서 그렇지.'

'희야. 결혼은 살면서 니를 절대로 속이지 않을 것 같
은 사람이랑 하는 게 아이다. 니가 속아도 괜찮을 사람이
랑 하는 거지.'

'……'

'그리고, 니가 속여도 니를 용서할 사람.'

속아도 괜찮은 사람. 속여도 용서할 사람. 어쩌면 아주 오래
전 엄마에게 아빠는 그런 사람이었을까? 아빠에게 엄마는 그런
사람이고. 그래서 끝내는 붙어 있을 수밖에 없었고.

'사람은 항상 거짓말을 하거든. 지가 거짓말을 하는 줄
도 모르고. 남한테도. 자기한테도.'

'……'

'니가 거짓말을 용서할 수 있는 사람을 만나야 되는 거
지. 니가 거짓말해도 용서받을 수 있는 사람을 만나고.'

우리 우경이처럼.

엄마는 아주 작은 소리로 그렇게 덧붙이고, 그 말의 끝에서 살며시 웃었다. 마치 박우경은 언제나 내 거짓말을 용서할 사람이라고 말하듯이. 그리고 그 애가 내게 언제나 용서받을 만한 사람이라고 타이르듯이.

우리에게 필요한 건 짧은 거짓말일 뿐 긴 용서는 아닐 텐데도.

나는 그저 엄마에게 남는 게 너무 없는 장사라며 말을 돌릴 수밖에 없었다. 그 애가 했던 말처럼 일종의 손해 보는 장사인 것이라고.

사실 아내 병실에 붙어 간병하는 중년 남자가 얼마나 보기 드문지는 병원을 몇 번 드나들어 보기만 해도 알 수 있었다. 이모들 말로는 이런 일을 여자들이나 당연히 하지, 남자들은 절대 그러지 않는다는 것이다.

그렇게 한바탕 한탄하고 나면 역시 준영이만 한 놈 없다고 치켜세워 주는 가운데 앉아 있던 엄마가 행복하게 웃었다.

아빠는 자기가 어릴 때부터 알았던 이모들의 과도한 칭찬이 부끄럽다고 병실에서 도망간 지 오래였다. 이모들 딴에는 아픈 동생에게 앞으로도 잘해 주라고 치켜세우는 것이었지만.

언젠가 내가 늘 보고 싶었던 모습이었다. 옛날의 아빠. 웃는 엄마. 평탄한 대화. 미움보다 애정. 서로가 서로에게 위안인 존재. 부모가 필요 없는 나이가 되어서도 내가 여전히 필요로 하는 순간.

나는 가만히 박우경을 바라보았다.

아침부터 갑자기 소리가 이상해진 제초기를 한참이나 들여다보고 있는 옆얼굴이 진지했다. 홍로 사과를 넣을 추석 선물 상자를 접는 둥 마는 둥, 작업대에서 게으른 손을 움직이며 그런 그 애를 바라보던 시선이 멀어졌다.

스스로도 모르는 거짓말. 기꺼운 용서.

어쩌면 박우경에게는 완전히 어울리는 것이다. 그래서 언제나 내게는 아까웠을 터였다. 그 애가 단지 겉으로 가진 것이 많기 때문이 아니라, 우리가 속부터 달랐기 때문에.

나는 대체로 내 거짓말을 알았다. 용서하고 용서받는 일에도 능하지 않았다. 그 모든 것을 외면하는 일이야말로 언제나 훨씬 더 편리했기 때문이다.

"니는 나이가 몇 살인데, 아직도 엄마가 그렇게 좋나."

"좋아 죽겠는데. 넌 니네 엄마 안 좋나."

"글쎄."

나는 마치 그 애 엄마가 신미진이 아닌 것처럼 무심히 되받아쳤다. 그렇게 아무렇지 않게 말할 때마다 잠깐은 더 의연해지거나 뻔뻔해지는 기분이 들어서.

박우경은 별다른 대꾸 없이 제초기 엔진을 들여다보고 있던 몸을 일으켰다. 나는 그 애의 엄마가 마지막 주제인 것이 싫어 다시금 말을 돌렸다.

"제초기는? 보니까 좀 알겠나."

"내가 아는 거 같나."

"뭐 좀 아니까 그렇게 쳐다본 거 아니가."

"좆도 모르겠다."

시인은 당당했다.

"본다고 뭘 알겠노. 나중에 아저씨 오면 물어봐야지."

"걍 둬라. 아빠가 고치겠지."

"그래도 배워 두면 나중에 도움도 되고 좋잖아."

대체 네 인생 어디에? 의아해하는 사이 그 애가 작업대 쪽으로 걸어왔다. 나는 오전 내내 밭에 두었다가 이제 막 창고에 들인 커다란 보온병의 버튼을 눌러 보리차를 따랐다.

창고 안에는 생수가 든 냉장고도 정수기도 따로 있지만, 그 애는 생겨 먹은 것과 달리 보리차를 내심 제일 좋아했다. 스스로 그렇다고 말한 적은 없어도.

나도 그것을 안다고 말한 적은 없었다. 말도 없이 보리차가 든 종이컵을 건네주자 그 애가 자연스레 컵을 받았다.

나는 그 애가 보리차를 마시는 동안 괜히 오래된 보온병을 매만졌다. 위의 버튼을 누르면 정수기처럼 꼭지에서 물이 나오는 이 일제 보온병은 할머니가 아주 비싼 돈을 주고 샀다던 80년대 물건이다. 낡은 흰색 바탕 위로 아직도 양귀비꽃 그림이 선명한.

우리 집에는 아직도 이런 물건들이 있었다. 내가 태어나기도 전에 진작 시간이 멈춘 것처럼. 그 시절 예쁘고 비쌌던 외국 찻잔. 금테가 닳은 그릇. 할아버지가 마호병이라 불렀던 이런 보온병들.

우리도 새것 좀 쓰자고 하면 알뜰한 엄마는 하나도 버릴 게 없다는 대답만 했다. 시어머니가 자길 너무 예뻐해 딸들한테는 하나도 안 주고 이렇게 며느리에게만 물려준 것이라고 자랑하면서.

자기 집에서 자랄 적에는 이렇게 예쁘고 좋은 물건을 만져 보지도 못했다는 말도 꼭 했다.

그만큼 할머니가 젊었을 적에는 아주 비쌌던 것들이라고. 할아버지가 이 땅을 사서 과수원을 만들고 살림살이가 아주 많이 나아졌을 때 할머니가 하나씩 사 모은 좋은 것이라고.

그러나 내 눈에는 언제나 우리의 좋은 시절이 지나간 과거 속에만 존재한다는 것을 상징하는 물건들 같았다. 아빠와 엄마의 좋은 시절까지도 포함해서.

그래도 지금은 살아 있으니까. 적어도 다시 돌아오니까. 엄마가 좋아했던 할머니의 옛 물건들 사이로.

이제는 엄마의 딸이 기다리는 집으로.

엄마는 그날 죽지 않았고, 나는 이제 집에서 도망치지 않기로 했다. 삶은 때때로 많은 것이 필요하지 않았다. 그 애와 어찌 되더라도 여기서 움직이지 않을 것이다. 적어도 도망치기 위해서는.

이 집으로부터 도망친다는 건 엄마와 아빠를 그 여자 때문에 다시 저버리는 것이니까. 내 가족을 다시금 헛되이 버리는 일이 될 테니까.

헛된 것은 너로 족했다. 가지지 못할 것도 너로 족했다. 언제나.

나는 근래의 습관처럼 숨을 한 번 깊게 들이쉬었다. 그리고 내쉬는 숨에, 정말이지 아무렇지도 않게 변했다. 보온병 꽃무

늬 위에 그려진 작은 코끼리 마크를 손끝으로 톡 쳤다.

다시 괜찮았다. 그렇게 박우경에게 손을 내밀었다.

다 마셨으면 도로 달라는 뜻이었지만, 박우경은 나머지를 한 번에 다 들이켜고는 그대로 종이컵을 구겨 멀리 있는 쓰레기통에 휙 던졌다.

저래 놓고 바깥에 떨어지면 한 소리 하려고 했는데 얄밉게도 쏙 들어갔다.

"잘 던지제."

으스대는 말이 짧았다. 나는 그러네, 하고 대충 대답했다.

그리고 다시 시계를 보았다. 그 애 말대로 어린애가 된 기분이었다. 외갓집에 며칠 가 있던 엄마가 돌아오는 날이면 그날 아침부터 시계를 들여다보고 대체 엄마는 언제 오느냐고 아빠와 오빠를 귀찮게 하던 그 어린애.

지금은 아빠도, 윤태희도 없으니 그 애 혼자 내 부산스러운 꼴을 다 보았을 것이다.

"밤에 집 치운다더만. 다 치웠나."

"어. 다 치웠다."

"혼자 드럽게 바쁘노."

"미안. 오전에 일 제대로 안 해서."

작업대 옆 높다란 바 스툴에 앉은 그 애가 픽 웃었다.

"됐다."

"점심때 맛있는 거 사 줄까."

"아저씨가 저녁에 뭐 맛있는 거 사 준다던데."

"그건 저녁이잖아."

그렇게 말하는 사이 박우경이 작업대 위에 누워 있던 탁상용 캘린더를 가져갔다.

9월. 내 메모로 빼곡하게 들어찬 종이 위에서 하나하나 날짜를 헤아리는 것 같던 그 애가 다시 캘린더를 탁 놓았다.

내 손 위로 뻗어 온 손이 그대로 지나쳐 조립되지 않은 박스를 가져갔다.

"뭐 사 줄 건데."

"나가서 니 먹고 싶은 거."

"뭘 사 달라고 할 줄 알고."

"괜찮다. 비싼 거면 박우경 니 두고 도망 나올 거니까."

"달리기도 드럽게 느린 게. 지가 도망가 봤자지."

그 애는 웃기지도 않는다는 듯 중얼거리고는 내 손 모양을 유심히 보며 박스를 따라 접었다. 그러다 문득 툭 내뱉듯 말했다.

"아니다. 생각해 보니까 어릴 때부터 존나 도망은 잘 쳤네."

"……."

"어디 숨기도 잘 숨고."

"내가 뭘."

"다 커서도 그랬잖아."

"……."

그 애는 박스 하나를 금세 다 접어 내 팔 너머로 옮기며 내 눈을 빤히 바라보았다. 나는 알아듣지 못한 척 시선을 돌렸다.

박우경이 그럴 줄 알았다는 듯 짧게 웃었다.

"봐. 지금도."

"하이고야, 가스나가 농사한다더만 맨날천날 집구석에서 집만 치우고 살았나. 우째 이래 집이 깨끗하노."

나무라는 어조 같지만 뜯어보면 대단한 극찬이었다. 엄마는 집 안 곳곳을 둘러보는 내내 감탄을 그치지 못했다. 아까 마당에서 내 차를 구경했을 때처럼.

"엄마. 집은 나중에 보고 좀 누우라니까."

"병원서 노상 누워 있다 왔는데 뭘 또 누브라꼬. 이제 막 그래 넘어지고 안 그칸다. 느그 아빠한테 물어봐 봐."

"그 아빠가 엄마 눕는 거 단디 보고 나오라 그랬다."

"뭐 한 번 누우면 내 혼자 못 인나기라도 할까 봐?"

나는 계단을 타박타박 내려가는 엄마를 뒤에서 불안하게 따라가며 한숨을 쉬었다. 없는 일도 만들어서 하는 성격에다 한시도 가만히 못 있는 사람인데, 앞으로 엄마를 혼자 두고 어떻게 나가 있나 싶어서.

아까만 해도 오자마자 병원에서 들고 온 아빠 옷들을 가지고 세탁기로 직행하려 해서, 아빠는 엄마더러 들으라는 듯 '어데 줄로 묶어 놓을 수도 없고' 하며 짜증스레 집을 나가 버렸다. 본인의 빨래는 강도질이라도 하는 양 엄마의 손에서 빼앗아 세탁기 안에 홱 던져 버리고는.

성질머리 한번…… 박우경이 거기에 대고 또 들으라는 듯 한마디 중얼거렸다가 붙잡혀 나간 것은 물론이었다.

"느그 아빠가 병원에서 하도 식겁해가 저란다. 하여간 내 하는 것마다 신경질은. 또 병원 가서 마누라 수발이나 들까 싶어 가……."

"다 엄마 걱정해서 저러는 거지."

엄마는 내 말이 대단히 닭살 돋는 말이라도 되는 것처럼 혼자서 좀 부끄러워하는가 싶더니, 내가 거실 테이블에 꽂아 놓은 꽃을 발견하고 소녀처럼 웃었다.

"이 꽃은 어데서 난 기고, 또."

"우경이가 어제저녁에 읍내에서 사 왔다. 엄마 오늘 퇴원한다고."

"진짜 뭐 저런 머스마가 다 있노……. 너무 이쁘네. 느그 아빠도 안 해 주는 거를 이래 다 챙기고."

엄마는 아예 박우경의 꽃 앞에 쭈그리고 앉아서 가까이 있던 내 손을 잡아 끌어당겼다.

그리고 마치 내가 어릴 때 같이 동네를 거닐며 온갖 나무의 이름을 설명해 주었듯 꽃을 알려 주었다.

이 꽃은 거베라고, 이 꽃은 리시안셔스라고. 너희 우경이가 꽃을 참 잘 고른다고. 꽃도 예쁘고 하는 짓도 얼마나 예쁘냐고.

너희 우경이. 입 안을 굴러다니는 그 이름의 음이 마음에 들었다. 그러나 내색하지는 않았다.

"니가 그래 똑똑해도 아직 엄마한테 배울 게 있제?"

"응."

"슬슬 나가 봐라. 느그 아부지가 또 우경이 괴롭힐라."

"아빠 이제 안 그러는데. 엄마 은인이라고."

"그래 봐야 딸 가진 아빤데, 고마운 건 고마운 거고 니는 니지. 느그 아빠는 우경이가 니 들고 나를까 봐 맨날천날 걱정이다."

"……내가 뭐라고 걔가 들고 나르노."

"니가 으지간히 이뻐야지. 맞제."

물색도 모르고 세상에서 내가 제일 예쁜 줄 아는 엄마가 배시시 웃었다. 나는 실소했다.

"엄마 딸 엄마 눈에나 예쁘지."

"아빠 눈에는 더 이쁘다. 니 태어나고 외할매 집에다 처음 맡겨 놨을 때 아직 말도 못하는 딸내미 좀 바까 달라고 얼마나 장모 귀찮게 전화를 해 쌌는지."

"그때랑 지금이랑 같나."

"그르게. 그 쪼그맣던 기 언제 이래 다 컸노."

문득 그렇게 말하며 내 손등을 톡톡 두드리는 손길이 다정하고 아득했다. 엄마가 곧 내 손을 놓아주었다.

"얼른 가 봐라. 아빠가 니 안 보는 데서 괴롭힐지 우예 아노. 불쌍한 우리 우갱이."

"집에서 함부로 뭐 하지 말고, 딱 얌전히 있어리."

"가스나야, 좀 컸다고 즈그 엄마한테 잔소리는."

"알았나."

"아 알따, 알따."

나는 미취학 아동을 혼자 두고 나가는 어른처럼 엄마에게 몇 번이나 잔소리를 늘어놓고는 집을 나왔다. 그리고 아까 접다만 선물 상자나 마저 접어 놓을 생각으로 창고로 향하는데, 창고 앞 그늘에 제초기를 꺼내 놓고 아빠와 그 애가 나란히 쭈그려 앉아 있는 모습이 보였다.

기계를 노려보는 눈이 똑같아서 좀 우스웠다.

"이게 오늘 아침부터 이랬다고."

"네. 좀 움직이자마자 소리가 좀 이상해서 바로 시동 끄고 넣었는데."

"잘했다."

구박은 무슨. 아빠는 엄마가 입원하고 나뿐인 집에서 박우경이 이따금 자고 가는 걸 알아도 별말 하지 않았다.

옛날부터 박우경이라면 지레 질색했던 아빠 같은 사람이 아니어도, 보통의 아버지들이 두고 볼 만한 상황은 아니었다. 게다가 혼자 새벽까지 불을 밝혀 두고 일하던 아빠가 잠깐 집에 들를 때마다 거실 바닥에서 우리가 TV를 보다 잠든 꼴을 들킨 것도 벌써 여러 번이었다.

그런데도 하나같이 별일이 없었다. 차라리 윤태희가 몇 번 난리를 쳤지.

아빠가 집에 들어오든 말든 비몽사몽으로 잠든 나를 내버려 두고 혼자 일어나 앉은 박우경에게, 아빠는 내일 우리가 마저 이어해야 할 일이나 알려 주고 가 버렸다. 언제나 그게 끝이었다.

어차피 우리가 온종일 함께 있는 것은 아빠가 굳이 집까지 오지 않아도 알 수 있었다. 아빠 휴대폰에서 사과원 CCTV만 켜 보아도 해가 진 주차장에 박우경의 차가 그대로 있었을 테니까.

어떤 물체가 움직일 때만 녹화를 저장해 두는 CCTV에는 우리 집 마당을 자주 지나가는 얼룩무늬 고양이들이나 요즘 우리집까지 놀러 오는 하얀 뚱개, 그리고 나나 박우경이 녹화됐다.

고로 주차장에 그 애의 차가 없다 해도 내가 나간 것만 찍혀 있고 돌아오는 것은 찍히지 않았다면, 그 애와 함께 있는 것도 쉽게 유추할 수 있었다.

그러고는 내가 박우경의 차로 밤이 되어서야 돌아오는 것도.

돌이켜보면 나는 아빠에게 여름 내내 퍽 뻔뻔하게 굴었다. 어차피 CCTV에 다 보이지 않느냐는 듯이. 눈치를 보고 허락을 구하기는커녕 말을 할 필요도 없다고.

그리고 아빠는 나보다 더 이상하게 굴었지.

아빠는 엄마 때문에, 밤늦게 하는 과원 일 때문에 경황이 없다고 제 딸을 남자와 밤새 내버려 둘 사람이 결코 아니었다. 아예 모르는 곳이라면 모를까 우리 집에서. 그 애가 날 얼마나 좋아하는지 뻔히 알고 있는데.

물론 엄마를 구한 일로 아빠가 그 애를 대하는 태도가 완전히 달라진 것은 사실이었다. 마음속 깊이 고마워하고 있는 것도 분명했다. 그러나 그 애에게 고맙다고 드디어 딸을 내어 주겠다 생각할 사람도 절대 못 됐다.

색동저고리를 입으면 내 신랑이 되는 줄 알았던 그 여덟 살배기도 내 옆에서 쫓아내기 바빴던 사람이었다.

나는 분교 학예회 전날 갑돌이 옷을 입고 아빠를 불만스레 노려보던 그 애를 문득 떠올렸다.

그 어린애가 고스란히 저렇게 커서, 지금은 아빠가 아닌 기계를 노려보고 있었다.

언젠가 박우경과 나란히 우리 집 마당에 쭈그려 앉아 기계를 고칠 날이 올 거라는 걸 그 시절의 아빠에게로 잠깐 가서 알려 줄 수 있다면 좋을 텐데. 그럼 젊은 아빠의 표정이 아주 볼만할 것 같았다.

그때로부터 십오 년이 흐른 뒤의 아빠가 다시 보였다. 아빠는 이런저런 의심스러운 구석을 그 애에게 몇 마디 말로 간단히 설명하고는, 기계 뒤쪽으로 가서 여기저기 숨은 나사를 몇 번 풀고 조이기만 했다.

다시 시동을 걸자 금세 소리가 본래대로 돌아왔다. 그게 박우경에게는 좀처럼 이해가 되지 않는 광경이었던 모양이다. 그 애가 그쪽으로 또 따라가서 질문을 쏟아 냈다.

아빠는 별달리 귀찮아하는 기색 없이 다시 한번 원리를 풀어 설명했다. 이번에는 설명이 좀 길었다.

난 알아듣지 못해도 그 애는 알아들을 만한 모양인지 고개를 몇 번 끄덕이는가 싶더니, 자기가 만약 아까 이렇게 했더라면 어떻게 되었을지까지 묻기 시작했다.

성가셔할 줄 알았던 아빠는 그 애에게서 돌아온 질문 몇 번에 즐거워 보였다. 본인 아들에게는 일찍이 없었던 호기심 때문일지도 몰랐다.

윤태희는 어릴 때부터 일머리가 좋고 아빠를 닮아 저런 기계도 곧잘 다루었지만 재미가 없으면 그것으로 끝이었다. 몸 쓰는 일이라면 운동이나 좋아했지, 농사라면 아주 지긋지긋하게 여겼고.

나는 두 사람이 한참이나 그러고 있는 것을 얼마간 더 지켜보다 창고로 들어왔다.

'근데 아저씨가 요새 날 너무 믿는 거 같은데. 이상하게.'

'그래서 불편하나.'

'아니. 내 말은, 아저씨가 그 지랄 좀 안 하면 편해질 줄 알았거든?'

'뭐가 아닌데. 그러니까 불편하다는 거 아니가?'

'어. 존나 불편하다.'

'왜?'

'아…… 내를 너무 믿는 것 같다이가.'

'그게 대체 왜?'

'아, 씨발…… 배신을 못 하겠다.'

너무 고뇌로 가득 찬 말이라 나는 한참이나 웃었다. 내가 저를 비웃든 말든 내 잠옷 단추를 하나하나 도로 잠가 주던 손이 고집스러웠다.

　　'이게 배신이가. 나랑 자는 거?'
　　'그럼 니네 아빠가 니 혼자 있는 집에 웬 남자 새끼를 믿는다고 같이 냅 뒀는데, 그 믿는 새끼가 니 방에서 니랑 뒹굴면 존나 배신이지.'
　　'느그 아빠 정도는 뒤통수칠 수 있다매, 언제는.'
　　'아 그때는 너무 짜증 나서……. 지금은 뭐, 하여튼 그 정도는 아이다.'
　　'니네 할머니 집에서는 잘만 벗기면서.'
　　'어. 니네 아버지 집 아니니까.'
　　'우리 집 아니면 괜찮고?'
　　'어디든 존나 니네 아버지 명의만 아니면 괜찮다.'

　아빠는 분명 그 애를 믿었다. 가끔은 그 믿음이 눈에 보일 것처럼 선명하기도 했다.
　하지만 본인을 포함해 '세상에 믿을 남자 하나 없는' 것은 물론이고, 본인과 엄마의 사례에 빗대어 '남녀는 절대 친구가 될 수 없다'고 생각하는 아빠가 우리의 연애까지 믿을 리는 없었다.
　근래 제 딸의 뻔뻔한 작태까지 감안하면 더더욱. 그 의심 많은 성격에 아예 아무 일도 없을 것이라고 믿을 수 있을 리가 없었다.
　그저 그렇다 해도 상관이 없었을 뿐이다.
　아빠는 박우경이 날 아껴 줄 것을 확신했다. 아빠의 기대에 몹시 취약한 그 애가 할 수 있는 최대한 날 지켜 주려 할 것도 알았다. 아빠가 몇 번이나 그 애 몰래 말했듯, 박우경은 좋은 애니까.

그리고, 어차피 이 모든 것이 한시적인 것을 알았다.

'차라리 원 없이 만나 봐야 나중에 미련이 없지.'

병원 복도에서 '왜 아무 말도 하지 않느냐'고 아빠에게 처음 물어보았을 때, 아빠는 그렇게 말했다.

'아직은 어리니까 괜찮다. 어른들 사정까지 너무 많이
생각하지 말고, 느그 둘이 좋으면 만나라.'

나는 아무 대꾸도 내어놓지 못했다. 그런 날 한참이나 바라보던 아빠도 무언가 다른 말을 더하고 싶은 것 같았지만, 병실의 이모가 아빠를 불러서 나머지는 더 듣지도 못했다.

그러나 모든 것이 이해됐다.

아빠는, 단지 우리에게 그런 시간이 필요할 거라고 생각하는 거였다.

"아. 태희 형이 같이 낚시 가자던데요."

"은제. 이번 주말?"

"아뇨. 일단 홍로 다 따고요."

"그 전에 가도 개안타. 짜달시리 홍로가 많은 것도 아인데.

태희랑 둘이 잘 놀고 온나."

"형은 아저씨랑 셋이 같이 가재요."

"느그랑? 별……."

"아저씨 참가비는 공짜라 카던데. 형이 댄다고."

"참가비 좋아한다. 웃기지도 않는다 카이."

"왜요. 저는 유론데요."

윤태희가 웃기지도 않는다 해 놓고 웃는 아빠가 보였다. 제
초기는 그대로 끌고 나가 쓸 요량인지 밖에 둔 채로, 두 사람이
사이좋게 창고로 들어왔다.

"하여튼 가실 거죠? 아저씨 간다 할게요."

"뭐…… 근데 낚시를 가믄 뭐 어데로 갈라꼬? 내는 일단 여
기서 멀면 몬 간다. 밀린 일도 많고, 태희 엄마도 혼자 오래 두
면 안 되고."

"차희 있는데 하루 정도는 놀러 가셔도 되잖아요."

"느그랑 내가 세대가 맞나, 코드가 맞나, 뭐가 맞노. 뭘 같이
간다고."

"아 노는 게 별건가. 그냥 일 안 하면 일단 노는 거지."

"말은 맞는 말이네. 그래서 뭐. 어데?"

"형은 영덕 말하던데."

"하이고, 멀다."

"구룡포는요."

"포항이나 영덕이나 거서 거지."

"참나. 아줌마가 그렇게 보고 싶으면 뭐 데려가시든가요. 가

326

는 김에 윤차희도 싸 들고 가고."

"됐다 마. 태희 엄마는 생선이라 카면 질색팔색하그든…….
식당에서 다 익혀 나오는 거나 좀 묵지."

"그럼 아줌마랑 윤차희 두고 우리끼리 가요. 아저씨."

"그래."

아빠는 낚시를 좋아했지만 가 보지 못한 지 아주 오래됐다.
내가 서울에 간 뒤로 아저씨들을 따라 몇 번은 갔을지도 모르
지만, 스무 살 이전까지의 기억만 따져 보면 그랬다.

아마 이후도 다르지 않았을 것이다. 내게 열다섯 이전과 이
후의 아빠가 다른 사람이듯, 아빠도 다른 삶을 살았다. 이전에
좋아했던 것, 즐겨 했던 것이 무엇이든 별로 기억이 나지 않는
것처럼.

하지만 가끔 아빠와 둘이서 낚시를 갔던 윤태희는 기억하겠
지. 그러니 그 애더러 같이 가자고 한 의미도 알 만했다.

"근데 우갱이 니 낚시는 해 봤나."

"아뇨."

"함 해 본 적도 없는 기…… 민물도 아니고 바다서 잘도 하
겠다."

"아저씨가 가르쳐 주면 되잖아요. 농사처럼."

고작해야 윤태희의 얄궂은 인정이나 받겠다고 그 어릴 때부
터 꼬박꼬박 어울리지도 않는 존댓말을 썼던 그 애가, 저 귀찮
은 일을 얼마나 달가워했을지도.

아빠가 그 애의 말에 부드럽게 웃는 것이 보였다. 아빠는 뱀

보다 무서운 게 사람이라고 했지만, 엄마는 때때로 사람보다 무서운 것이 정이라고 했다. 한 번 정이 들면 어쩔 수 없는 것이 많아진다고. 맞고 틀린 것조차 중요하지 않아진다고.

박우경을 다섯 살 때부터 봐 놓고서는.

꼬박 스무 해 가까이 도외시하다 어쩔 수 없이 가까이 두자 금세 정이 든 것을 보면 아빠는 참 어렵고도 쉬운 사람이다.

나는 그 애가 빙글거리며 아빠에게 뭐라 더 떠드는 것을 가만히 보고 있다가, 문득 말리고 싶어져서 입을 열었다.

어차피 가 봐야 아빠랑 오빠나 재밌지, 저는 고생만 할 텐데. 정이 더 들기만 할 텐데.

"······그냥 아빠랑 오빠야랑 둘이 갔다 오게 두지."

"왜?"

"가 봤자 둘이서 니 부려 먹기밖에 더 하나."

"저 얄구진 가스나. 즈그 아빠 들으라고 일부러 저카는 것 좀 봐라."

아빠가 박우경 대신 혀를 차며 컴퓨터로 갔다.

딸내미 키워 봐야 소용없다는 한탄에 박우경은 기쁜 기색을 숨기지도 않았다. 맞죠. 윤차희 쟤 소용없죠, 하고 일부러 눈치 없이 거들면서.

별것도 아닌데 내가 저를 감싸 주었다고 좋아하는 얼굴이 눈에 맺혔다. 나도 마주 웃었다.

자연스레 작업대로 온 그 애가 내 맞은편에서 상자를 접기 시작했다.

"아저씨가 저녁에 오리 고기 사 준대. 여섯 시로 예약도 벌써 했다는데."

"오리? 어디."

"니 좋아하는 등나무집. 백운봉 가든 거기 말고."

내가 등나무집을 더 좋아했나? 사실 나는 그 애에게 대체 언제 그런 걸 알려 줬는지조차 생각나지 않았다. 기억을 더듬느라 의아한 눈으로 박우경을 보는데, 그 애가 아무런 위화감 없이 말을 이었다.

"그 전에 폐가 가서 고양이 밥 주고 오자. 지금 해도 없는데."

"왜? 나중에 아무 때나 내 혼자 가도 된다."

"또 뱀 나오면."

"……."

"윤차희 기억력 좋네? 벌써 까먹고."

아. 무심코 잊고 있었던 끔찍한 기억이 떠올랐다. 그 애가 뭘 가르쳐 주고 또 내가 뭘 배웠다 해도 결과적으론 아무런 소용이 없었다는 허망한 사실을 금방 알게 되었던.

그 애가 말한 건 얼마 전 내 장화에서 튀어나온 뱀이 아니라, 엊그제 마을 어귀 폐가에서 튀어나온 다른 뱀이었다.

나는 말없이 오만상을 찌푸렸다. 박우경이 무심히 다 접은 상자를 넘기며 되물었다.

"혹시 그거 니 혼자서도 잘할 수 있는 표정이가. 그럼 안 가고."

"……니 한 대 때리고 싶은 표정이거든. 기껏 잘 까먹고 있었는데 박우경 니 때문에 또 생각났다이가."

"그래서. 혼자 간다고?"

"그리고 내가 그때는 경황이 좀 없었다니까. 진짜 혼자서도 잘할 수 있었는데……."

대답을 은근슬쩍 회피하자 그 애가 어깨를 가볍게 들먹였다.

"아직도 난 니가 그때까지 그 집에서 뱀을 못 본 게 제일 신기하다. 어떻게 봄부터 들락거려 놓고 거기서 한 번을 못 봤다카노."

"아 갈 때마다 고양이밖에 안 보여서 몰랐다 캤다이가."

"니는 눈을 혹시 반만 뜨고 다니나."

"……."

"어떻게 그렇게 사람이 한 치 앞도 못 보지?"

그건 그렇다. 난 진짜 한 치 앞도 못 봤다.

박우경이 날 폐가 근처에 내려 주고 잠시 제 할머니 집에 물건을 가지러 간 사이에 있었던 일이다. 그곳에 며칠 걸러 한 번씩은 꼭 갔는데도 그런 적이 없었는데, 여태껏 운이 좋았을 뿐이라는 걸 알게 된 날이기도 했다.

'여태껏 운이 좋았다'는 그 말에 박우경은 '여태 눈에 뵈는 게 없었던 거겠지.' 하고 날 비웃었지만.

시골이라는 게 어차피 그랬다. 수풀, 돌 아래마다 온갖 뱀이 우글거리고 비가 내리고 나면 이리저리 돌아다니기 마련이었다.

고양이들이 사람 없는 폐가를 좋아하는 것만큼 뱀들도 폐가의 습한 흙과 울창한 수풀을 좋아했겠지. 다 알고, 경계를 기껏 해 놓고도 내 눈이 어두웠을 뿐이다. 고양이에 홀렸든가.

폐가의 뱀은 박우경이 우리 과수원에서 방생시켰던 장화 속 작은 뱀에 비하면, 차라리 구렁이처럼 보일 정도로 컸다. 고양이가 있는 곳에는 뱀이 나오지 않는다더니.

그 정도로 뱀이 크면 고양이 따위는 신경 쓰지도 않는다는 것 하나는 배웠다. 배은망덕한 고양이들이 얼마나 빨리 사람을 버리는지도.

그때의 나는 최대한 수선을 떨지 않으려 했다. 초록색 몸에 빨간 줄무늬. 아빠는 가끔 꽃뱀이라고, 엄마는 어쩌다 너불대라고 부르던 것. 독은 있지만 사람이 먼저 해치지 않으면 저도 공격하지 않는, 얌전하고 착한 뱀이라고 아빠가 분명히 말했으니까.

하지만 독사였다. 분명 사람을 보면 먼저 도망가는 놈들이랬는데 날 보고 도망가지도 않았다. 애써 침착하게 기척을 죽인 채 가만히 서 있던 나는 뱀이 몸을 위로 세우는 순간 무너졌다.

대문으로 뛰어가는 내 뒤를 뱀이 서서히 뒤쫓았다. 내 뒤를 쫓는 게 아니라 제 갈 길을 가는 것일 수도 있지만 내 눈에야 죄다 내 위주로 보이기 마련이었다.

그러나 곧바로 폐가를 빠져나가지도 못했다. 고양이들 밥 챙겨 주는 걸 유달리 싫어하는 할머니가 근처에 한 명 살아서, 일부러 꽉 닫아 놓았던 대문이 실수였다.

지나간 세월을 먹은 대문은 언제나 양쪽의 아귀가 잘 맞지 않았다. 그래서 다른 때는 아무리 닫으려 해도 닫히지 않던 것이, 한 번 닫히니 다시는 열릴 생각을 하지 않았다.

차라리 그 더럽게 짜증 나는 뒷집 할매 잔소리나 들을걸. 고양이 돌볼 생각 말고 얼른 시집가서 사람 애나 낳으라고, 박 회장네 막내아들이면 덜컥 애부터 가져도 되니까 얼른 그놈 잡아 팔자나 고치라고…….

그러나 후회도 여유가 있어야 했다.

"배운 지 얼마나 됐다고 그걸 다 까먹고."

박우경은 모르지만, 나는 사실 박우경이 가르쳐 준 대로 해 보려고도 했었다. 그러나 아무리 눈으로 주변을 뒤져도 보이는 긴 막대라고는 온통 주황색으로 녹이 슨 쇠 지렛대뿐이었다.

일하다 생긴 상처가 드문드문 있는 손으로 저걸 쥐었다가 감염이라도 되면? 좋은 핑계였다. 나는 금방 그 애의 가르침을 저버렸다. 뱀은 무섭고 독사는 더 무서웠으며 뱀 머리를 터트리는 건 가장 무서웠으니까.

뱀의 긴 배가 수풀 위를 스치며 내게 가까워지는 소리를, 그렇게 크게 들어 본 것은 처음이었다. 아마 그때쯤 제정신이 아니게 되었을 것이다. 뱀은 날 무서워하지 않았고, 나는 뱀을 무서워했으므로 패배는 정해진 수순이었다.

열리지 않는 문이 덧없이 삐거덕거리는 내내 무슨 생각을 했더라.

바보 취급이나 당해도 좋으니 제발 그 애가 왔으면 했다. 나는 역시 못 하겠다고, 네가 뭘 가르쳐 주었어도 뱀만은 안 되겠다고, 어릴 때처럼 그냥 네가 멀리 내쫓아 주면 안 되냐고…….
세상 멍청하고 한심한 생각만 곱씹으면서.

공포는 편리한 감정이다. 최소한의 체면치레도 할 수 없으니
그 애가 당장 보고 싶어 미칠 지경인 것이 부끄럽지도 않았다.
네가 없으면, 나 혼자서는 무엇도 안 되겠다고 이제 와 맹목적
인 주문을 외는 것도 매한가지였다.

나는 정말이지 박우경의 이름을 끝도 없이 꼴사납게 외웠다.
뱀이 계속 그 자리에 멈춰서 인간의 우스꽝스러운 꼴을 구경하
는 동안.

그러다 문득 바깥에서 거세게 잡아당기는 힘에 벌컥 문이 열렸
다. 그렇게 폐가의 낡은 빨간 대문 사이로, 그 애가 보이는 순간.

'……뭔데? 갑자기.'

나는 폐가 대문 밖의 그 애에게 왈칵 안겨 들었다가, 내 뒤에
뱀이 있었다는 걸 깨닫고 다급히 박우경의 팔을 잡아끌며 나왔다.

그러나 반사적으로 날 마주 끌어안아 주었던 팔이 날 따라오
지 않고 버렸다.

'아 뭔데?'
'가자, 좀.'
'뱀?'
'닌 보면 모르나.'

'어릴 때나 지금이나 뭐 이렇게 다 망가지는 표정 보면
알기는 하는데……. 그래도 혹시나 해서.'
'야.'
'왜? 죽은 할매가 보였을 수도 있잖아.'

우리가 어렸을 때, 그 애는 뱀만 보면 내가 갑자기 대단히 못
생겨진다고 놀리곤 했다. 벌벌 떠는 꼴이 볼만하다고. 물론 내
가 그것에 일일이 발끈하던 것도 어릴 적에나 그랬다.

나는 뱀을 봤을 때의 내 표정이, 이렇게 다 커서도 얼마나 못
생겼는지 따위는 알고 싶지 않았다. 박우경이 기어코 대문 안
으로 들어가는 걸 결사적으로 막느라 바빴기 때문이다. 그 애
가 사지로 걸어가기라도 하는 양.

그 애는 그것도 재밌어했다. 대체 언제부터 저를 이렇게 생
각해 주었느냐고 실실거리면서.

남은 죽을 뻔했는데 행복해하는 게 꼴사나웠다. 하지만 그렇
게 꼴사나운 얼굴이라도 걱정은 됐다. 아무리 겁이 없어도 그
렇지, 독사가 있는데.

'윤차희, 일단 좀 놔 봐.'
'야. 니는 내 말이 안 들리나? 저거 독사라니까? 니 가
면 죽을 수도 있고…….'
'죽기는 뭘 죽노, 또. 니네 과수원에 널린 게 저 유혈목
인데.'

대문 안쪽의 뱀은 사람이 하나 더 오자 금세 수풀 사이로 사라졌다. 그걸 용케 발견한 박우경이 뱀의 정확한 이름을 알려주었다.

아빠의 언어 속에서는 몸통이 화려하다고 '꽃뱀'이었고, 엄마의 언어 속에서는 외할아버지가 옛날부터 늘 그리 불렀다고 '너불대'였으며, 그 애의 언어 속에서는 그저 백과사전처럼 '유혈목이'인 똑같은 뱀 한 마리.

하지만 내 귀가 주워 담은 내용은 좀 달랐다.

'……뭐? 저런 게 우리 사과원에 널려 있었다고?'
'어. 니 눈에 뵈는 게 없는 게 축복이제, 윤차희.'
'……'
'충격받은 거 봐라. 존나 귀엽네.'

한낮의 더운 햇볕 탓에 아무도 나와 있지 않기는 했지만 언제라도 동네 할매가 지나갈 수 있는 길 위였다.

나는 내가 뜬금없이 귀엽다고 도로 안으려는 박우경을 이리저리 피해 버둥거리면서도, 도무지 현실을 납득하지 못하고 연신 되물었다.

'저렇게 큰 게? 우리 집에? 저게? 말 되나. 구렁이 아이가?'
'니네 과수원에 능구렁이도 나오잖아.'

'……'

'아. 그것도 몰랐는갑네. 진짜 대단하다. 공주 니는 뭐
니 보고 싶은 거만 보고 사나.'

'……'

'보통 유혈목이는 저거보다 훨씬 작기는 한데.'

'말 되냐고, 진짜……. 앞으로 내 어케 살아? 일 어케
하는데. 독사 천진데……. 망한 거 아이가…….'

'그렇다고 울지는 말고. 공주야.'

'안 운다. 누가 우는데. 누가 공주냐고. 니는 뭐, 내가
말만 좀 안 하면 꼭 운다고 사람을 이렇게 모함하는데,
내가 진짜 억울하고 짜증 나서…….'

'차희야.'

기억 속 다정한 음성이 부드러운 천처럼 귓가를 어루만졌다.
뒤늦게 많이 놀랐느냐고 묻고 달래는 목소리가 포옹 같았다.

처음부터 그걸 물었어야지……. 멋대로 저를 원망하는 내 입
술에 그 애의 입술이 스치듯 닿았다.

'이제 괜찮다. 내 왔다이가.'

그 짧은 입맞춤과 호언 한마디에 우습게도 전부 괜찮아졌었
다. 수국 나무 아래에서, 우리가 언제까지고 같이 있을 것처럼.

하루에도 열두 번씩, 그렇게 내 머릿속으로 온갖 착각이 드

나들듯이.

　'니네 아버지가 그렇게 오래 가르쳤는데 안 되는 거면,
　안 되는 거지. 내가 며칠 전에 알려 줬는데도 안 되는 거
　면, 그것도 안 되는 거지.'
　'……뭔데? 내 안 된다고 놀리나.'
　'아니. 놀릴 거 다 놀렸다.'

　날 제 차에 태우고, 변속기 위에다 내 손을 겹쳐 잡으며 괜히
손이 차갑다고 불평하던 그 애는 차가 우리 집에 다다를 때쯤
되어서야 조금 거만하게 말했다.

　'차희 니는 뱀 평생 못 잡는다. 그러니까 이렇게 하자.'
　'뭘.'
　'니 앞에 뱀 나오면 무조건 내가 잡는 걸로.'
　'……'
　'앞으로도 계속. 내가 대신 잡아 죽이고.'
　'……죽이지 말라니까.'
　'그래. 내가 대신 쫓아내는 걸로.'
　'그럼 나는 뭐 하고.'
　'니 잘하는 거 많다이가. 다른 거나 열심히 해라.'

　나는 몇 가지 변명을 준비했었다. 어렸을 때부터 아빠랑 네

가 뱀을 다 치워 주어 버릇을 좀 망쳤을 뿐이지, 나중에는 어떻게든 할 거라고. 여태까지 그렇게 독사가 득시글거리는 것도 모르고 잘 살았으니 앞으로도 괜찮을 거라고.

나는 네 말처럼 눈도 어둡고 보고 싶은 것만 보며 살 테니까. 네가 없을 때도. 다른 모든 일처럼.

'니가 어디에 있든지, 부르면 바로 갈게. 차희야.'

가끔 마음은 기쁨과 아픔을 한 끗 차이로 느낀다. 바보 같은 일이다. 다정한 말. 행복한 기분에도 속이 왈칵 조여들었다.

'손해 보는 장사라 해 놓고.'
'원래 존나 남겨 먹는 건데, 거짓말한 거다.'
'……'
'장사는 원래 그렇게 하는 거잖아.'

그게 장사가 된다는 말이야말로 다정한 거짓말이겠지. 그러나 나는 네가 없어도 괜찮을 것이라는 거짓을 내어놓을 수 없었다.

네 이윤 모르는 애정이, 내 눈에 이토록 선명히 보이는 순간에는.

우리는 마을에서 좀 떨어진 그 애 할머니 집에 내 차를 대 놓고, 빨간 대문 집이 있는 작은 오거리까지 걸었다.

바로 앞에다 차를 대어 놓으면, 밖에서 보이지 않는 폐가 안에 있어도 우리가 와 있다는 걸 할매들이 알 수 있으니까.

심지어 그걸 알자마자 득달같이 달려올 할매도 두엇 있었다. 조금 걷더라도 사람이 몰래 들어갔다 나오는 게 나았다.

한 번 잘못 붙잡히면 고양이에게 밥을 주는 일이 얼마나 농사에 해로운 영향을 끼치는지부터, 그것들이 죄다 굶어 죽게 내버려 두어야 마을에 흉사가 없다는 둥 온갖 말도 안 되는 일장 연설을 들어야만 했으므로.

더불어 박우경이 옆에 없을 때면, 어떻게든 그 애를 잡아먹어 보라는 세상 민망한 충고까지 들어야 했다.

누구나 그렇겠지만 내 부모를 어릴 때부터 본 어른의 헛소리를 무시하거나 반박하기는 쉽지 않았다.

고양이를 싫어할 뿐이지 날 좋아하는 사람에게는.

박 회장네 아들을 꼬셔서 네 팔자도 펴고 부모에게 효도도 하라는 적나라한 말 또한, 딴에는 날 예쁘게 보고 우리 집을 좋게 보아 한 것이다. '그놈의 새끼가 버르장머리는 드럽게 없지만 들어 보니 너희 집에는 참 잘하더라'고.

그러니까 그 할머니들 세상에서 박우경만 한 신랑감은 없는 셈이었다. 내가 나보다 턱없이 좋은 조건의 남자나 만나기를 바랄 정도로 날 예뻐한 셈이고.

내 얼굴만 보면 제 아들이나 조카와 진지하게 접붙여 두지 못해 안달인 어떤 할머니들에 비하면 분명 양반이었다.

네가 예쁘고 참해서 내 며느리로 삼고 싶다, 내 조카를 소개
시켜 주고 싶다는 말은 시골에서 흔히 들어야 하는 말이었다.
그 아들의 나이가 쉰을 바라보고 조카는 마흔을 넘는 일도.

무엇이든 결국에는 남자나 만나라는 것이지만 적어도 박우
경을 꼬시라는 뒷집 할매의 속된 충고는 전적으로 내 팔자를
위한 것이다. 후자는 제 아들의 노예를 찾는 것이고.

그렇게 날 예뻐한다는 어른에게 무슨 말을 어떻게 하라고.

박우경 정도는 되어야 그런 일을 할 수 있었다. 그 애의 매정
한 말본새는 노인도 가리지 않았으니까.

나는 온갖 해괴한 잔소리를 듣는 것을 싫어했지만, 동네에서
그 애가 허리 굽은 노인과 시시비비나 가리는 꼴을 보는 것이
더 민망했다. '어른 대접 받고 싶으면 어른 노릇을 해야 할 것
아니냐'는 말까지 비스듬히 나올 때면 더 그랬다.

그래. 누가 틀리면 틀렸다고 말해 주어야만 직성이 풀리는
성격에, 틀린 말을 꼭 들려줄 필요는 없으니까.

"우리가 무슨 도둑질하는 것도 아닌데 맨날 이래 숨어 드가
야 되나."

"들키면 괜히 귀찮잖아. 그리고 박우경 니는 할매들한테 따
박따박 말대꾸 좀 하지 마라."

"내가 언제."

"그냥 어른 말은 한 귀로 듣고 한 귀로 흘리면 되지, 거기에
무슨 반박을 한다고."

"아니, 발상이 존나 특이하다 아니가? 고양이가 자기 밭에 똥 싸서 농사 망친다는 게. 즈그는 일부러 돈 주고 똥 사서 뿌리면서."

"할매들한테 '즈그'가 뭐고."

"나이 헛먹은 사람들은 그렇게 말해도 된다. 고양이 밥그릇은 왜 또 훔쳐 가노? 집구석에 밥그릇이 없어서? 지가 먹을 건가? 진짜 쓸데없어."

그러니까 그 애 때문은 아니었다. 고작해야 고양이 몇 마리 때문이지.

사실 우리가 같이 있는 꼴은 동네에서 이제 대단한 이목을 끌지도 않는다. 신미진이 진작부터 열심히 떠들고 다닌 덕분이었다.

태희 엄마가 입원했을 때부터 자기 아들들에게 그 집 과원 일을 돕게 했노라고.

아무리 사이가 각별해도 결국에는 남의 집 일인데, 어쩜 그렇게 대단한 결심을 했느냐부터 자식들은 또 어찌 그리 잘 키웠냐는 찬양은 덤이다.

그 애의 형들도, 그 애도 모두 잘 컸으니 틀린 말은 아니었다.

그 애 아빠는 '사람은 돈이 아무리 많아도 항상 일을 해야 한다'는 사람이고, 그 애 엄마는 '좋은 대학 나와 봐야 정신이 썩으면 뭘 하겠느냐'고 말하는 사람이다.

언제나 그렇게 좋은 사람들. 가진 게 많은 만큼 훌륭한 사람들.

돈이 썩어 나도 자식을 마냥 곱게 키워서는 안 된다는, 없는 사람들 듣기 좋은 말을 할 줄 아는 부자들.

말만 그런 것이 아니라 보인 것도 그랬다. 그들은 제 아들들이 어릴 때부터 훈육을 명목으로 종종 과원 일을 돕게 했다. 남들보다 훨씬 더 많이 물려받을 것이 있는 만큼, 오히려 땀 흘려 돈 버는 게 얼마나 힘든지 알아야 한다고.

농사가 얼마나 고된 일인지 알고 제집에서 일해 주는 동네 사람들에게 존경심을 가져야만 한다고.

그러니 저 부잣집 막내아들이 잠시 손에 흙이나 묻히고 있는다 해도 모두들 그러려니 하는 것이다.

그게 다 남의 집 좋을 일이라는 사실만 제하면.

서울에서 좋은 대학까지 나온 그 애 아버지가 '돈 욕심 없이 그저 고향에서 계속 살아가는 보람을 위해' 귀향해 물려받았다는 가업은, 과수원이라기보다는 차라리 작은 기업처럼 보였다.

산 몇 개를 넘어가도 끝이 보이지 않는 거대한 과수원, 거기에 딸린 가공 공장, 근방 과수원들로부터 사과를 대량으로 수매해 전국적으로 유통하는 큼직한 직판장 건물까지.

그 밑에서 일하나, 일하지 않으나 그곳에 생계가 달린 이들이 주변 동네들까지 끝도 없었다. 그러니 온종일 그 사과원 문턱을 드나드는 이가 얼마나 많을까.

저 돈 많은 사람들이 성가신 노동으로 귀한 아들들을 훈육시키는 모습을 보면서 찬탄한 보통 사람들은 얼마나 많고. 남들은 고작 돈 몇 푼 아끼려고 자식 손을 빌린다지만 자기들은 그렇지도 않으면서……

그런 세월이 오래도록 쌓였다. 근래 그 애 부모들이 하는 말 몇 마디도 그랬다.

마치 마을에서 고립된 양 저마다 띄엄띄엄 거리를 두고 떨어져 있는 사과원들도, 신미진이 그날 아침 사과원 주차장에서 한 그저 그런 말 따위는 간단한 뉴스처럼 알았으니까.

내가 태희 엄마랑 얼마나 각별한지 자기들도 알잖아. 우리가 자매 같으니 애들끼리도 형제처럼, 남매처럼 그렇게 같이 키우구. 그치. 이게 가족이지. 남이라도 가족보다 낫지. 안 그래?

불쌍한 우리 말희. 남편 잘못 만나서 그 고생을 하다가 결국에는.

맞지, 태희 아빠도 덮어놓고 보면 오죽 불쌍해? 얼마나 하는 일마다 운이 없냐구. 난리가 나도 어떻게 그 집 과수원만 그러냐 말이야. 왜, 옛날에 태희 할아버지가 우리 시아버지 밑에서 독립하면서 그 땅 살 때, 시아버지가 그렇게 말렸다잖아. 터가 영 잘못됐다고. 그런데도 영감님이 괜히 고집을 부려서는.

태희 아빠 딴에는 힘들 때 신세 진 곳이 많으니 부르는 곳마다 거절을 못 해서 남의 일부터 도우러 가는데, 말희는 그것도 모르고 내내 속만 터지다 저렇게 됐지 뭐. 서울서 나고 자라서 남편뿐인 타향살이하면서 여태 말희가 나한테 얼마나 잘해 줬는데, 내가 아무리 힘들어도 걔 때문에 살았는데 힘든 걸 지켜보기만 하기가 참 그래.

금전적으로 어떻게 좀 도움을 주려고 해도 받을 사람들도 아니고, 그러니까 우리 우경이, 해경이라도 보내서 성의 표시하는 거지 뭐. 돈이 안 되면 그렇게라도.

나는 우리 애들이 고생 하나 모르고, 마냥 편하게 물려받은 돈이나 갚아먹으면서 사는 거 싫어. 할 줄 아는 게 공부뿐인 것도 싫구. 애들 아빠처럼 의미를 찾아야지. 젊을 때니까 몸 써가며 고생도 해 보고. 정신도 다잡고.

그래. 차라리 잘됐지. 우리 우경이라도 도울 수 있어서.

그 애 엄마와 우리 엄마가 유달리 각별한 사이라는 것을 모르는 동네 사람은 거의 없었다.

박우경이 우리 집에서 일하는 게 오로지 그 애의 고집이고, 신미진이 지레 제 아들 눈치를 보느라 아무 말 하지 못한 것뿐이라 해도 실상을 알 필요도 없었다.

나는 때마다 신미진의 훌륭한 자녀 교육관을, 그 여자가 우리 집에 얼마나 대단히 마음 쓰고 있는지를 들었다. 경홍이 아저씨네 집에서도, 아빠 심부름으로 들렀던 공판장에서도.

그 여자가 우리 엄마를 생각해 베푼 인정을 보라고. 명문대나온 귀한 아들들까지 직접 보낸 성의를 보라고. 오늘도 어떤말들을 했는지 보라고.

우리 엄마를 생각해서.

떠올려 보면 웃음이 나는 말이다.

차희 너는 그 애의 부모에게 항상 감사한 줄 알아야 한다고. 생판 남이라도 가족보다 더 좋은 그런 사이도 있는 거라고.

그래. 그럴 수도 있는 거겠지. 나는 그것이 죄다 박우경의 칭찬인 양 듣거나 마음을 닫았다.

너는 정말로 내게 많은 것을 해 주었으니까.

풀벌레들이 여름의 끝에 매달려 울었다. 빈 국도를 걸으며 그 애의 손가락 하나를 잡자, 그 애가 그대로 손을 비틀어 내 손을 감아쥐었다.

실없는 손장난이 이어졌다. 손바닥을 간지럽히고 손가락 사이를 쓸어내리면서. 마치 우리가 입을 맞출 때 그 애의 손이 내 머리칼을 쓸어 넘기고 턱과 귓불을 어루만지는 것처럼.

바람이 우리의 머리 위로 짧게 불었다. 찰나의 같은 바람 속에 우리가 같이 있었다. 기분 좋은 한숨이 흘렀다. 그 애가 날 흘끗 보며 아무런 일도 없이 웃었다.

명확해진 우리의 관계에서 가장 좋은 점은, 언제나 명확한 끝이 기다린다는 사실이라 여겼다.

그러나 때때로 사실은 퇴색되고 순간의 감정만이 남았다. 그저 아무 일 없이 웃을 수 있다는 것. 가끔 네 눈과 내 눈이 마주쳤다고, 우리의 손끼리 부딪혔다고, 동시에 같은 말을 꺼내 놓았다고 웃는 것. 그렇게나 대수롭지 않은 것에서 삶의 모든 행복을 실감하는 것.

하늘색 슬레이트 지붕들이 빽빽이 보이는 마을 어귀에서 손을 빼냈다. 그 애는 그런 날 붙잡는 대신 마지막이라는 듯 내 손을 들어 엄지 끝에 쪽 입을 맞추고 놔주었다. 우리는 또 웃었다.

점차 폐가가 가까워졌다. 누구는 병원에 입원해 있고, 누구는 딸 집에 가 있고, 누구는 양로원에 갔고. 그런 식으로 한 집 건너 한 집이 비게 된 오거리는 이제 이전과 같은 생기가 없었다.

이렇게 바깥을 거니는 것이 아직도 고된 한낮이면 더욱 그랬다. 그리고 해가 서산 너머로 더 빨리 떨어지는 처서 이후의 저녁이면 더더욱.

국도를 지나며 이곳을 바라볼 때면 햇살 아래 모두 똑같아 보였던 시골집들이 사실은 얼마나 서로 달라졌는지를 알 수 있었다. 듬성듬성 멀어진 불빛과 늘어난 어둠.

고등학교 때도, 중학교 때도 똑같이 생각했던 것을 보면 이 작은 볼락의 역사도 꽤 오래되었다. 남극의 빙하가 하루아침에 녹아내리지는 않듯이, 시골의 이토록 작은 세상도 천천히 녹는다.

아무도 모르게 시작해서는, '예전에는 이렇지 않았는데 어느새 이렇게 되었지' 하고 누구나 돌아볼 때까지.

이런 슬레이트 지붕 집들은 반년만 지나도 마당이 폐허가 된다. 그 반년이 여러 번 지나면 이 집이 예전에는 어떤 모습이었는지조차 알 수 없어졌다.

이런 집이 한때는 어떤 가족이 더 나은 삶을 위해 전 재산을 들여 지은 새집이었다는 사실은, 집 스스로에게도 떠올리기에 너무나 까마득한 세월일 터였다.

어느 날 여기로 어떤 젊은 여자가 시집와 아이들을 몇이고 부지런히 낳았던 시절, 그 아이들이 자라고 부모가 늙어 끝내 마당을 가로지르는 노인만 남았던 마지막까지. 그 모든 기억을 전부 역으로 지나 끝까지 가야만 하니까.

폐가가 된 집에는 으레 마지막 순간의 가장 느리고 옅은 생기조차 남아 있지 않다. 누군가 이 집을 신경 쓰고 가꾸었던 흔

적도 남지 않는다.

사람이 죽으면 흙에서 흩어지듯이, 집이 죽으면 무성한 잡초와 덩굴에 잡아먹히는 것이다.

우리는 듬성듬성한 집의 무덤을 몇 개 지났다. 귀가 어두운 할머니가 사는지 아주 시끄러운 TV 소리가 나는 집도 지났다.

수국이 지고 없는 커다란 수국 나무가 보였다. 그 옆의 빨간 대문도.

고양이, 뱀, 부모 몰래 귀신을 보고 싶은 초등학생, 그리고 고양이에게 홀려 밥이나 가끔 챙겨 주는 내가 방문객의 전부인 어떤 집.

이상할 만큼 말이 없던 그 애가 문득 내 이름을 엄중하게 불렀다.

"윤차희."

"왜?"

부름을 따라 그 애를 돌아본 얼굴에 도둑처럼 입맞춤이 왔다 갔다. 나는 그 애의 딱딱한 표정 위에서 퍽 들뜬 기색을 찾아냈다.

"눈 좀 감아 봐."

"왜? 왜 감아야 되는데."

"와, 눈 좀 감으랬다고 바로 사람 의심하는 거 봐라."

"의심이 아니라."

"누가 지한테 유료 결제라도 시킨 줄 알겠네……. 눈 감는 데 돈 드나. 걍 좀 감지."

"이유를 알아야……."

"윤차희."

"알았다."

나는 어깨만 으쓱하고 눈을 감았다. 삐거덕 양철 문이 열리는 소리가 들리는가 싶더니, 그 안으로 내 손을 끌어당기는 것이 느껴졌다.

여기서 그 큰 독사를 본 게 불과 며칠 전이었으므로 무심코 버티려 했지만, 그마저도 그 애가 당기는 힘에 균형을 잃어 금세 끌려갔다.

"아 뭔데…… 이제 눈 떠도 되나."

"잠만."

"그냥 빨리 고양이들 사료만 주고 가면 되는데 왜 이 짓을 해야 되노."

"조용히 좀 하고. 이리 와 봐."

눈을 감고 있으니 방향을 알 수 없었다. 어차피 내 눈인데 그냥 떠 버리면 될 걸, 왜 순순히 그 애의 말을 듣고 있는지도 알 수 없었다. 그래도 듣고 싶었다. 박우경 말처럼 돈 드는 일도 아닌걸.

타박타박, 흙으로 된 마당을 지나가는 내 발소리가 머리를 울렸다.

"앞에 조심해라, 발."

그 애의 말에 문득 발 앞에 나타난 계단 같은 것이 느껴졌다. 나는 더듬더듬 그 높이를 가늠해 위에 올랐다. 이 집에서 이렇게 올라갈 데가 있었나?

내 키만큼 무성하게 자란 잡초에 죄다 잡아먹혀 있던 마당은 계단은커녕 사람이 걸어 다닐 수 있는 곳도 별로 없었다.

콘크리트로 덮어 놓은 마당의 일부와 봄의 내가 수풀 사이로 겨우 내 놓았던 길 외에는.

"윤차희, 이제 눈 떠 봐."

눈꺼풀 사이로 빛이 스며들었다. 구름을 벗어나 서쪽으로 기울기 시작한 해가 눈을 찔렀다. 위를 바라보지 않았는데도.

그게 이상하다고 생각했다. 담벼락 바깥의 양지와 달리 이 집 마당은 사람만 한 잡초가 외부의 모든 빛을 가리는 음지였으니까.

불과 며칠 전까지도.

"……박우경, 니 뭔 짓을 한 거고."

"보면 모르나."

당연히 보이는 만큼 알기는 알았다. 그래서 도리어 이해가 안 됐다.

나무처럼 큰 잡초들이 빽빽이 들어서 있던 폐가의 음산한 숲이 어느새 사라져 있었다. 마당이 온통 깨끗했다.

"설마 이거 다 니가……."

"아. 존나 팔모가지 나가는 줄 알았는데."

박우경이 들으라는 듯 유세를 부렸다. 그 애가 그러거나 말거나 나는 집 안으로 들어가는 디딤돌 위에 서서 휑하니 빈 땅을 내려다보았다.

작은 아포칼립스가 사라지고 없는, 어느 시골집 마당을.

변화는 갑작스럽고 눈에 익은 것은 어디에도 남아 있지 않았다. 덕분에 고개가 몇 번이나 부산스레 움직여야 했다.

그러다 뒤늦게 마당 한쪽에 높다랗게 쌓인 잡초 더미를 발견했다. 아무렇게나 구석에 던져 놓은 낫도.

"⋯⋯야, 니 설마, 저 낫으로 여기 있는 거 다한 거가."

"트랙터 끌고 와서 남의 집 대문 밀고 로타리 칠 수도 없고, 작은 제초기는 먹히지도 않는다이가. 풀이 저렇게 큰데. 소리도 소리고⋯⋯. 안 그래도 내 싸가지 없다고 얼굴만 마주치면 욕먹는데, 할매들한테 무슨 욕을 얼마나 더 처먹을라고."

"왜?"

"뭐가 왜."

"이거 왜 했냐고."

평생 살면서 지네 집 마당 풀 한 포기 안 뽑아 봤을 애가. 하다못해 우리 집 마당도 아닌데.

"윤차희 니가 겁이 드럽게 많으니까."

"⋯⋯."

"겁은 드럽게 많은 게 고집도 드럽게 세⋯⋯. 며칠 전에 독사 나왔다고 그 식겁을 해 놓고 또 지 혼자 간다 카잖아."

"왜. 눈에 뵈는 게 없으니까 괜찮을 줄 알았는데⋯⋯."

"그 뵈는 거 없던 눈에 슬슬 뭐가 보이기 시작했다는 생각은 안 드는갑지."

그 애는 내가 귀신이나 보기 시작한 것처럼 말했지만, 그 무언가는 당연히 뱀이다. 교훈을 모르는 애를 보듯 그 애가 날 보며 꼬장꼬장한 할아버지처럼 혀를 찼다.

"니 그럴 줄 알았다, 처음부터. 그래서 정리해 놨고."

어느 집 마당에 잡초가 무성해지는 순간 그 안에 뱀들이 도사리게 되는 것은 당연한 이치였다. 뱀들은 바위의 틈만큼이나 축축한 땅 위의 수풀 사이에 숨는 것을 좋아하니까.

"……어차피 나오면 우경이 니가 잡아 주기로 했잖아."

"안 나오면 더 좋잖아."

"그래야 니가 덜 귀찮으니까?"

"그래야 니가 안 놀라니까."

뱀들이 좋아하는 것은 전부 사라진 폐가에, 내가 좋아하는 네가 남았다.

나는 어느 근사한 고택에 앉아 정갈한 정원을 내려다보는 사람처럼 그 애가 폐가 마당에 해 놓은 일들을 찬찬히 둘러보았다. 날 위해 언제 이런 것을 다 해 주었느냐며 감격하고 울지는 않았다. 아주 간신히.

그 애도 바라지 않는 양 뒤에서 날 끌어안았다.

"우경이. 한 번만 더 그렇게 불러라."

"나는 남이 시키면 하기 싫다."

"취소할게. 우경이 부르지 마라."

"알겠다. 안 부를게."

"아. 윤차희 성격 진짜."

"……우경아. 고마워."

겨우 그 한마디에 뜨거워진 얼굴로, 그 애가 내 목을 비볐다.

정말이지 남는 것이라고는 없는 장사다. 나는 혹시나 담 밖에서 우리가 보이지 않도록 그 애를 디딤돌 아래로 데려가서, 그 애가 날 다시 끌어안기 전에 먼저 그 목을 안았다.

"고마워. 전부 다."

사방의 풀벌레 우는 소리는 잠깐 사라지고, 오로지 그 애의 맑은 웃음소리가 내 살갗을 울렸다.

"……이거 언제 다 했노."

"어제저녁에."

"말도 안 된다 진짜."

"하면 하지, 못 할 게 뭐가 있는데."

"근데 불법 아니가. 남의 집인데."

"할매 아들이 고맙다던데?"

"그 아저씨랑은 또 언제 통화했는데…….."

"어제. 뒷집 할매한테 욕 처들어 가면서 전화 좀 해 달랬다."

"부탁도 싸가지 없게 했는갑지…….."

아무리 생각해도 이토록 멋없는 마당을 도무지 잊지 못할 것 같았다. 디딤돌 위에서 눈을 떴던 순간을.

네가 날 위해 또 한 번 허비한 그 저녁을.

"왔나."

"뭐 이렇게 빨리 와 계셨어요."

우리는 신발을 벗고 방에 올라섰다. 낡은 자바라로 칸을 나눈 단출한 방에 좌식 테이블 두 개가 덩그러니 붙어 있었다.

아빠랑 엄마는 이미 안쪽에 마주 앉아 있어서, 우리도 테이블을 사이에 두고 갈라져 마주 앉았다. 아빠 옆에는 그 애, 엄마 옆에는 나.

가스버너를 켜지 않았을 뿐 오리 고기며 밑반찬은 이미 다 나와 있었다. 우리는 시간을 맞춰 온 것이기에 전부 이르기는 했다.

아빠가 그 애와 나에게 차례로 물수건을 건네며 불평했다.

"태희 엄마가 자꾸 배고프다 캐싸가. 굶어 죽일까 봐 나왔다."

"태희 아부지, 내가 언제 자꾸 그랬다꼬 그캅니까. 가만있으니까 좀 출출한 것 같다고 딱 두 번 말했고만."

"엄마. 집에서 뭐 안 뭇나? 냉장고에 저당 빵 사 놨는데."

"오랜만에 외식하는데 괜히 자질구레한 거는 주워 먹기 싫어가……."

"보니까 집에서 또 일했네. 엄마. 내가 끼니 거르는 게 제일 나쁘다고 했제. 끼니마다 시간 맞춰 딱딱 먹어야 저혈당이 안 온다고."

"에이, 아이다. 니가 다 치아 놨는데 일할 게 뭐 있다고. 내가 그칸다고 굶은 게 아니라."

"글고 당분간은 제발 좀 움직이지 말라고. 제발. 내가 똑같은 얘기를 몇 번을 더 해야 되겠노. 사람이 말을 하면 좀……."

무심결에 언성이 높아지려는데, 테이블 밑에서 그 애의 발끝이 내 정강이를 툭 찼다. 너희 엄마에게 잔소리 좀 그만하라는 뜻이었다. 그 애가 동네에서 버르장머리 없이 굴면 내가 그 애의 발을 차 주는 것처럼.

나는 그대로 입을 다물었다. 엄마가 그런 날 보고 배시시 웃었다.

"박우갱이 니는 내랑 술이나 한 잔씩 하자."

"아저씨만 드셔도 되는데요. 저까지 마시면 운전은요."

"에이. 우리 공주 됐다 뭐 하노."

"공주가 무슨 대리 기사가?"

내가 불만스럽게 중얼거리자 그 애가 픽 웃었다. 아빠는 아랑곳하지 않고 손을 내저었다.

"어차피 희야 차로 온 거 아이가."

"네. 근데 아저씨 트럭도 챙겨야죠. 제가 트럭 갖다 놓으려고 했는데."

"됐다, 마. 저녁인데 하루 내삐리고 가면 되지. 낼 아침에 와서 찾아가면 된다카이."

"그럼 같이 마시고요."

기다렸다는 듯이 아빠가 벨도 누르지 않고 소주 두 병을 소리쳤다. 엄마는 그럼 그렇지, 하는 얼굴로 집게를 집어 들며 가스버너 불을 켰다.

나는 괜히 엄마에게 또 짜증이 나 집게를 확 뺏었다. 어딜 가나 일을 사서 하는 사람이니 당연한 버릇인 것은 안다. 가족들

뒤치다꺼리가 평생 몸에 배어 어쩔 수 없다는 것도.

하지만 나이를 저만큼 먹었는데, 이제 남이 하는 걸 좀 받아먹기나 하면 좀 어때서. 남편도 있고, 딸도 있는데.

"가시나 또 쏭났나."

"아니."

"가만히 앉아서 고기 굽는 거 그게 뭐시라꼬."

"그게 뭐시라꼬 싶으면, 그냥 하지 마라."

엄마는 알겠다고 하면서도, 내 손에 들린 집게를 불편한 표정으로 보았다. 성가신 일은 반드시 자기가 해야 한다고 믿는 보통 시골 아줌마의 불안이다.

"차희야, 내가 할게."

방문 앞에서 건네는 소주를 받아 온 그 애가 다시 맞은편에 앉으며 손을 내밀었다. 당연히 넘기지는 않았다.

아빠가 내 눈치를 살짝 보고는 그 애에게 잔을 쥐어 주었다.

"손님은 가만있고. 일단 여기 한 잔 받그라."

"제가 먼저 따라 드려야죠."

"신세는 우리가 졌는데, 내가 먼저 따라 주야 안 되긋나."

그 애는 몇 마디 간단한 치레 후 아빠에게 술을 받고, 아빠의 잔도 전에 없이 공손한 태도로 채워 주었다.

살짝 웃음이 날 뻔했다. 박우경이 어떤 어른에게 저렇게 공손하게 구는 것을 여태껏 살면서 처음 보았던 까닭이다. 언제는 세상 피곤한 아저씨라고 우리 아빠 면전에서 쏴붙이더니.

"그동안 참 고생 많았다. 우갱이 니 덕분에 우리가 그마이 힘든 일도 이래 다 지나 보냈고. 태희 엄마도 이래 무사하고."

"아닙니다."

아닙니다, 하고 깍듯하게 대답하는 투까지도 좀 우스워서 몰래 입매만 우물거리며 웃고 있자, 그 애가 잠깐 나를 노려보았다.

그러는 사이 아빠는 박우경에게 술을 한 잔 더 받았다. 엄마 가 예전처럼 예민하게 눈치를 주지 않으니 거침도 없었다. 나 란히 앉은 그 애와 아빠가 두 번째 잔을 동시에 들이켰다.

"내 솔찌 태희 엄마 그래 됐을 때, 드디어 다 끝나는구나 했 다. 그래. 드디어. 인력으로도 안 되는 상황이 와 뿟으이, 이것 저것 더 잴 것도 없고, 아무 미련 없이 다 놓아 버릴 수 있겠구 나……."

"……."

"아무리 인생에 중요한 게 많다 캐도 사람 목숨보다 중하긋 나. 우리가 잡고 있을 수도 없는 거를 잡고 있으면서, 이래 어 거지로 살아 봐야 누구 하나 죽어 삐면 다 무슨 소용이고."

"예. 소용없죠."

"버티고 버티다 태희 엄마 잘못되고 일이 다 풀리 봐야, 내 가 남은 인생을 누구랑 좋다 하고 살았겠노……. 그래서 다 버 리고, 그날부로 남은 과수원도 다 내놓을라 캤지. 어차피 애들 도 이제 다 컸는데, 내가 나가서 노가다를 해도 태희 엄마 하나 못 먹여 살리겠나 싶어서. 근데 그날, 박우갱이 임마가 병원에 서 내한테 듣고는 그카드라."

"……."

"올해는 자기가 있으니까, 그래도 한 해만 더 버텨 보시라고. 생각은 너무 힘든 때가 다 지나가고 나서 해야 정확하다고."

그 애는 말없이 제 젓가락을 들고서 내가 볶고 있는 것을 거들었다. 나는 눈을 내리깔고 아빠의 말을 들었다.

"그 말 한마디부터 덕을 봐서 여까지 온 거지. 진짜 박우갱이 니 없었으면 시작부터 못 했다."

"무슨 그런 말씀을 하세요."

"우갱아. 진짜로 고맙디. 니가 우리한테 해 준 것 전부 다. 내가 너무 고맙다. 태희 엄마도 니가 살린 기고, 이번 한 해도 니가 살린 기고. 다 니 덕분이다."

"⋯⋯아 진짜 사람 부끄럽게. 술이나 드세요."

"내가 성질머리는 좀 지랄 맞은 거 같아도, 남한테 신세 지고 빚진 거 절대로 안 잊는디. 니가 태희 엄마 생명의 은인 아이가. 내 은인이다. 은인."

"그만하시라니까."

끝도 없이 고맙다고 할 것 같은 아빠의 입을, 그 애가 술을 더 따르는 것으로 막았다. 적잖이 민망한 모양이었다. 늘 저를 구박하는 시늉이나 하던 아빠가 이미 지나간 일로 간곡하게 말하는 것부터.

온갖 공치사는 뻔뻔하게 잘도 받더니, 진짜 감사를 받을 만한 순간에는 민망해하기나 하고. 하여간 실속이 없다.

"올 한 해 한 번 더 버틴다고 뭐가 되겠나, 싶었는데 지나고 보이 또 이래 가을걷이할 때가 온다. 그쟈."

"시간 빠르죠."

"그르게. 우째 되든 간에 봄 가면 여름 오고, 여름 가면 가을 오고, 얼마간이라도 수확하고, 사람이 이래 살아지네."

"그게 다 아저씨가 저희 못 믿고, 밤에도 와서 철야로 일하신 덕분 아닙니까."

"내가 언제 뭘 못 믿었다고."

"절대 못 믿으셨잖아요."

하여간 아저씨나 태희 형이나 차희나, 사사건건 의심이 많은 걸로는 세상 어딜 가도 지지 않을 거라고 그 애가 장난스레 덧붙였다. 그 아버지에 그 아들이고, 그 딸이라고.

아빠는 그 말을 절대로 인정하지 않았으나 엄마는 '맞다, 맞다.' 하고 열성적으로 고개를 끄덕여 그 애에게 동조했다. 이 집 윤씨들은 정말로 그렇다고. 의심이 어찌나 많은지, 작은 일에도 온갖 잔소리로 사람을 피곤하게 한다면서. 둘 다 제 아빠만 닮았다고.

박우경이 그런 엄마를 향해 부드럽게 미소 지었다. 날 바라보며 웃는 것도 아닌데 괜스레 속이 아렸다. 어쩌면 그 애가 정말로 우리 엄마를 달갑게 여기는 것처럼 느껴져서.

단지 좋아하는 여자애의 귀찮은 가족이 아니라, 그저 제가 마음 쓸 만한 어른을 보는 것 같은 낯이어서.

날 달게 바라보는 눈보다 우리 엄마를 바라보는 눈에 설레는 것을 그 애가 알면 얼마나 황당해할지 모르겠다.

나는 고기가 지글거리며 익어 가는 불판만 바라보면서, 아빠
랑 엄마가 박우경에게 이것저것 묻는 것을 들었다. 대부분 퍽
실없고 영양가도 없는 주제였다. 그래도 그 애는 성실하게 대
꾸했다.

"다 익었다. 다들 드세요, 이제."

"잘 먹을게, 차희야."

아빠 엄마 보란 듯이 내게 가증스러운 인사도 잊지 않고. 내
가 실소하자 그 애가 어깨를 으쓱했다.

저번에 소고기를 먹었을 때와는 딴판으로, 아빠가 직접 불판
에서 고기 여러 점을 집어 그 애의 앞접시에 놔 주었다. 엄마도
밑반찬을 그 애 앞으로 밀어다 주며 웃었다. 별것도 아니지만
대우는 제법 괜찮았다.

"마이 무라, 우갱아."

맞은편에서 술잔이 차고 비는 게 더 빨라졌다. 아빠가 따라
주는 족족 그 애가 잘 받아 마시니 당연하게도 일이 그렇게 됐
다. 엄마가 기분 좋게 소주를 더 시켜 준 덕분이기도 하고.

나는 엄마가 시키는 대로 홀에다 소주 한 병을 더 주문하고
는 돌아왔다. 등 뒤로 탁 소리를 내며 닫힌 미닫이문 밖에서 문
득 와자지껄한 소리가 났다.

단체 손님이 온 모양이지. 별생각 없이 자리로 가서 앉는데,
밖에서 기척이 가까워졌다. 그러다 갑자기 벌컥, 우리가 있는
방에 딸린 문이 열렸다.

"말희야."

"언니야! 여기는 웬일이고."

"우리 사무실 직원들 데리고 회식하러 왔지. 근데 주차장에 들어오는데 태희 아버지 트럭이 딱 보이잖아."

"식당이 몇 개 없으이 이래 또 겹치네."

"하여간 이말희. 오늘 퇴원한다더니 퇴원하자마자 지 좋아하는 거 먹으러 왔네. 응?"

문가에 여상하게 서서 방 안을 들여다보던 신미진이 구두를 툭툭 벗고는 우아하게 방 안으로 들어왔다. 그제야 오셨습니까, 하고 아빠가 떨떠름하게 인사했다.

나는 신미진을 돌아보는 대신 그 애가 제 엄마를 의아하게 올려다보는 얼굴을 잠시 바라보았다가, 고개만 살짝 돌려 까딱 인사했다.

고상한 손이 내 어깨를 격려하듯 몇 번 두드렸다. 짙은 녹색 매니큐어가 단정하게 발린 손톱, 예쁘장한 손의 모양. 다정한 행동. 그 위선적인 손이 내 어깨를 지나 엄마의 손에 닿았다. 물색 모르는 고생만이 거뭇거뭇 남은 거친 손 위로.

나는 엄마가 달갑게 그 여자의 손을 마주 잡는 것으로부터 시선을 돌렸다.

"그래도 퇴원 기념인데, 기왕 먹는 거 안동 넘어가서 소고기라도 좀 먹고 오든가. 그냥 동네에서 이렇게 대충 먹구 치워?"

"우리가 지금 안동까지 갈 시간이 어데 있노. 태희 아부지 할 일이 천지삐까리로 밀렸는데."

"그러지 말구. 어차피 홍로 몇 그루 없는 거, 단골들 예약 받은 것만 넘기고 나면 나머지는 우리 직판장 쪽으로 비싸게 넘겨. 응? 수량도 얼마 안 되는데, 우리 애들 아빠 모르게 할게."

"뭐 한다고 그캅니까. 형수님 말마따나 몇 그루 있지도 않은 거, 우리끼리 터는 데 얼마나 걸린다꼬."

아빠가 젓가락을 내려놓으며 조금 딱딱하게 말을 잘랐다. 마치 그것과 교차되듯이 신미진이 엄마에게 새 젓가락을 받아 들었다.

엄마랑 내 사이에 비스듬히 무릎을 비집고 앉아, 마치 처음부터 우리와 식사를 함께했던 것처럼.

"말희만 쉴 게 아니라 태희 아버지도 좀 쉬어야죠. 병원에서 몇 달을 먹고 자고 했는데, 말희보다 더 힘들었으면 힘들었지……. 얼마나 고생했겠어? 그것도 온통 여자들 있는 데서 남자 몸으로 온갖 눈치는 다 보면서."

"하기사 어떤 여자는 남자 보호자 좀 내보내면 안 되겠느냐고 우리 들으라는 듯이 간호사한테 몇 번이나 그카드라."

"그래. 그런다니까."

"우리 남편은 화장실도 저기 병실 바깥에 있는 거나 쓰지, 병실 안에서는 손만 잠깐 씻는다 캐도 혼자 막무가내인 기라. 태희 아빠가 지 안 볼 때 쓰면 우야냐면서 입에 거품을 물고……. 피차 돈 많으면 1인실 2인실 쓸 거지만 그게 아닌 이상에야 우짜냐고 태희 아빠가 딱 잘라 말해도 들은 척도 안 하는 거 있제. 하도 그캐가 결국 우리가 다른 병실로 옮겼다이가."

"지 남편은 병원에 코빼기도 안 비치는데 말희 네 남편은 하루 종일 붙어서 시중들고 있으니까. 딴에는 꼴 보기 싫겠지. 그건 남편 잘 둔 네가 이해해야 돼."

신미진이 들으라는 듯 아빠를 한껏 치켜세웠다. 그러나 아빠는 병원에서 이모들의 칭찬이 민망해 도망 다녔던 것과 달리, 그저 무덤덤한 낯으로 술잔을 들이켰다.

그 애의 손이 아빠의 잔을 다시 채워 주는 것이 보였다. 나는 고기를 꼭꼭 씹어 삼켰다. 입맛이 역했다.

신미진이 과거에 내게 어떤 짓을 했기 때문이 아니라, 이 여자가 지금 엄마에게 하고 있는 짓이 신기해서.

어쩌면 저 애정이 전부 거짓이 아닐 것이라는 사실이 오히려 징그러워서.

"하여간 보호자가 환자보다 더 힘들어. 심심하면 대구에, 서울에 남의 병 수발이나 들러 다니는데 태희 아버지 얼마나 힘들었을지는 내가 제일 잘 알잖아. 그러니까 그냥 대목 전에는 좀 편하게 쉬면서, 기왕 차희 차도 샀으니 그 차로 편하게 태희 엄마 데리고 오붓하게 드라이브라도 좀 다녀요. 응? 태희 아버지."

"가도 할 일은 해 놓고 가야지요. 집사람이 편하게 돈 까먹고 다닐 성격도 아이고."

"사람이 죽어 나갈 뻔했는데 일이 다 뭐야. 돌아다닐 만할 때 바다도 보고 산도 보고 해 놔야지……. 태희 아버지. 다 늙으면 가고 싶어도 못 가요. 나중에 태희 엄마 또 이렇게 아프면 어쩌려고."

"아이고, 마 됐다. 언니야. 홍로 암시롱 던져도 그 뒤에 할 일이 얼마나 많은데."

"그 집에 우리 우경이 있는데 뭐. 이제 일도 곧잘 한다면서?"

아빠는 그 말에 표정을 좀 바꾸었다. 그리고 당신 아들이 얼마나 일머리며 힘이 좋은지, 굳이 가르쳐 주지 않아도 어떤 일까지 당연히 해낸 적이 있는지, 제법 담백한 칭찬을 늘어놓기 시작했다.

대화는 그것으로 금세 화기애애해졌다. 아빠는 그 애에게 고마운 것을 알았고, 엄마는 그 애를 워낙 예뻐했으니 당연했다.

나는 신미진이 아빠의 말에 고개를 끄덕이고 환히 웃을 때마다, 내 무릎이나 어깨를 아주 다정하고 친근하게 툭 칠 때마다 구역질을 참았다.

차희 네가 앞으로도 느이 엄마 좀 잘 들여다봐야 돼, 이제. 과원 일 열심히 하는 것도 좋고 취업 준비도 좋지만 기껏 엄마 때문에 고향 내려왔으면, 저번 같은 일은 절대 없게 해야지. 그치?

그러잖아도 네가 요 몇 년간 엄마한테 신경을 통 못 썼잖아. 서울 생활에 아무리 정신이 팔려도 그렇지……. 그래, 너도 아니까 마음이 더 아팠겠지. 원래는 이렇게 착한 앤데.

"아픈 사람한테 하나뿐인 딸이 그렇게 매정했으니."

탁자 위에서 손이 잡혔다. 너희 엄마가 얼마나 불쌍한 사람이냐고, 부디 앞으로는 엄마를 생각하라는 말이 싸하게 밀려들었다.

내가 청라에서 도망친 것만큼 기쁘고 안심되는 일이 없었을 주제에.

"차희가 뭘 매정했다고 그카노. 멀리 있으면 어쩔 수 없는 거지. 태희도 밑에 있고."

"태희가 아무리 잘했어도, 아들은 딸한테 안 돼. 딸이 엄마 챙겨 주는 건 절대 못 따라간다니까."

"즈그 오빠나 얘나 둘 다 얼마나 지 부모한테 잘하는데…… 더 잘할 것도 없다. 조금 있으면 곧 복학도 해야 되고."

"너 몸 계속 이러면 일 년쯤 미뤄도 되는 거지. 말희 너 투석은 계속 받아야 된대?"

그렇다고 하자 신미진은 금방이라도 울 것처럼 아주 속상한 목소리로 엄마의 이름을 불렀다. 그러고는 날 달래듯 말했다. 앞으로 이모도 신경 많이 쓸 테니 걱정할 것 하나 없다고.

갑자기 이 모든 게 징그러울 정도로 이상하다는 실감이 들었다. 그 애가 보고 싶은데, 보고 싶지 않았다. 문득 그 애 얼굴에서 신미진과 닮은 눈이, 그 여자의 섬세한 이목구비가 보일까 봐.

불을 낮추고 멍하니 고기를 몇 점 씹던 나는, 때마침 친구 전화를 핑계로 잠시 나갔다 오겠다며 일어났다.

급하고 중요한 용건인 것처럼 설명하고 일어났지만, 오랜만에 전화한 고등학교 친구에게 당장 중요한 용건이 있을 리 없었다.

어, 맞다. 그랬지. 실없이 늘어놓는 이야기에 대강 맞장구를 쳐가며 아빠 트럭 근처까지 온 나는 그 뒤에 숨듯이 쭈그려 앉았다. 구토를 하고 싶은 기분이었지만 차마 게워 낼 수도 없었다.

─ 차희야, 듣고 있나.

"……어. 듣고 있다."

─ 저번에 니 지금 사귀는 사람 없다 캤제.

뒤에 나올 이야기는 알 만했다. 무어라 에둘러 거절할까 미리 생각하는 와중에, 친구가 신이 나 말을 늘어놓았다.

상대가 너무 괜찮아서 당장 네 생각부터 났다고. 제 남자 친구와 친한 선배라 어떤 사람인지도 걱정할 것 없고, 지거국이니 학벌도 괜찮고, 참, 너희 집처럼 농사하는 집 아들인데, 그 농사를 성주에서 아주 크게 하는 집이더라고.

친구는 도대체 어디서 주워 들었는지 참외 농사 매출이 작은 중소기업 정도는 되지 않느냐고 너스레를 떨었다. 어쨌거나 환경은 비슷하니 서로 잘 이해할 수도 있지 않겠느냐고.

그 오빠는 벌써 서울에 자가도 있다더라. 1억도 넘는 차가 두 대고, 본인은 어디 있는지도 기억 못 하는 땅도 여러 개고……. 그러다 결국에는 실토하듯이, 그 오빠가 네 사진을 우연히 보았다고 말했다. 꼭 소개받고 싶어 한다고.

그 오빠가 우연히 본 게 아니라, 네가 보여 준 것이겠지. 우연과는 상관없을 것이다. 친구는 지금의 남자 친구를 유달리 좋아하는 것 같았다.

고작해야 그 주변인이 마음에 들어 할 만한 여자를 이렇게 열성적으로 찾아 대는 건, 제 남자 친구의 면을 세워 주는 일 따위가 중요하기 때문이고.

가볍게 밀어낼 만한 말에서도 극심한 피로가 느껴졌다. 나더러 팔자 좀 고치라는 사람들이 왜 이리 많지. 이미 타고난 팔자나 지키고 사는 것도 힘들었다. 더 망가지지 않기도 어려웠다. 전부 피곤했다.

나는 에둘러 할 말조차 찾지 못한 채 그저 미안하다고, 집안일로 너무 바쁘다고 거듭 말하고는 친구의 설득이 더 이어지기 전에 전화를 끊어 버렸다.

"친구가?"

"……왜 나오셨어요."

아빠는 불을 붙이지 않은 채로 입에 물고 있던 담배를 담뱃갑에 도로 넣었다.

"한 대 필라고."

이미 담배는 사라졌으니 허무한 이유다. 비켜 주어야 하느냐고 물으니 그렇지는 않다고 했다.

돌이켜 보면 아빠는 언제나 신미진을 꺼림칙하게 여겼다. 신미진의 훌륭한 평판을 생각하면 그저 의심이 많은 핏줄 때문이겠지. 할아버지 세대부터의 자격지심이나 괜히 아니꼽게 생각하는 그 애의 아버지는 별개로.

"펴도 돼요. 저 들어갈게요."

"희야."

"네."

"니 우경이 엄마랑 무슨 일 있나."

"……."

나는 아빠를 잠시 멍하니 바라보다 고개를 저었다.

"아뇨."

"괜히 말 한마디씩 얄밉게 긁는 거야 옛날에도 그랬는데."

"……."

"니가 불편해 보이길래."

"저 원래 불편해했잖아요."

"하긴 그건 그렇지. 내를 닮아가."

아빠가 길게 한숨을 내뱉었다. 알싸한 증류주 냄새가 아스라이 흩어졌다.

신세 지는 게 싫고, 미안한 게 싫은 사람. 싫어도 남의 인정을 구하고, 미안하다는 말을 혓바닥에 붙이고 살아야 했던 사람.

삶의 어떤 것도 결국 자기 뜻대로는 되지 않았던 사람.

나는 정말로 아빠를 닮았을지도 모르겠다. 그 애 말처럼.

"아빠."

"어."

"아빠는 우경이 믿어요?"

"믿지."

"아빠 딸내미 혼자 있는 집에, 다 큰 남자애가 와서 같이 자도 될 만큼?"

"말을 꼭 그래 해야겠나. 지 애비만 이상한 놈 되그로."

"아빠가 언제 뭐라 할까 계속 기다렸는데, 한마디도 안 하더라고요."

물론 그때 나는 충분한 대답을 얻었다. 우리는 아직 어리고, 원 없이 만나 봐야 미련도 없다던.

"니한테 이상한 짓 할 놈도 아닌데. 뭐."

"네. 집 안에서는 잘 지켜요."

"······."

"아빠 뒤통수 안 치려고요."

그럼 밖에서는? 아빠가 떫은 표정으로 날 보았다.

하지만 술을 좀 더 먹이면 잘 기억하지도 못할 말들이다. 아빠는 내게서 두어 걸음 떨어진 곳에 나처럼 쭈그려 앉았다. 옛날에 제 어린 딸과 눈을 맞추려고 그랬듯.

"아무리 그래도, 왜 그냥 같이 있게 됐어요?"

뻔뻔하기 짝이 없게도 원망 조였다. 아빠가 머쓱하게 뒤통수를 쓸어내렸다.

"가스나 혼자 밤새 시골 한복판에 덜렁 있는 것보다야, 박우갱이 금마라도 같이 있는 게 낫지."

"······."

"니 무서울까 봐, 같이 있으라 했다. 우갱이한테."

"······언제는 개처럼 위험한 놈이 없다매요."

"그냥 해 본 말이지."

"남자는 아무도 믿지 말라매."

"박우갱이는 괜찮다."

눈물이 날 것 같았다. 줄곧 역겨웠던 속이 왈칵 뒤집혀서. 되는 게 왜 이렇게 하나도 없나 싶어서.

왜 나는 아빠를 닮아서.

"내 마음 같아서는, 진작 허락했지."

"뭘 허락해요……."

"진작 공주 니 등 떠밀어가 박우갱이 금마랑 결혼시키고도 남았다고."

술기운을 빌려 아무렇게나 하는 말이 분명했다. 나는 실소했다. 언제는 재벌이 와도 서른 전에는 절대 결혼하면 안 된다더니.

"무슨 공주를 그렇게 급처분해."

"공주야."

술 취한 아빠의 음성이 이렇게 다정하게 들린 것은 아주 오랜만이었다.

술이 괴로워서 마시는 것이 아니라 기분이 좋아서 마시는 것이었을 때. 거나하게 취해서도 자식들 먹을 간식이나 챙겨 오던 사람이었을 때.

그때는 아빠가 취해도 싫지 않았다. 엄마도 취한 아빠를 싫어하지 않았다.

그 시절의 아빠는 잔뜩 취해서도 엄마에게 혼날까 봐 마당에서 꽃을 꺾어 오던 사람이었으니까. 엄마는 그런 아빠를 실컷 나무라 놓고는 그다음 날이면 꽃을 예쁜 병에 꽂아 두었다. 그리고 계절이 지나면 마른 꽃으로 어느 책 안에 고이 남겨 두었다.

지금 아빠의 목소리는 그 시절 꽃을 바라보던 엄마의 눈과 닮았다.

"공주야."

"……네."

"딸 있는 아빠 마음이 원래 그런 기다. 요즘 세상에 여자 좋다고 여자 집까지 와서 저래 하는 놈이 어딨다고."

"……."

"우리 집에 영영 붙잡아 두고 싶다는 말이 아이다. 그래 잘
난 놈을 갖다가, 우리가 염치도 없이 더 부려 묵겠나."

"……."

"사람이 하나만 봐도 열을 안다이가. 촌구석에서나 이래 번
잡스러운 일이 많지, 서울 가면 뭔 일이 있겠노. 느그 둘만 잘
살면 그만인네. 서기서는 금마가 니한테 얼마나 더 잘하겠노."

"열을 봐도 하나도 모르는 사람도 있어요."

"그건 그런 놈이 멍청한 거지."

내가 그 멍청한 놈이었다. 나는 무릎 위에 턱을 괴었다.

"그래도 안 되는 건 안 되는 거지. 아무리 아까워도……."

아빠가 뒤이어 중얼거렸다.

"즈그 애비만 아니었으면."

술기운에 나긋하고 온화해진 음성 위로 문득 불편한 이질감
이 스쳤다. 나는 아빠를 흘끗 바라보았다. 본인이 무슨 말을 내
뱉었는지도 모르는 듯 부드러운 얼굴이 문득 나를 향했다.

"희야. 니 그거 알았나."

"뭘요?"

"박우갱이 금마가 밤에 니 데리다주고, 니 혼자 집에 들어가
고 나면 손전등 들고 우리 집 한 바퀴 돌고 가는 거."

"……."

"아무리 늦어도, 지가 우리 집에서 안 잘 때는 꼭 그래 둘러

보고 가드라."

"……."

"그거 녹화된 거 본 뒤로, 내는 금마한테 아무 말도 안 한
다."

목을 타고 내려가는 숨이 아렸다. 이게 아픈 것인지, 기쁜
것인지 도무지 구분할 수 없게.

#26. 첫 사과

월초의 짧은 가을장마가 무사히 지나갔다. 이번에는 청라가 특별히 운이 좋았다고 했다. 우리는 그 장마가 지나고도 며칠 이 지난 후에야 첫 수확을 시작했다.

사실 계획대로라면 우리도 열흘 전쯤에나 홍로 수확을 시작 했어야 했다. 그러나 수확일이 다가와도 연일 흐린 날이라, 일 조량이 영 부족했다. 올여름 마른장마가 유난히 길었던 탓도 있었다.

또 한 번의 짧은 장마를 코앞에 두고 마음이 급해져도 도리 는 없었다. 어차피 당장 딸 수 있는 과실이 몇 개 되지도 않았 으니까.

아빠는 농사에 돈과 기술만큼 중요한 게 없지만, 때로는 인 내가 가장 필요하다고 말했다. 충분히 붉지 않은 홍로는 가치 가 떨어졌다. 우리는 예보를 보고 사과에 붉은색이 더 들 때까지 며칠 더 기다리기로 했다.

명절을 위한 홍로는 어차피 우리의 주력 품종도 아니고 그 양이 많지도 않았다. 그러니 안전하게 다 따 버리고 당장 편해질 수도 있지만, 정작 오랜 단골들에게 보내지는 못할 물건이 됐다.

기다리는 사람들을 위해 일부러 지은 것인데 마땅히 기다린 보람이 있어야 한다는 게 아빠의 지론이었고, 알뜰살뜰한 엄마도 그것만은 동의했다.

우리야 아무 생각 없이 견뎠다. 그저 장마가 빨리 지나가기만을 바라면서.

그렇게 첫 수확이었다. 최대한 신선한 것만 내보내기 위해 여름에 미리 예약을 받아 놓았던 만큼만 따는 것이라 퍽 일이 소소하기는 했지만.

그래도 처음은 언제나 중요했다.

"진짜 개맛있지 않나."

"사과가 그냥 사과지."

"아닌데. 평생 먹어 본 사과 중에 이게 제일 맛있는데."

"난 안 시원해서 좀 별로다."

"하 까탈스럽네, 가스나."

"뭐 이 머스마야."

오전 느지막이 딴 사과를 저온 저장고 초입에 들여놓고 창고에 앉은 우리는 올해 첫 사과를 시식했다.

물에 휙휙 씻어 하나씩 들고는 새빨간 껍질째 아삭아삭 베어 먹으면서.

"우갱이 느그 집에서 오만 사과가 다 나오는데, 설마 그게 니 평생 제일 맛있는 사과겠나. 온갖 맛있는 거 다 처묵고는 고대로 까묵은 거지."

아빠가 박우경의 기억 조작을 지적했다. 그 애는 단번에 부정했다.

"저 기억력 엄청 좋은데요, 아저씨."

"하긴. 니가 니 손으로 하나부터 열까지 농사지은 첫 사과 아이가. 당연히 맛있지."

"이 미친 재능 어쩌지. 복학하지 말고 농사나 지으까."

내 면전에 대고 헛소리를 늘어놓던 박우경이 아빠에게 물었다. 어떻게 생각하냐고.

아빠가 한숨을 푹 쉬었다.

"마 엉뚱한 생각 치우고 하던 공부나 해라."

"저 농사 잘한다면서요. 완전 타고났다 카서 놓고."

"니가 농사만 잘하긋나. 다른 건 더 잘하긋지. 공부를 그래 잘하는 놈이. 즈그 집에서는 판검사 만들 끼라고 난리고마."

"잘하는데 재미까지 있으면 천직 아닌가."

"치아라. 이 사과원 니 거 되는 순간 재미없다."

"오……. 공주랑 결혼하면 이 사과원 제 거 돼요?"

나는 어이가 없어 웃었지만 아빠는 그 말에 그만 사레가 들렸다. 기침이 순식간에 격해졌다.

그 애는 태연하게 테이블 중앙에 있던 생수를 아빠 앞으로 슥 밀었다.

"이기 또 헛소리한다."

"아저씨 본인이 말을 그렇게 하셨는데."

"세상에 쉬운 일이 어디 있겠냐마는, 농사는 돈 없어도 고생, 돈 많아도 고생이다."

아빠가 혀를 차다 사과를 베어 물었다.

"남들 부려 먹는 일이라고 어데 쉬운 줄 아나? 할매 몇 명만 써도 사람이 얼마나 제각각인데. 한 열 명 써 봐라. 돈이 얼마고? 할매 열 명이면 하루에 일당으로 나가는 돈이 백오십이다. 하루가 아까울 때니까 그래 쓰는 건데, 놀고 자빠진 꼴 보고 있으면 속에서 막 천불이 나는 기라."

"놀고 자빠질 사람을 쓴 것도 모자라서 그냥 둔다고요?"

"느그 할매뻘, 젊어 봐야 엄마뻘 되는 사람들한테 니라고 뭔 말을 하겠노? 내만 해도 피차 나이 먹을 만큼 먹었는데 면전에 대고 모지게 말하기 힘들다. 그이까 똑같은 돈 받고 누구는 꾀 부려 가매 종일 그늘에서만 놀다 가도 말 한 마디 몬하고."

"저는 말할 건데요."

그렇겠지. 나는 그 애의 대구에 고개를 끄덕였다. 박우경은 어릴 때부터 할매, 할배 앞이라고 못 하는 말이 없었다.

아빠가 또 한숨을 쉬었다.

"그 할매랑 같이 일하는 할매들은 눈이 없는 것도 아니고."

"긍까. 박우갱이 니 같은 성격은 돈이 아무리 많아도 안 된다 카이. 이상한 할매한테 잘못 걸리면 동네방네 패륜아 되는 거 순식간이다."

"저 같은 성격이 뭐 어떤데요."

"니 같은 성격? 으지가이 싹바가지가 없지."

"말본새가 싸가지 없지."

아빠랑 내가 동시에 대답하자 그 애가 왈칵 얼굴을 찌푸렸다. 아빠가 그래도 제법 다정하게 단서를 붙였다.

"아는 참 좋은데, 어른들한테 말본새가 좀 그래서 가끔 이런 오해를 산다 이거지. 참 싹바가지 없다, 싹수가 누렇다."

"일 안 해서 안 한다는 게 왜 패륜입니까?"

"일하는 사람 무시한다, 노예처럼 부려 먹을라 칸다 하면서 남들까지 괜히 못 가게 눈치를 주니까는. 그런 할매들은 꼭 남들도 몬 하게 한다."

"말 되나. 진짜."

"말 되지. 여 아니라도 일할 데 많다 아이가. 촌구석에 일할 사람 몇이나 된다고, 할매들 와 주는 것도 감지덕진데, 사람 쓰는 쪽은 선택의 여지가 없는 기다."

"좀 별론데요."

나는 사과를 아삭아삭 씹으며 별것도 아닌 주제로 진지하게 토론을 이어 가고 있는 두 사람을 구경했다.

지난주에 같이 낚시를 다녀오더니 어째 말이 더 많아졌다. 가끔은 내가 말 한마디 하지 않아도 몇 시간씩 대화가 비지 않을 때도 있었다.

나는 밖에서 가을 해가 따가워 입 다물고 있는 일이 태반인데, 둘은 일을 하다가도 뭐 하나 보이면 서로 보고하기 바빴다. 요새는 그 애가 되려 아빠 아들 같고 내가 시댁에 묶인 며느리 같다며 엄마가 우스갯소리를 할 정도로.

문득 그 애의 모자 아래로 봄보다 조금 그을린 얼굴이 보였다. 시간이 들리는 것만큼, 보이는 것만큼 지났구나. 그렇게 체감하게 되듯이.

"많이 별로지. 그래도 우짜겠노? 우리 집은 홍로가 별로 없으니까 그나마 우리끼리 지금 이카고 있지. 부사 때는 우리도 사람 없으면 망한다. 까딱하면 금방 추워지는 철에 시간이 얼마나 부족하노. 거기다 올해는 진작 사람 좀 써야 됐던 때도 몬 썼으이……."

"아 진짜 별론데."

"그래도 우갱이 니 하나만 해도 여태 여러 명치 했다 아이가. 느그 형도 참 고맙그로 서울에서 와 주고."

"술도 안 먹었는데 왜 또 이러십니까."

또 부끄러워한다. 네 사정 훤하다는 듯 내가 웃자 그 애가 날 잠깐 노려보고는 다 먹은 사과의 심을 쓰레기통에 휙 던졌다.

"사실은 사실이지."

"제가 할매 열 명보다 낫네요. 그럼."

"마 박우갱이, 할매 열 명이면 손이 스무 개다. 기술이 있고 세월이 있는데 열 명은 무슨."

"몇 명치라매요."

"그래 뭐 손이 모자라가 글치, 다섯 명치는 된다."

"그렇다고 다섯 명치 일당을 주실 건 아니니까 더 잘해 주셔
야 되겠네요?"

"하이고."

"미국산 아닌 소고기도 함 사 주시고."

"거 미국산 한 번 사 줬다고 뒤끝이 이래 기노."

"부사 출하 끝나면 다 같이 경주 가요."

"알았다, 알았어."

아빠는 그렇게 대꾸하고도 영 석연찮다는 듯이 덧붙였다.

"하이튼 간에, 더울 때 찬 데서 일하고 추울 때 따순 데서 일
하는 게 최고다. 알겠나."

"예. 아저씨 과수원 달라 안 할게요."

"참 내. 지가 뭔데 과수원을 달라 마라."

"태희 형 얘기도 일단 함 들어 봐야 되니까."

"웃기는 노무 시끼……."

"솔직히 아저씨 아들은 이제 글렀어요. 도시에서 몇 년 살았
다고 속세에 찌든 거 보셨어요? 다시는 시골에서 못 살지."

"여기가 무슨 절간이가. 속세랑 나눠그로."

둘 다 실없긴. 나는 턱을 괴고 그 애가 새로운 사과를 베어
먹는 것을 보다가, 고개를 살짝 내려 캘린더를 보았다.

앞으로 홍로를 두어 차례 더 수확하고, 다음 달 중순쯤 시나
노 골드까지 잠깐 출하하고 나면 거의 보름은 부사를 수확하고

378

출하하는 데만 소요될 것이다.

그 전까지는 간간이 여유가 있고, 가만히 있으면 죽는 병에
걸리는 것마냥 산만한 엄마를 앉혀 놓을 곳도 필요하니 직판장
을 일찍 여는 것도 괜찮을 것 같았다. 어차피 자리는 매년 잡아
놓는 것이고 특별히 돈이 드는 것도 아니니까.

우리 홍로로 모자라면 다른 과원에서 홍로나 홍옥 따위를 좀
떼어다가 보태면 됐다. 그 부분에 대해서는 아빠 몰래 경홍이
아저씨와도 말을 해 두었다.

엄마는 낮에 내가 과원 일을 하는 동안만 직판장을 보게
하고, 일이 끝나는 대로 곧장 그쪽으로 가서 교대한다면 엄
마에게 큰 무리도 아닐 것 같았다. 공부도 그곳에서 하면 되
니까.

당장 이번 겨울부터는 나도 판매 SNS 같은 것을 해야 하나?
'다음 주부터 예약하실 수 있으세요', '홍로는 소량이라 기간 한
정으로 예약 진행되세요.', '시나노 골드는 품절이세요.' 같은
묘한 화법을 구사하면서. 두 손 모은 합장 이모티콘 같은 것을
마구잡이로 쓰면서……

약간은 상상이 되지 않았다. 차마 남들에게 얼굴을 팔 엄두
도 나지 않았다.

나는 근래 내 머리를 떠돌던 아주 시답잖은 생각이나 진지
하게 되새기다 문득 고개를 들었다. 어느새 그 애 혼자 내 앞에
앉아 있었다.

"혼자 무슨 생각을 그렇게 하노."

"슬슬 나도 얼굴을 팔아야 하나 하는 생각."

"뭐?"

박우경은 사과를 그대로 뱉어 버릴 것 같은 표정이 됐다.

"뭘? 뭘 판다고?"

"내 얼굴."

"니 미쳤나."

대뜸 미쳤냐는 소리부터 들으니 기분이 좋지는 않았다.

"아니 나도 내가 별로 안 이쁜 거는 아는데."

"말은 똑바로 해라. 누가 안 이쁘다 카드나. 미쳤냐 캤지."

"이런 건 못생기나 잘생기나 남녀노소 얼굴을 까고 해야 신뢰가 간다드라. 얼마나 자신 있으면 지 얼굴을 까나 하고. 그니까 온라인으로 팔라면 일단 얼굴 좀 팔리는 건 감수해야 된대."

"누가? 대체 누가 그카는데."

"경홍이 아저씨가."

"하."

"요새는 젊은 자식들이 나서서 그렇게 지 얼굴 팔아 가며 농산물 팔아 주는 게 대세래."

"대세는 지랄……. 그래서 니보고도 얼굴 팔라드나."

"어……. 일단 무슨 방송을 해 보래."

방송? 그 애가 또 대번에 비웃었다. 나도 당연히 상상도 해 보지 못한 일이었다. 절대 그럴 수 있는 성격도 못 됐고.

그래도 저렇게 실실 웃고 있는 걸 보니 정강이를 한 대 차 주고 싶어졌다.

"잘도 하겠다."

"왜? 맨날 내보고 뻔뻔하다매. 얼굴 두꺼우면 할 수도 있지."

"윤차희 니가 내한테나 뻔뻔하지. 내 아니면 잠깐 쪽팔린 것도 못 참으면서."

"아저씨는 내가 먹힐 거래."

"먹히고 자시고, 씨발······."

"내가 되게 예뻐서."

나는 절대로 하지 않을 거면서 괜한 오기로 덧붙였다. 제 입으로 제가 예쁘다고 하는 것만큼 뻔뻔한 말이 없지만, 어쨌든 뜯어보면 '아빠 친구 눈에는 되게 예뻐 보인다'는 소리다.

그리고 경홍이 아저씨는 실제로 그런 말을 했다. 아닌 게 아니라 어릴 때부터 나만 보면 그런 말을 달고 살았다.

박우경이 기가 막힌다는 듯 나를 빤히 바라보더니, 그대로 입맛이 떨어졌다는 듯 사과를 툭 놓았다.

그리고 마른세수나 몇 번 거칠게 하다가 조용히 소리 죽여 말했다.

"······그래, 이쁘긴 이쁜데."

"뭐라 캤노."

"이쁘기는 존나 이쁜데."

내가 제대로 듣지 못하고 되묻자 그 애가 바짝 짜증이 난 어조로 크게 덧붙였다.

정말이지 마지못한 투였다.

"그래, 일단 이쁘긴 한데."

"고장 났나. 말을 못 하노."

"윤차희 니 진짜 진지하게 할 생각은 아니제?"

"아저씨가 그렇다니까 일단 생각이나 함 해 볼라고."

괜히 그렇게 말해 보았다. 질색하는 게 좀 우습기도 해서.

"와 씨."

"왜."

"아 치아라."

"그니까 왜."

"니 이쁘니까, 하지 말라고."

내 면전에 대고 적선하듯 짜증스레 던지는 말에 가만히 인상을 찌푸렸다.

그게 아니라는 듯 박우경이 고개를 젓더니 한숨을 한 번 길게 쉬고, 갑자기 먼 곳을 보는 둥 별짓을 다 하다 다시 툭 내뱉었다.

"말 그대로. 니가 이쁘니까. 싫다고."

"……."

"존나 온갖 벌레 새끼들 드글드글 꼬일 거 싫다고……. 존나니 어케 함 해 볼라고 찝쩍거릴 새끼들도 싫고. 아. 맞다. 나중에 유명해졌다고 내 쌩까면 우짜노."

"이 미친놈이 지 혼자 어디까지 가는 거고."

"윤차희. 얼굴 까지 마라. 알겠나. 니는 너무 이쁘다."

"미쳤나⋯⋯."

"내 지금 심각하다."

"니가 미친 게 심각하다. 돌았나. 갑자기 왜 이카는데."

"씨발, 이거 봐라. 꼴랑 지한테 이뻐서 이쁘다 몇 마디 한 것도 부끄럽다고 내 눈도 못 마주치고 이제는 고개도 못 드는 게. 어디가 뻔뻔하노."

나는 말 그대로 눈도 못 마주치고 고개도 못 들었다. 분명 아까 그 애가 빈정거리듯 이쁘다고 했을 땐 조금도 부끄럽지 않았는데, 사람 하나 죽일 것처럼 정색하고서 저딴 헛소리나 지껄이는 것이 너무 부끄러웠다.

"마, 윤뻔뻔."

"아⋯⋯."

"좋아요, 구독 눌러 주세요. 따라 해 봐."

"아 진짜. 미친놈아."

"봐봐. 지가 얼굴만 이쁘지, 참 내. 입 열면 고장 날 거면서."

"그만해라. 절대 안 할 거다. 됐제."

"진작 그랬어야지."

"절대 안 한다. 아저씨한테도 바로 미쳤냐고 그랬거든?"

"아저씨는 이미 하고 있으니까 좀 미친 게 맞네."

어른이라고 말 가리는 법 없는 입답게 버르장머리 없는 말이 곧장 튀어나왔다.

"하긴 그 아저씨는 자기가 좀 잘생긴 줄 알고 사과는 안 찍고 맨날천날 본인 얼굴만 찍는다이가. 사과 팔라고 찍은 거면 사과나 찍지. 입맛 떨어지게."

뜬금없이 경홍이 아저씨네 홍보 영상에 혹평이 쏟아졌다. 얼굴을 비칠수록 고객에게 신뢰를 준다던 아저씨의 주장과 정면으로 대치되는 평가였다.

나는 내가 아까 하고 있던 생각이 살짝 머쓱해져 괜히 턱을 매만졌다.

"사람 얼굴만 보면 구독, 구독. 하여간 지 구독하라고 드럽게 강요해. 지겨워 죽겠다."

"니가 안 해 주니까 그렇지. 그냥 처음에 부탁할 때 해 주면 그 강요를 안 듣는다이가."

"나도 진짜 지겨워서 해 줄라 캤거든?"

"근데."

"근데 열자마자 영상 스무 개가 다 본인 얼굴이드라. 존나 심장 떨어지는 줄 알고 바로 나왔다이가. 내 안 그래도 심약한데."

"……조금만 안 심약했다가는 세상을 뒤집어 놨겠노."

"다 조졌지."

내 말이 칭찬이라도 되는 양 그 애가 고개를 끄덕였다.

"그게 뭐라고, 좀 들어주면 될걸. 아저씨가 나쁜 사람도 아닌데."

"하여튼 윤차희, 그런 짓은 하는 게 아니다. 알겠나. 경홍이 아저씨는 못생겨서 영상에다 백날 얼굴 까도 존나 아무도 기억

못 하고 눈에도 안 띄지만 니는 이뻐서 눈에 띈다고."

"미친놈아, 안 한다고. 쫌."

또 방심하고 있다가 한 대 맞듯 이쁘다는 말을 들었다. 분명 괜찮아졌다고 생각했는데 순식간에 귀가 뜨거워진 것을 보면 그렇지도 못한 모양이었다.

나는 애써 말을 돌렸다.

"그냥 그런 것까진 아니어도…… 남들 하는 것처럼 슬슬 과수원 SNS나 만들까 했는데."

"아, 또 뭐?"

"경홍이 아저씨가 영상 안 만들 거면 그거라도 꼭 해야 된대서. 요새 그 정도는 다들 한다드라."

"다들 하니까 효녀는 못 빠지겠네. 그래. 그건 한다 치고, 그래서."

"근데 아저씨가 며칠 전에 잘되는 곳 몇 개 골라서 보여 줬는데, 집집마다 아들이나 딸들이 자기 사진을 꼭 같이 올려 놨드라고……. 나도 그렇게 해야 하나 싶어서."

"하."

그래서 엄두가 나지 않았다는 거지만, 박우경의 한숨이 더 빨랐다.

"왜 또."

"차희야. 니는 이쁘다니까."

미친놈. 어떻게 저런 말을, 내 눈을 똑바로 보고 할 수가 있지. 나는 이제 부끄러워 죽을 것 같아졌다.

가끔 우리는 교대로 일을 바꾸듯 부끄러움을 떠안는 것 같았다. 한쪽이 뻔뻔하면 한쪽은 도무지 뻔뻔할 수가 없어졌다.

서로의 몫까지 부끄러워지는 기분이었다.

"아직도 이해가 안 되나."

"……내가, 이, 쁘다, 쳐도 왜. 뭐가 문젠데."

"아까는 지 입으로 지 이쁘다고 잘만 말하드만. 또 고장 났네."

"아 경홍이 아서씨가 내한테 이쁘다 캤다고. 내가 나한테 한 말이 아니라. 아까부터 몇 번을 말하노?"

"한 번 말했다, 니."

와중에도 시시비비는 가린다. 순간 할 말이 없어진 나는 입술만 달싹거렸다. 그러다 무슨 말이라도 하려는데 그 애가 선수 치듯 입을 열었다.

"예를 들어서 니를 지켜보는 변태 새끼가 하나 있다 쳐."

"혹시 박우경 니 말하는 거가."

"어이가 없네. 그게 왜 박우경인데."

"그냥…… 나를 지켜보고 있고, 변태래서."

"존나 '멀리서' 니를 지켜보는 변태 새끼가 있어. 됐제."

내가 고개를 끄덕이자 박우경은 혀를 찼다. 그리고 전혀 친절하지 않은 표정으로 나긋하게 말을 이었다.

"그 전에 윤차희 니는 얼굴 까고 사과를 존나 팔았겠지. 물건 팔아먹는데 당연히 과원 상호명도 깠을 거고."

"응."

"그렇게 상호명을 변태 새끼를 포함한 불특정 다수에게 공개했다? 그럼 변태 새끼는 거기서 뭘 알아낼 수 있노, 윤차희."

"우리 사과원 상호명."

"……."

그 애가 좀 짜증스러운 표정을 지었다. 나는 슬그머니 대답을 바꾸었다.

"사과원 주소? 내비게이션에 쳐 보면 나오니까."

"내비게이션에 사과원 쳐 본 새끼가 위성사진은 안 보겠나. 보는 순간 사과원 안에 사람 사는 집까지 있는 거 바로 눈치챌 거고. 그다음은?"

"……설마 우리 집에 찾아오기라도 한다고?"

"불특정 변태 다수 새끼들이 니 얼굴이랑 니네 집 주소를 일방적으로 알게 되잖아."

"아."

그래도 다른 사람들은 많이들 그러던데, 하고 나오던 말이 아래로 꺼졌다. 저 뻔뻔한 입이 또 무슨 말을 할지 알 것도 같아서.

"경홍이 아저씨가 얼굴 백 번 까 봐라. 그렇게 생긴 아재를 누가 백 번 본다고 기억이나 하나."

어떻게 생겨 먹은 사람이든 백 번씩이나 보면 당연히 기억하겠지. 그러나 다음 말을 아는 나는 입도 못 뗐다.

"윤차희. 니는 심하게 이쁘다."

"……."

"그러니까 니 얼굴은 한 번만 봐도 개나 소나 다 기억하고. 알겠나."

날 제 손바닥에 올려놓고 놀려 먹는 게 분명한 표정이었다. 그러면서도 내가 한숨을 쉬면 짐짓 제가 윤태희라도 되는 것처럼 금세 엄격한 표정이 됐다.

정신 좀 차리라고. 세상 무서운 줄 알아야 한다는 둥, 파출소가 여기서 얼마나 멀리 있냐는 둥. 요는 SNS로 판로를 더 확보하는 건 좋지만 네 얼굴만은 절대 공개하지 말라는 거였다.

파출소에 범죄가, 변태가. 줄줄이 그런 말만 이어지니 창고를 바쁘게 나가던 아빠가 휙 이끌려 온 것도 당연지사였다.

"어데. 무슨 변태? 난데없이 파출소 이야기가 와 나오노? 뭔 일인데?"

아무것도 아니라고 내가 말할 새도 없이 박우경이 기다렸다는 듯 고자질을 했다.

"아저씨. 공주 미쳤어요."

"박우갱이 니가 뭔데 우리 딸래미보고 미쳤다 카고 자빠졌노."

"지 얼굴 까고 사과를 팔겠대요."

"가스나 니 미쳤나!"

나는 이마를 짚었다.

"경홍이 아저씨가 차희 니는 얼굴이 이쁘니까 더 잘 먹힌다고 꼬셨나 본데."

"경홍이 금마는 아한테 만다꼬 무단히 그딴 소리를 해가! 당연히 먹히겠지. 얼마나 이쁜데. 내가 그걸 몰라서 여태 내 딸래미 얼굴 한번 안 팔아묵고 살았을까 봐!"

짚고 있는 이마가 뜨거웠다. 사실은 온 낮이 그랬다. 날 실실거리며 쳐다보고 있을 박우경의 얼굴이 상상됐다.

"요즘 같은 위험한 세상에 니같이 이쁜 아를, 어? 우리 사과원 이름 대문짝만하이 적어 놓고 개나 소나 주소고 전화번호고 다 알 수 있는 데다가 희야 니 사진 보란 듯이 박아 놔 봐라…… 하. 내 뒷골이 다 싸늘하노."

"아빠. 쫌."

세상에 미친 사람은 많고 만에 하나 위험할 수 있는 것도 알겠지만, 내가 사진 한 장 올린다고 대체 어디서 그렇게 관심이 많을 거라고. 망신스러웠다.

내가 저를 부르는 건 들리지도 않는 모양인지 아빠는 박우경이 했던 소리나 고스란히 반복했다. 어떻게 그 애 말을 듣지도 않아 놓고 저렇게 똑같은 소리만 할 수 있는지도 의문이었다.

하긴 그 어린 딸을 붙잡고도 질리도록 주의를 주었던, 의심 많은 성미다. 동네 아저씨들부터 심지어는 친척들, 내가 삼촌이라 부르며 따르던 아빠 본인의 가장 친한 친구들까지.

너는 어린 여자애고, 이런 미친 세상에서는 어떤 인간도 함부로 믿어서는 안 된다는 것이었다. '면식범'이라는 단어를 내게 처음으로 가르쳐 준 것도 아빠였다.

그게 고스란히 윤태희에게로, 어쩌다 보니 박우경에게도 갔지.

그 애는 아빠의 말에 약간의 틈이 생길 때마다 얄밉게도 한 마디씩 끼워 넣었다. 애가 세상 무서운 줄 모른다는 둥, 지가 이쁜 것도 모른다는 둥.

전자는 잠깐 진지해도 후자는 웃음기가 가득했다. 부끄럽다 못해 죽을 지경인 내 꼴을 구경하는 게 재밌다는 걸 숨기지도 않고 놀려 먹는 목소리였다.

아빠는 그 말을 또 죄다 진지하게 받았다.

"우갱이 하는 말이 다 맞다. 전신만신 도라이 천지다 안 카나. 니가 우리 일 도와주러 왔다가 웬 개도라이 새끼한테 해코지라도 당하믄 내랑 느그 엄마는 우째 살겠노. 어?"

"알겠어요. 알겠으니까."

박우경 말은 그렇게 잘 들으면서 내 말은 아직도 들리지 않는 모양이다. 누가 나한테 작은 해코지만 해도 눈물이 날 지경이라는 말과 달리, 누구 하나 죽일 것처럼 눈이 이미 뒤집힌 아빠는 몇 번이고 내게 당부를 받았다.

잔소리는 다시 박우경이 좋아하는 주제로 갔다. 네가 얼마나 이쁜지 모르는 게 문제라고 타이르는 아빠의 잔소리를 그 애 앞에서 듣는다는 건 여태껏 생각해 본 적이 없는 치욕과 고역이었다.

내 부끄러움을 먹고 자라는 것처럼 역으로 의기양양한 그 애의 표정이 얄미워도 어쩔 수 없었다. 내가 이제 와 하지 않는다 해 봐야 아빠의 온갖 유난스러운 걱정이 끝이 없었던 고로.

"다른 건 몰라도 이거는 우갱이 말 잘 들어라. 알겠나."

이제는 하다 하다 아빠 입으로 박우경 말 좀 잘 들으라는 소리까지 하는 날이 왔다.

말 한마디 잘못 꺼냈다가 온갖 무안을 다 당한 기분에 가만히 박우경만 노려보고 있자, 아빠가 대답을 재촉했다.

"희야."

"안 하기는 안 할 건데, 진짜 아빠 눈에나 그런 거예요. 본인 딸 본인 눈에나 이쁘지. 밖에 나가서 이래 유난 떨면 우리 집 욕먹어요."

"아 박우갱이 눈에도 글타 안 카나."

똑똑한 놈이니 보는 눈도 정확할 것이라는 논리로 아빠가 선을 그었다. 걔 똑똑한 게 아니라 그저 눈이 삐어 그렇다는 말이 나올 듯 말 듯 했다.

그러다 할 일이 뒤늦게 생각난 듯 분주하게 나가는 아빠의 뒤를 그 애가 느긋하게 따라 나갔다. 그것 보라고 약 올리듯 말하고는.

정말이지 유난스러웠다. 나는 그 애가 창고를 나간 뒤에도 여전히 내 앞에 있는 것처럼, 무릎 위에 뜨거운 얼굴을 묻었다.

윤차희, 니는 이쁘다. 그 말 한마디가 뭐라고.

정신 나간 박우경 네 눈에나 이쁘지. 누구 눈에 그렇게 예쁠 거라고.

"이만하면 되긋제."

"네. 수량 맞춰 주셔서 감사해요, 아저씨."

"하이고, 뭘 그런 거 갖고. 어차피 우리도 난주 느그 집에서 부사 떼 와야 된다."

"이번에 나무 상잣값 빼 주셨으니까 상자는 제가 틈틈이 새 것처럼 깨끗하게 씻고 말려서 돌려드릴게요."

"에헤이. 만다꼬. 그런 것도 다 소모품이다. 걍 우리 저장고에서 재고 담는다고 쓰던 거 느그 쓰라고 주는 긴데."

"아저씨가 이모한테 혼나시잖아요."

"마누라한테 혼 좀 나는 거 그 뭐시라꼬. 잠깐 눈 감고 참으면 끝난다."

"이모한테 제가 잘 말하고 돌려드릴게요. 괜히 욕먹지 마세요."

나는 아저씨한테 그렇게 말하면서도 트럭에 실린 홍로 상자 숫자를 다시 한번 눈으로 헤아렸다.

박우경과 끌고 온 트럭에 이제 홍로 궤짝이 반쯤 실렸다. 처음부터 반만 채울 생각이었으니 이 정도면 됐다.

"하나, 두이, 서이, 너이……."

이윽고 아저씨가 요란하게 상자를 헤아리는 소리가 났다. 옆에서 그러면 좀 기다려 줄만도 한데, 박우경이 별반 개의치 않고 트럭 짐칸 끝에 서너 개 남아 있던 궤짝을 끌어다 놓았다.

그 소리가 워낙 커서, 계산하는 소리가 잠시 묻혔다.

본인의 중학생 딸이 박우경을 좋아한다는 걸 뒤늦게 안 아저씨가 아까 괜한 트집을 몇 마디 잡아 댔기 때문일지도 모른다. 물론 본래 생겨 먹은 성격도 저랬다. 우리 사과원 울타리 안에서나 신경 쓰는 거지.

"아 좀 치아 바라. 우갱이 니는 지금 으른이 계산하는데."

"이게 뭐가 헷갈려요? 꼴랑 네 개 더 갖다 놨구만."

"지 장인어른이랑 제일 친한 친구한테도 이랄 낀가."

"수학이 원래 어렵죠. 아닙니다."

그 애가 바로 반듯하게 대꾸했다. 표정은 여전히 시건방졌다. 깍듯한 비아냥이나 다름없으니 아저씨가 그 애를 한 대 쥐어박고 싶어 하는 것도 당연했다.

하지만 단어 선택부터 정정이 필요했다. 아빠랑 아무리 친한 친구라지만.

"아저씨, 누가 장인어른 친구예요."

"누구긴 누고? 내지. 요 있는 임마가 장차 느그 집 사위 될 놈 아이가."

"아저씨……."

"아저씨, 공주 쟤는 사위가 아니라 즈그 집 머슴 정도로 생각해요, 저. 그래서 그렇게 말하면 화내요."

"우리 차희, 누가 윤가 공주 아니랄까 봐 윽쑤 도도하네. 하기사 머슴이나 데릴사위나, 그게 그거지."

시답잖은 결론이었지만 박우경은 만족한 표정이었다. 나는 어이가 없어 두 사람을 번갈아 응시했다.

지난 초여름까지만 해도 박 회장네 아들이라고 그 애를 유리처럼 조심스레 대하던 경홍이 아저씨도 어느 순간 변했다.

아저씨 집에서 과외를 끝내고 나오면 언제나 진입로 밖에서나 날 기다리던 그 애의 차가 가끔은 마당에 있었다. 그리고 그 애는 아빠가 병원에 있어 즉시 물어볼 수 없는 것들을 종종 아저씨에게 기리낌 없이 묻고는 했다.

애가 거리낌 없으니 어른이 덩달아 거리낌 없어지는 것도 어쩌면 당연하겠지. 농사에 퍽 진지하게 구는 것이 예뻐 보였을 수도 있고.

경홍이 아저씨가 트럭에서 휙 뛰어내리더니 장부를 가져온다고 창고로 분주하게 걸어갔다. 그 애는 여전히 짐칸에 있었다.

아까는 남자들 있는데 여자까지 힘쓸 필요 없다고 아저씨가 하도 뭐라 하는 통에, 나는 상자를 나르지도 못했다.

아저씨가 가고 나니 그 애 혼자 마저 정리하고 있는 것이 마음에 걸렸다. 나는 괜히 그 애를 불렀다.

"야, 박우경."

"왜."

"거기서 나 좀 잡아 줘. 나도 올라가게."

"이제 다했는데."

"그래도. 아직 다 안 했잖아."

"나대지 말고 밑에서 이거나 잡아라."

트럭 옆으로 고정용 벨트를 휙 늘어뜨린 그 애가 눈짓했다. 나는 잽싸게 옆으로 가서 벨트를 차례로 고정했다.

이윽고 아저씨가 다시 나왔다. 나는 그늘에 있는 플라스틱 테이블로 가서 아저씨가 대충 만든 간이 영수증에 아빠 이름으로 사인했다. 그리고 아저씨네 장부에도 아빠 이름을 또박또박 적어 넣었다.

"딸래미가 언제 이래 커 가지고."

"다 큰 지 좀 됐어요. 바로 입금해 드릴게요."

"하이고, 내 느그 아부지랑 다섯 살 때부터 친구다. 돈은 아무 때나 부치라."

"얼굴 보고 있을 때 해야죠."

곧장 핸드폰으로 돈을 부치는 와중에도 그 애가 트럭에서 이쪽으로 가까워지는 것이 느껴졌다. 내 옆에 와서는 영수증을 빤히 내려다보는 것도.

내 팔에 그 애의 팔꿈치가 살짝 스쳤다. 그 애와 내가 여태 한 짓에 비하면 정말이지 아무것도 아닌데도, 가끔은 이런 것에 속 얕은 곳이 일렁거렸다. 나는 모른 척 아저씨에게 말했다.

"보냈어요, 아저씨."

"어. 봤다. 그래도 다행히 주문이 많기는 한갑네."

"올해 추석이 좀 빠르잖아요."

예년보다 홍로 주문이 많아서 우리 집에는 지금 홍로 재고가 얼마 없었다. 그래서 홍로 비중이 많은 경홍이 아저씨네에서 사과를 좀 가져오게 됐다.

돌아가신 할아버지의 오랜 단골 중에는 사업을 크게 하는 손님도 있다 보니 종종 명절 선물 용도로 대량 주문이 들어왔다. 하지만 매년 그런 것만도 아니었고, 이렇게 홍로가 많이 모자란 일도 잘 없다. 보통 홍로는 그렇게 단번에 떨치고 끝이었으니까.

다만 올해는 직판장을 아주 빨리 열었다. 당장 무슨 일이든 하고 싶어 하는 엄마를 위해 만든 일이었다.

그래서 일부러 내 돈으로 홍로 사과를 샀다. 박우경이 제 할머니 집에 가구를 옮긴다는 거짓말로 아빠에게 트럭을 빌린 것이라, 아빠는 아직 아무것도 몰랐다. 경흥이 아저씨에게도 비밀로 해 달라 부탁했다.

이대로 집에 돌아가면 아마도 기함하겠지.

"니네 엄마가 어데 집에 있는다고 가만있을 사람이가. 보니까 노상 블로그에도 글 올리고 해 쌌드만."

"그래서 직판장에 당분간 가둬 놓을라고요. 집에 있으면 자꾸 몰래 집안일하고 텃밭에 가 있고 그래서"

"그래, 그래. 직판장 가 있는 게 그나마 낫다. 거 있으면 손님 올 때나 잠깐 인나지, 없으면 내내 앉아 있기라도 한다 아이가."

아무도 직판장을 열지 않는 겨울, 자그마한 난로 앞에 앉아 산더미처럼 쌓인 부사를 바라보았을 엄마를 생각하면 여전히 숨이 막혔다.

그러나 이제는 그 곁에 딸이 있고, 아들이 주말마다 돌아온

다. 꽤 괜찮은 가을이었다. 주 품종이 아니니 '저걸 다 언제 해치우나' 하고 각박하게 생각하지 않아도 됐다.

"니가 효녀는 효녀다. 즈그 엄마 소일거리나 만들어 줄라꼬 사과를 트럭째 사는 가스나가 어데 있노. 학교 다니면서 째빠지게 고생해가 모았을 낀데."

"그래서 아저씨가 많이 깎아 주셨잖아요. 아빠한테 술 한잔 꼭 사라 할 게요."

"우리 집사람이 유정이 저 가시나 볼 때마다 차희 반의반의 반만 닮으라 안 카나."

갑자기 말이 박우경을 향해 튀었다. 정확히는 여전히 날 말하고는 있는데, 시선은 갑자기 박우경을 향하는 식이었다. 그 애 보란 듯 날 두고 으스대는 것도 같았다. 이를테면 애도 너 못지않게 잘났다는 양.

박우경과 내 사이의 격차야 누구 눈에나 훤한 것이다. 그래서 그 애 앞에서 우리 엄마가 늘어놓는 내 이야기도, 언제나 좋은 것뿐이었다. 엄마의 오래된 의도를 생각하면 퍽 우리 분수를 모르는 짓이다.

하지만 아저씨는 내 부모가 아니라, 그저 친구 딸을 아끼는 사람 좋은 아저씨니까. 나는 아저씨의 친절한 의도를 그저 모른 척하며 노란 영수증 패드에서 종이를 끊었다.

"윤준영이 금마는 복도 많지. 우째 이런 딸을 낳아가."

"유정이 있으시면서."

"김유정이 저노무 본데없는 가시나. 벌써 발랑 까지가……."

"요즘 애가 그 정도면 착해요."

"착하긴 개뿔이 착해. 가시나 벌써부터 화장하고 다니는 꼬라지 몬 봤나? 그놈의 쌍수 대학 갈 때 시켜 준다 캐도 방학마다 지 쌍꺼풀 만들어 내라고 온갖 지랄로 지랄로……. 내 요새 김유정이 그거 생각만 해도 송신타."

박우경이 올 때마다 슬그머니 눈가에 쌍꺼풀 테이프까지 붙이고 마당을 어슬렁거리던 여자애가 떠오르자 살짝 웃음이 나올 뻔했다.

"그런 건 요새 수술도 아니고. 돈도 많으시면서 애 소원이라는데 좀 해 주세요. 그건 그렇고 홍로 알 작은 거 좀 섞여 있으면 바꾸러 와도 돼요?"

"박우경 니 미쳤나."

"머스마 이거도 가만 보면 참 본데없어……. 우리 집 새끼나 남의 집 새끼나."

아저씨가 얼마나 싸게 줬는데 그딴 말을 하느냐고 옆에서 발을 걷어차자, 그 애가 시큰둥하게 "아." 하고 별로 아프게 들리지도 않는 신음을 흘렸다.

"아저씨가 알 큰 거만 골라 넣었다길래 물은 건데."

"그럼 알아서 잘해 주셨겠지."

"아 바까라, 바까라! 내 드럽고 치사해가 진짜. 누가 지 여자친구 등쳐 먹을까 봐?"

나는 그 애의 등을 툭 쳐 인사시키고 얼른 트럭에 올라탔다. 곧장 노발대발했던 아저씨는 정작 별로 기분 나쁜 기색 없이 웃고 있었다.

그러다 문득 생각난 듯 제 채널 좀 구독하라고 그 애더러 소리치는데, 박우경이 인사할 것 다 했다며 창문을 홱 닫아 버렸다.

저 개노무 머스마. 소리는 들리지 않아도 선명한 입 모양이 보였다.

"우리 아빠한테 그랬으면 니는 정강이 다 까였다."

"까일 일 없다. 아저씨한테는 절대 그 지랄 안 하니까."

"경홍이 아저씨한테는 왜 그러는데."

사실 아저씨한테 '그런다'기보다는, 우리 아빠한테만 그러지 않는 것이기는 했다. 그 애가 어깨를 으쓱했다.

"저 아저씨한테 니 같은 딸이 있었으면 저 아저씨한테도 안 그랬다."

"……"

"근데 그게 아니니까. 내한테는 별 쓸모가 없다이가."

"그럼 우리 아빠는 쓸모 있고?"

"니네 아버지잖아. 그거면 됐지."

나는 도대체 언제부터 그 애가 우리 아빠를 말할 때 지겨운 기색을 드러내지 않게 되었는지를 문득 생각해 보았다.

가볍지만 오래된 환멸, 짜증, 미움. 그 모든 것이 사라진 자리.

가끔은 아빠 말이 맞듯이 엄마 말도 이따금 옳았다. 정이라고는 평생 내게 내어 준 게 전부라 남은 게 한줌도 없을 것 같던 그 애가, 아빠에게 그만 정이 들어 버린 것을 보면.

그래. 엄마 말처럼 정이 이렇게나 무서웠다.

언젠가는 너네 아빠랑 평생 모른 척하고 사는 게 좋지 않겠
냐고 해 놓고.

나는 아빠 자리에 앉아 제 차처럼 트럭을 모는 그 애를 가만
히 바라보고 있다가, 가운데 놓여 있던 그 애의 핸드폰을 집어
들었다.

대놓고 제 핸드폰 잠금을 해제해도 박우경은 관심도 없다.

"내 지금 박우경 니 핸드폰 보는데."

"보든가."

기껏 자진 신고를 해도 보든가 말든가, 남의 일인 양 내뱉듯
대꾸한 그 애가 문득 빙글거렸다.

"이거 혹시 사생활 감시가."

"내가 그래 할 일이 없나. 니 사생활이나 감시하게."

"그럼 뭐 할라고."

"그냥. 하던 운전이나 해라."

나는 그 애에게 해 놓은 말과 달리 뻔뻔하게 사진첩을 열었다.
자그마한 사진 조각들이 모인 기나긴 목록이 눈에 들어왔다.

지나가는 색채, 크고 작은 사물, 그 애가 최근 찍어 놓은 모
든 것은 사실 내 기억과 그리 다르지 않았다. 내가 보는 것을
보통 그 애도 봤고, 그 애가 보는 것이라면 대체로 내 눈에도
보였으니까. 우리는 말 그대로 모든 시간을 함께 있었다.

그러니 새삼스러울 것 하나 없는데도.

내 눈으로는 결코 볼 수 없는 내 모습이 익숙한 기억 사이마
다 이물처럼 남아 있었다.

온통 낮익은 것 사이 가장 낮선 것들을 찾아내면, 그 순간의 박우경을 기억해 낼 수도 있다.

폐가의 고양이 앞에 쭈그려 앉아 있는 나를 보면 고양이 사진을 찍는 척하던 그 애가 떠오른다. 과수원에 숨어든 순한 들개에게 적과한 사과를 잘라 주고 있는 나도 똑같다. 그때 그 애는 개 사진이나 찍는 척했다.

그게 얼마나 말이 안 되는지, 내가 모를 줄 아는 것처럼.

그 애 차 조수석에서 세상모르게 잠들어 있는 내 둔한 얼굴을 보면, 차를 세우고 잠든 나를 한참이나 바라보았을 그 애의 시간을 알 수 있다. 내가 길가의 코스모스를 바라보았던 순간에, 나를 보고 있었을 그 애의 시야도.

우리 집 거실 소파에 웅크리고 잠든 나를, 바닥에 나란히 누워 잠시 올려다보고는 잠들었을 그 애의 밤도.

우리가 그 밤에 함께 꾸었을 잠깐의 꿈도.

실은 내 핸드폰에도 이런 사진들이 있었다. 그 애가 아닌 무언가 다른 것을 찍는 척하면서, 내가 그 애를 온갖 애정으로 바라보았던 어떤 순간을 숨기면서. 비겁하게 지나가는 추억을 긁어모아 손안에 쥔 조각들.

마치 미래의 내 미련을 온통 끌어다 놓은 것처럼.

같이 찍은 사진 한 장 없는 것이 우리의 두 번째 연애였다. 나는 마치 죄를 지으며 증거는 남기고 싶지 않은 사람처럼 굴었고, 그 애는 힐문에 재주가 없었다.

그래서 우리의 연애는 온통 간접적인 증거뿐이었다. 사진 속에서 둘로 완전히 존재하는 순간은 없고, 언제나 한 사람과 어떤 시선만이 남는다. 그 애는 나를 위해 그렇게 했다. 그리고 나는 오로지 나를 위해 그렇게 했다.

그 애는 단지 기다림이 필요하다 믿으며 지나 보내는 시간을, 내 멋대로 영영 흘려보내면서.

나는 사진을 뒤로 넘기고 넘기다, 문득 아빠와 그 애의 사진을 발견했다. 어렵사리 잡은 물고기를 퍽 찝찝한 표정으로 들고 있는 그 애와, 그 애의 어깨를 짚고 환히 웃고 있는 아빠.

사진을 다음으로 넘기자 윤태희가 나왔다. 혼자 별 고독한 행세는 다 하며 시답잖게 멋진 척하는 것이 끝도 없이 나왔다. 그 애가 오빠에게 당한 작은 혹사의 흔적이었다.

그다음, 또 다음, 그렇게 십수 장을 더 지난 뒤에야 다시 아빠와 그 애가 나왔다.

이번에는 둘 다 웃고 있었다. 아버지와 아들처럼 어깨동무를 하고. 아마도 윤태희가 억지로 시킨 자세겠지만 웃음은 거짓이 아니었다. 나는 한참이나 그 사진에서 눈을 떼지 못하다, 내 번호로 몰래 사진을 전송했다.

"남의 핸드폰을 뭘 그렇게 보노."

"아무것도 아니다."

"니 내 여자 있나 봤제."

"하."

"죽어도 아니라드만."

402

"어. 아니다."

"윤차희 질투하네. 맞제."

어느새 차가 사과원 안에 다다라서, 나는 그 애의 무릎에다 핸드폰을 툭 놓아 주었다. 그대로 바닥에 떨어질 뻔한 것을 박우경이 반사 신경 좋게 잡아챘다.

"뭔데. 뭐 봤는데?"

"아깐 보든가 말든가 관심도 없다면서."

"그런 거 신경 안 쓰면 좀 멋있을 것 같아서."

"……."

"말한 순간 멋없네. 알겠다."

트럭에서 내리려는 나를 그 애가 붙잡았다. 기대, 약간의 불안, 그럼에도 불구하고 언제나 확고한 눈이 날 바라보았다. 그 애가 숨을 고르느라 새어 나온 숨결이 내 코끝에 간지러울 만큼 얕게 닿았다.

이윽고 때가 왔다는 양, 혹은 퍽 결심이 섰다는 양 말하길.

"문다혜 걔는."

"언제 적 문다혜 얘긴데 또."

"아, 니가 아직도 오해한다이가."

편리한 대로 기억을 저 아래 넣고 어설프게 잠가 놓은 나는, 그저 백화점에서의 실랑이가 지겨운 과거가 된 것처럼 굴고 있었다. 아니라고 몇 번이나 말했으면 됐지 않느냐고.

어조가 석연찮으니 그 애가 믿지 못하는 것도 당연했다. 그때의 내 표정이나 낯빛 따위를 빌미로 오빠들이 그 애를 지겹도록 놀려 먹기도 했고.

"진짜 문다혜 걔랑 따로 만난 적 없다."

"어."

"사귄 적 절대 없고. 죽어도 없고."

"알겠다니까."

"윤차희 존나 성의 없어……."

"네. 알겠어요."

"니 내 놀리나."

"응."

내가 비식 웃자 그 애가 불현 내 양 뺨을 제 양손에 쥐고 끌어당겨 입술을 쪽 맞추었다. 그게 벌이라는데 전혀 벌 같지 않았다.

재수 나쁘게 아빠가 이 꼴을 봤다면 둘 모두에게 좀 끔찍한 벌이 되었겠지만.

"태희 형이랑 박해경 금마가 읍내에서 내가 걔랑 같이 있는 거 봤다는 것도, 그거 니도 봤잖아."

"그래. 박우경 니랑 문다혜 같이 있는 거 나도 봤다니까. 누가 보면 내가 죽어도 못 봤다고 한 줄 알겠네."

"존나 억울해, 씨발. 그때 박해경이 니 부둥켜안고 그 지랄할 때잖아. 박해경이랑 니는 그러고 있었는데 왜 내가 이래야 되노."

"그러게 억울하면 니도 걔 손이라도 잡지, 왜."

내가 뭐라고 말하든 그 애는 고집스레 내 손을 잡았다. 네 손 말고는 필요 없다고.

그리고 끝까지 제가 하고 싶은 말을 했다.

"물리 치료 하러 갔다가 병원에서 우연히 본 거다. 알겠제. 개가 지 맘대로 따라 나왔고. 집에 온 것도 지 맘대로 핑계 대고 온 거지 나는."

"아. 지겨워."

"뭐가 지겹노. 외워라. 박해경이 내 모함할 때 가만있지 말고."

그 애가 나무라듯 내 코끝을 톡 쳤다.

"알겠나."

"별걸 다 외우래."

"안 그래도 집에서 걔 때문에 별 개지랄이 다 났는데, 내가 걔를 일부러 만나고 싶겠냐고."

집에서 거는 기대가 워낙 대단했으니 어쩔 수 없는 일이었겠지. 결국에는 그 애가 저 스스로를 해치기도 했다. 그것으로 얼마간 숨 쉴 틈은 얻었을 터다. 그렇다고 많은 것이 변하지도 않았다.

나는 한때 망가졌던 그 애의 손을 잡아 주었다.

여전히 피아노는 칠 수 없는 손이다. 그 애 말로는 얼추 비슷하게 쳐 낼 수도 있다고 했지만, 적어도 그때와 똑같은 식으로는 다시는 칠 수 없다고 했다.

그러니까 다시는 치지 않을 거라고도.

내 방이 있는 2층의 작은 거실, 그 오래된 갈색 피아노 앞에 그 애가 서 있던 새벽녘이 떠올랐다. 얼마간 건반을 소리 없이 매만지던 그 애는 끝내 건반 하나 치지 않고 피아노 덮개를 닫았다.

어쩌면 아주 쉽게 돌이킬 수 있을 것 같아도, 결국에는 절대로 돌이킬 수 없음을 아는 것처럼.

손과 손이 뿌리 얽힌 나무처럼 서로를 엮었다. 내 손바닥을 간지럽히던 손끝이 부드럽게 손목을 움켜쥐고 뒤집었다.

얕게 뛰어오르는 맥박 위로 그 애의 입술이 잠깐 닿았다.

불안, 기대, 그 모든 불확실한 그림자가 가시고 다시 완전해진 눈이 한순간 날 집어삼킬 듯 응시했다.

"윤차희. 니 말고 아무도 없었다."

날 통째로 움켜쥐는 것 같은 고백이었다. 처음 듣는 것도 아니면서, 그다지 새삼스럽지도 않으면서. 내가 아닌 누구도 없었던 삭막한 과거를 떠올리면 언제나 이렇게 치졸한 행복을 느낄 수 있다.

안다니까. 나는 그만 좀 하라고 그 애의 입에다 입을 쪽 맞추었다. 그리고 뒤도 돌아보지 않고 트럭에서 내려 버렸다.

어느새 집에서 나온 아빠가 떨떠름하게 우리를 바라보고 있지 않았더라면 더 좋았겠지만.

뒤따라 내린 박우경이 아빠를 보고 어울리지도 않게 조금 멍청한 웃음을 지어 보였다. 생긴 게 그렇다 보니 그마저도 좀 사나워 보였지만 제 딴에는 제법 순해 보이리라 생각하는 것 같았다. 최대한 딸한테 무해한 놈처럼 보이려고.

그러나 아빠는 이제 덮어놓고 그 애만 탓하지 않는다. 한심한 건지 안타까운 건지 알 수 없는 눈이 날 보는가 싶더니 그대로 시선이 떠났다.

윤태희한테 비구니 소리 듣는 것도 견뎠는데 시답잖은 뽀뽀 정도야 별것 아니었다. 하지만 아빠는 조금 달랐다.

"다녀왔습니다."

"왔나."

박우경이 먼저 뻔뻔하게 인사하고, 아빠가 인사를 받았다. 그러나 다시 정적이 흘렀다. 희한한 대치였다.

벌은 결국 벌이 됐다. 누구도 발걸음을 먼저 옮기지 않았다. 내 경우에는 옮기지 못한 것이었다.

결국 아빠가 조용히 우리에게 손짓했다. 그 애는 마치 그런 허락이 필요했던 것처럼 성큼성큼 아빠에게로 걸음을 옮겼다. 미심쩍은 물건 가까이로 억지로 걸음을 뗀 어린애처럼 구는 건 나뿐이었다.

그래도 아빠는 인내심 있게 나를 기다렸다. 그리고 박우경과 내가 나란히 본인 앞에 선 후에야 입을 열었다.

"자중해라. 알겠나."

"네."

"네."

"어데 아빠 트럭에서, 어?"

나는 와중에도 그 애의 되바라진 입이 걱정됐다. 그럼 트럭 아닌 곳은 자중하지 않아도 되느냐고 말하고도 남을 애니까.

그러나 곁눈질해 본 박우경은 아주 공손한 표정이었다.

"그리고 내가 느그 하는 꼬라지를 가마이 지켜보니까, 우갱이 임마가 아이라 차희 니가 문제라."

"……네?"

"박우갱이는 그래도 남의 집이라꼬 몸 사리고 조신하이 있는데, 니가 한 번씩 가만있는 아를 찔러 쌌드만."

"……."

"아저씨. 진짜 보는 눈이 정확하세요."

"박우갱이 니는 마 입 다물고 조용히 해리."

"네."

요즘 세상에 뽀뽀가 별 대수냐고, 아빠는 전혀 괜찮지 않은 얼굴로 애써 중얼거렸다.

"그래도 집에서부터 미리 조심을 해야, 밖에 나가서도 실수를 안 한다."

저래 선팅 밝은 차 안에서 비비적거리다가 동네 할매 하나 봐 봐라. 느그 둘 다 팔자 조지는 기라.

박우경은 아빠의 잔소리를 짐짓 새겨들을 만한 교훈처럼 경청했다.

"아빠 말씀 들었나. 앞으로 조심하자. 윤차희. 아무리 내가 좋아도 좀 참고."

"……."

"젊은 나이에 팔자 조지는 수가 있으니까."

그리고 뻔뻔한 교훈을 공유했다.

《봄그늘》 3권에서 계속